# 日月山

徐则臣 | 作品

四川人民出版社

**徐则臣**，1978 年生于江苏东海，毕业于北京大学中文系，供职于人民文学杂志社，著有《耶路撒冷》《王城如海》《跑步穿过中关村》《青云谷童话》等。

曾获鲁迅文学奖、老舍文学奖、冯牧文学奖、庄重文文学奖、华语文学传媒大奖等，部分作品被翻译成德、英、日、韩、意、蒙、荷、俄、阿、西等十余种语言。

# 自 序

徐则臣

写了二十一年，如影随形折磨二十一年的，不是写作的难度，不是创新、求变，不是让自己一天比一天更好的焦虑——这些都算不上折磨，就算是折磨，那也是痛并快乐着；折磨来自虚妄，来自意义：二十一年来，意义像条狗一直凶猛地追在身后。对意义的追究常导致虚妄，成了我的写作中间歇性发作的"偏头疼"，这头疼排山倒海、桀骜锋锐，经常让生活也跟着偏瘫。我必须想方设法寻求支持，把空荡荡的事关文学信心的量杯灌满，才能让生活重新站直了，平稳地往前走。

为什么要写？写这些有什么用？拿起笔，打开电脑，首先面对的就是这两个问题。我必须先把自己说服了，故事才能启动。所以，每一个小说，不管长短，第一句话之前我都得像头拉磨的驴子在房间里转很多圈，直转到那口气上来了，足了，坐下来开始干活儿。也因为这个原因，我极少回头看自己的作品，绝大多数写完了、改好了、送出去，从此就不再看。我担心突然又找不到那个"意义"。那失重的虚妄感是如此狂暴，如同一闷棍迎头砸来。

很多人会觉得可笑，一个活儿干了二十多年，竟然还解决不了"为什么干"的问题？说来惭愧，这病我一直没法根治。写作干的就是件说服别人的事，但讽刺的是，我最大的问题在如何说服自己，说服自己写作这件事值得做，眼前的这个东西值得写。二十一年来，我不知道我的作品多大程度说服了别人，说服了多少人，但我知道我多少次勉强说服了自己。这三本集子里的这些小说，就是勉强说服自己之后，赶紧趁热写出来的。

这些年，关于文学我说了一些貌似嘹亮正大的道理，好像我对文学有多少正解，其实，这所有的道理都是我跟自己搏斗的结果，我曾用它们说服过自己。我得让自己先信，然后去做。

有一年我去拉美，抱着一本被翻译成西班牙语的小说跑了好几个国家。每到一处都要谈文学，谈得我后背发凉、内心发毛，虚妄之症突然就犯了。一本小说，值得穿过大半个地球么？值得穿过大半个地球去说它么？我都想直接从讲台上下来。出于礼貌，我把自己摁在座位上，深呼吸，继续谈。谈不了自己我转而谈起了拉美文学。谈墨西哥的胡安·鲁尔福、富恩特斯、帕斯，谈哥伦比亚的加西亚·马尔克斯，谈智利的米斯特拉尔、伊莎贝尔·阿连德、波拉尼奥，谈阿根廷的博尔赫斯、科塔萨尔。

碰巧这几个国家我都去过，谈着谈着我的腰杆就挺起来了。我发现，我对这些国家的所有理解几乎都建立在上述作家和诗人的作品上，行前突击恶补的政治、经济、文化诸种资料和旅游指南小册子，全然记不起一句，能想起来的对于该国、该地的历史、风物与人情的知识，皆出自那些伟大作家和诗人之手。在他们的小说、散文和诗歌里，一个国家最真实可靠、最丰沛动人的细节被最大限度地保留了下来。假如理解一个国家需要一幅地图，最有效的，也许并非那种花花绿绿画了无数线条、遵循某种严苛的比例尺的地理之图，而是文学，是小说、散文、戏剧和诗歌。我的声音里立马就有了理直气壮。至少那阵子的突发性偏头疼治好了。

文学跟GDP永远也扯不上关系，文学也降低不了房价、抑制不了通货膨胀；读完一篇小说我们该刷牙还得刷牙，该吃饭还得吃饭，它连一截牙膏和一碗稀饭的价值都不具备；但是，它能让我们想起GDP，想起房价、通货膨胀，想起牙刷牙膏稀饭馒头和咸菜，它还能让我们想起这些之外的所有东西，想起整个世界。还有什么能比唤起对整个世界的好奇与回忆更大的意义？

兜了一个大圈，我终于再一次找到个有效的方子。写作要克服偏头疼，出版集子更得克服这个毛病。赶上这三本集子的编选，是个大事，我无论如何得对自己说OK，要不下不了印刷厂。这三本集子囊括了二十一年里写作的大部分中短篇小说，它们也许没有能力让读者想起整个世界，但它们确曾真诚地试图去呈现我所理解的那个世界，关于故乡的，关于花街和运河的，关于北京的，关于长长久久的各种疑难和在路上的。

我知道我对"意义"的理解过于狭隘，因为，于作者的意义只是作品意义的一部分，还有另外一部分，在读者那里。亲爱的读者朋友，那剩下的事情就交给你们了。谢谢！

2018 年 6 月 14 日，安和园

| 目录 |

# 失　声

　　我带着青禾在石码头上看船和大水，一个下午她也没说话。太阳落尽时，水面开始发暗，很多船聚拢到码头上，青禾说，她要回家了。上岸时我母亲看见了，母亲从水虾的小船上买了三条鱼，正准备拎进饭店。母亲说："青禾，在我们家吃吧，阿姨给你炖鱼。"

　　青禾说："不了，我妈一个人在家会不高兴的。"

　　母亲想了想，对我说："你把青禾送回家，让你姚阿姨一块儿过来。"

　　我答应着，带青禾走进了花街。傍晚的花街升起水汽，石板路上的青苔也湿了。街巷窄，炊烟和饭香拥挤在路上，一户户人家的门后响起小孩断断续续的哭叫声，还有大人的呵斥。

　　"那道算术题想出来了？"我问青禾。

　　"想出来了，"她说，"可我不想上学了。"

　　"这怎么行？你才二年级。"

　　青禾不说话了，快到家门口时才说："你别告诉我妈。"

　　姚阿姨在院子里洗衣服，两手插在木盆里，眼睛看着天。听到门响才回过神，说回来啦，青禾，作业都做好了吗？然后又说，青禾，到屋里拿瓜子给你木鱼哥哥吃。

我说："姚阿姨，我不吃。我妈让我叫你和青禾到我们家吃饭，我妈给青禾炖了鱼汤。"

姚阿姨站起来，用湿漉漉的手背把落到脸上的头发理上去。"谢谢你妈，我们不去了，"她说，指着厨房的方向，"晚饭已经做好了。下次吧，下次一定去。"

我知道她们的晚饭一定没做，闻不到一点饭香。我也知道她不会去的，就像过去的很多次一样，她总是说，下次吧。我站在她们家的小院里，槐树上的一个什么东西掉进了我脖子里，摸了半天也没找到。我就说，那我回去了。青禾，明天放了学就去我家，我把另外一课给你讲一下。

回到家，母亲已经把鱼剖好了。厨房里的师傅在忙客人的酒菜，母亲做我们自己家吃的。我家在石码头上开饭馆，但母亲一直坚持亲手烧制我们自己的菜。母亲看我两手空空地回来了，只叹息说：

"这个姚丹。"


姚丹就是姚阿姨。和我们家关系一直都不错。冯大力冯叔叔，就是青禾她爸，没蹲监狱之前，是个杀猪的，我们家饭店里用的肉都是他送的。谁知道他会坐牢呢。都是无所事事的瘸腿三旺，你说你没事瞎说什么，死了活该。花街上的人都说，瘸腿三旺的嘴像个粪坑，喝了点酒就更臭了。那天天气不错，他和米店孟弯弯的儿子孟小弯喝了两瓶二锅头，酒喝到了，走路都气派了，脖子梗着，一路走得长长短短来到冯大力的肉摊前。

冯大力的肉摊前一向是花街的一个公共场所，大家没事都喜欢到他那里聊天。我听到的新鲜事都是隔三岔五从冯大力嘴里得到的。那天几个同样无所事事的男人在肉摊前说话，说街上在门楼底下挂小灯笼的妓女。评点哪个眉眼好看，哪个屁股长得好，哪个价钱便宜。他们也都是瞎说说找个乐子，没有人胆敢去摘谁家亮起来的红灯笼。都是一条街上的邻居，抬头不见低头见，谁好意思去做这个生意。事实上也是这样，在花街上赁屋而居的外地妓女，接待的都是外面的客人。

他们说，真正像点样的女人没几个，都是些土货，所以生意赶不上那些洗头房里的小姐。你看人家那些洗头小姐，小窝经营得多精致，从里到外都粉红，门窗粉红，床铺粉红，就是电灯光都是粉红的，一见那颜色就想干坏事。我们花街上的倒好，就挂一个小灯笼了事，有的灯笼里连蜡烛都懒得点。这像什么样子，没法比。

"关键是人不行，"瘸腿三旺插上来说，"要都长得像我们大力嫂子那模样，光床板生意也不会差的。"

冯大力正在给人家称肉，没听清楚三旺在说什么。

旁边的人哄笑起来。一个说："这倒也是。"刚才没笑的人现在终于也笑了，脸上都是面对一盘红烧肉的表情，猥亵的男人口角都不利索了。这些鼓励刺激了三旺，这个喜欢人来疯的瘸子彻底敞开了嘴：

"我说的是真话，要是我们姚丹嫂子也在门楣上挂灯笼，一年到头都歇不下来。"

这回冯大力听见了，他收完钱正在饧肉刀，一听就火了，他把手里的家伙哐当扔到肉案上，转身到了外面。"你说什么？"冯大力油腻腻的大手揪住了三旺的衣领，"你他妈的再说一遍！"

"大力哥，放手，放手，我说着玩的。你怎么舍得嫂子去挂灯笼呢？"

三旺把挂灯笼的事又说了一遍。我听别人说，冯大力的眼睛当时就红了，只有杀猪时他才会这样。

"你再说一遍！"冯大力一把将瘸腿三旺仰面朝天地摁到了肉案上。三旺尖叫了一声，酒醒了一半。他的后脑勺枕到了也是仰面朝天的刀刃上，刀尖划破了他的头。他抽出空摸了一把头底下，一手油腻腻的红。三旺喊起来：

"冯大力，你要干什么？"

"我要你把刚刚说的给我咽回去！"

他把三旺拎起来，依然抓着他的衣领不放，"咽回去！"

"我怎么咽？"三旺都快哭了，"我说她是妓女就是妓女啦？"

"你说什么？"冯大力把手里的瘸子转了个身，他看到了三旺后脑勺上的血。

"你老婆又没做妓女你急什么？你心里有鬼啊？"

就是这句话出事了。后来警察来花街调查的时候，大家都这样说。他们当时没想到冯大力的反应会如此激烈，更没想到三旺因为这句话把自己命都搭上了。其实挺简单的事，一下子就变得不可收拾了。他们看到冯大力猛地把三旺摔到了肉案上，趴在肉案上的三旺没有转过身来，或者跳起来，而是一个劲儿地哆嗦，两条腿一长一短地抽搐，喉咙里发出鸽子才有的咕咕声，像无数的气泡一个接一个在爆炸。然后他们就看到三旺的身体突然挺直了，两条腿前所未有地平行起来，它们竟然一样长。接着三旺的脑袋歪到了一边，他们看到了一直隐藏在三旺脖子底下的血，带着一串串泡泡从肉案上垂挂着流下来。

有人叫了一声："三旺是不是死啦！"

很多人围上去，发现伏在肉案上的三旺已经成了一具死尸。

他们没想到事情会突然变成这个样子，暧昧不清的笑不得不僵在脸上。冯大力也被吓坏了，眼里失态的红色迅速褪去，一屁股坐到地上。三旺没能把说出的话咽下去，却吐出了无数的泡泡。他的喉管被切断了。在场的人都后悔没有在第一次割破三旺的后脑勺时，及时地把那把架在磨刀棒上的肉刀拿开，现在，它把三旺变成了一个死人。

冯大力因为误杀瘸腿三旺被公安局抓走了。警车停在冯大力家门前的时候，整个花街的人都过去了。我也去了。我看到冯大力和老婆姚丹死死地抱在一起，姚丹都快哭疯掉了，整个人披头散发，衣衫不整。还在幼儿园大班念书的青禾，也抱着母亲的腿哭，嘴张得大大的，她被吓坏了。母亲把青禾抱在怀里，让她别哭，她不听，一直哭，张着手要爹妈。警察费了好大的力气才把冯大力夫妻俩分开，他们相互为了抓住对方，把衣服都撕破了。这个时候花街人才突然明白，为什么冯大力听到三旺的胡说时眼神不对了。正如父亲说的，三旺真是昏了头，他不知道冯大力两个人感情好得不得了吗？他们是花街上少有的恩爱夫妻。不管是谁，冯大力都不许人家说姚丹一个不字。

离吃饭还有一阵子。我爬上楼，和往常一样，我喜欢在黄昏和傍晚时分站在楼上，向四处张望。也只有楼上才安静一点，楼下的饭店里客人们推杯换盏，喧哗不已。很多都是过往码头的船老大，在运河水上见了面，总要停下来喝上几杯叙叙旧，发泄一下积郁已久的江湖气。楼上的风景很好。在花街这地方，只有站在高处才能发现它的妙处。

向前看是一片大水，几十年前曾经繁华过，据说是南北的交通要道。现在不行了，只是一条老得不能再起多大风浪的运河。水面上阴暗，黑夜从水里缓慢地升起来，遥远处几盏漂移的小灯更觉得水上傍晚的空旷。河对岸是繁盛的槐树，现在已经成了连绵的黑影，像看不断的山。向后看才是花街，整个一条街尽收眼底。我更喜欢看这边，青砖灰瓦的一个个小院子，房屋清瘦高拔但谦恭，檐角努力地飞起来。院子里种植着一棵老树，遮住大半个院子的阴凉，然后是门楼，也是瘦高的，都是上了年纪的古董。院门也是，两扇对开，挂着几十年前的锁。人从堂屋里出来，嗓门却很大，孩子喊爹娘，父母找儿女，叫上一声一条街都听得见。店铺都对着街开，那些尚未打烊的铺子里的灯光断断续续地照亮了一条街。杂货店。裁缝店。豆腐店。米店。寿衣店。烧饼店。馄饨店。每家的灯光照亮门前的一块青石板。白天泼下的水还没干，加上傍晚上升的水汽和苔藓，石板路上一段幽暗，一段清凉，斑斑驳驳地到了花街的尽头。

　　这些都不是最好看的，最好看的是那些外地来的年轻女人挂灯笼的时候。我猜很少有人能比我看得更仔细了。晴好的晚上，大约八九点钟，我瞒着父母偷偷站在南向的窗下，一家一家看过去，看哪一家最先挂起灯笼。那些外地来的女人，在某个小院里租一间屋子，靠身体生活。这是多年来的传统。石码头曾是这条水上远近闻名的大码头，商旅往来频繁，歇脚的，找乐的，都会在花街上停下来，找个女人排遣一下寂寞。久而久之就成就一条花街，直到现在石码头衰落了，还有外地的女人找到这里来，做那些夜晚的生意。她们白天或者睡觉，或者和花街上的其他人一样，过着无可指摘的生活。到了晚上，她们渐次把床底下的小灯笼拿出来，点上蜡烛，静悄悄地挂在自己的门楼底下，告诉那些远道而来的男人，这里有一个温暖的女人在等着他。

我喜欢看那些红灯笼，走得或快或慢，最后无一不是卑微地挂在门下。然后女的就进了院子，等着谁来摘她的灯笼。运气好的时候，我能看见街两边十几、二十几个小灯笼逐一都被摘走，那些男人都竖起领子，低头疾走，像一只只过街的狐狸，然后快速地摘下灯笼，把蜡烛吹灭，吱嘎一声门响，消失在院子里。如果运气不好，尤其是天气不对劲儿的时候，男人就稀罕了，偶尔会出现一两个摘灯笼的，晃了一下就没影了。大部分的灯笼还要不懈地亮下去，直到她们自己出来摘掉。她们摘灯笼的时候我很少看到，那时候我早睡着了。当然，天气不好她们常常就懒得挂灯笼了。听花街上的人说，洗头房里的小姐都是出门招呼的，她们不，她们只挂灯笼。

再往前看，就看到了青禾家。青禾家和我们家一样，是花街上仅有的两家建起两层小楼的。我们家的大一点，因为楼下要作饭店。她们家的小，但小也是两层，在众多灰突突的平房小院里，两层小楼不管建得如何，免不了都要显眼的。比如现在，我就能看到她们家的二楼走廊。一个人影影绰绰在走廊上抖着一大块东西，抖完了挂到绳上。姚阿姨在晾衣服。然后我看到一个小人影也走上了走廊，那一定是青禾。

说实话，青禾家建成的这个两层小楼让花街人非常意外。想一想，一个杀猪的，哪来那么多钱盖这样气派的大房子。但是冯大力和他老婆姚丹盖成了，而且姚丹还没有工作。她平时就是带带孩子做做家务，空闲了再给丈夫搭把手，看一下猪肉摊子。他们刚结婚那会儿，冯大力和姚丹送猪肉到我们家时，都会顺便坐一坐。那会儿我就常听他们说，早晚建一座我们家这样的房子。现在我还能想起冯大力表达这个意思时的表情，有点咬牙切齿，一只手还抓着姚丹的手，那意思就像是两人约定了要戮力同心，天塌下来房子也照建不误。

后来我听母亲说，他们只是想赌上一口气。当初他俩谈恋爱的时候，姚丹的父母死活不答应，因为已经有人给姚丹介绍了一个部队里的小军官，据说前途无量。姚丹父母很乐意，他们家在乡下，能有这么个体面的女婿，老两口做梦都觉得嘴里甜。姚丹不答应，她喜欢一个走街串户卖猪肉的，就是冯大力。他们认识很偶然，就是姚丹经常去冯大力的三轮车上买猪肉，冯大力喜欢上了她。一来二去她也喜欢上了冯大力。他俩好上以后，好得快成一个人了。姚丹父母不答应，一个满世界跑着卖猪肉的，能有多大出息，顶多就是半个城里人，哪抵得上人家小军官的半个指头。那时候冯大力还很穷，一个屠宰场的临时工，住在花街的一间破房子里。乡下人都看重房子，姚丹父母拗不过女儿，就说，连个像样的窝都没有，拿什么娶我女儿。冯大力和姚丹都说，会有的，都会有的，还会有很好的。

他俩几乎是一穷二白地结了婚。然后，冯大力辞掉了屠宰场的工作，单独干起了屠宰。日子逐渐好过了，省吃俭用，一点点地敛聚了钱财，等到花街人觉得冯大力两口子日子应该过得不错时，一栋两层小楼起来了。小楼建成那天，我父亲拎了一挂鞭炮去道贺，冯大力高兴得喝多了。有点醉，满嘴里都是大实话。他说老哥，我和姚丹是患难夫妻，她就是我的妈，没有我妈就没有我冯大力，没有姚丹就没有今天的冯大力。你看，我的房子盖起来了，我说过的，一定要把房子盖起来。这时候姚丹给他送来了一杯浓茶，对我父亲说：

"别听他的，他就是太高兴了。这房子把我们折腾空了，除了一个窝，什么都没留下。"

父亲说："已经很不容易了。房子有了，家有了，就什么都有了。"

父亲这话刚说过两个月不到，冯大力出事了。他被抓走后就再没回来过，听父亲说，他被判了十年。

我看到姚丹和青禾在走廊里的影子越来越模糊，直到分辨不清。天黑了。母亲喊我下楼，她让我把一锅鲫鱼汤送给姚阿姨，临走时像过去一样嘱咐我，就说是送给青禾吃的，她亲手做的。我拎着鱼汤走在花街上，石板路响起潮湿的回声。已经有一两家的门楼底下迫不及待地亮起了小灯笼，我还遇到一个陌生的男人，若无其事地迎面走来，那副样子是经常来花街的男人的另一副表情。

姚丹在做饭，被锅里的炒菜呛得正打喷嚏。青禾坐在锅灶边，也被呛得直流眼泪。

我说："姚阿姨，我妈让我把鱼汤送过来。"

姚丹用套袖擦了一下鼻子，说："你怎么又送来了？我们什么都不缺，你拎回去吧。"

"我妈说，这是送给青禾吃的。是我妈亲手做的。"

"不行，你拎回去。你看我们有菜，我正在烧。"

我又重复了一遍："是给青禾吃的，我妈亲手做的。"

姚丹不说话了，漫无目的地翻了两下锅里的菜，又擦了一下鼻子，说："好吧。以后不能再送了。"然后对青禾说，"青禾，下次再送你还吃不吃？"

青禾看看姚丹又看看我："不吃了。"

我拎着空锅往回走，走到豆腐店门前，蓝麻子端着一盆脏水要往街上泼。见到我，蓝麻子说："木鱼，又给青禾送吃的？"

我说："是鱼汤。"

蓝麻子说："这个女人，最近连豆腐都很少买了。你说她守着那么好的房子干什么？"

我没说话，为了不给水溅着，我快速地离开了豆腐店门前。

回到家，我跟母亲说，姚阿姨要我以后不要再送了，青禾也说了，送了她也不吃。

母亲把筷子摆到饭桌上，说："这个姚丹。"

四月的一个傍晚，我在青禾家帮她复习功课。已经是做晚饭的时候了，姚丹出门还没回来，说好了她回来我再回家的。青禾伏在小饭桌上写作业，坐一把坏了一条腿的小椅子。我坐的是一个条凳，百无聊赖地等候姚阿姨回来。客厅里空荡荡的，能卖的东西都卖了。花街上的人都知道，她们娘儿俩生活本来已经很不容易了，还要每月定期给冯大力寄钱和其他生活用品，包括吃的东西。青禾说了，她妈常说，她爸在那里日子更不好过。很多人都不理解，为什么姚丹不把房子卖了，这东西才值钱。而且有些人曲里拐弯地来到我家，想让我父母传个话，买青禾家的小楼。父亲说，怕不行。果然，姚丹眼皮都没眨就说，不卖，给一个银行也不卖。房子都没了还叫什么家？大力回来住哪儿？

天都快黑了姚丹才回来，她看了看青禾的作业，对我说："木鱼，你把青禾带你们家吃晚饭吧。跟你妈说，我有点不舒服，趁着把房间收拾一下。"她说着看了看手表，开始往楼上走。"收拾的时间可能要长一些，九点半你再把青禾送回来。"

我答应着，让青禾拿起书包跟我走。我不知道已经成了一个空壳的家还有什么好收拾的。出了青禾家，街上灰蒙蒙的，我看到不远的地方有个烟头在闪动，谁站在那里抽烟，看到我们出来了就背过身去。我向前走了几步又回过头，那个烟头也转过来，走得很快，一个人影进了青禾家的院门。

第二天，要么是第三天，记不清了。我把老师布置的作业做完，时间已经很晚了，大约晚上十点半钟。睡前我照例到阳台上四处看看，此刻的花街沉寂在黑暗里，灯光稀疏，清醒的只有那些即将燃尽的小灯笼，还三三两两在夜风里寂寞地摇摆。然后我就看见了青禾家二楼的走廊里亮起一盏暗红色的灯，那盏灯发出怪异的光，悬在整个花街之上，朦胧飘忽。楼下父母正在收拾饭店，我跑下楼，指着那盏灯让父母看。父亲看了一眼就去关店门了，倒是母亲说了一句话。母亲还是说：

"这个姚丹。"

青禾家二楼走廊的红灯断断续续亮了近两年。这两年里，我很少到她们家去，母亲轻易不让我过去，也不告诉我原因，只是说我家环境更好些，让我把青禾带到我家来写作业，累了就到石码头上玩玩。青禾的成绩越发退步了，她老是走神。我问她题目做出来了没有，她半天才反应过来，噢噢地答应，埋下头去，看她的样子，又发愣了。青禾的话比以前更少了，看得我母亲也跟着着急，背地里总说半截子话："青禾，这孩子。"

秋天里父亲去了趟上海，看望一个年迈的老亲戚，归途时经过南京，停留了一天，他去监狱里探望了冯大力。探望的情景我不得而知，就听父亲说，冯大力瘦多了，身体还好，比过去还结实了。父亲还和一个叫老贾的狱警聊了半天，老贾说，冯大力表现一直很好，上面已经决定给他减刑两年。继续这样表现下去，还可能再减。然后老贾就面露忧愁，说冯大力这一年多里心情好像有问题，是不是家里出了什么事？因为冯大力老是在他面前提起姚丹，说姚丹已经一年没给他回信了，他心里总不踏实，常常莫名其妙地觉得有事。冯大力也问过我父亲了，父亲说，能有什么事，这太平日子。冯大力只是说，姚丹他知道。临分别的时候，冯大力突然没头没脑地说了一句：这一年多来她寄给我的钱都比过去多了。

父亲委婉地把冯大力的意思转达给了姚丹。当时她在我家，父亲说，大力总担心你和青禾，心里不踏实啊。姚丹听了就哭了。父亲就不好再说什么了。我上楼的时候听到父亲说：

"抽空给大力回封信吧，说几句让他宽心的话。他也不容易，没着没落的。"

那几个晚上我站在南向的窗户边，眼睛不由自主就瞟向了青禾家二楼的走廊上。一直没亮。我下楼找开水喝，发现父母他们也站在窗户边。他们看着窗外，嘴里却在商量让姚丹来我们家饭店帮忙的事。父亲说，工钱加倍。母亲说，钱不是问题，就怕她还是不愿意。两年前他们就提过几次，姚丹拒绝了。现在他们准备再提。好像也没有结果，因为姚丹一直都没到我家饭店做过事。她要自己去找挣钱的路子。

那盏灯彻底熄灭是在冬天。姚丹找到了一件可以挣钱的事做了，哭丧。这种职业我过去从没听说过，就是靠帮别人在葬礼上哭丧来挣钱。

事情发生得有点偶然。那天是搬到市里住的老赵回到花街来办葬礼的日子。老赵是花街上的老街坊，三年前跟儿子赵星到市里过好日子去了。后来得了病，快死的时候突然想回花街了，他想死在花街。儿子不让，有病就得在医院里治，回去算什么事。老头很难过，只好妥协，跟儿子说，这辈子最后一个心愿，就是在花街举行葬礼，一辈子生活在花街，那是他的根，得按花街的规矩死。赵星答应了，答应了以后老头就死了。赵星有钱，是个什么公司的头。他派车把老爹的骨灰送到了花街，先是在花街上来来回回转了三圈，然后才放进灵堂里。葬礼上的硬件准备难不倒赵星，难倒他的是软件。按照花街和周围地方的风俗，爹娘死了必须要儿子儿媳妇领下地埋葬。老赵有儿子，可是没儿媳妇，赵星和他老婆半年前刚离掉。没有儿媳妇葬礼就没法办，老赵也就没法下地。赵星就开始找。真不好找，问题是谁愿意给一个跟自己没关系的人哭哭喊喊。有的人出主意，让赵星到花街上随便找一个外地女人，拿钱消灾就是了。赵星一听脸就拉下了，他老子能受得了，他受不了。起码得找个干净的。赵星觉得在花街上找最合适，一听这么熟悉的声音他爹都会高兴的。

他在石板路上走来走去，把每一家都看了一遍。第一圈就看中了姚丹，人长得好，收拾得也体面，不会丢赵家的脸。但他没敢说，姚丹住的是花街上仅有的两座小楼之一。他又转了一圈，觉得死马当活马医，问问再说，街坊邻居嘛。当时姚丹正一个人坐在走廊底下沉默地伤心。

赵星说："就是哭几声，做做样子。"

姚丹说："人活一辈子，不容易。"

赵星说："你答应了。"

姚丹站起来说："走吧。"

谁都没想到姚丹居然答应了，而且哭得很好，声泪俱下。我跟着人群看了那场葬礼，姚丹一身缟素，整个人在送葬的队伍里显得更加出众。她哭得很投入，真正的悲伤才能哭出那个样子来。没想到她的声音也那么好，嘹亮，高亢，适合在平旷的地方亮起嗓子。在此之前，我见到的姚阿姨都是低声说话，尽管语气坚定，声音还是很低。她像在哭自己的亲人，完全就是一个温婉孝顺的儿媳妇。

回到家我跟母亲说，姚阿姨哭得真伤心，哭得我都难过了。母亲说，其实啊，你姚阿姨她是在哭自己，哭大力，哭他们家青禾。

也许是吧，要么谁会那么无中生有地就大放悲声呢？

葬礼过后，赵星给了姚丹一千块钱作为报酬。姚丹不要，理由是，难过说到底都是自己的，她觉得人这辈子不容易，想哭就哭了。赵星不答应，这也是花街的规矩，若不接受，老头子去了那个世界也是不安心的。没办法，姚丹只好收下了。

老赵的死为姚丹留下了好名声，她竟然哭得那么好，货真价实的儿媳妇怕也赶不上她的悲伤。在我们花街那地方，多少年了，想找这么一个能够尽心尽职地哭丧的合适人选太不容易了，都是事情来了，随便找一个搪塞了事。只有姚丹体现出了相当的敬业精神。有了第一次，就有第二次。春节前，理发店杜小丁的娘去世，杜小丁的大姐在海南没能及时赶回来，死人又不好留在家里吃饺子，必须赶在除夕之前下地。杜小丁决定请姚丹当一回他大姐。姚丹开始不愿意，但是没办法，别人的儿媳妇都当过了，一条街上的，不能厚此薄彼。她又哭得很好，然后不得不接受杜小丁给的八百块钱报酬。

接下来事就多了，挡都挡不住。不仅是一条花街，就是两边的东大街和西大街，遇到了人手不够都过来请姚丹。第一个推不掉，第二个推不掉，第三、第四就更推不掉了。在别人眼里，姚丹似乎顺理成章地成了一个专事哭丧的人，葬礼举行的时候哭上一哭，然后接受可观的报酬。

对此我母亲曾试探性地问过姚丹，母亲说："这么做下去合适吗？"

姚丹说："有什么不合适？找到一个可以大哭一场的地方也不容易。"


春暖花开的季节，我们家来了客人。那个人穿一身警服，戴着我从小就梦想的大盖帽，眉眼粗大，满脸都是胡茬。他从水上来，搭乘一艘过路的小船。我正在石码头上打捞水上漂来的小玩意儿，木头片什么的。他向我走来，几步外我就闻到一股新鲜的水味。他向我打听父亲的名字，我用树枝指指我们家的饭店，带着他进了饭店。

他们像老朋友那样握手。我听到大盖帽说："可以找个地方谈谈吗？冯大力的事。"

父亲带着他上楼。我跟在他们后面，我喜欢他的大盖帽。

刚坐下，大盖帽就说："冯大力死了。"

父亲手里的茶杯差点掉下来，"你说大力怎么了，老贾？"

"死了。越狱逃跑时被巡警击毙了，他差一点就翻过了墙。"

父亲的那杯茶最终没有倒完，坐到了大盖帽对面的椅子上。"怎么会这样？上次我看他不是还好好的吗？"

"他越狱，"老贾又重复了一遍，"都怪我，我应该考虑到这一点。他早就跟我说过，他想回家看看，他一直觉得家里出了事。"

"没出什么事啊，"父亲说，"她们娘儿俩都好好的。我回来后就让姚丹给他回信，他没收到？"

"没有，差不多两年了没收到一封信。大力都快急疯了，常常半夜里一个人哭起来。"

"大力跟你说过什么没有？"

"好像含含糊糊说过一点，"老贾说，"说花街这地方不干净，很多女人都靠身体吃饭。他是不是——你懂我的意思。"

"这个，"父亲抓了抓头发，对我说，"你到楼下去玩。"

我刚要下楼，老贾说："是不是把姚丹找来？她是当事人，大力的后事还要她来处理。"

父亲想了想，对我说："去把姚阿姨找来，别多嘴，就说我找她有点事。"

我一路小跑到了青禾家，姚丹正在洗脸，过一会儿准备去西大街的一个葬礼上为人家哭丧。她让我先走，她随后就到。

我说："不，我等你。"

姚丹笑了，笑有些干，好像已经不习惯这种表情了。

去我家的路上她问我是什么事，我说没事，又说不知道。可我的两条腿老是出问题，走路突然不利索了，两条腿总打架。我闭紧嘴巴，不让自己再开口说话。

我把她领上楼。姚丹看到老贾坐在那里，整个人剧烈地哆嗦了一下，僵硬地站在门口不进来。屋子里的人都站了起来，老贾，父亲，还有母亲。母亲上前把她搀进了房间。

房间里的沉默让我恐惧，我觉得身上有点冷。我把脸转过去，看到了阳光底下完整的花街，青砖，灰瓦，高瘦的房屋和门楼，方方正正的一个个小院和院子里的老槐树。还有姚阿姨家的小楼。这是白天的花街，看不见在风里摇动的小灯笼，也看不见那盏诡异的红灯。后来我听到老贾说：

"大力死了，越狱逃跑被击毙了。"

"他，死，了？"姚丹说得很慢，不像阳光底下发出的声音，"他，为，什，么，要，越，狱？"

"他想回家看看，"老贾说，"看看你是不是那个，就是那个了。"

母亲叫起来。我转身看见姚丹像件衣服一样慢慢落到地上，松散地摊成一堆。我觉得她一下子老了，脸上似乎现出了灰扑扑的笑，冰凉的，整个人则和她的目光一样，突然间空空荡荡。

"姚丹，你怎么啦？"母亲摇晃着她，"你说话呀，你说话呀姚丹！"

姚阿姨似笑非笑地斜坐在我家二楼的水泥地板上，两手软软地支撑着自己。母亲急切地摇晃她，像在抖动一件衣服，姚阿姨的脑袋跟着母亲摇晃的节奏轻轻地摇荡。

母亲说："姚丹，姚丹，难过你就哭出来，你哭呀姚丹！你别吓唬我，姚丹。"

姚阿姨还是一声不吭，脸像一张空白的纸，几缕头发垂下来。

"你出点声呀姚丹，"母亲都哭了，"你们看她怎么不出声啊？"

老贾说："让她静一静，可能是突然失声了。"

后来我才知道"失声"是什么意思，就是一下子发不出声音。我不知道当时姚丹是否真的失声，如果是失声，那她眼泪总该是有的吧，可她当时的眼泪到哪里去了呢？她没有声音也没有眼泪。

我和母亲把她扶到椅子上。母亲看她嘴唇干得起了皮，让我给她倒一杯水。姚丹就这么面无表情地歪在椅子上，什么声音都没有。她喝了两杯水。然后她要走，母亲问她干什么，她指了指西大街的方向，唢呐声从那边传过来。姚丹还是按时去了西大街，我父母和老贾怎么劝都无济于事，她执意要去。父亲不放心，让我和母亲跟着她，有什么意外也好照应一下。我和母亲一直跟着她，直到那天晚上的葬礼结束。

在葬礼上，我看到姚丹跟在送葬的家属队伍里，好长时间都没有一点声音，她失魂落魄地跟着队伍走。沉默的姚丹让大家吃惊，哭丧的人怎么可以一声不吭呢？再说，她是一个优秀的哭丧手啊。旁边的观众骚动起来，开始抱怨，拿别人的钱怎么能不做事呢。

母亲说："她心里难过。"

旁边的人说："当然要难过，不难过怎么哭？"

他们不明白母亲的意思。母亲想和他们争辩，又觉得没什么好说的。说什么好呢？这时候，围观的人群又骚动起来，姚丹开始哭了。开始声音很小，像抽泣，突然之间，猝不及防地大起来，像一个瓶子被猛地摔碎了。在接下来的葬礼上，姚丹哭得比以往的任何一次都卖力，都悲痛欲绝，她嘹亮的哭声和滂沱的泪水，赢得了死者家属和旁观者更高的赞叹。

2004 年 2 月 9 日凌晨，在北大万柳

# 河 盗

　　叔叔敲响驾驶舱的窗玻璃，穿过巨大的马达声对我喊："你要看的，李木石！"

　　我从窗玻璃看出去，李木石坐在破旧的摩托艇上，跷着二郎腿，嘴里叼着烧了半截的香烟。他把烟拿下来时，嘴角向下扯了扯，左嘴边的疤痕也跟着像弓拉开，乍看像在对你笑。我把引擎停下，船顺水自己漂。没了马达声，运河安静下来。叔叔蹲在船边，两只胳膊架在膝盖上，对着河汊口说："我说老木，看啥呢？扔了烟跟老子走吧！"

　　"操，老婆孩子在呢。"李木石眯着半只眼说。

　　叔叔一屁股坐船帮上，撩起水四下甩了甩。"那看老婆孩子去，别让人撞烂了你的游乐船！"叔叔说，又问我，"你想问点啥？"

　　我摇摇头，什么也不想问，我就想听听这次李木石会说什么。按时间顺序，由远及近，面对同样的问题，前几次他的回答分别是：

　　1. 哪好意思，你看这政府才安排几天。

　　2. 走啥走，管着一堆游乐船哪！

　　3. 走不开啊，这帮小狗日的玩起来没个谱，不拦着不行。

4. 你以为我他妈是你啊，说走拍屁股就能走？

5. 陈子归，不刺激我你会死啊？

每一次都是在这地方。运河离石码头三百米的地方，一条支汊流进市区，成了里运河，远看就是一条明亮的布带子被风歪歪斜斜地吹进了楼群里。我们家就在石码头，上了码头，往里走就是花街，著名的花街。照政府工作报告上说的，咱们这地方发展起来了，前途无量，得向中等发达城市进军。听起来像宏伟的五年计划和十年计划。听说城市发展计划里也是这么说的。反正现在很多楼是盖起来了，骑着破摩托艇的李木石在水面上浮荡，他的背景就是连绵的大大小小的楼房。他干瘦的长身板在硬邦邦的城市比照下，有点像冬天大风里的树，叶子落光了，就剩下光秃秃的细高枝干。可能是因为他穿灰色的工作制服的缘故，现在大夏天，太阳当头照，我坐在驾驶舱里觉得屁股和后背直炸痱子。

念大学那几年，寒暑假回家我都要给叔叔押船。他在运河上跑长途，这条水道上都知道花街的陈子归是个人物，几年了没遇事，一个人跑也能逢凶化吉。水道不太平，不是天灾就是人祸，多少你总会撞到一点。其实叔叔没什么高招，就一条，会跑。他就是知道什么时候该停，什么时候该加速，不会为了赶时间错过码头，落在半道上。凭直觉。吃水饭之前，叔叔开了多年的卡车，天涯海角地跑，脑子里有一幅完整的中国交通图和中国交通事故分布图，这事故既是交通事故，也是打砸抢劫敲诈勒索等事故。他知道怎么躲闪和绕着走，长久练出了敏锐的直觉，空气里味道一不好，踩油门就走人。他把这种让人绝望的羡慕的才华带到运河上。我来押船纯属兴趣，我喜欢到处跑，小时候的理想就是当司机，把车开到美国西部去，穿牛仔服，戴牛仔帽，抽烟喝酒大声唱歌，穿行荒草连天的野地里。天苍苍，野茫茫，大姑娘喊破了嗓子不见郎。这是当年叔叔跑卡车长途时经常唱的下流小调。那时候我就给他押车，不管我力气多大，多个人壮胆让人踏实。押车时我学会了开车，现在押船，我又学会了开船。叔叔乐得逍遥，困了、热了、累了都问我：小多，要不练练手？我就屁颠屁颠钻进驾驶舱里。

要说叔叔一次没撞到事，那是瞎说。被河盗拦过，因为认识，摆摆手就走了。那次我就在船上，河盗之一是李木石。

河盗是个文雅词，我叔叔喜欢把这词挂在嘴上，理由是他的侄子——我——是个读书人。他对他的搭档秤砣说："老砣子，我们家大学士陈小多来了，放你几天假，回家跟你老婆睡觉去吧。"秤砣说："遭了水贼算谁的？"我叔叔说："屁，当然老子顶着，让你白睡老婆你还磨叽了！以后别张嘴闭嘴水贼、河贼、水虬子的，那是河盗，书面语，我们家陈小多是读书人。"我就代替秤砣坐进了驾驶舱。我们的船和另一条从高邮来的船并肩走，都是单放船，装的同一个老板的麦子。快到小鬼汉那儿，叔叔忽然把脑袋伸进驾驶舱，跟我说：

"过会儿，我叫你快你就快，叫你慢你就慢，明白了？"

虽然之前没遇到，我也知道有情况了。叔叔的两条眉毛拼命往上拽，整张脸都变严肃了。他从我身后抽出一根铁棍。我听见他在跟高邮船说话。

"老罗，抄家伙，"叔叔对高邮船的船老大罗胖子说，"味儿不对。"

罗胖子一向大大咧咧，身上斜挎着一个绿色军用水壶，里头装的是粮食白酒，逮着空就拧开抿一口。船尾正在下钩，准备把晚上的下酒菜钓上来。"子归，没热伤风吧你？"老罗说，"这夕阳无限好，眼看近码头了。"

下一个码头是鹤顶，我们要在那里过夜。已经不远了。叔叔往西半天指了指，太阳落山的地方一团黑云；叔叔又指了指前边的小鬼汉，那一片芦苇在风里昏暗地涌动，如同一堆浑厚的乌云落在运河上。小鬼汉多芦苇，古往今来就有芦苇生生不息。天气好时，很多猎人喜欢摇船进去打鸟；深秋的时候风景也好，芦花飘飞，小鬼汉一片蓬松柔软的白，看着心里温暖。天不好，或者有风的夜晚，就是另一回事了，芦苇摇晃，声势阴沉又凄厉。传说清兵入关后，在芦苇荡里烧死了很多人，从此天阴夜黑有冤鬼唱歌，所以得了名字叫小鬼汉。这个阴森的地方常出事，隔三岔五就从芦苇荡里漂出具尸体，打劫的水贼也经常在里边出没。天一暗，小鬼汉就不像个好地方。罗胖子看着芦苇荡黑下来，像藏了千军万马，声音就糠了，强努着笑：

"子归，不能吧？"

叔叔说："有鬼没鬼先抄家伙。"然后对我和罗胖子的船喊，"马力拉到最大！"

我开始加速，加到最快。还是不行，两艘摩托艇眨巴两下眼就追到了船后，我还回了一下头，还是没看见他们是怎么从小鬼汉里冲出来的。一艘船边贴着一艘摩托艇。我们的单放船跑掉船帮也跑不过他们。叔叔敲敲驾驶舱，停下。

两艘船停下了，摩托艇横在我们前头，那两个水贼像模像样地戴着挡风头盔，各盯着一艘。我叔叔和罗胖子站在甲板上，脚底下都是一根铁棍。

叔叔说："哥们，让个道吧，要不一块儿喝两杯？"

拦在罗胖子船头的那家伙扭过头看我叔叔，笑声从头盔里瓮瓮地发出来。他把头盔拿掉，张嘴就骂："操×你妈，子归啊！早说是你老子就不出来了！"

叔叔抹了一把汗。在水上跑，大麻烦小麻烦都是恶心，多一事不如少一事，大家求的就是一个和气生财；跑陆路长途更讲究，车轮轻易不碰死猫死狗的，见了件破衣服也得绕着走。叔叔说："×你妈个李木石，往外跑也不长个眼！"

李木石说："屁，我不掐不算我怎么知道。老朱，咱们撤。"

他的搭档发动摩托艇，准备撤。我叔叔拦住他们，问罗胖子，钓上来没？罗胖子扯扯鱼线，说上了上了，大个儿的。拎上来，三斤多重的草鱼送了李木石和老朱。算打发了。叔叔的意思是，让人空手走，对谁都不吉利。

罗胖子也挺高兴，逃了一劫，一脸酒后的幸福表情。"个子归，你狗日的鼻子比狗还灵！那伙计你认得？"

当然认得，一条街上长大的。前些年，花街上的男人跑船的不少，下了石码头就是运河，来来往往的船，随便跳上哪一艘，水上的生涯就开始了。就因为容易，所以吃水饭反倒被看不上。但凡有一点像样出路的，都不吃这碗饭，整天在水上跑，十天半个月不着家，上了码头觉得地球都在晃。主要是没出息，撑死了你混成个船老大，那也难发大财，混不成就是个出苦力的。使蛮劲儿是个青春饭，过了四十你就腰不是腰腿不是腿，上了船没准是拖累。李木石他爸就跑船，一辈子最恨的就是水，所以给儿子取名要木要石，坚决不碰水。他希望儿子能在硬邦邦的地方过上好日子。但你怕什么就来什么，李木石就喜欢水，从小游水就比别人好，站在水里，全身就一只脚动，他也能比别人更快地游到对岸；在水底下憋气能顶别人两三个时间长。我叔叔比他小五岁半，小时候跟在他屁股后头玩，下了水就被拖得死皮赖脸。李木石那狗日的，我叔叔说，两只眼要是长头顶上，那就是条鱼。

没考上大学，李木石就上了船，他爸拦不住。我叔叔开卡车那几年，李木石他爸想让儿子跟我叔叔学开车，李木石坚决不从，离了水他活不了，你看着办吧。他在码头上请下游盱眙的一个船老大喝了顿酒，就上了人家的船。以后几年都这样，给别人搭帮子，谁是船老大，看上他，他就跟谁走。都是货运船，大老板买了几条船，雇几个船老大，船老大再去雇帮手，上货、运货和卸货，大家就这么运河上下游地跑。李木石他爸就是大老板雇的船老大，干了半辈子，才算置办起家业，有了房屋和地，花钱给儿子娶了媳妇，剩下的钱刚好够自己买一条单放船。要是老李直接拉儿子上船做副手，什么事都没了，他不要李木石，不听老子的话，你他娘的野去吧，鸡找虫子狗刨食，老子养不了你一辈子。李木石也不屑跟他爸跑，爷俩多少年都不对付，三句话多，两句话少，到第四句绝对吵起来。老李是个守旧派，规矩多，李木石觉得船跑不了十里他就能被烦死。两相不见，都自在。

李木石天生适合吃水饭，沾上水他就比别人灵醒。我叔叔的水上长途直觉从陆路的经验里来，李木石是在娘胎里就已经具备了。搭完三年帮子他成了船老大。在这行里，他差不多是最年轻的老大。做得不错，起码比他老子想象得要好。吃喝嫖赌都不闲着，但还是能存下来一点钱回花街安慰老婆孩子。吃喝嫖赌上了岸哪一样都是大事，但对长年漂在水上的男人，跟你在岸上要看看电视逛逛街一样平常，整天除了看不完的水就是四五十平方米的货船，不找点乐子，能把自己弄疯掉。多少年李木石都没出伤筋动骨的大事。老李退休了，问儿子，要不要他的船，李木石手一挥，爱给谁给谁去。老李想，不要拉倒，卖了我自己养老，这辈子总得替自己挣回钱。这些年过去，他已经习惯于儿子就是个吃水饭的，就目前来看，他会做得不错，那就让他蹦跶去吧。老头用卖船的钱到南大街盖了间屋，老两口搬过去住，花街的房子全给了儿子。

什么事情都不能过头，即使你赢了很多钱，还可以继续赢下去，也得见好就收，要不就会有人惦记你。那天李木石显然兴奋了，两艘船停在半道上，五个人凑在一起赌钱，从中午一直到天黑没挪窝。他红运当头，出手就有，挡都挡不住。因为赢了，他两眼放光，另外四个人因为输了，八只眼红得像狼。他不罢手别人更不想罢手，两艘船就前不着村后不着店地停在黑暗的河道上，夜幕垂帘，天上有无数干净得像水洗过的星星，两岸是更黑暗的野地没完没了，他们两眼都盯着扑克和钱，连泡尿都舍不得去撒。后来，李木石实在忍不住了，再不撒膀胱要爆掉，他捂着屁股吃力地钻出舱外，站在甲板上挤眉瞪眼地往运河水里尿。他觉得尿了不下十分钟，拉裤门时狠狠地哆嗦几下。当时他觉得有点怪，怪在哪说不清楚，就进了舱。坐下来突然明白问题在哪了，他那哆嗦基本上等同于跺脚，船怎么会一动不动呢？被人催他出牌，他还在想这事。输了钱的另外一条船上的老大骂他磨叽，说：

"×你妈的老木，你这尿怎么全撒我脚上了？"

李木石低头一看，他们脚底下都有了水，只有那老大光着脚。"出事了！"李木石噌地站起来，一把牌扔到地上。

六个河盗，两艘破烂快艇，两艘破旧的摩托艇，把两条船围在中间。在他们赌兴正浓以为世界无比安宁的时候，河盗们把两条船肩并肩绑在了一起，船的移动他们丝毫没有察觉。因为两条船并在一起，不能轻易摇摆，李木石哆嗦时才会觉得脚底下坚实无比。更让他们开眼的是，这几个河盗钻到了船底下，神不知鬼不觉地把铁皮加钢筋水泥混凝土做成的船底打了一个洞。简直无法想象，这是多大的工程，那铁皮和混凝土之坚固，跑了几年都毫发无伤，却被他们洞穿了，连点动静都没听到。李木石觉得很失败，他在水里可以睁眼从容四顾，可以听见方圆十米内鲤鱼琐细的摇鳍和甩尾声，但他竟然对毁掉一条船毫无感觉。夜空黑蓝，深得吓人，船漂在河面上有种虚假的苍白感。水正在缓慢进入船舱，货舱里装的是煤，染过煤的河水漆黑如墨，两条船所在的这块水域仿佛这条运河的一个不规则的黑洞。黑洞越来越大。

"像样的都拿出来吧，"站在灰白色快艇里的一个人，听起来像头目，嘴上还挑衅似的叼着一明一灭的烟头，"晚了就堵不住了。"

李木石对其他几个人和正在忙着找洞口的帮手说："别找了，能拿的都拿吧。"

两条船上的人开始搜罗，所有值钱的东西都捧出来。

东西不多，他们没带几个现金，带在身上的刚才都装进了李木石的腰包。金银财宝更没有，李木石买给儿子玩的电子手表都交出来了。他知道不能啰唆，这帮混蛋就要点值钱的，你越磨叽损失越大，打发他们走了你才有更多的时间来堵住漏洞。他们交得很快，几乎没有争执。罗胖子的搭帮小伙子裤带都抽给他们了，因为裤带头是纯铜的，手电一照，发出黄金一样的光，看起来很诱人。

河盗离开后，两条船松了绑，一边找洞一边发动引擎，往河岸边靠，在最浅处停下。找到洞口开始堵，其余的人拿铲子往下卸煤，减轻重量就减少进水，也利于堵洞。如果这时候有船经过，就会发现五个人在一条船上乱作一团，相互抱怨，高声骂娘。煤根本没法铲到岸上，能扔到哪算哪，总比卸到河中间好收拾。他们折腾了一夜，天亮时，煤倒是铲完了，船也沉下去了，堵不住。堵上了就被冲开，反反复复，最后李木石的搭帮一屁股坐在洞口上，号啕大哭，天就亮了。一个大男人伸直两腿坐地大哭，满身满脸都是黑的，只有咧开的大嘴里的牙齿是白的，看着有点瘆人。李木石摆摆手，疲惫地说：

"让它沉。"

五个人精疲力竭地坐在洞穿的船上，一动也不想动，觉得现在就死掉没准是件舒服的事。他们看着黑色的运河水慢慢上升，漫过甲板，继续上升，漫过他们的肚子、胸部，到脖子时停住了，船底落到河床上。露出墨黑水面上的，除了驾驶舱的顶部，就是古怪的五颗脑袋，像黑乎乎的大浮子，又不随波漂动。他们就是不想动，简直像场行为艺术。罗胖子积攒多少年的酒劲儿全醒了，两个肥腮帮松弛地挂下来。他累坏了，这辈子没这么累过。一阵睡意袭来，身子一歪，一头扎进黑水里，呛了一大口才冒出脑袋，抹了一把脸说：

"老木，我困死了。"

李木石白他一眼，没吭声。

另外三颗疲惫的脑袋都睁开眼，运河在他们眼里从来没有这么黑，从来没有这么无边无际地荒凉。最年轻的一个，被抽走裤带的罗胖子的搭帮，觉得自己再坐下去也要哭出来。在他起来之前，李木石哗啦啦站起来，说：

"那水蹦子要多少钱？"

"什么水蹦子？"李木石的搭帮问。

"就是摩托艇。"罗胖子说，"肯定贵得要死。多买几个会便宜点。"

李木石说："我要买一个，撞死那帮狗日的！"

后来李木石的确买了一个，不过不是纯种的摩托艇，他钱不够，就偷工减料，从朋友的亲戚手里买了个报废的摩托艇架子，找人改装了一下。那朋友的亲戚在航道管理处工作，倒卖公家的报废品。结果这帮河盗把李木石的家底子坑了个底朝天。船上了保险，保险公司象征性地赔了大老板一点；其他东西没人保，一船的煤也没人保，大老板找人打捞和拖船都需要钱。李木石当初交上去的两万块钱押金全冲了账，还不够，家里的所有积蓄，连给老婆买的金项链都拿出来当了，全抵给了大老板。老婆难过得抱住心口，把脖子歪了一个半月，脖子一正心口就疼。李木石被开了。这还不算，因为他是赌钱遭了事，一条河上没人同情他，所有的大老板都不愿意雇他，当伙计也不要。你想赌钱堵到船被钻了洞还不知道，谁还敢用？李木石灰头土脸地回到花街，直后悔当时没有跟那帮狗日的拼命。早知道船要沉，就该硬碰硬，五对六，未必就吃亏。但在当时他是船老大，护船是第一要务。

报了警，没用。这种事报警从来都没有用。李木石窝在花街上，低眉顺眼地遭受老婆白眼，憋急了就坐到石码头上，照样没人雇用他，他就恨得牙根直痒痒。他妈的水贼，他妈的河贼，他妈的王八蛋。他搭了一条船往下游走，在靠遭劫最近的那个码头上了岸。他在码头后面的小城转了两天，在电影院门口和一个身高体壮的男人打了一架，因为那家伙长得像河盗的头目。李木石左嘴边的疤痕就是那一架留下的。那家伙明显占上风，把他踩在脚底下时说，虽然不知道为什么打这架，但这架打得很爽，你这说话绕舌头的，滚吧。

李木石回到花街，花了两个月时间养出了嘴角边的那道疤。然后把家里能看见的钱都搜刮出来，整出了现在的这艘摩托艇，油箱大，功率高，速度快。他恶狠狠地继续称之为大水蹦子。

运河上就多了一个骑大水蹦子的干大虾。李木石那样子整个就是一只晒干的大虾。开始他没打算当河盗，这缺德事谁愿干？他就是想寻摸一下找到那帮打劫的，他要用大功率的水蹦子"撞死那帮狗日的"。没找到，晃荡了两个月也没撞上，倒把自己变成了个打劫的。他骑着摩托艇在运河上晃荡，时值黄昏，太阳落了大半，半条运河都是暗红的。他看见前头有艘单放就眼馋，如果没遇事，那掌船的老大没准就是自己。一时间留恋和悔恨都来了，悲情泛滥，减了速度跟在船后慢悠悠地走。在他的情没抒完之前，船老大着急了，以为遇上了河盗。骑水蹦子打劫在这条道上不是新鲜事。人家不怕他一个人，怕的是他只是个打前站的，也怕他从此就惦记上那条船。船老大胆小，走到船尾跟他商量：

"兄弟，想要啥张个嘴。"

李木石的伤疤往下一拽，说："啥都不要，我就跟着看看。"

"我给你钱，不跟行么？"

"不行。"

"我多给钱。"

李木石想，撞狗屎运了，还有捧着猪头硬往庙门里塞的。"多少？"

船老大咔嚓咔嚓点出几张。李木石接过来看了看，觉得这钱装进兜里应该就像自己的，顺手就装了，动作很利索。为此把船老大感动得直抱拳说谢谢。

撞了一回，又撞了一回，把钱拿回家交给老婆时，李木石的自信心和自豪感立马回来了。尝到甜头了，他终于明白为什么做坏人容易升官发财了。但他还是放不开，这是对运河、对水起码的敬畏，他不能冲上去就说，有钱的捧个钱场，没钱的捧个人场。他做不来。能做的就是，见到落单的一条船，他甩出一个飞爪挂到船尾上，熄了火跟着走。他一声不吭，绝不提要求，他就等对方受不了主动进贡。他不怕他们，水蹦子速度快，放个屁的工夫就能跑没影。这招很管用。我叔叔说，开卡车时，如果五十公里内他都能在后视镜里看见同一辆车，就得想办法了。"你会不由地心里发毛，比迎头上来打劫还恐惧。"水路上一样，而且李木石还把自己钩在别人的船尾上，一直莫名其妙地跟着。胆小的船老大没几个扛得住，你屁股后头长了个陌生的尾巴，你也急。李木石因此屡屡和气生财。

干多了李木石有点不满足，太耗时间。如果对方没在意，你可能要在后头跟上大半个小时。有一回李木石跟困了，坐在水蹦子上打瞌睡，差点一头栽进运河里。既然是挣钱，还是利索点好。他开始从船后面改到船前头，让你早点看见。他还是一声不吭，也不来硬的，不会拦道断喝，也不干往船上扔炸药火球之类的事，和气生财，你看着办。后来又找了个搭档，也弄了艘摩托艇，套上头盔，就是我和叔叔遇上的那个。两个人依靠速度优势，一不小心就从某个角落里钻出来，突兀得像从水里蹦出来的两条鱼。搭档不在，他就一个人出没于运河上下，不能说每天都有收成，但挣得绝不能说少。

他是河盗的新品种，非暴力打劫。如果认识对方或者他心情好，笑笑就过去了，就当开个玩笑，后会有期。因此谁也不好理直气壮地说他是水贼，政府也不愿意随便定这个性。这段运河毕竟在我们地盘上，自己招认职权范围内有河盗出没，很影响本地形象。他们派人找到李木石，建议他别这么搞了，怎么说都不光彩。李木石眉毛一竖，怎么就不光彩了？我那是乞讨，有人在地上要饭，我为什么不能在水上要饭？难道要口饭吃就那么丢人么？朱元璋当年也在运河上要过饭，我他妈过的是明太祖的生活！

朱元璋在没在运河上要过饭，政府的人还真不知道，被李木石说蒙了。关键是，李木石把他的非暴力打劫篡改成乞讨，你也不能说他一点道理没有。他没枪没炮，不打家劫舍，连手都不伸嘴都不动。满大街的乞丐都是这么要，基本上都动手动嘴。但是政府说：

"好吧，就算你在运河上当叫花子，那也不合适。我们要整顿市容，加速城市化进程。"

李木石说："你们想整就整、想加就加呗，大街小巷好好弄弄，我就没事在水上遛几圈。"

政府说："那不行，我们要对每个人都负责任。"

李木石说："我就不用你们负了。我自食其力，要多多吃，要少少吃。"

政府说："一定要负，没有商量。一个人要服从大局。"

李木石说："不给要饭，那会饿死三口人。要服从，你们得让我老婆、我儿子一块服从。"

李木石只想耍耍无赖，没想到问题真就解决了。他和他老婆的工作全都安排了。问题能解决，不是因为哪个领导心肠好，而是因为李木石影响实在太坏，他已经骑着他的大水蹦子在运河上跑了两年多，人尽皆知，但你又没法像普通河盗那样抓起来扔进看守所里关着。他们也了解过，李木石被六个河盗弄得一穷二白，摆小摊的本钱都没有，你要让他别赖在水上，必须给他个坑蹲着才行。碰巧为了加速城市化进程，增建市民休闲娱乐场所，政府决定在里运河上新建一处水上游乐园，圈了一块水面放电动和脚踏小游船，大人小孩都可以乘坐那些动物模样的游船和脚踏水上自行车。这块水面很大，开放的，一直延伸到与运河的交叉口。需要一个懂水和会操作这些游船的管理和救生人员，李木石这个刺头正合适；他要过来，自带一艘摩托艇，还省了给他配装备。为表示诚意，也为了让他一家三口乖乖地"服从"，政府咬咬牙，决定把他老婆弄到游乐园的众多小卖铺之一里当售货员。

政府向李木石通报了有关情况。政府的口气很强硬，行也得行，不行也得行，这么好的工作，多少人打破头都进不来。李木石歪头想想，想不出好也想不出不好，回家跟老婆商量。

老婆一听就跳起来，指着他鼻子说："你傻呀，李木石？今晚就过去跟他们答应！你想想，虽说是个临时工，好歹也是半个公家人，那是'上班'！"然后捏着儿子的小瘦腮帮子，说，"儿子，你爸你妈要成'上班人'啦！"

他老婆兴奋得鼻尖上都冒了汗。她半辈子只在田里和家里忙，分别是农活和家务活，有了虚荣心的那天起就开始羡慕上班族，她对那种准点上下班的生活充满好奇。在她顽固的想象里，上下班跟铃声密切相关：当当当，上班了；当当当，又下班了；一天的生活被规律地分成明亮的三截，很洋气。她觉得骑着自行车和坐着公交车去上班的人都很洋气。现在，洋气来到自己身上，她很真诚地激动。李木石去找领导答应时，她就开始翻箱倒柜，看看哪一身衣服才能让自己像个上班人。

一夜之间两口子都成了上班人，在花街是个特大新闻。邻居们羡慕坏了；不少跑船的也流口水，痛骂那六个打劫的水贼，为什么当年劫的不是自己呢。大家都跑去看李木石两口子怎么上班。我也去看了，是在暑假，女朋友第一次跟我回家，我妈怕伺候不好她，就说，到水上游乐园去，玩新鲜的。其实一点都不新鲜，不过我们还是去了。租了辆水上自行车，刚蹬几下，女朋友说，那人对我们笑呢。我扭头看见李木石，他坐在摩托艇上，短袖衬衫掖在长裤里，对我挥了挥手。这片水我跟自家院子一样熟，无须看路，随便蹬，蹬到了里运河的入水口。然后听见李木石的水蹦子蹦蹦跳跳地开过来。

女朋友说："他又对我们笑了。"

"他那马脸，笑比哭还难看。"我说。

李木石已经到了我们前面，趴在水蹦子上像只晒蔫了的大虾。"回去吧，小多，就到这儿了。"我才发现他的笑来自嘴边的伤疤，一往下扯就像在笑。这样笑比他正常的笑要好看。

"木叔，公家的日子好过吧？"

"好过个屁！"李木石一脸苦相，但疤痕拉下来还是像笑，"这里是我能到的最远的地方，还得穿这身衣服，弄得我浑身都疼。你叔叔呢？"

"跑着呢。"

"我真想跟你子归叔换两天活儿干干！"

我想他这是得了便宜又卖乖，他知道整个花街都在羡慕他们两口子。我和女朋友蹬完自行车出来，在小卖部买了两瓶矿泉水，卖货的是他老婆。上班人的新鲜劲儿还没过去，她凑在我耳边说：

"你那小对象长得真好，一看就知道将来是个好上班人！"

我想不出"好上班人"是哪一款，走远了女朋友说："就是个白领。"

反正我们都认为，这下李木石后半辈子有靠了。看得见，没准时来运转弄个"农转非"啥的。但李木石不高兴，他把不高兴摆在脸上。我和叔叔跑长途，隔三岔五就在里运河入水口碰到他。有时候是过来追某个越界的游客，有时候显然就是一个人在这里东张西望或者发呆。

我叔叔就说："老木，你这样不好，拿着工资还走神，公家要不高兴的。"

李木石说："你他妈饱汉不知饿汉饥，让你一天到晚待在这屁股大的地方，三天不出你早疯了。"

"谁让你吃公家饭呢。"

李木石就不吭声了。

吃人家的嘴短，拿人家的手软。这工作也不能说没有诱惑力。李木石眨巴眨巴眼，掉转屁股回去了。他不能没事就擅离职守，跑这入水口来看运河。我叔叔说，等着吧，把老木放玻璃缸里当金鱼养，不是鱼死就是缸破。我不信。全国各地都在疯狂地城市化，高楼已经盖到花街街头了，我们早晚都要成为城里人，你不想当都不行，李木石今天不进玻璃缸，明天也得进，明天不进那也不过就是后天的事。当个城里人对绝大多数人肯定是个美事。

"那是你们文人酸客的想法，"我叔叔说，"老木我知道。"

我们就较上了劲儿。我们都想看看李木石能撑多久。所以每次在入水口见到他，船都会停下来。叔叔变着花样刺激他，一会儿要带他出去玩玩，一会儿说在哪个码头见到了他的朋友，一会儿又说，他要是李木石，起码也得把水蹦子开出入水口两米吧，就当见世面了。李木石听了，整个人从里往外痒，总要把我叔叔骂一顿，骂完了还得悻悻地回去干活儿。

有一天，我们的船快到入水口，我看见前面有个人骑着摩托艇在毫无章法地兜圈子，水面上划起的痕迹简直气急败坏。我让叔叔看。叔叔说，没错，李木石，这老小子快了。他跟叔叔还是一问一答，照我的总结，他的回答里有了个鲜明的递进关系。我很想看他

034

的递进能递到哪个程度，但快得还是出乎我意料。

一周后，船经过石码头，我和叔叔上岸回家。我爸说："李木石不干了。"

"什么时候？"我问。

"昨天。"

"犯错误了？"我叔叔说。

"不知道，反正是回来了。"

我妈说："听说有人翻了船，差点淹死。要不怎么会被赶回来？"

"瞎说，"我爸说，"谁说是被赶回来的？"

我妈挺委屈，她的确是听来的。石码头上的消息风起云涌，中南海的很多事在这里都有鼻子有眼。

三天后，船经过入水口，我和叔叔都下意识地往里运河里看，一个人都没有。我们一声不吭地失落。叔叔说，停下。我就停下船。什么事都没有，我们俩就坐在船头对着入水口抽了一根烟。然后马达响起，继续走。还是我开船，叔叔蹲在船头又点上一根烟。正抽着，突然站起来，对我喊：

"停下！停下！老木！老木来了！"

半天我才回过神，停下船，李木石的摩托艇已经跟我的驾驶舱平齐了。他对我摆摆手。透过玻璃我看见他的摩托艇后面跟着一只奇形怪状的木船，既像船，又像箱子，还像货架。木船和摩托艇之间连着两道绳子，很短，所以摩托艇加上木船看上去就像只细腰大屁股的蚂蚁。

"你这是玩的哪一出？"我叔叔问。

"老哥我改开杂货铺了。"李木石嘴咧开来，这回是真笑了。

"香烟、啤酒、烧鸡、矿泉水、避孕套，要啥有啥。子归，要不来一盒？进口带小疙瘩的。"

"去你的老木，正经点儿。到底是怎么回事？"

"就是烦了，我快憋死了兄弟。我跟园里说，能不能我辞职，让我老婆接着干？不同意。我说那能不能找个能在运河上跑的差事？领导说，游乐园里的事都管不好，还去管运河上的！我就使劲儿想，想到这个。游乐园效益不是不好么，我就帮他们在运河上卖货，每月上缴利润，就等于把小卖部开到运河上，多好。就同意了。"

"不怕你再干坏事？"

"我跟政府解释了，这段河上船多，码头隔得远，想买日常用品挺麻烦。过去我从人家手里拿，从此咱不干那事了，改往人家手里送了。我这可是做好事。好人好事，助人为乐。这有助于提高咱们这河段的美好声誉，政府还得感谢我哪，是不兄弟？"

我叔叔说："你就吹吧，老木。"

"怎么是吹呢？你看看子归，我就是学雷锋做好事。小多，你们用的词叫啥？对，雪中送套。我没法给你子归叔叔送女人，我可以送点避孕套啊。老哥我今天开张，为庆祝我终于他妈的回到运河上，八折优惠。来，两盒够不？"

李木石一边开着玩笑，一边从脚底下拿起一个钩子，把木箱货船钩到面前，做着样子打开船门。里面的空间很大，上上下下很多层，各种杂货应有尽有，不会比任何一个杂货铺装的东西少。这么重的小杂货船，用李木石的大马力水蹦子拖着，也可以和水贼跑得一样快。

2010 年 6 月 25 日，知春里

# 人间烟火

## 1

倒退二十五年，苏绣腰是腰屁股是屁股。现在不行了，上下一般粗，腿也长短了，走路时人和影子都像鸭子。二十五年前的苏绣我没见过，可能见过了我也不记得，反正我能想起来的第一个印象是，她已经把屁股和腰混在一起了。她推着自行车从我们家饭店门前经过，和郑启良还有他的三女儿哨子，一起到石码头上坐船。我坐在门槛上看着运河发呆。小时候有很长一段时间我都不习惯早起，一早起就精神恍惚，要在门槛上坐上半天才能清醒。这些时候我就盯着运河和石码头看，水汽从河面上升起来，整个运河像一锅平静的开水，没完没了地向西流过去。比我起得还早的人开始解船，在水上摇到看不见的地方去。

那天早上潮湿清凉，郑启良把他的和苏绣的自行车放到船上，哨子忽然转过身，指着我家的门说："我要吃油条！"郑启良摸摸她的脑袋，往她手里放了一个东西，哨子就慢悠悠地跑过来，送到我面前说："油条！"我看一眼她手心里的硬币，心不在焉地喊一声妈。我妈从屋子里走出来，拿一根用旧报纸裹住的油条。哨子又慢悠悠地跑回去。哨子比我高两个年级，但她明显不太认识我了。

听说被吓着了。放学回家她从运河边上走，水里突然蹿出来一条比两条扁担还长的白蛇，红信子一吐两尺长，哨子一屁股坐到地上，就傻了。不上学了，走路的时候像在梦游。她抱着油条站在码头上，坚持吃完了再上船。我听见苏绣尖叫一声：

"就知道吃！几点了！"

她已经上船了，又跳上岸，抓着哨子的领子拖上了船。因为那声尖叫，我才注意到苏绣。从背影看，她就是一个普通的中年妇女，和很多体形走样的女人一样。那时候她好像还年轻。三十岁吧。三十岁的女人成了那样，很多年后我才懂得惋惜。

我早听说过她，也听花街上的人说过，东大街苏家的绣绣长得不错，没想到是这样。那时候她和陈洗河从东大街搬回花街不到三个月。陈洗河家在花街，爹娘死得早，叔婶把他拉扯大。成年以后，洗河就从叔婶家里搬出来，一个人住到爹娘留下的老屋里。他家的房子在花街，大概是最破的，远看两间堂屋是歪的，近看也是歪的。大家都担心它们会在某天夜里彻底歪到地上，但是没有，它们坚持歪而不倒，直到洗河跟苏绣搬回来还站在那里。洗河是苏家的倒插门女婿，结了婚就住到东大街。倒插门嘛，你得插过去啊。花街人都觉得洗河插过去挺好，守着自己的破院子怕连老婆都找不到。明摆着的，家里空荡荡的，两手也空空。洗河在苏家住了几年，搬回来了，原因是苏绣的妹妹也要招一个上门女婿，地方不够。

搬回来还放了鞭炮，我跑过去看热闹，看见洗河的笑堆在眼角和腮帮子上，对谁都点头。他给笑累坏了。苏绣闪了一下脸，我都记不清了。反正我没怎么注意她。我替洗河悬着心，怕鞭炮声把屋子震塌了。再后来就是我坐在门槛上的清早，苏绣和郑启良和哨子要去坐船。我看见一个上下一样粗的女人，走起路来像鸭子。这个像鸭子的女人就是长得不错的苏绣？

自行车放倒在船头，哨子坐在放倒的自行车上。苏绣坐在船舱口，一只手支起下巴。郑启良摇船，喉咙里跑出一段歌来。哥呀妹呀的，米店的孟弯弯和瘸腿三万才唱的调调。船钻进水汽里，没有了。我打了个喷嚏，站起来往屋里走，一定是我妈让我刷牙洗脸了。我妈一念叨，我准打喷嚏。

过了大约一个星期，我坐在门槛上看运河，他们三个人又来了。哨子把一个硬币送过来，拿走一根油条。三个人把船摇到我看不见的地方去。三五次之后我就知道了，他们是去看病。哨子是治傻病的，十五里外的鹤顶有个仙奶奶，说是专治神神鬼鬼的病，过来给她喊过一次魂，又蹦又跳又烧纸舞剑，也没喊回来。她的声音凄厉，听起来让人害怕。仙奶奶没治好，说那白蛇道行太深，弄不了，还是另请高明吧。巨大的白蛇除了哨子，花街上谁也没见，整天在水边芦苇荡里打野鸭的老枪都没见过。但是哨子指天画地结结巴巴地说，就是一条白啊蛇吓吓啊的。到底有没有白蛇已经不重要，反正傻了，那就得治。仙奶奶不行，要找更厉害的人治。郑启良拐弯抹角不知从谁那里听来，运河上游有个老中医，长一部油黑发亮的大胡子，专治邪门的毛病。别人能治的他不治，别人治不了的他才治。那地方也偏僻，先走水路，再走旱路。他就把自行车搬上船，带着哨子摇船去找，半路遇上苏绣，她刚从老中医家里回来。她也看病。从此他们就搭伴一起去了。

苏绣的病其实大家都知道，不明说而已。就是怀不上孩子。跟洗河结婚好几年了，只看见她腰腿吹了气似的往外长，肚子没动静。大问题。母鸭子下不了蛋，这叫什么事。放在你身上你也急。

洗河偷偷摸摸带她去看过几个医生，后来就不带了。原因是，他是男人。谁好意思整天带着老婆查这种问题。没准医生还认为是他有问题呢。男人那东西不行，脸丢大了，十八代往上的祖宗都没面子。再说，医生还问过苏绣一句话：

"流过没？"

苏绣一下子不说话了。洗河也不说话，憋了半天，小肚子都红了，然后扭头就走。他在医生家巷口的石头上坐着，用脚后跟死命磕屁股底下的石头，鞋后跟都磕破了。他清楚。不当面说也就算了，忍忍就过去了，好歹现在是自己老婆。问题是他妈的医生当面问这话，哪受得了。苏绣流过，不是跟他的。洗河觉得委屈大了。时间不长苏绣从医生家里出来了，她低头把自己裤脚看了半天，十指交叉分开，分开交叉，最后说：

"医生说，也可能是你的问题。"

"我？"洗河噌地站起来，手指到天上去。"放他妈的瞎屁！你信？"

苏绣不吭声了。洗河这么多年还没如此声势浩大地跟她说过话。她心虚了，后脊梁往外冒汗。一定是自己出了问题，想当年。当年啊。把柄在那里。这三条街，花街，东大街，西大街，差不多人人都知道了吧。好事不出门，坏事传千里。以后再治病，只有苏绣一个人去了，不仅洗河觉得问题在她，她自己也觉得问题在她。所以她跑了很多地方求医问药，不能冤不能悔。

## 2

苏绣和郑启良一块去看病，花街上很快就有了反应，比药效都快。三五个凑在石码头上就指指戳戳。我家饭店迎面就是石码头，从来都是最大的信息集散地。从运河上来的，跑船的老大带过来，过往的商客带过来；东大街、西大街和花街的，没事也往这边跑，鸡零狗碎的都聚在石码头上说。石码头上一直都热闹，不运货不做买卖不泊船照样热闹。说累了就进我家饭店要二两酒、三两个小菜，吃着喝着继续说。不听都不行。我爸说，只有没发生的，没有不知道的。地球那边的事都能传到石码头上。

一个说："看，两个人又搞上了！"

另一个说："两个人怎么又搞上了！"

第三个人说："乖乖，两个人真的又搞上了！"

"嘿嘿，搞上了，搞上了。"

两个人，苏绣和郑启良。我一天听一点，慢慢地也把故事听齐了。我小的时候，花街、东大街和西大街是放在一块管的，领导是郑启良。他一声吆喝，上面下文件了，精神是啥啥啥，三条街的耳朵都得竖起来。那一年上面要求疏通河道，郑启良就把三条街的劳力召集起来，女人也算数，能干活的都得上。疏通的不是运河主河道，而是离东大街五里路远的一条河汊，叫青水河。花街以南的城市和乡村都得靠这条支流。多少年来青水河里长满了芦苇，芦苇里做满了鸟窝，一层一层的淤泥把河床越抬越高，大一点的船根本就走不动。上面在红头文件上说：挖。三条街负责靠近运河的这一段。我们那里叫"扒河"，去扒河叫"上河工"。家家有份，有劳动能力不能去的，交钱。我家当初就是交钱顶了河工。

苏绣正年轻，就去了。

那时候的苏绣腰是腰腿是腿，一个活蹦乱跳的大姑娘。虽说在家里也干活，但上河工不一样，那家伙，要把多少年的老淤泥一锹一锹铲到筐里，两个人抬到离岸二十米开外的地方，对壮小伙子也是个大负担。时值初秋，淤泥正在变硬，漫无边际的芦苇割掉后剩下尖利的根茬，清淤时一例穿着上面发下来的胶鞋，垫两层鞋垫，以防芦苇茬扎伤腿脚。两天下来苏绣就觉得胳膊不是胳膊腿不是腿，那个累，浑身上下都像是别人的，使唤不动。胃口倒是开了，一顿两碗米饭。因为人多路远，伙房就设在工地不远的地方，一收工大家就朝伙房那里跑。大锅饭就是香，吃慢了就抢不到第二碗。旁边有人教她，第一碗只盛大半，这样，你吃完了，别人的第一碗还没结束，你的第二碗就可以拼命地往里装，堆出座山来的时间都足够，接下来就可以悠着吃了。那些第一碗装得结实的人，往往第一碗吃完了整个饭盆也空了。吃完饭在野地里躺下来就能睡着。苏绣觉得还是在伙房里做饭好，像那几个老弱病残的女人，做饭时想吃就吃，空出嘴来还可以哼哼小调。

回家路上碰到郑启良，她说："主任，我能不能去伙房？受不了了。"

郑启良歪头上上下下把她看了一遍，说："不行啊。你没毛病。"

苏绣就明白了。这河工起码得半年，有办法得早点想。过两天抬淤泥，故意崴了一下脚，让旁边的一个尖头的芦苇根插进小腿里，她尖叫一声，整个工地都听见了。血从腿上冒出来，裤子都湿了，苏绣一屁股坐到淤泥里。工伤。两个姑娘把她扶上岸，带到指挥部里找赤脚医生包扎。郑启良急匆匆过来看她，正赶上医生要包扎。苏绣的鞋子脱了，脚指头在袜子里自作主张地动，动得郑启良的注意力有点不能集中，上眼皮跟着跳。然后他看见医生将起苏绣的裤腿，外面的单裤，里面粉红的秋裤，血淋淋的一个伤口。真正惊动他的是苏绣的白，他没见过这么一截温润的白腿。他看见白皙的皮肤底下蓝色的细血管，觉得自己的肠子在肚子里剧烈扭动了一下，打了一个惨痛的结。他都没安慰苏绣，一直看着赤脚医生给她消毒包扎完毕。

苏绣说："主任，你看我这伤，不能干活了。"

郑启良说："对，你有毛病了。"

第二天苏绣就进了伙房，专职烧火，把芦苇一捆捆地往灶膛里塞。其实那伤不大，不结疤都照样抬筐，但苏绣不想回去，努力把自己弄成一个瘸子，脚放重了都要哼哼一声。大半个月过去，装下去自己都不信了，苏绣就对郑启良说，要不我多干点，帮她们买菜吧。郑启良说好，正好可以帮那几个老弱病残推独轮车。她们每天推独轮车去买菜。

没事郑启良就往伙房跑，瞅着没人就问苏绣："绣儿，我对你好不？"

苏绣说："好。"

郑启良就说："嗯，好就好。没事，你忙。"

有天上午郑启良让苏绣别去买菜，他有事找她。伙房里就剩苏绣一个人在掏锅底灰，郑启良来了。他说："你忙？"

苏绣说："不忙。"

"不忙好，"郑启良蹲下来，慢慢抓住苏绣的手，"绣儿，我帮你。"

苏绣挣一下没挣脱，说："主任。"

"别叫主任。"

"叔。"

"不叔，"郑启良彻底抓住了苏绣的手，"哥。"

苏绣手一松，畚箕和笤帚掉下来，锅底灰撒了一地。"主任。"

"不主任，"郑启良说，把苏绣猛地揽进怀里，两人一起坐在锅门口，然后郑启良翻个身把苏绣压到底下。主任。不主任。叔。不叔。叫哥。主任。不主任。然后就乱了。过程其实很简短。苏绣叫了一声。郑启良捂住她的嘴，说不出声不出声。又说快，快，得快，老娘们要回来了。最后他也叫了一声，歪倒在一边，摸着苏绣光溜溜的大腿说：

"绣儿，两条好腿啊。白。真白。"

苏绣站起来提裤子时，两个屁股是黑的，草木灰上印出了两个圆。郑启良又摸了一把苏绣的屁股，说："长得好，真圆。"又要往上摸，被苏绣一巴掌狠狠地打下去。郑启良就说，"打得好。"半天又说，"腰也好。"

这种事有惯性，第一次就意味着第二次，有了第二次就有第三次。苏绣继续烧火和推独轮车，不买菜的时候她就偷偷摸摸地去指挥部。郑启良在等她，那里环境好，起码有张临时用的行军床。除了第三第四第五次一直下去，她找不到别的办法。想象过的无数条未来生活的路突然就消失了，郑启良成了她现在唯一的路。即使是原地转圈她也得走。她六神无主，只有一根稻草，在指挥部里。她甚至都没想到让他离婚。

那时候在花街，离一个婚基本上等于不穿衣服往大街上跑，一样的惊世骇俗。听了都觉得难为情。你可以"过"或者"不过"，也可以"跟别人过"，但是别离婚。"跟别人过"是到人家饭桌上搭个伙，让人离婚等于你坐到人家饭桌上然后把主人赶跑。我们瞧不起你。所以苏绣不知道该怎么办。两个月后某一天，她突然意识到自己一直很"干净"，那种事好多天没来了。凭着无师自通的知识，她知道完了，自己不会再干净了。她还没结婚，对象都没有，就不干净了。她对谁都不敢说，只能把秘密严严实实地揣在怀里。

天冷了，干完活吃得更多，打饭的女人累得不行，让苏绣帮忙。正给一群姑娘盛着汤，有东西要从喉咙里跑出来，苏绣捂住嘴，咽下去。再盛一碗汤，咽下去的东西又要跑出来，她只好放下勺子往锅门口跑，对着草木灰一个劲儿地伸长脖子。只呕出来一串咕噜噜的声音和两行眼泪。不能再拖了。打完饭她就去找郑启良。

"有这事？"郑启良手里的大前门香烟总也送不到嘴里，使不上劲儿。"是不是，别的毛病？"

"别的能有什么毛病！"苏绣无助地说，她委屈。

"别这样，"郑启良的理智慢慢苏醒过来，把刚点上的烟掐掉，塞回烟盒里。"弄掉。有什么说的。"

这个时候苏绣才意识到"有了"对她的意义，就是得活生生地从她身体里把它拽出来。它出现在她身体里是不对的，必须离开，撇清关系。她终于在恶心和恐惧之外，感到了疼。好像正在把它撕扯出来一般的疼。她做不了这个主。

"听我的，弄掉。"郑启良过来把她抱在怀里，"对谁都好。"

"我不敢。"

"要敢。留着两人都完蛋，你也完。你想想，出事我这主任就干不成了，干不成你就得回工地。你知不知道，外面的意见大到天上去了，有人要到上面告我，苏绣为什么还在伙房？别说扎一个眼，就是扎十八个眼也该好了。这不是我说的。我压下去了。我当然得压下去。我主任干不成了，你就是再'有'也得干活，受得了？"

苏绣想那倒是。指挥部没人了，该她干的一样也跑不掉。比她小的，比她大的，都在挖泥抬筐。她凭什么。谁不眼红？累急了私下里恨不能把她撕开吃了。累急的时候她就想过，抽空把蹲在锅门口偷吃肥肉的老娘们一个个都给撕了吃了。

"听我的，绣儿，"郑启良又抱一下她。"弄掉。只要我在位，你就在伙房，市长说话都不好使。我就不信，堂堂一个主任留不住一个烧火做饭的！"

苏绣眼泪汪汪地回去，翻来覆去地把能想到的各种可能都想了，包括父母、街坊邻居，包括将来是否跟郑启良过，以及郑启良的老婆和三个女儿。思虑再三，还是弄掉划算。像郑启良说的，先弄掉再说。把一辈子押在郑启良身上，她也不甘心，大她十五岁呢。个子不高，嘴里还有怪味，一张嘴，蚊子苍蝇直往地上掉，她竟然忍下来了。如果哪一天不当主任，那真的屁也不是了。她再来到指挥部是决定了破罐子破摔的，弄掉。一种强烈的破坏的快意让她充满绝望的激情，指挥部里的人刚走，她上去就抓住了郑启良的下身。她从来没这么"不要脸"过，但她现在觉得"不要脸"真好，一下子就能控制主动权，像领导。接着就动手解郑启良的裤带。郑启良吓坏了，怎么想办法也不行，嘴里不停地说，有人来了，有人来了。苏绣不管。还是不行。一直到最后他都不行。

他只说："弄掉。弄掉。明天就去弄掉，我准你的假。"然后又说，"白。你真白。"

苏绣大冷天光着下身坐在床上，一点声音都不出，泪流满面。

第二天苏绣自己摇船去了郑启良给她指定的地方，一个人。郑启良说他得留在工地上，脱不开身。那个土医生是他朋友，没有任何问题，绝对安全、保密。到晚上一天寒星，苏绣才把船摇回到石码头。风吹乱她头发，盖住了眼。

她还是把事情想简单了。流产之后她在家休养了不到两天，就被派到工地上了。劳动人民不答应。大冷的天，风吹到脸上像连绵不绝的耳光。姑娘们抱怨了，妇女们更恨，她苏绣不就两腿一张做了郑启良的褥子吗，那两条腿夹不严实的死样子，瞎子都看得出来。让你快活，看你还快活！十来个大姑娘小媳妇老妇女一起涌进指挥部，就问一句话：

"苏绣她凭什么？"

郑启良说不出个道道。腿伤了进伙房，可以，但不可以进去了不出来；现在竟然连火也不烧了。郑启良不能跟她们说，人家苏绣刚流产。出不了口。他说："你们想怎么样？"

"你说呢？"

"苏绣家里有事，过两天就回来。"

"谁家里没事？走，咱们也过两天回来！"一个个拉着架势要走。

郑启良赶紧拦住，说："好，这就叫她回工地。你们干活去！吴小蒜留下。"他推托走不开，让吴小蒜去找苏绣，去工地。吴小蒜住西大街，有点傻，不傻也不会去叫苏绣，头脑好使的谁愿意单独去做这恶人。苏绣出了家门去工地，悲从中来，一路上眼泪滴滴答答地掉，把郑启良骂了九千遍也不止。

第二天下了雨，越下越大，落到身上冷得往骨头里钻。没法再干了，大家争着往岸上跑，苏绣不敢大动，看着脚底往前走，还是摔了。淤泥遇到水，比西瓜皮还滑。摔巧了，一屁股坐到水洼里，脏水漫到她的腰。没有人注意，等她慢慢地从水洼里爬出来，病根已经落下了。那天她一直哆嗦，四床棉被都止不住她抖，天王老子也没法把她弄到工地上了。她在家躺了一个月，没一个人上门找。等她再次来到工地上，完全变了个人，不说话，胖了好几圈，腰没了，胸部下面直直地就到了屁股梢，然后是两条膨胀开来的腿。

再也没有瘦下去。

都以为苏绣会找郑启良算账。没有，苏绣见到他就像见到陌生人，那漠然的表情让你怀疑过去是不是大家拉郎配害了她。然后河工结束了，青水河幽深宽阔，无数的芦苇像大火一样长满河滩。然后郑启良因为贪污公款，主任的帽子被上面抹掉了。再然后，花街和东大街同时响起隆重的鞭炮声，穷光蛋陈洗河嫁到了苏家。第二天一早，苏绣穿红洗河穿绿，一起拎着马桶出门到运河里去涮。

一晃几年过去，他们在鞭炮声中重新回到花街的老房子里，开始求医问药。开始摇着小船到上游的某个地方找一个留黑长胡子的老中医。

## 3

现在，苏绣和郑启良又碰到一起，坐同一条船去找老中医。苏绣看自己的病，郑启良看三女儿哨子的病。站在石码头上的人说：

"嘿嘿，搞上了，又搞上了。"

说是这么说，但人家搭伴走路，你不敢肯定。三条街的人陆续走到石码头上，心想，到底搞没搞上呢。这洗河可真沉得住气，老婆跟前情人摇啊摇，摇到远方去，他一点动静都没有。过分了。他们比洗河还急。几个月之后，大家不再关注船上的两个人，而是盯着洗河。洗河一定意识到了，走过石码头时从来不回头，头低着，腰杆硬邦邦的。在过去，他经常正走着猛然回一下头，对虚空里的某个人笑一下。

船照例每周出去一次。不知道苏绣的病治得如何，反正哨子的病是越治越重，走在花街上她发现陌生人越来越多，她也只认得油条不认识我了。

黄昏我在石码头上用树枝造小船，哨子蹲在一边看，安静和痴傻的样子看起来比我年龄还小。她说，船。此刻炊烟的香味从花街上飘过来，家家户户灰黑的小碎瓦片之间升腾起丝丝缕缕的烟雾，晃晃悠悠地飘到天上，过一会儿又缓慢地落下来，光滑明亮的青石板路黯淡了。整条街像一艘悠久的沉船。这时候洗河从运河边过来，左手一捆紫穗槐条，右手一把镰刀。他割紫穗槐条来编畚箕和筐子。他围着我们绕了一圈，蹲下来，问我：

"干吗呢？"

"造船。"

"哦，"他说，伸手拨弄我的小船，声音却是冲着哨子去的，"认得我不？"

哨子说："你是谁？"

洗河不生气，说："病好了？"

"我没病！"

"哦，没病好。告诉我，你在哪看见的白蛇？"

"昨天我还看见了！"

我和洗河一起抬头。"在哪？"

"船上。白蛇把我爸缠得紧紧的，还叫。我也叫，它不让我叫，再叫就把我扔到水里去。"

我看到洗河的脸在黄昏的光线里黑得比天还快。他站起来，镰刀慢慢举起。我吓坏了，一把推倒了哨子，她索性躺在地上不起来，呜呜啦啦地哭。洗河的镰刀重新放下。裁缝店林婆婆家的三只长脖子白鹅从河里上来，嘎嘎嘎叫着要回家，领头的那只翅膀扇到了洗河。我看见洗河右手一挥，白光闪动一下，半声鹅叫还在半空，鹅头就落了地，扭滚了几圈。那只鹅带着半根脖子惊恐地向前跑，血从断掉的脖颈处像焰火一样喷射出来，如同重新长了一个绚烂诡异的脑袋。无头鹅跑了很远才跟跟跄跄慢下来，然后酒鬼似的歪歪扭扭，倒地抽搐良久，它梦见自己在宽阔的运河里寸步难行，拼命拨动不安的双掌，直到两条腿最后用力一伸，僵住不动了。另外两只鹅嘎嘎惊叫，一只向东，一只向西，转眼不见了。

洗河还有这一手，我也傻了。他走老远我才回过神来，把哨子从地上拽起来。花街上都知道洗河脾气好，一年到头低眉顺眼，走路都看脚底下。大家打趣他，洗河，找钱哪？洗河说，呵呵，路不平。换了花街别的男人，哪容得老婆跟郑启良那样的男人三天两头往外跑，非砸断一条腿不可。哨子赖在地上不起，看见鹅头才睁大眼睛，说："头。头。"她把手伸过去够，突然又缩回来，利索地躺到地上。洗河又回来了。他把紫穗槐条和镰刀夹在胳膊底下，小心翼翼地抱起怪异的鹅身子，捡起鹅头，嘴里嘀咕着："都是你！都是你！"进了花街。

花街都知道洗河赔了林婆婆的鹅，而且知道为什么。不是我说的，我舌头没那么长。石码头从来都藏不住事，岸上没人，水里也可能有人；近处没人，远处可能有人。一个人知道了，那就等于整个花街都知道了。一点办法都没有。大家很兴奋，等着好戏上台。看，洗河变了，一刀把鹅头都削了，苏绣的日子怕不好过了。男人总归是男人。可是一直没动静，苏绣照样每周跟郑启良和哨子坐船去找老中医。区别在于，哨子有点不情愿，必须两根油条才能把她弄到船上去。我按时坐在门槛上，看她递过来买两根油条的硬币。她吃一根，另一根拿在郑启良手里，他靠这一根把女儿引到船上去。有一个阴天下雨的早晨，运河和石码头上起了一层雾，船漂在水上飘忽如梦境。我问哨子又看见白蛇了？哨子嘴一咧，肩膀就抖起来，往身后的船指，压低声音告诉我：

"在船上。"

一条街被一个鹅头撩起来的信心慢慢落下去。生活重新静下来。心犹不甘的男人坐在我家饭店里喝酒，拍着桌子说，我要是洗河，早他妈跳进酒杯里淹死了。另一个说，你要是洗河，那苏绣就不是苏绣了，一物降一物。过去花街其实都是在暧昧地看笑话的，但这笑话无限地延宕，弄得大家的兴致也疲惫了，生气了。你不能没完没了地这样啊。低头找钱你也不能低一辈子啊。洗河没救了。以后别提他，谁提我跟谁生气。就当他还插在东大街，眼不见为净。

十月里突然就出事了。洗河去嫖了，而且弄大了人家的肚子，找上门了。这事的轰动效应胜过石码头上翻了一艘大船，我当然要去看。一听吵吵声我就往花街上跑。青石板路面幽幽地闪光，太阳落了，晚霞在天上，路两边的青苔正奋力地往墙上爬。肚子饿得早的人家已经开始做饭，淘米洗菜的水泼在门前。炊烟味道将慢慢充满花街。洗河家的门楼前聚了一堆人，我挤进去，看见一个陌生的女人抬起袖子在骂，左耳朵后面有颗小肉瘤，一边骂一边哭。她断断续续的声音说明她极其伤心。她说：

"是你的。就是你的。一定是你的。"

洗河面红耳赤地站在门楼里面，不停地抓后脑勺，好像那地方的痒痒一直挠不干净。"不是我，真的不是我，"洗河结结巴巴地说，"我不认识你。"

苏绣站在门外，两只胳膊交叉抱在胸前，把乳房挤得比平常还要大。她不说话，表情像门楼底下的过门石，没有方向，你看不出来她到底是想哭还是想笑还是想愤怒地大吼一声。她就这么歪着头看，看一眼洗河，再看一眼那个女人。

"你还不承认！"那女人说，"你是大上个月三号去的解放街。你说你住花街。你说你会弄到身子外面去。你不戴那东西就多给我钱。你最后没出来，就在里面了。我害怕，你说不会有问题，你保证。你不记得了？"

"我，没有！"洗河急了，脚都跺上了。他扭头在院子里到处看，我以为他要找镰刀，谁知道他转了半天脖子啥事都没干，又低下头，嘴里说，"你认错人了。你认错人了。"

"不可能认错！哪个男人的重量我都能记得，你大概一百四十斤。最后的时候你还骂人，你说，×你妈，叫你去，叫你去！一定是你的，就你没戴那东西。"

解放街我们都知道。离花街不是很远，很多女人都聚在那里做生意。有一次我去解放街看露天电影，电影散了往家跑，一个男人伸着衣袖从临街的屋里出来，后面一个看不清长相的女人倚着门框说，好再来啊。人家都说到这样了，我边上的人都觉得洗河赖不掉了。学会嫖了，不错啊。然后大家开始看苏绣，下面该她了。

苏绣果然说话了。苏绣说："好。"半天又说，"好。"我们都以为她气得不会说别的了。因为随着事情的发展，她脸上的冷静开始变颜色，像冬天里的过门石，铁青。嘴也开始抖。她把自己的胳膊抱得更紧。"说实话，嫖了没？"

洗河说："绣儿，回家说好不好？"

"就在这里说！"苏绣的胳膊突然就松开了，右胳膊猛地一甩，打到石墙上，手面开始流血。洗河过来要拿她的伤手，被苏绣的胳膊肘推到一边。"你就在这里说！我知道，你们不整天在背地里骂我不要脸么？不是整天骂我给他绿帽子戴么？好，你说，不要脸大家都别要脸！你说，陈洗河，你上没上过这女人的床！"

围观的人一下子不好意思了，开始往后退。我也往后退。"你们"就是我们啊，谁还好意思往前凑。苏绣用流血的右手在我们面前缓慢地划了一圈："谁也不许走！你们不是想看么，不是想听么？今天就让你们听个够，看个够！谁也别走！"我们只能继续往后退，退了几米就不约而同地停下了。大家都有点怕，但说到底谁也不愿意就此走掉，错过可是拿钱都买不回来。

洗河更结巴了："绣儿，真不是我的。"

"就是你的！就你没戴那东西！"那陌生女人可能受到苏绣的感染，气魄也壮烈起来。

"闭上你妈的×嘴！"苏绣指着她说，"没你说话的份儿！"然后对洗河说，"也就是说，你跟她真睡了？"

洗河断了脖筋似的，脑袋挂到了胸前。

"好，睡得好！连儿子都睡出来了！"苏绣的声音低下去，说话的时候像在笑，眼泪跟着吧嗒吧嗒往下掉。然后声音慢慢扬起来，"你儿子都睡出来了，我还到处去治病！我还治你妈什么病！要不是你怕断香火，我腿痒痒啊我到处跑？你想起来就生生气发发火，想起来就打我一顿，你以为我愿意啊！"

原来洗河不软啊，在家还生气发火打老婆呢。大家你看我我看你，都很惭愧。过去把洗河想软了。对不起人家了。

洗河头抬起来了，腰杆也绷紧了。"你治你的病，谁让你跟那姓郑的狗日的治到一块去了！"

"治到一块怎么了？他把我坑了，我要还回去！他闺女不是怕白蛇么，我让她天天看！看死她！"

"那也不能让姓郑的狗日的看！"

"你以为我稀罕他那张臭嘴？反正也没脸了，你们想听就让你们听个够！你不是说我再也下不了蛋么，我就想知道自己是不是真的怀不上了。洗河，你以为我甘心啊，我不甘心。我真的想让你有个孩子，不管谁的，从我肚子里出来你一定会欢喜的。"

周围一下子安静下来。没有人说话。大家都猜出来了，其实洗河还是希望苏绣能怀上，不管是谁的种。那时候我还小，还弄不透苏绣的怨毒和悲凉，放在现在，为她大哭一场都值。我们习惯了站着说话不嫌腰疼，以为该如何如何，事实上，有人真正深入过他人的内心么？

苏绣用伤手抹眼泪，血染上去，两只眼都是红的。"这下好了，"她对那个陌生女人说，"你把孩子保住，生下来，你愿意养你就养，我跟洗河离婚，你进来。你要不愿意养，生下后我来养。我伺候你坐月子。"

"绣儿，不是我的，"洗河争辩说，"真不是。医生说我这辈子生不了孩子。"

"你不是没查吗？"

"查了。一个人去的。我一直都说不出口。"洗河头又低下了，"我也有问题。我有医生开的证明。"

苏绣既高兴又失望，她问那女人："你肯定是洗河的？"

轮到那陌生女人傻眼了。"我，我也不知道，"她说，"我以为是。我再想想，有时候，你知道的，戴了那东西也会出事。我再想想。不好意思啊。再想想。那，我先走了。"

竟这样收场，大家面面相觑，一声不吭地散了。很快晚炊浓郁，天地飘香，天黑下来，花街的狗也安静了。夜晚刚刚开始，但是花街上的今天已经结束了。

# 4

这一天的事很快传到东大街和西大街。苏家沉默，郑启良的老婆跳出来。她来到花街之前和男人打了一架，郑启良比她矮，三两下就被放倒在地。她知道自己男人不是好东西，但别人对着高音喇叭宣传她还是受不了，何况对方还处心积虑地害自己女儿。她左手砧板右手菜刀来到洗河家门楼底下，一屁股坐地上，剁一下砧板拍一次大腿，骂一个勾引她男人的骚货，骂那个骚货不要脸，养汉子养出了习惯，被她男人弄大了肚子还不过瘾，见了还要脱裤子。骂那个狐狸精蛇蝎心肠，害了他们两口子还不罢休，还要害他们家哨子，活该断子绝孙。骂得口吐白沫也没提到苏绣的半个名字。

大家远远地看着郑启良老婆表演，打赌洗河和苏绣谁先出来。谁都没有赢，两个人一块出来的。洗河出了门就往外走，出了花街人不见了。苏绣坐到郑启良老婆斜对面的过门石上，就坐在那里看她骂。郑启良老婆觉得她胜利了，这个骚货不敢说话，于是骂得更起劲，骂一句瞅一眼狐狸精，瞅多了声音就慢了，就下去了。苏绣斜眼看她，嘴角微微吊起，像宽宏大量。郑启良老婆看不懂了，心里开始发毛。然后她听见狐狸精说：

"再骂一句，哨子活不到过响。"

骂声戛然而止。郑启良老婆突然打了个哆嗦，下意识地往花街两头看。洗河从南面走过来，手里拎着一个人。她稍稍放了心，是郑启良。她做出一个漫长的冷笑给自己壮胆，张嘴要继续骂，郑启良给了她一个耳光。郑启良说："滚回家去！"此刻的郑启良后衣领还攥在洗河手里，脚尖一直踮着。

"死不要脸的，你打我！你帮拐女人打我！"他老婆张牙舞爪地哭起来。

洗河冲她左脸一个耳光，然后把郑启良往前送了送，郑启良顺从地给了她右脸一个耳光。郑启良说："你他妈还不回去呀，现人眼了！我求你了！"

他老婆抱着头脸往他身上撞，洗河抖一下手腕就让郑启良避开了。郑启良老婆一个趔趄，收住脚要再撞，洗河又把郑启良往前送一下，耳光落到他老婆脸上。郑启良说："哨子在家发傻了！"他老婆停住，鼻翼一个劲儿地动，一挥手把菜刀砍到墙里去，喊一声："郑启良，我×你妈！"撒腿就往家跑。洗河松开手，郑启良喊着他老婆名字也追过去。

此后苏绣再没和郑启良一起去看病。哪里也不去了，洗河打算抱养一个孩子。郑启良继续带他女儿去看病，又是一年，哨子的病看不出来好转，便也不去了。据说哨子偶尔见到苏绣，还有点怕，因为苏绣会突然在她面前露出白肚皮来，哨子见了准哭。

这件事在三条街上传来传去，最后剩下了"借种"的结论。几年以后还有人提起，那时候苏绣和洗河已经经营起豆腐房，也抱养了一个叫招娣的女孩。有一天苏绣给我家饭店送豆腐，围着豆腐车好多人说话，西大街一个女人带着孩子从石码头上经过，顺手也要两斤。切好，上秤，少了一两，苏绣又切了一块添上。小孩顺手塞进嘴里，吧嗒嘴咽下了。那女人说少一两，快给呀。苏绣说给了，你孩子吃了，二两都不止呢。那女人问小孩，吃了？小孩躲在他妈屁股后头不吭声，只摇头。给了和没给，争了半天，西大街的女人觉得冤枉，一生气张嘴就伤人：

"男人的便宜占占也就罢了，小孩的便宜你也占！"

"你再说一遍！"苏绣说。

"说又怎么了？谁不知道啊，借种都借到西大街了！"

她刚说完，一块豆腐就砸脸上了。苏绣指缝里的豆腐渣一点点往下掉。要不是周围人拉架，打得就好看了，每个人只抓到对方的一小绺头发。苏绣晃着雪亮的豆腐刀说："你再哼一哼，我把你嘴咧到两耳朵上！"

此后，再没人敢当面说借种了。开不了口，人家闺女一天天大了。

## 5

招娣是他们买下了范十三的豆腐房之后才抱养的。花街上有两座豆腐房，一座蓝麻子的，另一座范十三的。范十三女儿嫁到城里，买了高楼里的大房子，让老两口去过好日子，顺便看孩子做饭，就把豆腐房转让给洗河了。蓝麻子的生意主要在家里做，卖豆腐、豆腐脑和豆腐皮，尤其是豆腐脑，三条街上嘴馋的隔三岔五都来过把瘾。洗河两口子当然竞争不过，就推着豆腐车沿街叫卖，生意也过得去。豆腐是个好东西，便宜，怎么吃都行。花街上日子不好过的人家，都拿豆腐当肉吃。洗河两口子经营了半年，豆腐房里响起婴儿的哭声。苏绣姨妈从扬州给她抱来个女婴，据说花了三千。那家人想男孩，前头有了一个女孩，这个不敢再要，生下来就卖了。

为了照顾好这个女婴，一个月的时间里豆腐都停下来不做了，两个人夜以继日地伺候这个小丫头。他们买能买到的最好的奶粉给她吃，精细地观察她的饮食起居，直至打眼一看小丫头的表情就知道她想吃还是想拉还是想睡。他们把她伺候得像个祖宗。满月那天还放了一挂鞭炮，请平日关系还好的街坊喝了一顿满月酒。我妈去了，回来时兴奋地说，叫招娣。胖得跟个肉球似的。这苏绣，带孩子还是把好手。她逢人就说，看看，我闺女！我妈还说，房间里只剩下她和苏绣时，苏绣哭了，苏绣说：

"姐，我也有孩子了。"

那小女孩长得挺好，眼睛大睫毛长，脸是圆的，生气时喜欢嘟嘴。在她长大之前，小肚皮一直吃得鼓鼓的，你要问她，招娣，西瓜熟了没？她就拍拍肚皮，说没有，不能吃。苏绣推车卖豆腐，她也会跟着，从车左边跑到车右边，一路都在唱小老鼠偷油喝，被它妈妈抱起来。我一直没弄明白这首儿歌的出处。我还问过招娣，我说："你知不知道为什么叫招娣？"

"知道，"她说，"妈妈让我招来一个小弟弟。"

"那你想不想要一个小弟弟？"

"我不知道。"

洗河还想抱养一个儿子。苏绣在我家说过。因为给我家送豆腐，他们和我家关系还不错，苏绣有事常和我妈说。一个男孩起码几万，他们拿不出来，现在只能拼命干活。他们计算过了，照眼下的收入，招娣十岁时应该没问题。如此宏伟的计划让我妈抽了一口冷气。我们家如果有此雄心，早发达了。

两口子前腿弓，后腿蹬，铆足了劲儿向前冲。那几年他们沉默不语，唯一的声音就是吆喝豆腐。当豆腐和吆喝成为花街的日常生活时，他们就完全被大家忽略了。其实多少年来，花街上各自的生活都是被彼此忽略的，同样道理，花街的生活和东大街、西大街的生活也是在相互忽略。偶尔一下动荡，多半是婚丧嫁娶，是生和死。比如，一个孩子的出生，或者到来。招娣八岁那年，洗河和苏绣匆忙接受了一个男婴。

只花了一万块钱。这事跟我姑妈有关，她在一家医院做妇产科主任。在抱养招娣之前，苏绣就和我姑妈打招呼，有合适的婴儿帮他们留个意。经常有女人生完了就把孩子扔下，一个人偷偷跑掉。但我姑妈胆小，违反计划生育犯法，扔掉孩子犯法，把孤儿送人也犯法，相当于买卖人口，那哪能做。这男婴不一样，刚生下就不妙，心脏有问题，保养了一周还小脸乌紫，父母觉得这孩子废了，养得活也是钱赔着，扔掉又舍不得，一条命啊，就求我姑妈，希望有钱的人家抱养了去。这世上有钱人一抓一把，但想要这孩子的怕就难找了。我姑妈也心疼这小生命，有枣没枣打一竿，给苏绣递了个话。苏绣看看洗河，洗河桌子一拍，要！给了产妇五千块钱做营养费，孩子就抱回来了。

花街一下子又热闹了。洗河有儿子了。豆腐房停掉，三口人全力伺候一个不知道能否活下来的小生命，过两天跑一趟医院。所有人都替他们悬着一颗心，那么点小东西，比猫大不了多少。

居然就喂活了。两个月的时候抱出来给街坊邻居看，小东西脸色完全正常，胖了，没事就喔喔地叫。苏绣和洗河瘦了，尤其洗河，腮帮子陷下去，两个月老了十岁。但是他们开心，你能看见他们从心底里开出花来，一朵一朵，团团簇簇，看见太阳笑，看见风也笑。我姑妈给小家伙诊断过了，只要保护好心脏，没大担心了。她根本想不到这孩子能喂成这样，简直是专家手笔。他们给他取名"冠军"，两个月时补请了满月酒。排场更大，洗河这个钱花得高兴，他知道接下来他得花更多的钱。

冠军在花街还是热门话题时，洗河跟苏绣又开始闷头赚钱了。他们从我家借了钱，买了一台豆腐机，自己做豆腐方便了，逢年过节各家做豆腐也可以去加工，收取一定的加工费用。一切从头开始。两个孩子一点点长高，他们俩一点点矮下去。两个孩子需要钱，可能是很多的钱。冠军一岁后我离开花街去南京念大学，在学校里养成了夜猫子的习惯，回到家也三更半夜不愿意睡，看书，写东西，一折腾就过凌晨。从我二楼的房间看夜晚的花街，一片漆黑，整条街沉在梦里。凌晨两点，像闹钟一样准时，我听到一两声狗叫，洗河家豆腐房的灯亮了。灯光从他铺子的窗户里透出来，像伸进黑暗里的一根狭长的舌头。

隐约的机器响声，他们开始加工头天晚上泡好的黄豆。然后煮浆，点卤，上筐，三锅豆腐出来已经凌晨五点。从煮浆开始，铺子周围一直热气弥漫，花街也因此变得飘摇恍惚。苏绣把两锅豆腐放进自行车后的筐篮里，送洗河出门，他赶着送给市里的几家定点饭店。回到家大约早上六点半。这期间苏绣把剩下的那锅豆腐放进独轮车里，做好早饭。洗河囫囵几口早饭开始沿街卖豆腐。这时候水边的人基本清醒过来，端着盘子打开门，买新鲜的热豆腐。三条街下来能卖一大半，剩下的我们家基本上全要了。洗河卖早豆腐时，苏绣叫醒招娣和冠军，收拾好他们的早饭。豆汁是必喝的，因为营养价值高。早饭之后苏绣还有第四锅豆腐要做，这一锅在中饭和晚饭之前卖。

我爸妈常感叹，洗河两口子过的就是拉磨驴的生活，一年到头低着脑袋转，一口气都不歇。冠军养得小心，过了三岁毛病少了，和正常的孩子差不多，就体质差了一点。我姑妈建议多锻炼，没事动一动，洗河中午和晚上就把他带在身边，走街串户一起卖豆腐。小家伙蹦蹦跳跳，手里攥着洗河给买的奶糖和好玩具，嘴里哼着姐姐教的逻辑不明的儿歌：小老鼠偷油喝，被它妈妈抱起来。

# 6

冠军六岁那年夏天，炊烟将升未升的黄昏，他跟洗河经过西大街。洗河把车子推到街头，发现儿子没了，回过头去找，看见他胳膊背到身后，站在郑启良家的门楼底下。洗河知道他在看郑启良，心想，看吧，再不看就没机会了。经过郑启良门楼前，洗河眼睛余光扫一下院子，一个人影坐在院子里的老槐树下，他知道那就是郑启良。他也就能坐坐了，像个影子，顶多是堆没用的肉。郑启良中风已经两年。开始只是面瘫，右半边脸突然不能动了，以为中了邪，他老婆就去河边给神神鬼鬼的燃香烧纸，然后回来帮他揉，揉了好多天，还是死肉一块。只好去医院查。医生说面瘫，开了一堆药让他吃。郑启良平生最怕吃药，咽不下去，一口水进到嘴里，水下去了药还在，一粒药丸要一大杯水才能带下去。他就偷工减料，吃一半扔一半，结果面瘫没治好，一早上醒来，整个右半身都不听使唤了，怎么也翻不过身来。三条街的人都说，他当主任时就爱偷工减料，偷偷减减公家的也就罢了，自己的也偷也减，活该。

冠军看见槐树底下的那个老头举起颤颤巍巍的左手，对着他拨拉一下，又拨拉一下。他的左嘴角往上吊，左边的眉眼和皱纹也在生涩地错动，右边却寂静无声。冠军觉得很好玩，那张脸上好像还有另外一个人。老头啊啊地叫唤，左脚尖也一次一次地往上翘。冠军犹豫进去还是不进去。从堂屋里走出来一个白白胖胖的大姑娘，她先走到郑启良身边，喂了几口水，然后才看到站在门外的冠军。她说：

"进来啊。我爸让你进来。"

冠军认识哨子，她去蓝麻子家买豆腐常经过他们家门口。经过门口的时候会突然加快脚步，像逃跑一样瞬间而过。大家都说她头脑有毛病，但冠军不这样认为。他有时候会在石码头上遇到她，如果她是从运河对面的菜地里回来，就会顺手给他一个萝卜或者一根黄瓜。给他萝卜和黄瓜时她老重复同一句话："我知道你姓陈，你叫陈冠军。"开始冠军不敢接，后来熟悉了，给了就吃，他也重复同样的回答："我叫陈冠军。我也知道你叫郑哨子。"

哨子这些年生活平静，少有惊吓，病好多了。她已经能把三条街上的所有人都重新认出来，见到人知道说话，也能和别人有一搭没一搭地聊天。尤其这两年，郑启良中风以后，头脑堵上了不太好使，她在家里负责照顾，逐渐恢复了一个姑娘家该有的细腻和耐心。两个姐姐出嫁了，她妈要操心田间地头的事，郑启良只能由她来料理。因为要细微处下功夫，如果你不看她的转动偶尔不是很利索的眼珠子，你发现不了她还有什么问题。我在南京念书时，母亲在电话里跟我说，要是郑启良能多瘫痪几年，没准能把哨子的毛病治好了。当然郑启良还是没能坚持几年，他死掉之后哨子也嫁人了。婆家说，傻什么？不傻，跟好人一样，下雨知道朝屋里跑。就是隔一两个月会做一次噩梦，大叫着醒来，梦见白蛇缠身。婆家人又说，其实梦见白蛇缠身好啊，找羽山上的常道士解过了，吉祥着呢，早晚发大财。这已经是后话了。

哨子对冠军招手："进来，我爸叫你！"

洗河想阻拦已经迟了，冠军进了院子。为了对冠军微笑，郑启良拼命地把嘴角往上拽，口水哩哩啦啦挂下来。他说："你，啊啊啊。"哨子替他擦掉口水，他又说，"你，啊，啊啊啊。"哨子说："冠军，我爸让你到这儿来，他给你讲故事。"冠军往前凑了凑，他觉得哨子她爸很好玩，又有点可怕。他想不明白一个人怎么会变成这样，右边的脸上有个人，右边的身子上还有一个人。当郑启良的手快触到他脑袋时，冠军躲开了。郑启良又啊啊啊地叫，口水流个没完。哨子说：

"我爸让你别怕，他要给你讲白蛇的故事。"

郑启良左脸上的皱纹突然滚动起来，像有很多虫子在脸皮底下乱窜，眼睛都变大了。冠军吓得转身就跑，迎面撞上站在门楼边的洗河。洗河站在那里几分钟了，犹豫着是否该把儿子喊出来。洗河拽着儿子就走，快出西大街才说：

"以后不许你进他们家！"

"为什么？"冠军很少看见洗河的脸板成这样。

"让你别进就别进！"

冠军低下头，心想越不让进我越进。拐弯的时候他回头看西大街，很多条炊烟像柱子一样从各家的屋顶上长出来，越长越高，然后涣散分解，飘到了天顶上。

在郑启良死前的两年里，冠军放了学经常背着父母跑到郑启良家玩上一会儿。刚开始对郑启良还有点陌生和怕，熟了就百无禁忌，顽皮起来甚至会拎着郑启良右边的嘴唇往上拉，希望他能完整地笑出来。郑启良也不生气，由着冠军拉他的脸皮，抬起和放下他那只提前死去的右手，他只顾用左手去摸冠军的头。他对冠军用半个脸笑，口水不断地往下流。他开心地说："啊啊啊。"冠军跟郑启良玩，当然也跟哨子玩，哨子把她爸千篇一律的啊啊啊翻译成不同的故事，每一个故事都有一条白蛇。骑自行车的白蛇。摇船的白蛇。躺在船舱里的白蛇。喝水的白蛇。说话的白蛇。缠在男人身上的白蛇。两条扁担那么长，吐着火红的蛇信子。听得冠军一惊一乍。哨子从来不讲从运河里突然蹿出来的那条白蛇。

郑启良的老婆当然不爱看见苏绣的儿子，即使不是亲生的也不想看见，但因为郑启良和哨子喜欢，就没赶他走，相反多少还有一点感激。郑启良的日子不多了，谁都看得出来，离开人世之前得到的这点快乐，拿钱也买不到。哨子也因为冠军常来，高高兴兴，眼珠子越转越活泛了。所以郑启良老婆有时不免羡慕起苏绣，这个狠毒的狐狸精，竟也有这么个好儿子，虽然不是亲生的。她和郑启良一辈子没生出个儿子，想来也叹息。

西大街和花街一根烟的工夫就到，放个屁这边都能听到响，还有那么多眼睛和嘴，洗河跟苏绣不可能不知道冠军三天两头往郑启良家跑，但他们什么话也没说。一是不愿意把他们之间的恩怨扯到孩子身上；另一个，他们也越发忧虑的，怕两个孩子知道他们不是亲生的，伤着他们。都懂事了。他们依然埋头苦干，当真是起五更睡半夜，现在每天要做六锅豆腐。城里的定点饭店多了，招娣和冠军也能搭上手，能做的事苏绣还是坚持做。

冠军九岁那年，郑启良死了。那时候郑启良只能躺在床上啊啊啊了。冠军放了学跑去看他，他打开语文书要给郑启良念一个故事，郑启良啊啊啊地高兴。他开始念，哨子坐在一边给他织毛线手套。念到一半哨子打断他，让他把手伸进手套里试试大小。正好。冠军继续念，郑启良突然啊啊啊急促地发出声音，脖子一挺一挺的，右半边的身子能动了。冠军说："看，好了！"郑启良又啊啊两声，头一歪，不动了，两只眼直直地盯着冠军。那眼神里好像有东西在动，冠军吓坏了，丢下书就往哨子身后躲。哨子摇动几下郑启良，然后放声大哭。

7

郑启良的坟墓在运河北岸。三条街上的死人都聚集在那里。冠军从郑启良的新坟旁离开，摇船回到家，说他想起郑启良最后的眼神里游动的是什么东西了。白蛇。一个眼神里一条。

苏绣的脸当时就撂下来了，说："瞎说，哪来的什么蛇！"

"真的，"冠军认真地说，"我亲眼看见的，两个东西在动，就是白蛇。"

苏绣顺手给了他一耳光。打完了自己先呆了，九年里她都没大声跟儿子说过话。冠军委屈地哭了，说："就是白蛇嘛！我看见的！"

苏绣把一口气拼命往肚子里咽，咽得一丝不剩了才蹲到儿子跟前。"别哭了，是妈妈不好。妈是怕你被吓着。哪有什么白蛇。"

"有。哨子说有，她见过。有很多。"

苏绣眼泪忍不住就往下掉。她说："她骗你玩的。听妈的，这世上没有白蛇。"

冠军看见他妈哭了，有点莫名其妙，但他是个好孩子，就说："嗯，我听妈妈的。"

郑启良死后两个半月，哨子匆匆出嫁了。临时介绍的外地人，好像还不错。按我们那里的风俗，如果老人去世，晚辈的婚嫁必须在三个月内完成，否则要等三年以后。我也说不清道理在哪。对冠军来说，郑启良和哨子都不在，西大街就空了，一点点从他的生活里消失掉。他重新回到自己的九岁时光里，念书，和同学玩，一个人玩，经常在放学之后走到石码头上，坐在石阶上看船和水。对岸是三条街上人家的菜地和公共墓地，郑启良埋在那里。不知道是因为郑启良的死和哨子的出嫁，还是因为体弱，冠军变得忧郁和敏感，像我当年那样，心里生出混沌的希望和绝望，说不清也道不明，在水边一坐能半天不挪屁股。他拒绝和父亲一起卖豆腐，别人去他家买豆腐或者加工豆腐，他也很少伸手，喊一声父母就回屋里做作业了。冠军的学习成绩在那之后突飞猛进，连着三学期都是班级一二名。把洗河跟苏绣高兴坏了，儿子有出息了。没想到祖坟上还有这么一棵蒿。洗河弄了两个菜，带一瓶好酒和几刀烧纸，划船到对岸给列祖列宗的坟前各烧了一刀纸。与此同时，招娣的成绩每况愈下，高三结束没考上大学，勉强拿到张毕业证回家了。

洗河没觉得招娣考不上大学有什么不妥，花街上考上大学的没几个。考不上就不上嘛，哪里黄土不埋人，总有吃饭的地方。那时候三条街上已经兴起了打工潮，年轻人在家里蹲不住了，梦想着到大城市里赚大钱、当老板，出人头地，跑北京，去宁波、上海和广东，哪里有钱往哪里跑。招娣和几个落榜的同学一起南下，去了深圳。苏绣有一番舍不得，但守着又不合适，花街实在太小，总不能让招娣也跟豆腐耗上一辈子。招娣说，爸妈这些年太辛苦，白头发都有了。她要挣大钱，要让爸妈清闲些，要供弟弟将来念最好的大学。两口子眼泪是落了，却也很感欣慰，想想当年猫一样大的小东西，竟也长成了大人。

他们的确是老了，有和年龄不相称的白头发和皱纹。看起来比我爸妈年龄都大。有天晚上苏绣到我家跟我妈聊天，拨开头发让我妈看，花白只是外面，里面的头发一直白到了根子里。看得我妈都跟着心酸。

外面的头发一年以后也白了。这是冠军十二岁的夏天，他在运河里洗澡淹死了。

## 8

运河边的男孩从小就会水。天热了就进水，游泳，打水仗，比赛追船，游到河对岸偷西瓜、萝卜和桑葚。不会水那要给同伴们笑话死。冠军也会，因为先天身体有毛病，苏绣一般不让他随便下水，小时候洗澡洗河都跟着。过了十岁，冠军的体质虽说不是很好，但也绝不病病歪歪，一年难得有两次感冒，苏绣和洗河逐渐就放心了。冠军也不让洗河再跟着。

那年天热，鸡鸭鹅的嘴一天到晚张着，闭上就喘不上气。老鼠热得成群结队地往水里钻。很多年不下水的老太太也开始往水里走。以石码头为界，男人在四百米远的左边洗，那地方有个沙底的水塘，多少年来就是洗澡的好地方；女人们在石码头右边五百米的地方新辟了一块天地，老女人小媳妇都跳下去。大人们洗洗就上岸，小孩子玩不够，进去了就不愿意出来。

那天中午阳光把槐树叶子都烤焦了，河两岸飘荡着似有还无的青草的煳味。到了下午两点，一阵清凉湿润的风从东南方向吹过来，太阳隐到了厚云彩背后。那些棉花团似的闪光云朵跟着风向花街上空缓慢移动。冠军午睡起来坐在电扇底下发呆，几个孩子在门楼外喊他去洗澡。他光着上身只穿短裤就跑出来，印有米老鼠图案的T恤提在手里。跑出门的时候，他对正在泡黄豆的苏绣说：

"妈，我去了！"

苏绣说："早点回来啊。"

冠军已经跑远了。冠军死后，苏绣一度精神恍惚，祥林嫂似的老重复一句话：我当时怎么就没听出来呢，他说妈，我去了。这是冠军留给他们的最后一句话。运河里已经有好几个孩子，年龄稍大的游到河中央，小的就抱着充过气的橡胶轮胎练习游泳。冠军和同伴们约好了游泳比赛。天上的云朵开始变厚，像光洁的棉花团变质发暗，太阳缓慢地躲进去，阴影以双倍的速度覆盖河面。冠军把脑袋从水里露出来时，左耳边是啪啪的水声，右耳边是风经过槐树叶、灌木和青草的哗哗的声音。

风降低到水面上时，天暗下来。东南方向的雨腥味正往这边赶。一轮比赛结束，冠军看见闪电在遥远的东南方向像一把把幽蓝和银白的尖刀割裂天空。要下雨了。不少孩子开始上岸，冠军也要走，几个比赛的同伴说："认输就走。"冠军哼了一声，又跳下水。他游得不算最快，也绝不会最慢。

大雨说来就来，天又黑又沉，几乎压到了河面上。浪涌变大，运河开始变黑，像谁倒了越来越多的墨汁。一个雷在头顶炸响，巨大的白雨点砸到水面上，一滴雨一个坑。他们正奋力往回游。冠军看见天就悬在头顶两三尺处，水浪不停地扑到脸上，堵住了他的鼻子和嘴，他觉得呼吸开始困难，身体里的某个地方突然板结，在板结的地方有道尖锐的疼痛。然后他看到一条耀眼的白色巨蛇从漆黑的水里蹿出来，他惊叫一声：

"白蛇！"

游在他身后的同伴听见了他的叫声，当他躲过一个水浪翘起脑袋向前看时，冠军不见了。那同伴事后说，他当时还想，冠军作弊，一个猛子扎进水里了，上了岸他就揭发。但是所有的孩子都在大雨里上了岸，发现单单少了冠军。此时洗河穿着雨衣拿把伞也跑到了水塘边。洗河问：

"冠军呢？"

他们说："他扎了一个猛子，就不见了。"

洗河感到小腿肚子里面有两根筋剧烈的扭转一下，腿立马软了，放开喉咙大喊："冠军！"

半天没动静，满天地只有水落在水里的声音，此外是闪电、惊雷和雨打草木之声。洗河脱掉雨衣就往河里跳，每向前游动半米就最大限度地张开四肢向周围摸索，乌黑的水里他什么都看不见。岸上的几个孩子意识到问题严重了，年龄大一点的也跳下水，年龄稍小的三个分别去花街、东大街和西大街叫人。

十分钟左右，先后有四十多个男人跳下水和划起船，一起在河面上找。苏绣雨衣没穿，伞没打，跟跟跄跄地跑到河边，摔坐在泥水里，她的腿软得站不起来，就跪在泥水里向前爬，她要爬进水里找儿子。她哭得撕心裂肺，眼泪跟雨水混在一起，就是发不出声音。一点声音都发不出来。有人在后面拉住她，她就一下下拍着泥水，最后整个人趴到地上，一张脸都埋到泥水里。

一个下午都在寻找和打捞。黄昏时分，雨停了，太阳在西半边升起来，往上跳了一下，紧接着就往下掉。划船的红旗在下游两公里远的芦苇丛边找到了冠军的尸体。此时的苏绣眼神涣散，湿头发已经干掉，在风里像乱草一样飘飞。她一遍遍地说："我当时怎么就没听出来呢，他说妈，我去了。"洗河因为心痛和劳累，虚脱了，看见儿子躺在船上，一张空脸上只有眼泪。

那个游在冠军后面的孩子说："我想起来了，他叫了一声，白蛇！就没了。"

苏绣听到"白蛇"两个字无动于衷，半天突然笑了一声。然后继续面无表情。

红旗问他："哪来的白蛇！你听清楚了？"

"嗯。"

"你也看见了？"

"没有。我就看见一道雪白的闪电，从天上插进了水里。"

除此之外，问不出别的东西。最后大家的判断是，冠军被闪电吓晕了，导致溺水身亡。知道冠军病史的人在心里添上一句：那一刻一定是心脏病犯了。

不管什么原因，人是死了。冠军的小尸体被抬回家，苏绣和洗河谢过大家，关上了院门。院门关了两天，任街坊邻居怎么敲怎么喊都不开，搞得大家都着急。既担心洗河两口子出事，又担心这大热天的，尸体放在家里不是个事。谁都知道他们这些年是如何宝贝冠军的。

第三天门开了，出来两个头发雪白的人，他们俩花白的头发如今全白了，跟假的一样。过去我一直认为所谓的"一夜白头"是小说家的杜撰，是急功近利的夸张，回到家看见苏绣和洗河才真正相信。那一头的白让人心碎，一根杂色都找不到。他们的痛苦无人能及，所以白了。如街坊们所料，冠军的确是被放在了过去盛豆腐的冰柜里。如果不是苏绣一再地劝说，洗河打算把儿子在冰柜里放一辈子。他知道除此之外，再也没有别的办法见到冠军了。

这是他来之不易的唯一的儿子，也是最后的儿子。他不想这么快就让他离开，他只在他身边待了十二年。十二年何其的短，不过是一头黑发变白的时间。

# 9

冠军也葬在运河北岸的墓地里，小小的一个土堆子。我去看过，像一个孩子那样小。听我爸妈说，洗河跟苏绣经常划船到对岸去看冠军，每次都哭得死去活来。我妈说，放在谁也难过，活一辈子不就为这两个孩子么。孩子没了，不哭哭还能干什么。因为看冠军，洗河差点变成了糊涂人。这件事有点神神道道，但我爸妈告诉我绝对是真的，他们亲眼所见。

葬过冠军两个月，天依然挺热。晚饭后洗河拎上竹篮和铲子，划船去河对岸自家的菜园子里挖菜。晚上十一点多了也没回来，苏绣怕出事，就往石码头上方向走，一路没遇到。她以为洗河顺道和我爸聊天了，就敲我家的门，那会儿饭店早打烊了，我爸妈正收拾准备休息。我妈说，没见到洗河啊。苏绣尖叫一声坏了，就让我爸妈拿了手电跟她一起到对岸去，洗河一定在冠军坟前。刚到码头边就听见哗哗的水声，我爸用手电往运河里一照，洗河正在不远处的河心里把船划得一圈一圈地转。我爸冲他喊：

"洗河，你在干吗？"

洗河停下桨，抬起胳膊挡住手电筒的光。苏绣也扯起嗓子叫他。半天洗河才开始划船，慢慢靠了岸。上了岸他慌慌张张地看着我爸妈和苏绣，满头满脸都是汗，他说："它不让我走。它不让我走。"我妈听了鸡皮疙瘩只往外冒。

"谁不让你走？"我爸问。

"不知道。不知道。"洗河说，"我左划右划就是划不过去。划到哪里最后都划到那个地方。它不让我走。"

苏绣真的吓坏了，声音都哆嗦了，问我爸："洗河不会中邪了吧？"

"听他说的应该是'鬼打墙'，"我爸也不敢肯定，鬼打墙他只是听说过，就是绕来绕去绕不出去，鬼在你跟前打了一堵墙，总回到老地方。原地打转。"可这种事好像都是走在坟地里才能遇到。"

"这可怎么办？"

"别怕，让洗河先睡上一觉。醒来就该没事了。"

我爸妈帮着把洗河送回家，他整个人迷迷瞪瞪，神志不太清醒，一直重复"它不让我走"。安顿好洗河睡下，他们一直陪着苏绣坐了一夜。苏绣那样子，再来一点打击就可能崩溃。她差不多哭了一夜。第二天一早我爸妈离开时，洗河还没醒，呼吸平稳。他们刚到石码头上就遇上一群人，那些凑在一起的脑袋说，郑启良的坟被人掘掉了半边。

早起的人去对岸菜地，经过墓地边上，发现郑启良的坟被掘了，豁了一个大洞，还好没露出棺材。新鲜的铲土的痕迹。掘坟这种事在花街相当少见，不吉利。解放前外地的强盗过来盗墓，倒是掘开过几个老坟，一无所获地走了。老坟都迁了，新坟里啥值钱货也没有，没理由。只有两种可能，一是哪个头脑坏了，碰巧把郑启良当坑挖着玩了；要么是仇家找上门了。我爸立刻想到洗河，转身就往回走。如果是洗河干的，最好的解决办法是一声不吭地把坟给补上，烧刀纸说两句好话。人死为大嘛。犯不着。

苏绣正要出门再找我爸妈。洗河人已经醒了，但头脑没醒，问什么都呜呜呜说不明白。昨天晚上的事完全记不起来。我爸拍拍他的后背，让他慢慢想，昨晚他是怎么回到家的。洗河茫然地看看我爸，无辜地摇摇头。我爸继续拍他后背，突然觉得手底下有点异样，他在洗河后背上摸索几下，掀开他衣服，赫然看见竖排反写的"郑公启良之墓"六个阳文大字印在右后背的肉上。其他地方也有小一点的文字，已经模糊不清了。我爸后来说，他当时冷汗就下来了，太恐怖了，都瘆人了。都是些什么字啊。我妈和苏绣一起惊叫起来。我爸头脑里闪过的第一个念头是，洗河被郑启良的鬼魂缠上了。没等他说出口，第二个念头接踵而至，我爸明白了，一定是洗河干的。他掘了郑启良的坟，而且倚着墓碑坐了很久，所以碑上的阴文刻字才会以阳文的形式印在他背上。但问题是，从昨天晚上到现在，起码六七个小时过去了，印痕居然没有平复。我爸的后背继续发凉。

"你掘了郑启良的坟了？"我爸问洗河。

他依旧茫然地看看我爸，摇摇头。搞不清是没掘还是不知道。

我爸让苏绣把昨天晚上洗河用过的铲子从竹篮里拿过来，上面粘着一团团黄泥。"苏绣，"我爸说，"我看最好是过河把郑启良的坟补上，再烧点纸，祷告一下。死人有时候比活人还难缠。"

"我不去！"苏绣立刻反对。我爸妈也觉得不合适，她给郑启良补坟烧纸，那成了什么事。

"我们陪你，你就在边上站着，说几句软话。其他的我来干。都为了洗河。"

最后一句让苏绣的眼泪又掉下来。一家人成了这样，还有什么不能干的。

苏绣把洗河锁在家里，跟着我爸妈过河去了墓地。郑启良老婆正坐在坟前号啕大哭，一边哭她可怜的男人，一边咒骂掘坟的人不得好死，一边用手往坑洞里填土。那坟掘得真不成个样子，这里一铲那里一铲，掘得既仇恨又潦草。我爸把郑启良老婆拉起来，没跟她说坟是谁掘的，撒了个谎说，冠军在苏绣的梦里递了话，说老郑的屋子漏雨了，让他爸抽空给修修。老郑生前不是喜欢冠军么，这孩子良心也好，就托了梦。这会儿洗河忙别的事，他和我妈陪苏绣来还孩子的愿，希望她能理解。

郑启良老婆似懂非懂，我爸妈已经挥起铁锹开始填土了。坑洞很快被填满，我爸用锹头培结实了，让苏绣烧纸。苏绣背对郑启良老婆，烧纸时只动嘴不出声。她憋着，忍着。等纸烧完了，她转身就往冠军的小坟堆那边跑。两座坟离得很近。苏绣扑倒在儿子坟前，终于发出了声音。为儿子哭，为洗河哭，更为自己哭。一辈子经历成这样，的确是需要大哭一场的。大约就因为苏绣的伤悲，郑启良老婆心也软了，后来没再找洗河的茬。

第二天，洗河恢复了理智，背上的字迹也消失了。对我这样的无神论者来说，这事相当诡异，跟迷信没两样。但我爸说，我可是亲眼所见，你爹的话你不信，你妈的话总该信吧？我妈说，我看见的跟你爸的一样。我一点办法也没有，也许有些事就这样，我说不好，你也说不好，大家都说不好。

正常后的洗河慢慢回忆起前天发生过的事情。他去菜地，挖完菜不由人就走到冠军的坟前。他说，我难受啊，真难受，里面是我儿子，可我再也见不到他了。他就挑一个地方坐下，看着儿子的坟墓。其实什么都没想，就是脑袋空空地难受，欲罢不能的心痛。看不见摸不着的儿子。没感觉到坐了多久，夜就变深。他担心苏绣着急，站起来身来要走，发现自己竟然坐在郑启良的坟前，倚的是他的墓碑。突然就恼火起来，莫不是郑启良这老东西死了也作怪，把冠军弄到了阴间。越想越有道理，冠军自从进了那老东西的院门，整个人就变了，还有那个脑子不好使的哨子，整天白蛇来白蛇去的。冠军一个孩子，哪知道什么白蛇，一道闪电至于把心脏吓坏么。水边长大的孩子，哪一个没见过几十条闪电。冠军的死跟郑启良脱不了关系。

洗河怒从心头起，操起铲子就掘，本想掘几下解解气，却越掘越感到失去儿子的难过和绝望，就一口气掘下去。掘累了停下来，他才发现已经挖出了一个坑洞，豁掉的那块比坟墓更黑。他感到了怕，拎起竹篮就往河边跑，解船，用力开始划。水面黑如另一个夜，看不见星星映在水里。他拼命地划，可怎么也划不过河中央。他就换个地方往前划，还是到不了河心。转来转去又转到刚起步的地方，好像有根绳子一次次把他拖回原地，又像有堵看不见的墙横在河心，他忙出了一身汗也冲不过去。洗河说他对着石码头方向大喊过好几次，没人理他。我爸妈觉得奇怪，他们根本就没听见水里有人声。洗河在水上折腾了差不多一个小时，然后看见手电筒的亮光，他再用力，竟然冲出去了。他说那条绳子和那堵墙，一定怕光。

"不是怕光，"我爸说，"是怕人。"

洗河终归是摆脱了"鬼打墙"，只是话少了，言谈也有点迟钝，经常正干着活就停下来发愣。这都正常，儿子没了，痛苦都装在心里，谁也高兴不起来。他们再次沉默，两颗白头在花街上低下去，再低下去。他们的内心无人知晓。

## 10

后来我去北京工作，一年难得回花街一两次，回去也都是三两天。我妈说我每次回去都像做贼，屁股焐不热凳子又走了。洗河家的事，大多是在跟爸妈通电话时听到的。

先是洗河出了车祸，成了瘸子。他骑自行车送豆腐时又走神了，没看见城市里的红灯亮了，迎面一辆桑塔纳冲过来，连人带车摔到路边。左腿垫到马路牙子上，自行车接着压上去，小腿粉碎性骨折。豆腐白花花的散了一地。在医院待了两个多月，腿保住了，但成了瘸子。好在医药费对方出了一大半，要不又得倾家荡产。这一折腾，两个人的皱纹又多了几十条，五十出头已经完全老态了。为防再出事，苏绣给洗河买了一辆脚踏三轮车，稳当。洗河的腿脚不方便，推和骑都放心。

然后是招娣的亲生爹娘找上门，想把招娣要回去。不知道他们是如何打听到这里的，看起来老实巴交的一对老夫妻，进了花街就问陈洗河家在哪，他们要找亲生女儿。招娣在深圳没回来，洗河跟苏绣多少松口气，就开门把他们俩迎进家去。大约半小时，苏绣慌慌张张跑到我家，让我妈去帮着说说话。那老两口不讲道理，生下招娣时他们不要，卖掉，现在孩子养大成人，他们突然后悔了，想把孩子认回去。哪有这样的道理。苏绣怕得要死，她和洗河不能再没有招娣了。

我妈也很生气，跟着苏绣去了。老两口都在抹眼泪，一把鼻涕一把泪，说这些年如何如何想这孩子，不知道她享福了还是受苦了。享福倒还好，若受苦，他们这当爹娘的真要遭天谴雷劈了。现在他们身边的孩子都成家了，一个个都不孝顺，把老两口扔窝棚里不管了。他们就加倍思念那个送了人的女儿，这两年一直在四处打听，总算找到了花街。

"老哥老嫂，"苏绣说，"孩子是爹娘心头肉，我懂。可招娣是我们拉扯大的，我们一直把她当成亲生女儿。长这么大我都没舍得打过她一下。"

"你再疼她，我们也是她亲生爹娘啊。"招娣的亲妈说。

"招娣不知道她是抱养的，"我妈说，"她一直把洗河跟苏绣当成亲生爹娘的。"

"那也只是当成。养父母到底还不是生父母嘛。"招娣亲爹说。

"不，不行！"洗河慢吞吞地说，本来这几年他说话就慢，一着急更结巴了。"我跟她妈，操啊操的心，不比任何一个亲生爹啊娘操的少。她就认我们是亲生啊父，父母。"

苏绣说："孩子都大了，冷不丁冒出另一对父母，她会受不了的。"

"是啊，"我妈也说，"招娣心重，万一受不了，那等于害了她。她在花街过得一直都很好。"

"一听就知道是我生的，心重。"招娣亲妈说，"我也心重，心不重也不会厚着脸皮找上门来。我不知道后悔了多少年！一想到那几个不孝的东西，我就更想她了。我的亲闺女啊。"

纠缠下去不是个办法，我妈出门找我爸，让他带几个街坊一起过去，不给他们点脸色看，他们还以为花街人好欺负。正好饭店里有几个家伙喝高了，我爸叮嘱几句，一块都开进了洗河家。这一招很管用。几个人喷着酒气插科打诨。这个说别欺负人啊；那个说你们凭什么要招娣；第三个说你们走时告我一声，我开车送送你们，车上什么都有，要镰刀有镰刀，要锄头有锄头；第四个说，怎么还不走，要八抬大轿抬上才走啊？老两口哪料到有这阵势，脸都黄了，四只老眼转几圈，站起来说：

"我们自己走。自己走。"

喝过酒的几个家伙看着他们走出花街，才放心地回去继续喝酒。我爸说，干得好，这顿酒他请了。但是洗河跟苏绣还是怕，既然找到了花街，他们不会就此罢休的。他们一定要再来。招娣早晚会知道，谁知道她会不会跟着亲生父母走呢。即使不走，也会左右牵挂为难，反而可能更麻烦。上次她回家，知道弟弟死了没告诉她，哭了两天，一星期都没怎么吃东西，去深圳之前，每天都去冠军的坟前烧一刀纸。我妈觉得招娣不可能甩甩手就走，那孩子，看着长大的，绝对不可能。至于牵挂为难，就难说了，她心重。

"给点钱能不能打发？"我爸说，"听那口气，是想钱来的。一遍遍说家里的孩子不孝，活不下去了，想起闺女了。招娣要是也不孝顺，他们要回去干吗？分明是找甜头的。"

我妈也觉得有道理。"再来就给点钱，说好别再纠扯不清。"

几个人越说越觉得是那么回事。洗河跟苏绣才放下了心。

事实上那老两口一直没再来，原因不明。起码到我讲完这个故事时，他们还没有走进花街。三个多月后，招娣突然从深圳打个电话到我家，说有急事。我妈一路小跑找来苏绣，她远远地看见苏绣抱着电话把手挥来挥去，偶尔跺一下脚。接了足有半小时。挂电话后，我妈谨慎地问，是不是招娣遇什么事了？苏绣赶紧摇头，没事，没事。她向门外走，过了门槛又退回来，犹豫半天说：

"姐，也不瞒你了，这孩子说她有了。"

我妈一下子没反应过来。看苏绣衰弱的表情才明白什么事。"你是说——"我妈试探着，"她才多大呀？二十出头啊。"

"女大不由娘啊，"苏绣疲惫地坐到椅子上，"她厂里的一个男孩。家在海陵镇。三个月了。"

海陵镇离花街不远，不到一百里。"你打算让她怎么办？"我妈说。

"我就想听听姐的看法。我也没主张了。她还小。可是，我又担心。你也知道，我怕——"

我妈明白了，她怕做掉了以后生不出孩子。她被自己吓怕了。这就不好办了。照我妈的想法，当然做掉，生不了孩子毕竟少数。但谁敢打这个保票。万一呢。这"一万分之一"也要人命哪。

"招娣说，她和那男孩最近老吵架。她怕最后走不到一块儿去。他现在不想结婚，家里也不打算让他结。"

要命，屋漏偏逢连夜雨。撞一块儿了。

"我真怕，"苏绣抱着一头白发缩在椅子上，这两年她明显瘦了，像个小老太婆，"我真是怕。"

那天我妈没有帮她拿主意，拿不了。只好让她回去跟洗河商量。第二天，苏绣眼圈乌黑地到我家，手里捏着一张写着电话号码的白纸，给招娣打电话。她在电话里语气坚定地说：

"留下，无论如何都留下。明天你就买车票回家。"

她让招娣回来保胎，怕她有闪失，也防止她听信那男孩的话去医院里打掉。

招娣就回来了。临行前跟男朋友吵了一架，闹得都提到了分手。

大年初六我回老家结婚。按花街眼下的习俗，新娘要坐轿车进婆家的门。我老婆喜欢水，她要坐船。我爸就找了四艘船，贴好双喜扎上花，船头上各挑起两只喜庆的大红灯笼，每条船上请了两个鼓手，一路欢闹，沿着运河漂游二十里再回来，从石码头上岸，再由我把老婆背进家门。我在鞭炮声里刚把老婆背上身，对面花街上驶过来一辆小面包车，一个陌生的男人走在车前，也挑着一挂鞭噼里啪啦地放。我以为是老同学或者朋友过来贺喜，可我不认识那人。我把老婆送进新房里，然后出来迎接客人，顺嘴就问我妈。我妈说，那是招娣婆家的车，接招娣和孩子的。

"谁的孩子？"

"招娣的，"我妈说，"都满月了。男孩。"

"结过婚了？"

"没有。男家本来不想要孩子的，听说是男孩，又非要不可。"

"什么人哪！"我老婆在旁边说。她觉得一个人坐在房间里不好玩，就出来找我。她听我说过洗河家的事。"妈，要就给了？"

"来好几趟了。苏绣不答应，她提两个条件：一、把招娣也一起带走，两个月后结婚；二、必须给三万块钱。"

"给招娣？"我说。

"给苏绣和洗河。今天男家总算把三万块钱凑齐了。"

我老婆哇一声，说："那不等于卖女儿么？"

"谁知道呢，"我妈叹一口气，跟着推我们，"看看你们俩，都结婚的人了还不懂事，就知道玩，招呼客人哪！"

我老婆对我撇撇嘴，跟我一起招呼客人了。

第二天晚上，我们一家刚吃过晚饭，苏绣和洗河过来了，我才想起来他们昨天没过来喝我的喜酒。现在专程来道喜。

"昨天我们没过来，是觉得不合适，"苏绣不停地向我们表示歉意。"招娣去海陵，等于我们家走了一个人。过来怕对你们不吉利。再说，招娣跟那男的还不知道什么结果，要是没个好结局，对你们也不吉利。"

这种迷信我向来不当回事，但他们真这么考虑了，我们一家人还是很感动。我老婆不谙世事，嘴里藏不住话，小声问苏绣："阿姨，你们为什么要招娣婆家三万块钱？"她刚问完我就碰一下她的膝盖，她还不明白，说，"你碰我干吗？"完了，怎么就学不会拐弯呢。其实我也满脑子疑问，照他们的为人，不应该，但我知道这话不能当面问。我妈也觉得挺尴尬，打圆场说：

"你们别介意，他们小，不懂事。"

"没事，我知道大家都想问这个。"苏绣笑得苍凉，"除了招娣，我跟洗河什么都没有了。不能再没有招娣。我想过了，如果招娣亲生父母再来，给他们两万，就当招娣孝敬他们养老了。我们不会让招娣走的。还有一万，"她停下来看看洗河，洗河也笑笑，用右手碰了碰她的左手。苏绣继续说，"我们怕招娣在那边不受待见，万一回来了，也好给她买点滋补的东西，这时候不能亏了身子。家里实在没几个钱了。"

苏绣说话的时候头发雪白，面目平静，仿佛几十年的光阴从未经过，是一眨眼就到了今天。

2007 年 4 月 11 日，上海西岑

# 日月山

　　从西宁出来，一路往高处走。天高地迥，阳光也好，出门前朋友建议我涂上效果最好的防晒霜。他不用，他长住西宁，习惯了高原上的紫外线，脸上有两团微微的红。"有反应吗？"他问。我们坐在车里，五月初的青海植被刚刚绿起来，高速路边的树叶子小得谨慎。"心跳稍有点快。"我说。

　　"乍来都这样。到日月山你反应会更明显。"

　　朋友开车，把一首叫《鸿雁》的歌声音开得很大。我喜欢在世界屋脊上听见辽远的大声歌唱。日月山海拔四千米，内地来的人基本上都觉得氧气不够用，会心慌。我有点心慌，但不是因为缺氧。我想此刻我妹妹一定有点心动过速，我感到了她的那种心慌。我们是孪生兄妹。她在北京，正准备嫁人。她让我来日月山看一个人。我该对那个叫扎西的藏族小伙子说点啥呢？

　　"你想说什么就说什么。"我妹妹说，"你要什么都不想说，就说，你是我哥。他会明白。"

　　我见过那个叫扎西的藏族小伙子的照片。他和我妹妹站在西宁街头，坐在青海湖边，站在布达拉宫脚下，坐在大昭寺前，每个人跷起一只脚独立于八角街边的大风里。在这些照片上，我妹妹吊在扎西的脖子上，她张大嘴开心地笑，露出了好看的牙齿。在这些照片上，扎西的确是个帅小伙，他笑得比较节制，像个康巴汉子。

"哥，你记着，他是长头发。"

我没理她。在这个问题上我大致站在父母一边，谁让我是当哥哥的呢。早出生一个半小时那也是哥哥。我不喜欢她在嫁人之前还想到一个叫什么扎西的男人。他俩不可能有戏。旅游结个伴儿还可以，结婚过日子，我爸妈说：肯定不行！事实上也如此，她不可能一辈子都在缺氧的拉萨、西宁和日月山生活，她的心肺功能先天不好，还吃不了羊肉。"你要跟着他牵一辈子牦牛，在跑几天都看不见一个人的地方放牧？"爸妈说。我妹妹哭了。

"哭了就赶快回来。"我接过电话。

那是两年前，我妹妹还住在日月山下扎西家的小平房里。

我妹妹回来了，拉杆箱里的一部分行李还舍不得全拿出来。

"还想走？"我妈把她的心电图报告抖得哗哗响，指着窗外的中关村大街，"走了你就不用再回来了！"

我来的时候，没让爸妈知道。到机场妹妹又给我发了条短信，说："哥，他是长头发。"

"他是长头发。"我跟朋友说。

"管他头发长短，"朋友说，"日月山上牵牦牛的没几个。你看这天，阴了。"

阳光不见了。天低下来，几乎就在天垂下来的同时，落下了雪。"这可是五月了！"

"谁说雪就得在正月里下？"朋友点上一根烟，递给我一个酒壶。我不开车，拧开盖子，喝了一小口青稞酒，一道尖锐的火线直入肺腑。"你要待这里，会发现六月照样下雪。"

青藏高原六月里的确会下雪。我妹妹最初就是听说六月里青海下了雪，才急匆匆地想来看一看。她到西宁时，雪已经化了，但在水井巷里遇到扎西。在西宁市那条著名的美食街上，我妹妹突然对烤羊肠有了兴趣。她站在烧烤摊子前有点迈不开步。她不太吃羊肉，怕膻味，更少吃动物的内脏，但那个傍晚鬼迷心窍就想尝尝烤羊肠。她对烤串上一截截硕大的羊肠正犹豫，一个长头发的藏族小伙子走过来，买了两串，一串递给她。

"谢谢，我吃不完。"我妹妹说。

"吃多少我请多少，"长头发的藏族小伙子说，"剩下的我吃。"

我妹妹只吃了一截烤羊肠。然后两人就分手了。第二天她才知道那人叫扎西，她在日月山上又见到了他。三个牦牛客都想让我妹妹坐他们的牦牛，骑上去照张相也行，照一张十块钱。一头牦牛叫了一声，我妹妹吓得赶紧跑，缺氧了，她立马觉得心跳异常。一个男声说：

"上来吧，一分钱不要，想去哪儿都行。"

我妹妹转身看见了扎西。

"烤羊肠"扎西笑了，牙很白，像日月山顶峰上的雪。他牵的白牦牛有两只优雅的弯曲的角，牦牛的脑门上顶着一朵大红绸子扎成的花。

雪越下越大，天地一片苍茫。我在车里都感到了气温在一寸寸下降。初夏走了，春天也走了，冬天跟着一场大雪杀了一个回马枪。

"这种天气他会不会牵着牦牛回去了？"

朋友说："你见过哪个藏族兄弟怕过雪？"

车在世界屋脊上继续跑，以一种缓慢的角度往更高的高原上爬升。因为下雪的缘故么，路上的车好像突然都躲起来了，半天才能见到一辆。黑的羊白的羊，黑的牦牛和白的牦牛，在路边的铁丝围栏里贴着地皮啃还没来得及大面积绿起来的草。放牧的人骑着马在往营地跑。雪纷纷扬扬，高速公路像腰带一样打起了弯。"喏，"朋友说，"那就是日月山。"

我把日月山想高了。我以为日月山一定壁立千仞险峻高拔，应该是奇峰迭起般的十万大山，事实上她就是比高原更高的隆起、隆起、再隆起，她的隆起和攀升安静、从容、柔和，有种风起云涌但又漫不经心的升高的力量。她是高原上的高原。我知道她是圣山、神山，尚未被大雪覆盖的日月山裸露着赤红色的沙土山坡。我们的越野车沿山道蜿蜒前行，车窗紧闭，但我能感到车外大风正紧，如朋友所说，我的呼吸出现了一点小问题。朋友宽慰我，别紧张，日月山也是山，大风雪天当地人呼吸也不会顺溜。我用抽取式纸巾擦车窗上雾气，有两个藏族同胞正牵着披挂鲜艳的牦牛从山上下来，还好，来得及看清他们的脸，都在四十开外，而且不是长发。

从接受妹妹的嘱托开始，我其实暗暗希望只是来一趟而已，见不着最好。那个叫扎西的男人走亲戚了，云游四海了，或者干脆下落不明。抱歉，我丝毫没有咒他的意思。我只是想，日月山之行对我妹妹、对我，最好还是把它局限为一个仪式。既然是仪式，走完了就完了，如此而已。但在这个大雪天，我在希望白跑一趟的同时，隐隐地又担心见不到人。我把车前的挡风玻璃擦了擦，舒了一口气，雪帘后面还有牦牛和人的影子。

停车场上只有一辆车，很可能是工作人员的。卖藏饰和旅游纪念品的摊子全撤了。有一个摊主正往箱子里装他的假古董，一边装一边用带口音的普通话问我：

"兄弟，要狼牙吗？便宜了。"

我侧着身子对他摇摇头。顶着风雪说话根本喘不过来气。买了票，朋友让我把所有的衣服都穿上，风帽戴好，他就待车里了，日月山他来几十回了。看，那是日亭，那是月亭。当年文成公主赴吐蕃和亲，走到日月山，思乡心切，回望长安，把皇后送给她的日月宝镜拿出来照，竟在镜子里看见了京城长安的繁华盛景，且惊且喜且悲，情不自胜，宝镜脱手，摔成了两半。一半为日，一半为月，日月山就这么来的。你看那雕像，就是文成公主；还有那块石头，对，就那块，"回望石"，文成公主就是在那地方回头望长安，可怜无数山。朋友相当于把旅游指南简要地背诵了一遍，就关上车窗抽烟了。

不知道文成公主嫁给松赞干布以后，是否习惯粗粝动荡的游牧生活。她喝得惯吐蕃的酒么？吃得惯带膻味的牛羊肉么？从长安到这里，千万里也，车辚辚，马萧萧，文成公主硬是走过来了。我用围巾围住鼻子和嘴，只剩下一双眼睛看世界。好像整个日月山就我一个游客。此外就是一个磕长头的藏族老人，走几步扑通跪倒，舒展开身体匍匐在雪地上，起身，走几步，再跪倒，匍匐。他的脸是一块静默的黑石头。

经幡在远处的山坡上被风拉成了一张张满弓，艳丽的红白黄绿蓝在浑浊的雪雾中也没那么抢眼了。我沿台阶往日亭上走，因为亭子旁边有一头可供观光的白牦牛，看不见牦牛的主人。上两个台阶我就停一下，调整好呼吸的节奏再走。这个节奏是妹妹告诉我的，她说是扎西总结的经验，要不她那样的内地女孩，在青藏高原上早歇菜了。扎西的节奏很管用。我登上了日亭，牦牛客躲在背风的地方搓着两只手。五月天手伸到风里，没准也能结上冰。那人五十多岁，也可能四十多，长头发，胡子也不短。衣服很久没洗了。

"照个相吧，天不好，五块钱。"他说，"你看山东边，那是农业区；山西边，畜牧业区，一边照一张，十块钱，有纪念意义。日月山是分界呢。"

我站在日亭边上往四周看了看，大雪飘扬。除了风雪，整个世界像日月山一样安稳不动。

"兄弟，照一个吧，"牦牛客说，"除了我这个，没第二头牦牛啦。"

月亭在西，比日亭低。一个人影没有。

"您认识一个叫扎西的人吗？"

"叫扎西的人多得很。我就叫扎西。"

"我说的是叫扎西的年轻人，也在日月山上牵牦牛。"

"照个相吧。今天还没开张呢。"

我掏出十块钱递给他，我不想照相。

"那不行，"他笑眯眯地收了钱，把我往牦牛身边拉。"一定要照，不照我哪能要你钱。"我告诉他，手机没电了，照不了。他就让我骑到牦牛身上，他自己退两步，用两只手冻僵了的大拇指和食指拼成一个取景框，对我说，"看这里，笑一笑。笑得好。咔嚓。好啦，照完啦。"

我根本就没笑，就算笑他也看不见，围巾之外只剩下两只眼。但从牦牛背上下来我就笑了。

"谢谢你啊，小兄弟，"他说，"今天开张了，回家老太婆不会骂我了。我走啦。"他牵着牦牛真往山下走了，"对了，你要找那个小扎西？你看那边的山道上有没有。他不喜欢让他的牦牛站着给人照相，他喜欢让你骑在牛背上，他牵着满山道走。再见啦！"

我从日亭上下来，爬到月亭上，一路留意山道上的活物。早上我给扎西家里打电话，应该是他妈妈接的电话，说一早扎西就牵着牦牛上山了，带了干粮，通常傍晚才会回来。藏族的兄弟是不怕雪的。扎西喜欢在外面跑。我妹妹说，扎西散步能散出去二十里地。

站在月亭边上，我才看见另一边的山道上站着一头牦牛。雪还在下，要不是牛头上的红绸子和牛背上色彩鲜艳的坐垫，那头白牦牛就被大雪遮蔽了。因为牦牛在，我费力地在它周围看了半天，才看见一个坐在地上的人，他衣服的颜色像沙土，身上的落雪也在隐藏他的形状。他是最后的希望。日月山上不会再有第二个扎西了。

在我走到他面前的十几分钟里，牦牛摇了两下头，甩了三次尾巴，他像文成公主雕像一样动都没动。

我说："兄弟，走两圈？"

他抬起头，光头，没戴帽子。就算他头磕顶多五毫米，我也知道他就是扎西。他比在我妹妹照片里的时候黑了一点，也老了一些，脸上出现干燥的皱纹。扎西的身上落满了雪。他没说话，从盘腿的坐姿直接双腿交叉站起来，站起来的一瞬间两腮的咬肌动了动。依然像个康巴汉子。他调整好牦牛位置，掸去坐垫上的雪。

"怎么走？"他问。

"随便。走你最喜欢走的那条线。"

我骑在牦牛上，看着他在左前方牵着缰绳。他穿一双靴子，可能是出于习惯，因为一大早出门时天气很好，而他的衣服在风雪里看上去有点单。腰间缀着个老黄铜做的阴刻雕花铜环，直径两个半厘米，铜环下肯定不会有流苏。这是我妹妹的风格。

"能介绍一下日月山吗？"我说。

"你想知道什么？"他没回头。

"随便。挑你喜欢说的。"

"哦。"他摸了摸牛头，抖落红绸子上的雪。"您肯定听说过文成公主的故事。她的日月宝镜掉到地上，碎成了两半，东边的半块朝西，映着落日余晖，西边的半块朝东，照着初升的月光，所以，这里叫日月山。"

然后是沉默。牦牛的四只蹄子和他的两只脚踩得山路上的雪咯吱咯吱响。一头牛，两个人，我们孤零零地走在日月山的风雪里。

"你是本地人？"

"嗯。睁开眼看见的就是日月山。"

"没想过去西宁？"我说的是到西宁生活。

"过去想过。"

"现在呢？"

"不想了。"

"为什么？"

"日月山好。"

"那，北京呢？"

他停下来，扭了半个头看我，也可能根本没看到我就把脑袋转回去了。好像我说的是外语。"北京？"他用方言说了这个词，笑了一声，"太远了。"

沉默。

"这么大雪你怎么还不回家？"

"这么大雪你不也来了么？"他说，"不需要的时候，牦牛没用；需要的时候，没它可能会出人命。"

"其他人都走了。"

"那是他们。"

"干这个，够吃么？"

"看怎么吃。"

雪还在下，不像要停的样子。他的头上落了一层雪。我们围着山路绕了一圈，把该看的景点都看了，回到原地。"还走吗？"他问。

"你还愿意走？"

"你是客人，你说了算。再走一圈也没问题，不加钱。"

"那再走一圈。不用往景点绕了。"

他牵着牦牛继续走。我想在新的一圈里决定，是否该跟他说点啥。走了半圈我也没想到该怎么开口。我就盯着他的光头看，雪簌簌地落，仿佛日月山的雪全落他一个人的身上了。这一圈也快到头了。我觉得浑身发冷，我把自己包裹得严严实实，风还是有办法往身体里钻。朋友在车里应该很暖和，他可以开足空调的暖风。我看了一下停车场，我们的越野车只剩下一个被雪覆盖的车的轮廓。传来三声喇叭响，朋友已经等急了。

"冷么？"我问。

"还行。习惯了。"

他说话让你无可奈何，你必须不停地找一个新话头才能把交谈进行下去。

"日月山好在哪儿？"我还是问出了这个问题。

他停下来，想了想，说："地老天荒。"

终点到了。我不能再在牛背上待下去了。跳下牛背的时候我拉下围巾，露出完整的一张脸。按照扎西式节奏调整了呼吸以后，我才说："你看我长得像谁？"

"你自己啊。"

"我的意思，你知道我是谁么？"

他笑了笑，"一个游客。"

2014 年 5 月 22 日，知春里

刊于《收获》2016 年第 1 期

# 南方和枪

他把枪放门外，背着两手进了屋，咳嗽一声说："猜我给你带了什么？"

青蓝正给财神换香，两根烟圈轻飘飘地往屋顶上走。"你能不能换句新鲜的？"她对着菩萨脸上吹一口气，都没掉一下屁股看他一眼。看不见的灰尘落下来。她把菩萨叫财神。她们都把菩萨叫财神。两年前在西大街买的石膏像，十块钱一座。卖石膏像的小老头嘱咐她们，不能说"买"，要"请"，把菩萨"请"回家，日进斗金。小老头舌头短，把"日"说得漫长又艰难，看热闹的男人都挤眉弄眼地笑了。"还站着干吗？"青蓝说，"烧锅水烫了拔毛。"她在吹财神的脚，还没看他。

"野鸭呢。"他说，希望她回一下头，哪怕惊叹一声也好。一年多没见过这么大的了。

"多大的人了，"青蓝继续说，多少年了都不会换句新鲜的，"说你哪高桑。下午主任过门口，要你大后天之前把枪交上去。他说务必。"

"交他娘的交，"高桑伸手把枪放到门后，拎着野鸭去厨房烧水，"除非要了老子的命。"

烧水，煺毛，开膛。高桑一直跟她说如何神奇地打到这只野鸭，还是母的。现在能打到一只母野鸭的确很神奇。他把小船摇进芦苇荡，像小鬼子进村，眼珠子乱转。之前他听到哪里咕了一声，知道有戏了。运河上下游五十里内，他知道哪一种野鸟叫哪一种声。他收好桨，人躺下来，改用脚踩翻水轮子。整个花街只有高桑的船带轮子，装在小船两侧，像翻水车，两个脚踏轴伸到船里，他抱着枪躺在舱里用脚行船，腾出两只手随时可以装药放枪。见着了谁也别想跑。这不是大话。运河上下游五十里内，除了杜老枪，没人敢在高桑跟前说自己枪法好。高桑仰在舱里，露一只枪眼和一只人眼在外面。翻水声相当小。他看见那只野鸭坐在水面上不停地点头，脖子一前一后，一后一前，跟患了小儿多动症的大元似的。大元是他侄子，他弟弟高槐的儿子。野鸭脖子僵了一下，然后继续一前一后。高桑就笑了，狗日的，还装。他习惯性地摸摸耳朵，这时候野鸭出其不意哗地飞起来，满屁股往下洒水，高桑本能地去找扳机。晚一秒它就进芦苇丛后面了。枪响了，野鸭在半空里叫一声，高桑知道结束了，躺下来等它落水。

"运动会上打飞碟，看过吧？就像那样。老子应该去拿金牌。"

"做梦吧你就，"青蓝说，弓腰扫垃圾时露出一圈白腰，高桑趁机把嘴伸过去，一巴掌被打了回去。"去！让你问高树火车的事，问了没？"

"问了。高树说，火车出轨了，三两年里跑不动了。"

"个狗东西，你又忘了！"

"没忘，"高桑最后一次用清水冲野鸭，狗日的，像脱光了的青蓝，"你还来真的了？"

"屁话！不来真的我图好玩啊。"

青蓝说完进了厨房。高桑站起来，一脚踢翻了洗菜盆。青蓝问怎么了？高桑说没啥，绊了一脚。

满院子都是肉香，野鸭在锅里咕嘟咕嘟地哆嗦。高桑觉得有点没意思，心一点点往下沉。"真要走啊？"吃饭时他攥着一根鸭腿又问青蓝。

"屁话。说多少遍了。"

高桑手一软，刚咬了两口的鸭腿掉到地上的猫碗里，青蓝养的那只黑猫叼住了就跑，比贼还快。"狗日的西门庆。"高桑说。

"嘀咕什么呢？"

"包黑炭。"高桑说，"叼了鸭腿就跑。狗日的。这鸭是公的。"

青蓝给她的猫取名包黑炭，除了两个绿眼仁，那猫黑得阴森彻底。但是高桑背地里一直叫它西门庆，说不上为什么。他就是不喜欢这只猫，跟从地狱里来的似的。

"怎么一眨眼就变成公的了？"

"老子说公的就公的。"高桑有点端不住火，一仰脖下去二两酒。

"给谁撂脸子呢，不想待你他妈给我滚。端着你的鸭子和猫尿现在就滚。"

青蓝火上来了，高桑倒镇定了，又下去一大口酒，说："吃饭。没事。"

"许高桑，我告诉你，"青蓝筷子往桌子上一拍，"我跟你屁关系没有，我爱去哪儿去哪儿。"

高桑本来想还一句，×你妈郑青蓝，那你就去那儿吧，到嘴边又咽回去了。怎么能没关系呢，四年了。当初她来到花街，还是他帮着接上岸，帮着提行李箱。那老式的藤条箱，在花街上都算是老古董了，提手那里的铁环都锈了，一摇晃就嘎吱嘎吱响。她还让他帮着租间房子。他认识她是谁啊，就是个碰巧在石码头见到的陌生人。但他是男人，理当搭把手。冒失失地来花街的女人他见多了，都知道这地方生意好做。多少年前跑船的老大们喜欢天黑了在石码头靠岸，喝完酒吃完肉，就到花街上找个温软的女人。所以多少年生意一直不错。外地女人就三三两两地来了，租间房子，白天睡觉，晚上等着四面八方的男人过来敲门。后来运河船少了，水运败落下去，花街的名声也早就传出去了，四面八方的男人依然在黑夜里往这儿跑，船老大多一个少一个也就无所谓了。

她说她叫郑青蓝。高桑扫一眼就知道她过去不是干这个的，但是她说，她就是为了干这个才来的。当晚没租到房子，高桑留她在家住了一晚。那时候老许还没死，听说儿子把这种女人招回家里住，气得一口痰差点把自己堵死，逼着高槐和高树上门来赶。哥仨早分了家，高桑一间屋子单住。高桑抱着土铳子站在自己门口，对同样抱着土铳子的两个弟弟说，回去吧，这玩意你们不是对手。高槐高树就回去了，跟老许说，大哥他狗日的亮出枪了。老许叹了口气，三个儿子都是他亲手教会打猎的，高桑学得最好，比他年轻时的枪法还好。没办法了。然后多少又有点高兴，没准人家真看上自己儿子了，虽说是个那种货，总归是个耐看的年轻女人吧。高桑可三十多岁了，随他去吧。

青蓝睡床上，高桑窝在破藤椅里。上半夜有只猫在他心里抓挠，他就盯着被子里的一个起伏的人形看，青蓝跑了一天的路，小呼噜也弄得他心痒痒。后半夜高桑实在累了，才歪着头睡了过去。第二天租到房子，青蓝收拾好，没有立刻开张，天黑了跑到高桑屋子，爬上床钻进高桑的被窝里，像块软面团随他摆弄。天快亮她把高桑掐醒，说，两清了。穿上衣服要走，临出门又回过头说，你是第一个。

就是这句话要了高桑的命，一想起来就跟娶了老婆似的心里暖乎乎的。其实他当时还迷糊着，只睁开了一只眼。但几年下来经过无数次回味，把当时没看见的细节全想出来了，认定了这个女人就好。怎么就他妈的这么好呢。杂货店老歪给他介绍了个二婚头，才二十九，他看都没看就摇头。孟弯弯的一个远方亲戚是寡妇，不嫌他一穷二白，送上门来要跟他，他听了风就锁上门，踩着小船打野鸟去了。老许到死还为他的事操心，他跟老头子说，你放心死吧，女人的事不用你挂念。

老头子死三年了，想挂念也挂念不来，高桑还是光棍一条。他没觉得有什么不好，隔三岔五去青蓝屋里，带着刚打到的新鲜野味。青蓝也好这口，天上飞的水里游的那确实是香。他来了青蓝就把院门插上，谁敲都不开。还是有情义的，要不这狗日的高桑怎么不把野味往别的女人门上送呢。她基本上不收高桑的钱。她知道这不对，周围做生意的姐妹早嘱咐过了，如果你不打算找他做男人，那他就和别的男人没区别，就等于钱。男人等于钱。这是她们掌握的最重要的一道算术题。

现在的问题是，男人越来越少，能够舍得拿出来像样的钱来敲她们门的男人更没几个了。石码头上一天难得见几条船，都改公路运输了，跑得快。剩几条在运河上跑的也多是夫妻船，老婆跟在身边，发动机就得一直响，见了石码头也不敢停。本地的男人这两年也疯狂地往外跑，往南方跑，往北方跑。都说外面的钱多，跟下大雪一样从天上飘飘扬扬地往下掉，只要站好了伸手等着就能发财。周围的几个姐妹说，既没价又没市，活着还有什么意思。先是一个退了房子去了南方，两个月后把电话打到老歪的杂货铺，让青蓝去接。那个在电话里说，出来吧，这地方男人多，裤带子松钱袋子更松。青蓝说嗯。她将信将疑地把消息告诉别的姐妹，有一个动了心，拎着一箱子家当投奔南方了。她没当回事。又几天，刚去的打来电话，说真的好，价和市明显上去了，还有花花世界可以看。大城市哪。整天待在花街，满眼都是高瘦的青砖灰瓦房子和青石板路面，青苔一个劲儿地往天上爬，大城市简直坐落在另外一个世界里。心旌摇荡的女人犹犹豫豫地收拾行李，又走了几个。慢慢地走得差不多了，去了都说好。见了鬼了。

　　这就很严重。她们隔三岔五打回来个电话，说青蓝啊，指望啥呢，都奔三的人了，还不赶时间多挣点，打算一辈子干这个呀。听得她太阳穴嘭嘭地跳。那边说，花街上敲鼓了？这么响。她刚想对电话骂一声，高桑打猎回来进了杂货铺，他要买包红梅牌香烟。高桑对她晃荡一下拎着的几只野鸟。老歪嘿嘿地笑了，鼻子里只出气不出声。都知道那是她的。青蓝就对电话说："我再想想。"挂了。

　　眼瞅着又大半年。现在天正好，不冷不热，适合打猎、干活和往外面的世界跑。花街上一天到晚难得见几个男人在走路。她觉得小腿肚子里又重新长出了手，像指南针一样顽固地往南指，让她顺着这方向一直往前走。她们中的一个又来电话，说姐啊，你咋还不来？我不干啦，挣了点钱，我要回家结婚啦。这个小妹妹的声音欢天喜地，仿佛是在婚礼上跟她聊天。她说"挣了点钱"，肯定不少，这小妹妹喜欢谦虚。她马上要嫁人了。接完电话青蓝就理直气壮地踹开高桑的破院门，他刚从外面躲灾回来，正蘸着豆油擦枪，听见门响赶紧把枪藏到门后。几个月前上面就下了通知，为减少犯罪、保护民众安全，所有能要人命的枪械刀子一律上交，他的土铳子是头一条该上交的东西。高桑不交，没了枪打不了猎，不如让他去死。所以该交的时候他不交，上面下来人收缴他就跑，到野地里躲灾去。成功地躲过去三回了，都是街道主任提前给他送了口风。之前他给主任送过三只野鸡，还有一堆乱七八糟的野鸟。当花街的主任没什么油水可捞，一只鸟也管用。

青蓝说："高桑，问问你弟弟，该坐哪一趟火车。"

"啥事？"

狗日的就装吧你。青蓝突然觉得她比过去任何时候都讨厌这个叫高桑的男人，整天无所事事地抱杆枪乱窜，除了打两只野鸟他还会干什么。大半年前她就问过火车的事。他弟弟，高槐和高树，两年前就去了南方，逢年过节偶尔回来一趟，人模狗样地脱掉羽绒服，里面还有西装，还扎了根花枝招展的彩领带。这俩狗日的没走之前也和高桑一样，整天扛着枪乱转。兄弟三个，就像三条找不到屎吃的狗。现在不一样了，两条小的找到了，脖子上就缠了根领带。只剩高桑这一条了，一年到头脖子上光秃秃的。

大半年前那次她问火车，高桑就说，在花街不是挺好么？有事我还能照应一下。青蓝说，都说南方好。好什么，高桑一脸不屑。那你也去吧，青蓝说。高桑哼了一声，我？那鬼地方，电视上你没看见？撒泡尿都得看手表。一天忙下来回到家，照镜子都认不出里头的人是谁。跌跌爬爬的，高桑说，我他妈的才不去。我打猎，想转到哪里就转到哪里，神仙似的。跟着就哼起了小调，皇帝招我做女婿，路远迢迢我不去。

青蓝后悔自己又问他了。为什么要问呢。为什么她想从高桑那里知道消息？她可以随便问一下南方的某个姐妹，或者其他人。花街上的人去南方的有一堆。她生自己的气。但是一天没到头气又消了，都不明白为什么就消了。她只记得她回到家一个人坐在床沿上发呆，听三五只麻雀在槐树上跳，包黑炭把尾巴竖得笔直对她叫。一直坐到天傍黑，高桑推门进来了，左手一把鱼叉，右手里两条鱼。高桑说，咱今晚喝鱼汤。她不理他。高桑就一个人杀，一个人做，浓白的鱼汤端到她面前，香气扑鼻。

"喝吧，"高桑说，"凉了腥。"

青蓝不理他，吃鱼喝汤，把鱼头夹给了包黑炭。她知道高桑最爱吃鱼头。高桑笑笑，又说："我梦游症看来治好了。"明摆着他在夸她。方子是她出的，泡酒的蜈蚣和蚂蚁也是她帮忙抓的。青蓝模模糊糊记得八岁那年听过一个偏方，把蜈蚣和蚂蚁去了脚浸酒，喝上一年就能治梦游。她让高桑试试，竟出效果了。高桑继续说，"以后你就不用怕我半夜爬起来了。"青蓝正打算把第二个鱼头也夹给包黑炭，快落到猫碗时紧急提上来，放到了高桑的碗里。还是你吃吧。

外面的天彻底黑下来。

那段时间生意已经淡下来，经常一整夜听不见敲门声。高桑就经常住在青蓝那里。那天晚上过了九点，青蓝给财神添了第三炷香。财神一动不动。高桑在床边犹豫不定，最后说，洗洗睡吧。顺手把外套脱了下来。脱袜子的时候突然响起了敲门声。青蓝看看高桑，高桑说，开门吧。然后开始把袜子提上去，接着穿外套。他和进来的陌生男人擦肩而过，一句话都没说，像个影子飘到了院子外边。

青蓝以为他总会说那么一两句，或者骂一两声，甚至把拳头送出去。高桑没有。青蓝在陌生男人的身底下时老走神，莫名其妙地有点感谢高桑的一声不吭。等她把那男人送出院门，关门时看见墙根下一个黑影子站起来，是高桑。那晚有点凉，高桑缩着肩膀慢慢走过来。青蓝发现自己的气已经消了。

可能在某一天青蓝也想过，如果就这么在花街过下去会如何呢？高桑不会去找别的女人，更不会和别的女人结婚，可是，他也从来没说过要娶自己啊。她是干这行的，就是从现在开始不干了，也没法清清白白。那么多男人，青蓝不记得他们都长啥样了，但她相信只要高桑见过了，他一定记得比谁都清楚。可是，还得可是，她已经旁敲侧击地跟他说过，让他也一块去南方，她甚至说，到了南方她或者可以干点别的，只要能过得好一点。当然，她不知道除了这个，还能干啥别的什么。青蓝觉得自己尽力了，聚集了很多天的勇气才有这么一下旁敲侧击。究竟是个女人，做的是这种生意。有一天晚上她躺在高桑怀里，说，高桑你知道不知道，我要求不高，只要手里能有点钱，可以过上好日子。

高桑说："嗯。"

空白的夜晚，外面风穿过槐树叶子。运河里的水声似有还无。

半天了青蓝又说："高桑，你要是不整天乱转会死么？"

"可能会。"

"要是上面一定得收了你的枪呢？"

"只能死了。"高桑说，"我从四岁开始玩枪，三十多年了。没有枪我不知道该怎么办。"

可是现在基本上已经没啥好打的了。野地里长满庄稼也开始长楼房和厂家，城市像大兵压境，路上跑满车辆和人。水泥地面把老鼠洞都堵上了，掘地三尺怕也找不到一只野兔了。运河里走的差不多都是机动船，柴油机的声音震天响，胆子稍微小一点的野鸡野鸭和野鸟早吓跑了，胆大的能有几只。

"剩一只我就不能把枪撂下，"高桑说，"没有野鸡野鸭我就打野鸟，野鸟也没了，我打麻雀。我就不信芦苇荡一点都不剩了。"

现在打猎是不可能过上好日子的，高桑当然明白，能活下来就已经不容易了。但他好这个，喜欢就啥也别说了。所以四年了他坚持什么都不说。花街、西大街、东大街三条街上，比他小的男人甚至比他大的男人都出去了，往南跑，往北跑，高树和高槐也扔下枪跑了，他不跑。一个人守着枪围着花街和运河转来转去，还有青蓝。走到哪算哪。他只能这样想。


"不走不行？"高桑有一下没一下啃那只野鸭头，"决定了？"

"嗯。"青蓝说，"赖在这里干吗？把男人都熬光啊？"

西门庆在高桑脚边叫，也想啃鸭头。高桑想踢它一脚，想想算了，把啃了半截的鸭头扔给了它。街道主任突然撞开门跑进来，一脸的麻子红得发光。

"快，快，"主任拽着舌头说，"赶紧跑高桑，又来了！"

本来说好让高桑三天之内主动上交的，没想到自己来了。高桑跳起来，从青蓝的门后抓起枪就往外跑。又来了，上面的人，收缴枪械的。长一点的菜刀都得上交。他一口气跑到石码头，解开缆绳朝河中心划，然后继续往远里走。对付他们高桑已经有了经验，先让他们抓不着，再让他们看不见。水面上升腾雾气，高桑手脚并用，船像刀子迅速划开河面。

第二天半上午高桑才回来，拎着三只野鸟推开青蓝的门。青蓝正坐在门前两眼发直，背后是财神，面前烧着两炷香。青蓝也不明白为什么非要在屋里供个菩萨，她供了是因为别人都供了。她也没有觉得供起来之后多赚了多少钱，但还是坚持每天给财神上几炷香。高桑把三只野鸟对她晃了晃。

"你个死人！"青蓝有点火，噌地站起来，"你躲天上去了要这么久？我还以为你给淹死了。"

"开玩笑！大水还能冲得了龙王庙？烧水去！"

和高桑的硬气不同，青蓝突然就软下来，温顺地接过野鸟，顺手在高桑的衣袖上摘下根羽毛，看着他两个红眼珠子，声音也低了："昨晚在哪睡的？"

"天大地大，哪儿不能睡。去，烧水吧。"高桑说，看着青蓝圆圆的屁股越来越远，进了厨房。多好的女人。他在刚才青蓝坐的椅子上坐下，扭过头看财神，香雾缭绕看不清菩萨的眼是睁的还是闭的。

整个午饭高桑都没插手，就这么坐着，看看院子又看看屋里，再看看忙忙碌碌的青蓝，想起来就拔掉一根下巴上的胡子。

饭菜做好了正好中午。饭桌上的动静很小，像在别人家做客。这在过去是少有的，他们俩都不是太安静的人。青蓝吃了三只野鸟中的两只半，她说以后难得吃上野味了，得多吃点。高桑说，想吃这东西还不好办，他有枪，吭一声管够。

"算了吧你，"青蓝说，"上面的人说了，枪一定要收。跑得了初一跑不了十五。一个大男人正事不干，抱杆枪乱晃悠成什么样子，早晚出事。缺胳膊少腿啥事干不了玩玩也就罢了。"

101

"就当我缺胳膊少腿不就行了。"

"去！好好的尽说晦气话。"

然后饭就吃完了。高桑站起来要收拾碗筷去刷，青蓝歪头看他，太阳从西边出了，四年了他从来没干过这个。高桑从口袋里掏出一张纸片递过来，说："今晚的火车票。收拾一下吧。"青蓝接住，没错，终点站是那个南方的城市。她看着高桑端着一摞盘子和碗颤颤巍巍地放进水井边的洗碗盆里，攥着火车票慢慢坐到门前的椅子上，不撒眼地看着高桑把碗刷完。高桑干得很仔细，清水就冲了四遍。收拾好碗筷她还坐在那里。高桑说："撑着了？收拾啊。"青蓝往屋里指指，高桑伸头朝里看，那只旧藤条箱立在床边。衣橱里也空了。

"昨晚我打过电话了，"青蓝抠着椅子上一截冒出来的榫头，"她们说，迟早的事。迟一天不如早一天。"

"嗯。"高桑说，"准备走吧。还有一段水路。"


一路上高桑摇青蓝踩，桨和翻水轮一起动，船走得很快。他们说到运河，说到两岸的树木、草和庄稼，还说到有一天这些东西可能都会消失，那时候高楼的影子就会映到水面上。别的就没说什么了。

船到码头，上去了就有汽车，再坐半小时就可以直接到火车站。十来只小船泊在水湾里，码头上空荡荡的，两个小孩抱着下巴蹲在水边发呆。高桑把船稳住，要帮青蓝提箱子，青蓝说她拎得动。"回吧，"她说，"傍晚水上凉。"高桑就不再坚持，坐在船上看她扭着身子吃力地把箱子拎上岸。高桑想，应该给她买个新的行李箱的，带小轱辘的那种，能拖着走。藤条箱对她来说有点大。

青蓝把箱子拎到岸上，转过身对高桑挥手："回去吧高桑，不早了。"

高桑开始掉转船头。"青蓝，"掉好了船他说，"高槐明天会到火车站接你。到了那边干点别的吧。高槐说了，干别的也能挣到不少钱。"

青蓝没说话，拎起箱子要走。高桑也拿起桨，正打算划，一只灰色鸟飞过来，翅膀长得离谱，高桑觉得自己从来没见过这样大的水鸟。他本能地放下桨拿起枪，一瞬间里做出了决定，如果它从自己头顶飞过去，他就开枪。那只鸟竟然真从他头顶经过。高桑端起枪，枪口跟着那只鸟走，他可以随时开枪，结果是相同的。那只鸟浑然不知，在他头顶放松地转起了圈子。枪口跟着画了很多圈。后来，慢慢低下来，高桑对自己左腿开了一枪。一个血淋淋的洞，皮肉像木菊花一样翻卷出来，高桑叫了一声。跟着青蓝也叫了一声。

她还没走，在高桑掉转船头的时候转过身，她要看着他离开码头。能做的只有这个。她看见高桑的枪口对着一只长翅膀的鸟画了很多圈，然后看见他垂下枪口，以为他放弃了。然后听见了枪响，她叫了起来。蹲在水边的两个小孩吓得撒腿就跑。青蓝丢下藤条箱就往最近的一只小船上跳，从这只小船再跳到那只小船上，再从那只小船跳到另外一只上，一共跳了五只船才跳到高桑的船上。她都没时间想自己竟然跳过五只船如履平地。

高桑抱着正在流血的左腿，伤口在小腿肚子上。青蓝上来就给他一个耳光，"狗日的高桑要作死啊你，"她咬牙切齿地骂，用牙从衣服下摆撕下一根长长的宽布条，在伤口上面用力地扎了一圈，这样就能阻止伤口继续流血。扎完又给高桑一个耳光，说："狗日的许高桑你傻呀，他们就是随口说说你也信！你这样还让我怎么走。"

"残废了没准就能保住了。"高桑疼得咝咝啦啦地出气，像吃了朝天椒。

"你他妈猪啊你，你就是头猪他们也照样会把枪收上去！"

"那可不一定。"

高桑躺到小船一侧，没心没肺地看着青蓝把船靠上岸，看她把箱子拎回船上。青蓝嘴里一直在骂，狗日的许高桑神经病，你这个死样子让我还怎么走。她从箱子里找出一件薄衣服，当绷带把高桑的伤口包起来，两只脚开始蹬翻水轮，船离开码头向前走。包扎好伤口她觉得气还没消，又给了高桑一个耳光。高桑说：

"打得好。"

2007 年 12 月 28 日，海淀南路

原载《大家》2008 年第 4 期

# 露天电影

## 1

车子正跑着,顿了一下,又熄火了。司机爹啊娘啊地骂一通,让想方便的赶快下车。每次出故障他都让大家下车撒尿。男人在车左边,女人到车右边。水声相闻,但谁都不说。司机说得好,出门在外,穷讲究个屁啊。

下车的人很少,半个小时前他们刚撒过。下车的几个男女缩着脖子,毫无意义地往左右看,天上落着雨,不大不小,远看过去有些迷蒙,周围没人。男人站着,女人蹲下。秦山原撑把伞一个人小心翼翼地往远处走,他担心紧走一步就会把膀胱胀破。站在车边他尿不出来,都忍了四次了。一百米外有个村庄,房屋、树和草垛站在雨里。他得找个能遮挡住自己的地方。

还没走村边的第一个草垛,车就发动起来了。司机大喊,快点!快点!秦山原觉得裆部急剧收缩一下,汗就下来了。草垛周围一个人没有,真好。他缓慢地拉开裤子,世界此刻应该是慢下来,平静而漫长。一泡尿是足以改变一个人的世界观的。秦山原打算把这个伟大的想法写进自己的著作里。司机一直在喊,快点,要走了!完了没有!还走不走啊!秦山原恨不能给那家伙两个耳光,可他结束不了，他觉得这是这辈子最长的一泡尿，没完没了，而且几乎是难以知觉的慢。

司机还在喊，不走我们走了！秦山原愤恨地转过脸，转回来的时候突然眼睛一亮，又转回去，他看见了草垛旁立着的界碑，上面刻着两个毛笔字：扎下。那两个字他认识，尤其是字里的飞白。

回到中巴车上，一车人的表情都诡异。司机对他嘿嘿地笑。秦山原拎着旅行包下了车，司机不笑了，说："你干吗？"

"下车。"

"还早呢。"

## 2

要去的地方叫海陵，一个挺大的镇子。但秦山原决定在这个叫扎下的村子停下来。

他一路甩着鞋子上的泥，来到界碑下，蹲下来用手指在泥地上写"扎下"两个字，然后和碑上的字比较，已经不像了。他扳着指头算了算，十五年。如此漫长，足够把头发一根根地熬白。秦山原掏出一根烟，打火机怎么也找不到，口袋和包都翻过了，可能丢在车上了。他叼着没点上的烟往村子里面看，先看见一只鸡沉重地穿过空街面，羽毛被雨打湿，然后是一个挺着肚子的小孩，他看见了秦山原的花伞，接着才看见伞下的人。秦山原对他招招手，小孩慢腾腾地往这边走，赤着脚，裤子斜吊在圆鼓鼓的肚子上。他也打着伞，走到五步开外停下了。看起来有七八岁，大脚趾在泥水里钻来钻去。一直到秦山原站起来，小孩也没吭一声，就对着他看。秦山原只好开了一个滥俗的头：

"小朋友，你叫什么名字？"

"你是谁？"小孩说，"我不认识你。"

"我是谁？"秦山原笑起来，"回家问你爷爷你爸爸去。你爸是谁？"

"不告诉你！"小孩转身就跑，甩起来的泥水落了秦山原一身。

小狗日的。秦山原忽然想起，很多年前他总用这四个字骂小孩。他对着小孩喊："你看过露天电影吗？"

"没有！"小孩头都没回。

"小狗日的，"秦山原说，"这个都没看过。"

小孩回了一下头，消失在某扇临街的门里。

秦山原背着包走过去，临街的人家和过去一样，门挨门，门对门。他分不清那小孩进了哪个门。街面的宽度大概都没怎么变，不过各家的门楼都翻新了、高大了，黑的黑，白的白，脚底下也换成了青石板路面。秦山原满意地笑了，多少年前他就想象过这样一种黑白潮湿和温润的生活。那个时候他骑着一辆破自行车经过这条街，干涸的车辙总让他胆战心惊，担心一不小心就被摔下来。摔伤人无所谓，摔坏了机器麻烦就大了。他摔过，不是在这个地方就是在其他哪个村子，胳膊肘上现存的一块明亮的疤痕就是证据。那次机器倒没出问题，他倒在地上，机器砸到一只倒霉的鹅身上，鹅死了，大队部代他赔了主人三块钱。

问题是没有一个人。秦山原看着发亮的石板路，努力回想这些门楼后面都住着谁，一个都想不起来。头脑真是不好使了，他想，一口气在这里跑了四年呢，都他妈忘了。他响亮地吐了一口痰。雨就停了，伞上一点声音没有，然后身后的一扇门吱嘎打开了。他回过头，看见一个老头扛着铁锹走出门楼。

"大爷，"秦山原收起伞，迈开步子就开始掏烟，"还认识我吗？"

老头把烟举在手里，歪着头看。秦山原抱着雨伞做了一个冲锋的姿势，"哒哒嗒，"他说。

老头眼睛变大，小心地说："你是，秦放映员？"

秦山原咧开嘴大笑，说："您老人家还认识我！"

老头也跟着大笑，放下铁锹就回头推门，"快，进屋进屋！"然后对院子里喊，"三里，三里，水！"

老头的儿子三十岁左右，端开水上来时，看着秦山原直发愣，老头说："秦放映员，秦老师！"

三里腼腆地笑了，说："我说眼熟呢，秦老师！我那会儿整天跟在你车后跑。"

"不光你，"秦山原笑起来，"你们一帮小屁孩都跟着追，问放什么电影。哎呀，一晃你们也都老婆孩子一大堆了。"

进来三里的老婆，也热情恭敬地叫秦老师。她是从下河嫁过来的，秦山原当年在周围的村庄里轮流跑，她报了一串秦老师放过的电影。搞得秦山原更高兴，笑声一波高过一波。多少年了，他们还记得。

"村里都说呢，"老头给秦山原点上烟，"秦老师是大知识分子，哪是我们海陵这小地方能留住的。你看看不是，一下子就去了省城。"

"没办法，上面要去，不能不去啊。"

"秦老师在那边干什么？还放电影？"三里问。

"瞎说！"老头白了儿子一眼，"秦老师什么人，还放电影！"

秦山原说："在大学里教教书，闲了也写几本。都一样，挣口饭吃嘛呵呵。"

"那就是教授了！"三里说，"电视里天天说教授学问大，日子过得好。"

"还不是一回事，一天三顿饭。"

大门开了，三里的老婆领了一堆人挤进院子。很多人一起开始说话。他们说电影、放映员、秦老师，还有人对他本人是否真的来到这里表示怀疑。三里的老婆在院子里就说：

"秦老师，大伙儿都来看你了！"

秦山原立在门前，看见二十多号人聚在院子里，男男女女，老人孩子，如果不是咧开嘴害羞似的笑，就是好奇地看着他。他们静下来，然后七嘴八舌地说：

"秦放映员。秦老师。《少林寺》《南征北战》《画皮》。"

老头说："他们都认识你，都看过你放过的电影。"

可是秦山原不认识他们，一个都不认识。在他们脸上他几乎看不到一点十五年前的痕迹。他得意而又感激地扫过二十多张脸，还有人从门外继续往院子里进。感觉很好，是那种受尊崇和拥戴的感觉，有点像在大学的课堂里，他们像年轻的学生一样仰视他。当年他在海陵镇的所有村子里大体也如此，他总能说出别人没听过的东西，国内外的，天文地理的，他会说，一件旧事经过他的嘴，也像重新发生过一遍一样，他能替他们发现被忽略了多少年的细部和关节点。也就是说，他骑着一辆破载重车到处放电影时，很多人就已经这么看着他，老人尊敬地叫他秦放映员，让自己的孩子和孩子的孩子叫他秦老师。那个时候秦山原也有不错的感觉，黑漆漆的夜里，所有的人散落在黑暗里，他掌控一台他们弄不明白的机器，然后从他面前开始放出光明，一个个陌生的世界跳到一块巨大的白帆布上。

十五年前他就常常产生错觉，觉得那道光柱和一个个人物都是从他的身体里跑出去的。他觉得他是唯一知道的人，他给予他们，多少个花花绿绿的世界和美好的事情啊。为此他常常陶醉在放映机咔嗒咔嗒转胶片的声音里。

在一圈人之外，秦山原看到两个四十多岁的女人分站在两边。她们没笑，也没说话，微微地晃动身体。四十多岁的身体早就变形了，胸不是胸，腰也不是腰，皱纹也谨慎地上了脸，但你能看出来她们还是好看过的，在一群乡村女人里，如果认真仔细地看，也能把她们挑出来。她们皱着眉，脸有点红。

一个说："是你吗？"

另一个几乎同时说："真是你？"

然后两个人警惕地相互看看，都把眼光移到别处去。她们在对方脸上看见了自己。

秦山原说："是啊，我是秦山原。"他在她们脸上什么都没看见，除了年老和色衰，而这些和他没有关系。也可能不是没关系，他觉得某几个心跳幅度大了点，但他不敢肯定。没法肯定，最短也十五年了。所以他对她们和其他人一起说："谢谢乡亲们还记着我。这些年一直想回来看看，今天这事，明天那事，忙忙碌碌就给耽搁掉了。谢谢你们来看我！"

最后一句是对她俩说的，也可能人群里还有，只是没像她们那样单独站出来。然后老村长来了，秦山原还是认识的，每次他来扎下放电影，村长都陪他吃晚饭。他们握手，寒暄，说再见太晚。老村长说，幸亏去年大病不死，要不今天就吃不上十几年前的那些饭了。他对那老头招手："老方，还记得当年吃的啥饭么？今晚咱原样再来一顿！"

"做梦也记得哪，"老头说，"这就去，就怕秦老师已经看不上我的手艺了。"

秦山原这才想起这老头就是老方，当年大队部里的厨子，四年里吃了不知道多少顿他做的饭菜。好像那时候老方不太爱露面，总是提前就把一桌酒菜摆放好了。

天放晴了，但是已经黄昏，院子里暗下来。秦山原去找刚才的那两个女人，不见了，他在人群里迅速地看一遍，也没发现。她们什么时候突然消失了。

## 3

晚饭盛大。菜之外，人多，热情，所有人都向他敬酒。村子里头头脑脑的官都到了。还有一个白皙丰满的妇女主任，酒风泼辣，她向他敬酒，说："秦老师，喝！"

秦山原说："喝！"连着两杯，头开始有点转。微醺时想，当年有这么好的女人吗。

老方宝刀不老，菜做得还是那么好，秦山原记得那会儿最愿来去的村子就是扎下，老方的菜是原因之一。他们一边喝酒一边"想当年"。他们说起秦山原当年满腹才情，如何给大队部和粮食加工厂撰写春联；如何给新婚的庆典上即兴朗诵祝词；如何喝了一斤粮食白酒然后用秃毛笔写下"扎下"的界碑；如何在领导面前据理力争给扎下送来了乡亲们都爱看的电影，以及如何帮着老村长写了一份小边的鉴定。这最后一件事在扎下已经流传成一个段子，这段子使得秦山原在从没见过他的扎下人耳朵里也不陌生。

有个叫小边的小伙子要去镇上的扎花厂做临时工，扎花厂要村委会出一份小边的品行鉴定。老村长为难了，能出去当然好，小边人也不错，就是手脚有点不干净，偷过几只鸡，摸过几只狗，不算大问题，但在鉴定里不表现出来又不合适，那是要盖公章的。老村长就请教秦放映员。秦山原说这简单，就写："该同志手脚灵活。"搞不清是夸还是骂，老村长大喜。就这么写了。小边在扎花厂干了半年，被开除了，他没事喜欢顺手牵羊捎点东西。厂领导很不高兴，抱怨老村长举人不当。老村长说，我们可是一点没隐瞒，不是说了么，"该同志手脚灵活"。厂领导哭笑不得。

这段子再说出来，依然博了个满堂彩。秦山原想，当年还真有两把刷子啊。

前村长孙伯让最后一个敬酒。孙伯让举着酒杯说："秦老师，听过孙伯让的名字么？"

秦山原摇摇头，说："不好意思。"

"秦老师贵人多忘事。"孙伯让说，"我帮你看过放映机。那年你三十我二十六。"

秦山原笑笑说："谢谢伯让兄。那时候我喜欢熬夜看书，放电影时常犯困，所以总劳兄弟们帮忙。谢谢啦。"

"别谢，秦老师。我跟秦老师学了不少东西，电影都会放了。"

大家都有了兴趣，伯让竟会放电影，头一回听说，真的假的啊。

孙伯让说："会放也放给秦老师看。秦老师，我敬你！"

秦山原又喝了两杯。

从饭桌站起来时，秦山原两脚底开始发飘。喝高了。很多人都喝高了。妇女主任跟秦山原握手告别，无比遗憾地说："可惜没机会再看秦老师放的电影了。"

"露天电影还有吗？"

"早没了。有钱的在家看影碟机，穷点的就看电视。"

然后大家又感叹一番露天电影的消失才各自散去。按照饭桌上的商定，秦山原今晚到孙伯让家住。大家都希望秦山原住到自己家，孙伯让说，谁都别和他争，他跟秦老师学会了放电影，算半个学生，家里也宽敞，就一个人，到处都是地方。

秦山原说："你家人不在？"

周围一下子静下来。孙伯让倒是笑了，说："老婆跟个放电影的跑了，十几年了。"

秦山原看看别人，好在不是所有人都盯着自己。

"跟秦老师没关系，"孙伯让说，"你之后的放映员，姓丁，那狗日的。"

秦山原松了口气，哦。


# 4


出了老方家的门，从黑暗里冒出一个更黑的小影子，吓秦山原一跳。小黑影说："我爸叫顾大年。"

孙伯让揪了一把小黑影的耳朵，"回家睡觉去。"

"我想看露天电影。"小黑影又说。

秦山原听出他就是下午见到的那小孩，故意问他："你是谁？"

"我叫臭蛋。我爸叫顾大年。"

"儿子，回家睡觉去！"孙伯让又要揪他耳朵。

秦山原说："你儿子？"

"干儿子。大年你一定也不记得了，当年也帮你看过放映机。"

秦山原又说，哦。

臭蛋不回家，一直跟着他们，孙伯让怎么赶他都不走。孙伯让说，那好，过来背包。臭蛋就背起秦山原的旅行包，像条不吭声的小尾巴。路面油亮亮的黑。孙伯让建议到处看看，秦山原说好，这一趟来海陵就为了到战斗过的地方怀怀旧。

他们经过当年的大队部和放电影的小广场，都成了遗址，遗址上是新的房屋、街道和白杨树。孙伯让指着一家窗户里泻在地上的一处灯光说，这儿是放映机的位置。"你坐在椅子上，"孙伯让比画着，"光从这里出来。"秦山原就想起那时候整个扎下都围在他身边，那些鲜嫩美好的女人也凑过来，他闻到她们身上温暖的香味，她们一次次把眼光从银幕移到他身上，他看见她们的眼睛里闪闪发亮。他知道她们想和他说话，或者干点别的。有时候他也会向其中一个招招手，动作很小她也能看得见，然后他们前后脚离开电影场。

"你困了我就帮你守着放映机，"孙伯让说，"有时候也会是大年、文化和江东他们。如果你一个晚上都不在，我们就帮你换片子。我就是那时候学会的放电影。"

"是么，"秦山原怎么也想不起当时那些女人的样子。她们变得相当抽象，只是新鲜、羞怯、紧张、虔诚、热烈、丰满、光滑和弹性等一系列形容词。他把她们带到一个个没人的地方，四年里的大部分时间他是在这些形容词里度过的。那么美妙的好日子怎么就忘了细节呢。"年轻时就缺觉，安静下来三分钟就瞌睡。多亏兄弟们了。"

孙伯让说："再走走。"

他们经过一块平地，孙伯让说："秦老师，有印象么？当年这儿是片小树林，有槐树、杨树还有合欢树。"

秦山原摇摇头。

当然他记得，他经常把她们带到林子里，到了夏天，乱作一团的时候他还会腾出一只手抓爬到树上的知了猴。那个总喜欢在合欢树底下的女人叫什么来着？好像不是很瘦。也可能挺瘦。

他们在一大块黑影前停下，旁边人家的灯光映照到那里，才看见是堵半截的土墙，高不足一米。"秦老师在那会儿，这墙该有两米多高吧？"孙伯让说，"多少年了，男男女女就喜欢到这里干坏事，把墙磨蹭得越来越矮。现在藏两个人就不太保险了。"

秦山原说："这里还有堵断墙？一点印象都没了。"

"到夏天就长拉拉秧，"孙伯让指着墙上垂下来的一条条细藤和叶子，"就那样。拉拉秧你应该记得吧。"

秦山原实在无法再说不记得了。那个女人拼命地把他往墙上推，他就是靠着墙把事做完的。那一次的事他好多年来还经常想起，当时后背被拉拉秧挂了一道道血绺子，做完了汗一湿才感到疼。秦山原说："好像那时候到处生有这东西。"

"秦老师好记性。"孙伯让笑笑说，"断墙这里最多。"

扎下的夜晚安静，冷不丁一个女人叫起来："臭蛋！臭蛋！回家睡觉啦！"

孙伯让说："臭蛋，回去，你妈叫你睡觉了。"

臭蛋把旅行包移到怀里紧紧抱住，说："不回！我要看露天电影！"

"看你娘的腿，"孙伯让说，"哪来的露天电影！"

"他有！"臭蛋用下巴指指秦山原，"他们都说他有。"

秦山原觉得这小子有点意思，就逗他："我要有，它在哪？"

臭蛋理直气壮地说："不知道！"

"别跟着瞎捣乱，臭蛋，"孙伯让要接过他的包，"明天到干爸家看。"

臭蛋不松手，"我今晚就要看！"

他妈还在喊。孙伯让火了，一把抢过包，"你要不回家，明天你也别想看！"

臭蛋慢慢松开包，一个劲儿地在裤子上擦手，半天终于磨磨蹭蹭回家了。秦山原看着臭蛋的小影子打了个哈欠。"回去吧。"他说。


# 5


孙伯让的一面白墙让秦山原吃惊。毫无必要地又大又白。猜猜做什么用？孙伯让问。秦山原说，银幕。孙伯让放声大笑，到底是秦老师，整个扎下没人往这上头想，都说他头脑坏了，涂一面空荡荡的白墙。孙伯让顺手拉上了窗帘，两层，外面是红的，里面是黑色。

秦山原说："你有放映机？"

孙伯让没说话，打开一个立柜的锁，拉开门的时候秦山原看到一台依然崭新的老式放映机。孙伯让把放映机抱出来，放好，装上胶片，把台灯的光拧到最小。咔嗒咔嗒声响起，一个光圈打到白墙上。胶片开始转动时，秦山原忍不住凑上去，十五年没摸了，心痒手也痒。孙伯让按住他的肩膀，说：

"坐下。他们都奇怪，为什么我村长也不干了。都整这玩意了，这东西多有意思啊。"

递给秦山原一根烟。那电影秦山原没看过，也没听过，翻译过来的名字叫《夜歌》。电影放到一半，节奏慢下来。之前是一个女人红杏出墙，接着是漫长的复仇，丈夫把情敌捆在床上，用尽方式折磨他的神经，不让他休息，一个昼夜后，情敌疯了。

"好玩么？"孙伯让问，又递给他一根烟。

"抽不动了，"秦山原说，"睡吧。"

孙伯让坚持把火送到他嘴边。烟点上了，孙伯让开始重放《夜歌》。"林秀秀这名字听说过吗？"孙伯让摆弄放映机时漫不经心地问。

"没听过。"

"我老婆你认识吧？"孙伯让把电影的声音关掉，像在看一部默片。

"她不是跟姓丁的私奔了吗？跟我没关系。"秦山原站起来。

"有关系，"孙伯让把他按到椅子上，"关系相当大。记得我老婆不？"

秦山原又要站起来，他说不记得。孙伯让突然从口袋里掏出一把刀，抵到他肋骨上，"最好别乱动。"孙伯让说，另一只手又摸出一根绳子。秦山原没敢乱动，对方早就准备好了。孙伯让又说："我老婆可记得你。"

"我们真的没关系，我也不知道谁姓丁。"

"可我老婆当初不是这么说的，她说你带着她到过小树林里，去过墙根底下和草垛里，有时看见路边的一棵树也要靠上去。她可是说你无数的好啊，世界上最好的男人了。你走了，她才和那个狗日的姓丁的好，她把他当成你，就卷了个小包跑了。"

"她是诬蔑！没有的事！"秦山原激动得带着椅子乱颤。

"是么？"孙伯让若无其事地给了他一耳光，"我找了三年，才在一百里外的大秦镇找到她。已经是两个孩子的娘，她不跟我回来，死活要跟放电影的过。"孙伯让一边说一边换片子，直接跳到了电影的后半段。那个倒霉的情敌直挺挺地躺在白墙上，张大嘴喊就是出不了声。

秦山原的脸在电影的光亮里一点点变白。

"听她口气，你那本事还不小啊。"孙伯让揪着秦山原的一撮头发，"毛都白了，五十多了吧？"

"五十一。"

"是不是在城里也没闲着？"孙伯让把椅子搬到他身边，点上烟，和秦山原并排看起电影。"我老婆脸上那颗痣，我让她点掉，不干，你随便一句，她就屁颠屁颠去弄掉了。那痣长左脸还是右脸你还记得不？"

秦山原摇摇头，"放开我！"

孙伯让把正抽的烟塞到他嘴里。"我老婆那块胎记在哪个屁股上你总该记得吧？"

秦山原还是不记得。他当时似乎并不详细地区分女人，只从乳房和屁股的形状上去判断，他喜欢结实饱满形如寿桃的乳房，次之是水泡梨，那些松松垮垮的大鸭梨他只碰一次，最多两次。在晚上，他从不刻板地把脸蛋和乳房、屁股等同起来。他更在乎后面两个。所以他想不起来。

"什么都不记得了？"

"真不记得了。"

孙伯让笑起来，声音像哭。"她说你对她有多好，就是去天上也不会忘了她，恨不能大白天都把她拴在裤腰带上。这女人，简直是个木瓜！她能说出你身上有多少个伤疤，哪一块是为什么落下的。她甚至数过你脸上的瘊子上一共有几根毛。你记得她什么！"

秦山原觉得再不说点，他很可能会像电影里的那个倒霉蛋一样，在这张椅子上疯掉。"想起来了，"他说，"她总爱咬住我的舌头不放。"

"继续说。"

"她喜欢站着。"

"还有呢？"

"她，"秦山原觉得绳子要嵌进手腕里去，"她喜欢在合欢树底下。"

孙伯让转过脸来，毫无预兆地又一个耳光，"她闻到合欢树的味就过敏，浑身痒。"

"那就记错了。到底你想让我怎么样？"秦山原觉得脑子不转了，"我说不记得你又不相信。"

"我不敢信。她要死要活地闹，姓丁的那样她都跟，就因为是个放电影的。她根本就不知道，你连她半点印象都没留下。我一直觉得自己当个男人挺可怜，老婆都跟别人跑，没想到她更可怜。你说她什么都拿出去了，图个什么？"

"女人嘛，不带脑子你也没办法，值不得难过。"秦山原趁机说，"老弟，给我松开，咱哥俩喝两杯。女人嘛，喝两杯就过去了。"

"你他妈的住嘴！"孙伯让从椅子上跳下来，"十五年，我活生生等了十五年！那些人影一走到墙上，我就想，我不能让你有好日子过。你凭什么？拍拍屁股把我们都甩掉了。我一直等着，我以为你不会来了，可你来了。好，来了好！"

"你想干什么？"

"就这样。"孙伯让指指白墙上的人影。

秦山原明白那个倒霉蛋的厄运马上降临了，他开始后悔看到界碑，继而后悔躲到草垛后撒尿。撒什么尿啊。哪壶不开提哪壶，他陡然发现膀胱已经胀了。他对孙伯让说：

"能不能让我小个便？"

"小个便？撒尿啊，你先憋着吧。"

"这不行啊老弟，前列腺跟不上。"

"秦老师，这是报应。跟不上就随便撒吧。"

"这玩意更不行啊，当人面要能撒出来，我就不来你们扎下了。"

孙伯让看看他，他就把进村前后说了一遍，希望孙伯让能同情一下。一泡尿能改变世界观，一定也会要人命。

"那正好，我就不用像电影那样亲自动手了。不让你睡觉就行，开始憋吧。"

秦山原快哭了，他越发觉得那地方像气泡一样胀起来，然后开始疼。"现在几点了？"他问。

"几点跟你没关系，你只要清醒就行。"

孙伯让踢了他一腿，秦山原两腿之间疼得一抽，再轻微的动静都是地震。他听到一声鸡叫，接着两声、三声，好多只鸡都叫了一声。应该深夜两点左右。

"再不放开我就喊人了！"秦山原说。

"喊吧，"孙伯让把刀手心里蹭来蹭去，"电影你白看了。"

秦山原立马住嘴了。电影里的倒霉蛋刚开始喊，一把刀就从他大腿皮下三厘米处经过。如果最后不疯掉，他可能会坚持只在自己的喉咙里喊叫和祈祷。

"可我真要小便。"秦山原的脑门上开始冒汗。这正是孙伯让现在需要的，好吧，怕尿裤子我就帮你脱。"千万别，再等等。"秦山原觉得自己做不来。那继续忍。

孙伯让再一次开始《夜歌》的放映，他喜欢听胶片转动时的咔嗒咔嗒声。他示意秦山原再看一遍。他要陪着秦山原清醒。他看到秦老师坐在椅子上一直哆嗦，打摆子，椅腿咯噔咯噔敲着地面。秦山原很快大汗淋漓。"放开我，"他说，"我要小便。"

"随便小。"孙伯让去了一趟厕所，回来兴致勃勃地看着秦山原继续流汗。秦山原的声音越来越小，大一点就疼一下，他觉得从原始社会进化到社会主义初级阶段所花的时间也比现在快。时间让他痛不欲生。

又有一批鸡开始打鸣。孙伯让有点犯困，找了一瓶酒，吃熟肉抹辣椒酱，唏唏啦啦也是一头的汗。秦山原不抖了，像雕塑一样瞪大眼，唯一活动的就是眼里的东西，一滴一滴往下掉，想一下"眼泪"这两个字也会加剧膀胱的胀痛。他慢慢闭上眼，让自己飘起来，一点不费力气地随风飘荡。他看见自己穿过像幻景一样透明的十五年，然后是黑色的、灰色的、白色的海陵镇。一辆永久牌载重自行车大撒把，他驮着电影胶片和放映机来到扎下，雪白的帆布银幕拉起来，女人如香气从四面八方飘飞而至。她们有美好的乳房和屁股，她们喜欢跟他摸黑走进小树林，或者土墙下，路边上大树旁也行。他看见一个赤裸的女人窈窕地侧身对他，他知道她脸上某个地方必有一颗痣，某一边的屁股上必生有胎记，但在他的位置都看不见，而她不回头也不转身。她为什么不让他认出来？风一吹他就走。

孙伯让喝了半瓶五十六度白酒，吃饱了肉，打完嗝，对自己说不能睡不能睡，还是睡着了。闭上眼之前，电影还在放，他对秦山原的坐姿很不满意。

## 6

好像有人敲院门，孙伯让好像也清醒了两秒钟，接着又睡了。再次醒来是因为听到咕咚一声，他撑着椅背爬起来去开门，一个小人倒进来，赶紧扶住，是臭蛋。臭蛋站着睡着了，那咕咚一声就是脑袋碰到门上。他天不亮过来敲孙伯让的门楼，没人理，就爬墙翻进院子，站在门口睡着了。孙伯让拍拍臭蛋的脸，天早已大亮，太阳从扎下东边升起来。

臭蛋说："我要看露天电影！"

孙伯让说："好，干儿子，咱们看露天电影。"

他把臭蛋领进屋里。电影早就停了，孙伯让重新开始放映，放映机咔嗒咔嗒响，白墙上就是不出人影。臭蛋说："看不见！"跑过去拉开窗帘，阳光像水一样漫进屋里，白墙上刚出现的人影又不见了。臭蛋说："电影在哪？露天电影在哪？"然后他看见了歪头坐在椅子上的秦山原。

秦山原闭着眼一声不吭，腰杆直直地被捆在椅背上。臭蛋说："露天电影在哪？"秦山原不回答，臭蛋就用脚去碰他的脚，这时候臭蛋看见秦山原的脚底下汪着一摊水，还有水断断续续顺着秦山原的裤脚往下滴。臭蛋看看秦山原，又看看孙伯让，突然大喊一声：

"他尿裤子啦！"

2006 年 7 月 11 日，芙蓉里

# 平安夜

## 1. 菜地

平谷坐在菜地边上，脚底下一堆烟头。从中午到现在，一根接一根，嘴都抽麻了。他叼着一根新点上的烟，眼睛跟着一只脏兮兮的白塑料袋斜着往上飞，风有点大，塑料袋犹犹豫豫，终于决定落到枯得发黑的槐树枝上。它在上面原地不动奔跑，哗啦呼啦大声喊叫。平谷扔掉烟头，站起来，决定回家。

他不知道还要不要回来，就把值钱一点的东西都收拾好，塞进军绿色的大旅行包里。现在已经脏得变成黑色了，他对着一块泥巴拍几下，没拍掉。然后用脚把被子踢到一头，留了张字条给同屋，说如果他不回来，被子什么的都归对方了。他背着包低头往前走，周围没有一个人。走了十分钟才来到公路上，他站在路边想要不要等车，车很少，但他记得有一辆去火车站的中巴车经过这里，招手就停。其他的车呜呜地经过，跟他没关系。等车的时候，他转身从脚底下往前看，一条小路弯弯曲曲像蛇一样爬到那一大片菜地。一大片光秃秃的菜地，一排排塑料大棚，还有一排小屋。他隐隐约约发现自己的房门开着，忘了锁了，他摸摸口袋，钥匙不在，一定是挂到锁上了。他总是这样。七个月零六天，他有一大半时间是忘记锁门的。他跟那些在菜地里租房子的人一样，每天早上爬起来就往市区里跑，大街小巷找活儿干。这里的房租便宜，外地来的捡垃圾的都住得起。今天他们又去了，他没去。现在他要回家。他想摸根烟抽，刚拿出来中巴车就到了，一个女人伸出头来，大声说：

"快上，快上。火车站的。"

平谷把背包往上耸了耸，踏上车门的时候扔掉了烟。没有人认识他，平谷的脸一直转向车窗外，西天上有几块晚霞，病态的红，也是冰凉，但还是比旁边那个剪指甲的男人好看，平谷上车的时候他就在剪。他剪得很认真，啪的啪的细碎地响，十个指甲一直剪到火车站。一路上平谷又看了很多景物，楼房，汽车，不锈钢和玻璃，路灯亮起来，以及在风里缩着脑袋的行人。当他站在冰冷的火车站广场上，天黑下来，他陡然觉得内心里像这广场，空空荡荡。等车的人都到哪里去了。

他要等天更黑。平谷进了一家简陋的饺子店，要了三大碗饺子，看着外面的天吃了大半个小时，然后喝了一肚子热汤。他有经验，这一夜需要热量和水。吃完了他沿着一条贴近铁轨的巷子向远处走，在微弱的光亮里找那个缺口。每次想家，他都来到这里，看着火车抽上半包烟，然后咬咬牙又回到菜地的小屋去。缺口在一堵墙上，钻过去就是铁轨和来往的火车。七个月前，他从缺口钻过来，进了现在的这个城市才直起腰。他要钻回去，像很多次梦见的那样，在原来的城市里重新直起腰。

很多辆火车黑黢黢地停在明亮的铁轨上，这里远离车站，只有几个人打着手电在火车之间晃来晃去。平谷先在墙角蹲下来放下行李，然后躲着巡查的工作人员在很多辆火车之间来回寻找，像捉迷藏。他在一辆火车的车厢上看到写着家乡名字的白字。一辆运煤的车。

十分钟后，平谷已经躺在了一节车厢里，身上裹着准备好的黄大衣。火车开动的时候他听见了汽笛上，然后就是茫茫的黑暗，他睡着了。

## 2. 夜火车

半夜里平谷看见一个人摇摇晃晃地走过来，火车跑得快，他的头发和衣服被大风吹起来，即使逆风也能闻到对方身上的酒气。他握着一把水果刀，因为得意地笑而使整个面部发出闪电一样明亮的光，牙却是红的。他挥舞着刀走近窝在车厢一角的平谷，说：

"给我，衣服。都脱下来，一件不能少。"

他的声音像铁钉滑过玻璃，平谷觉得后背上起了一层鸡皮疙瘩。

"脱，快脱。"

"不行，"平谷吓得声音都哆嗦了，"我也冷。"

那人就扑上来，刀子直奔平谷的前胸。平谷本能地往旁边一滚，那人撞到了车厢上，水果刀插进煤里。刀子是银白的。那个人咕哝两声爬起来，弓着腰又向平谷刺来。他的脚有点软，上身走在身体重心的前面，所以刀子力量不大，平谷跪在煤炭上，慌忙抓住了冲过来的手腕。平谷发现自己的力气比想象的要大。他把刀子转过来，只轻轻一送，就插进了对方的肚子里，声音像切瓜。那个人闷叫了一下，血像焰火一样喷涌出来，平谷吓坏了，没想到就这么杀了人。他吓得腿都软了，跳不起来，他看到对方的血源源不断地流出来，把黑得发亮的煤都染红了，不仅如此，血像潮水一样上升，有些煤漂起来，他的两条腿逐渐淹没在那个人的血里。平谷撕扯着衣服叫起来，身上的汗水被风一吹，冷得像块冰。

平谷被自己的叫声和冷惊醒了，又是一个梦。他蜷在车厢的一角，冷得直打抖。这样的梦他不知道做过多少了，除了杀人还是杀人。不知怎么就把别人杀了。平谷定定神，看看周围，黑亮的煤，然后是风和火车跑动的声音。四野里是黑夜。他觉得小腹发胀，扶着车厢站起来，往车厢外撒尿。他能看见水线被风拉得绵长松散，剧烈地抖了几下。火车在平旷的大地上奔跑，像条气势汹汹的长龙。他站在大地之上，但有那么一瞬，他对这条长龙的去处产生了巨大的怀疑。它要去哪。去他家乡的那个城市么？平谷突然感到一阵恐惧，迅速地躺到那个角落里，他明天就要回到自己的城市了，他觉得现在是飘浮在夜里。

然后想到了手。这是平谷的习惯，噩梦醒后总要看看自己的手。他把右手举到眼睛上方，五根手指张开来，在五指的间隙里他看到了天上的星星，竟会有那么多星星，把天空都占满了。他把手翻转一下，指向天空。就是这只指着星星的手握紧过一把水果刀，水果刀进入过一个人的身体。也是在一个夜里。他记得刀子插入那个喝多了酒的肚子里时声音很涩，他还记得喷出来的血是黑色的，溅到手上，感觉不是热的，而是冰凉。他甚至连那个人痛苦的表情都没看清楚，拔出刀撒腿就跑。他像疯了一样一直往前跑，直到现在他仍然想不起来那把水果刀被他扔到了什么地方。他只记得当时寒玉和大板的尖叫，他们的叫声把树上的鸟都惊飞了。

平谷从没想过要杀人，他的水果刀只用在水果身上。他和寒玉、大板从电影院出来买了一个西瓜，就用的他的水果刀切开的。那时候西瓜离大面积上市还早，寒玉吵着要吃个新鲜。平谷就买了一个大个的。他对女朋友出手从来不吝啬。大板是他好兄弟，三个人从小就认识。在城市的东南角，几乎所有的年轻人都能成为朋友，当然成为平谷和大板这样的好朋友不多。他们在电影院不远的石凳上吃完西瓜，时间已经不早了，大板和寒玉意犹未尽，想再找个地方转转。平谷就想起来刚开张的一个小啤酒屋，叫"下一站是巴黎"。平谷喜欢这名字，其实他对巴黎没有任何概念，除了艾菲尔铁塔和凯旋门。他喜欢的是一下车就到巴黎这样的感觉，如果叫"下一站是毛里求斯"他一样喜欢。

寒玉喝茶，他和大板每人一扎啤酒，离开时已经深夜一点了。因为一肚子水，他们走一段路就得去一趟厕所。他们在一条巷子里急匆匆上第四次厕所，寒玉没事，在外面等，平谷和大板钻进公共厕所。他俩一泡尿没撒完，就听到寒玉在外面叫起来。平谷和大板赶紧刹车，拎着裤子就往外跑。

一个魁梧的男人张开双臂逼向寒玉，一只手里还提着东西。寒玉抱着胳膊往后退，小坤包在身前摇荡，系在包上的一串铃铛也跟着响。她选了一个错误的地方躲，一堵墙和一棵粗壮的玄铃木的夹角，她退到那个角里再也无路可退，剩下的只是叫。这条巷子此刻空寂无人，除了平谷和大板没有人能听见。寒玉见到平谷和大板从厕所里出来，大喊：

"快，快！流氓！"

平谷胡乱勒好裤子，对大个子男人的背影说："你干什么！"

大个子转过身，平谷看不清他的脸。附近除了厕所有盏昏黄的灯，只在很远处有盏路灯。大个子嘿嘿地笑了两声，转过去继续向寒玉逼近，嘴里说："别叫，别叫。我有砖。嘿嘿。"

平谷知道这家伙喝高了，心里就有了底。他从后面猛地扑上去，想先把砖头给下了，哪想到大个子力气大得可怕，一甩胳膊就把他扔到了一边。大个子啊地吼了一声，寒玉吓得有点呆，抱着脑袋不知道跑，大板拼命打手势她也无动于衷。平谷爬起来，要跑过去把寒玉从夹角里拽出来，大个子一把抓住他，举起砖头就砸。这砖头要下去就差不多要了平谷的命，平谷个头不高，砖头倾斜着过去正好在他的后脑勺处。这就是平谷感谢大板的地方，大板那时候正好跑上来，想把平谷推开，砖头落到了他的后背上。那一家伙着实不轻，大板当时就趴下了。大板为此在床上躺了一周。

如果不是这一砖头，平谷就拉着寒玉和大板一起跑了，也就没什么事了。现在大板趴下了，大个子还要用砖头继续砸，平谷一把推开寒玉，向大个子冲过来的时候下意识地掏出了水果刀，后来平谷一直想不明白他竟能如此迅速地打开刀，他推测就是在打开刀锋的同时刺进了那个酒鬼的肚子里。结结实实地进入了一个冰冷的地方，因为他听到刀锋上响起的干涩沙哑的声音，黑色的血溅到他手上，冰凉冰凉。大个子只说了一个字，刀，砖头就掉地上了。大板爬起来，和寒玉几乎同时叫起来，躲在悬铃木里的什么鸟终于待不住了，大叫一声飞出来。

那一刻对平谷来说，世界是静止的，有点像灵魂出窍。然后他发现他是在杀人，拔出刀撒腿就跑。他从来没有把刀子送进一个活生生的身体里的经历。一直跑啊跑，再后来在黎明时分像患了高烧一样回到家。他在家没超过十分钟，就被大哥用摩托车送到了火车站。他大哥在火车站附近工作，多少知道点铁路上的事。平谷在天亮之前被送上一辆货车。大哥说，先跑再说，越远越好。

平谷就一直跑，先是离家越来越远，然后又磨磨叽叽地一天天往回走，每次都是扒火车，大哥告诉他，这最保险。直到他在菜地

128

边停下来。大哥和寒玉都说，不能再近了，他就租了房子住下来。

后半夜的风越来越大，平谷裹成一个球。他再也睡不着，就像很多个后半夜一样。他睁大眼看天，很多年没这么看星星了，它们被风吹得晶莹明亮。平谷的手在袖笼里不安地蠕动，就是这个东西，把星星和刀连在了一起。

## 3. 寒玉

早上八点一刻左右，火车开始减速，平谷把旅行包扔下来，接着攀住车厢跳到地上。已经是城市的边缘。这地方他还算熟悉，过去经常骑着大哥的摩托车带寒玉过来玩。家里的风小多了，平谷把沾满煤炭的大衣扔掉，离开铁轨贴着路边走，一路看着脚尖。

当他经过一扇玻璃门时，他才发现其实根本不需躲躲闪闪，他自己都快认不出自己了。玻璃中那个和他对视的人脸上长满了胡子，如果说他离开这座城市的平谷是25岁，那么回来的这个至少已经45了。煤灰进了他的皱纹和胡子里，旅行包压弯了他的背，他更像一个风尘仆仆地来到陌生城市打工的人，若是把背包换成蛇皮口袋，他自己都会相信站在他对面的这个家伙是捡破烂的。平谷略略放了心，找一个小吃摊要了两碗水饺，热气腾腾的水饺吃得他眼泪鼻涕一起下来了。

就这么回来了。他看到过去的一个朋友骑车经过小吃摊，龙头上挂着五六根油条，他看了平谷一眼，目光生硬。平谷觉得这半年多其实等于半辈子。

吃完饺子，平谷去路边的公用电话亭给寒玉打电话。

平谷说："我回来了。"

"在哪？"

"已经进了城。那人真的没死？"

"不是告诉过你了么？"寒玉的声音听起来挺高兴，"你先回家，下午我和大板去看你。"

"我想先见你。可是，"平谷说，"那人真的没死？"

"骗你有钱花？还怕？"寒玉在那边迟疑一下，"这样，我现在就去找大板，你别乱跑，我们去接你。"

他们都说那个人没死。他们说，报纸上就是这么说的。那个人抢救了三天才活过来，在医院里接受的采访，他说他喝多了，记不起捅他的人的长相，但看见了一定能认出来。他不会放过他的。他记得还有两个人和凶手在一起，一个女的，穿裙子，小包上拴一串铃铛，另一个是男的，个头大一点。就这些了。寒玉看到报纸后，立刻把铃铛扔了，包也塞到炉膛里生火了，而且再也不穿那条裙子。当时这事在城市里颇热闹了一阵，公安局的人整天跑来跑去，看起来热情挺高，但是一直没能理出个头绪，连报纸都懈怠了。

所以他们说，人没死，也没什么动静了，应该可以回来了吧。

"应该？"平谷不管了，咬咬牙决定回来。躲在外面度日如年。他坐在一个僻静的台阶上抽烟，想着寒玉的样子。她的手好看，手指很长，越往前面越细。他喜欢握着她的手。他也喜欢摸她的耳垂，他还没见过哪个女孩的耳垂有寒玉那么大。他妈对他说，耳垂大有福。平谷搓着自己的手，想着"有福"这个词，嘿嘿地笑出声来。有福是多么好啊。亡命一样的大半年，他觉得这辈子最大的理想，就是跟寒玉待在一起好好过日子，不用整天梦见那把刀。

他们来了，寒玉和大板。大板开着一辆小工具车，他在帮一家超市跑运输。寒玉胖了，准确地说是丰腴了，站的时候是胸部，走起路来是屁股，有女人味了。平谷站起来，想和过去一样抱抱寒玉，但是他俩并排站在他面前，他们的热情很客气。

大板呵呵地笑，说："平谷，你这胡子能养鸟了。"

平谷腼腆地笑一下，走过去想拉寒玉的手。寒玉抬头看看天，太阳不错，寒玉说："不早了，上车吧。大板一会儿还要拉货。"她绕过平谷去拎旅行包。

大板抢先把包拎上了车。

"家里来了几个乡下亲戚，还是去大板家方便，他家就他一人。"寒玉转过脸对坐在后座的平谷说，"你先洗个澡，好好睡一觉。"

平谷说："好。"车里很温暖。

到了大板家，平谷洗完澡穿好衣服，站在镜子前看自己。大板把他的剃须刀递给他，平谷接了，打开，犹豫了一下又放下了，"还是留着好，"他说。

寒玉已经把被褥收拾好了，大板在外地读书的弟弟的床。平谷坐到床上，从后面抱住寒玉，脸贴到她背上。这时候大板端着水杯走进来。

寒玉拨着他的手说："别，别这样。"

平谷抱得更紧了。"咱们结婚吧。"

大板把水杯放在床头柜上，说："你们聊吧，我得出车了。"

寒玉说："等一下，我也出去，搭你的车。"她松开平谷的胳膊，让他躺下，"好好睡觉，听话，我去给你买几件衣服。"

大板也说："好好睡一觉，晚上带你去神学院玩。"

"去神学院？"

"嗯，神学院，今晚平安夜嘛。有篝火晚会，不少人都要去，听说很好玩。"

## 4. 神学院

穿上一身新衣服，平谷整个人都变样了。大板说，都这样了你还怕什么，就是在那家伙眼前晃十圈，他也认不出是你。是变了。平谷都纳闷了，这两天怎么老发现自己在变，都不像自己了。他看看寒玉，寒玉说：

"迎对面我也不认识。"

平谷不置可否。

"出去走走，放松点儿，"大板继续鼓动，"现在平安夜都流行到教堂和神学院过了。你不是一直做噩梦么？神学院上帝、基督、十字架都在，随便哪个你都可以好好忏一下悔。"

平谷就去了。步行。从大板家到神学院二十分钟的路。

神学院在马路边的一条巷子里，平谷闲逛的时候经过很多次，从来没想起来要进去看看。他觉得应该是那种庭院深深的神秘，他这样的大俗人进去有点不像话。参加晚会的人很多，校园里灯光幽暗，来往的人对面看不清相互的脸。大板和寒玉看样子来过，他们走得很熟练，平谷却深一脚浅一脚，不知道是否因为离上帝和耶稣越来越近的原因，他感到了极大的难为情和不自然。穿过黄杨和塔松掩映的小路，喧嚣声越发响亮。拐一个弯，路头明亮起来。一个半圆形的大舞台，很多人影在上面走来走去，主持人的声音说，快开始了，晚会快开始了。台下围了一堆人，像朝圣一样激动。

喇叭里响起赞美诗。有几首平谷听着耳熟，住菜地的一个邻居是基督徒，每个周末都把自己关在屋里唱赞美诗，唱完了，一个星期拉平板车都精神抖擞。平谷想，如果那位老兄来了就好了，他将听到很多人一起赞美上帝和万能的主。

的确是很多人一起唱。晚会开始了，那些在台下叽叽喳喳的人竟然都会唱，平谷很吃惊，他们深情的歌声里出现一个诞生在马槽里的婴儿。寒玉甚至都能唱上几句，她闭着眼，把手抱在胸前，随着人群左右摇晃，头发梢一遍遍拂过平谷的鼻子。大板也跟着瞎哼哼。平谷觉得自己是多余的，然后想起了水果刀进入身体的声音，血的颜色和温度。他从他们身边悄悄地退出来，看着庞大的人群潮水一般缓慢起伏。

他坐在花园的矮墙上抽了两根烟，寒玉和大板过来找他了。

"你怎么跑这儿了？"大板说。

"烟瘾犯了。"

"你上瘾了？"寒玉俯下身看着他一亮一亮的烟头，"赶快戒掉。"

平谷愣了一下，赶紧把烟掐灭。"好，现在就戒。"他喜欢听寒玉用命令的口气跟他说话，这让他踏实。

寒玉把他拉起来，对大板说："走，我们领蜡烛去。"

节目换了，现在是领着蜡烛围着篝火转圈子，一边转一边唱赞美诗。篝火燃起来，火光冲天，火边的人面目通红。大家秩序井然地几个摊点上领小蜡烛，领了，点上，护着烛光渐次加入逐渐膨胀拉长的队伍里。圈子越转越大，由一圈变为两圈，然后三圈四圈。原本在一起的人，转着转着就失散了，不定转到什么时候又擦了一下肩，又不见了。平谷、寒玉和大板领了蜡烛，转眼就淹没在幸福的人流里。

如果不是小蜡烛燃尽了，平谷会一直随着人流转下去，其他人毫无疑问也会永远转下去。蜡烛熄灭之后平谷从人流出来，觉得这一段时间真是美好，几乎什么都没有想，头脑清明、无物，他似乎跟在别人后头就能把每一首赞美诗都唱完整。人群还在流动，无数的小火苗安详地照亮冬天里的一只只手。平谷下意识地去口袋里找烟，摸到了又重新塞回去。他在一圈圈的人里找寒玉和大板。如果用神学院里的词汇，他应该分别称他们为"爱人"和"兄弟"。平谷站在一边找他的爱人和兄弟。

　　没找到，也看不清。那么多人。他怀疑半个城市的人都在这个晚上聚到了火堆旁。他们转得百无禁忌。过去轻狂的时候，平谷是不相信上帝和基督的存在的，当然现在他也不信，但是面对这些举火的人，信不信已经不重要，重要的是人和人之间竟能和谐、快乐地在一起，不管以什么名义。他们诚恳地手拉手，内心里满足安稳，他们的言语和笑容正大。而他大半年来却以凶手的身份和贼的心态东躲西藏。也许可以如大板所说，如果开始就不逃，现在可能什么事都没了，可以和正常人一样吃饭、睡觉，骑着摩托车到处乱跑。平谷想过，这不是不可能，但现在的问题是，他已经逃了，大半年了都是一个企图掩藏和消失的凶手。他从一开始就没能摆脱那把水果刀、刀锋的声音和刀上冰凉的血。

　　他们转得如此美好，平谷看得整个人变得潮湿。

　　平谷没找到寒玉和大板，想一个人在神学院里看看。就随便找条路走过去。哪条路上都有三两个人。他在小路上拐来拐去，在一个转弯处看到一对情侣站着抱在一起。那里的光线很差，他们在光亮和黑暗之间晃动着两张幽蓝的脸，相互寻找、磨合和遮掩。两个人痛苦地纠缠在一起，打算把对方揉进自己的身体里。平谷突然觉得呼吸变得困难，有什么梗在嗓子眼那儿，他害怕他们把脸暴露在光亮里。一个抽烟的男人经过那对情侣，在烟头忽然发亮的一瞬就照亮了两张脸。平谷看到那女孩闭着眼，身体毫无章法地在抖。

他撒开腿就跑，绕了很多圈才到了大门口。他停下来，摸索了半天找到烟，第一口就呛着了，咳嗽得差点吐出来。

## 5.水饺摊

往北的路是下坡，隔三岔五有汽车从平谷旁边经过，嗖地一辆，嗖地又一辆。行人很少，平安夜嘛。他漫无目的地走，见了红灯就闯，是绿灯就拐弯。夜晚清冷，有雾气升起来。拐了几个弯平谷看到一个路牌，指示向左是"广州路"，平谷觉得这名字有点熟，是红灯也拐了弯。走不远看到一片废墟，路边的老建筑拆掉了，平谷想起来了，有家服装店就在这条路上，他和寒玉买过两件大红色的情侣T恤。他沿路小心地向前走，边走边看路边没运干净的旧砖头。他在广州路上来回走了两趟，也没记起来那家服装店具体的位置。哪个地方的废墟都一样。路上没有行人，只有一个消夜摊子摆在这条路的中间。

第三趟的时候，有点累，平谷找一处砖头坐下来两眼发直，那家服装店到哪儿去了呢？想着想着就跑远了，想自己现在如果还在菜地边的小屋里，会干什么。几个人凑一起打牌，脸上贴满纸条，然后脚不洗就睡觉。做噩梦。醒来。眼睁到天亮。

因为想到噩梦，他决定站起来继续走。一直向西。又一次经过那个热气腾腾的消夜摊子。还是那几个人。一个坐着，两个站着，还有一个孩子在穿大衣的男人的怀里。围围裙的女人终于开始招呼他，她以为平谷来来回回地走，是在盘算该不该吃上一碗水饺。

"大兄弟，来碗水饺吧，热乎。"

平谷扭头看看，一个胖墩墩的男人跷着一条腿在吃，胳膊上戴着"巡察"字样的红袖章。水饺。平谷一点都不饿，但他回过头时摸到鼻尖上有一滴清水鼻涕，就说："好，来一碗。"

女人高兴地答应："就好，就好。"用围裙抹过长条板凳让他坐。平谷坐下来，看了看她的摊子，头脑里突然出现一点印象，他又站起来，走到摊子后面的废墟前。嗯，这里，就是这里。消夜摊子把那家服装店的门给堵上了，怪不得怎么也找不到。平谷蹲下来拿起几块砖头掂了掂，又放下，坐回到板凳上。

那小孩在男人怀里哭起来，扭着身子要吃麦当劳。

男人说："人家关门了，先回家睡觉，明天才开。"

小孩说："我都睡了三天了。"

女人说："明天一定开。"两手忙着让饺子下锅。

"我不睡，我去了他们就开门了。"

男人说："明天，你妈都答应了。"

小孩干脆不说话，扯起嗓门哭。

女人烦了，对男人说："都给你惯坏了！带他回去！"

"那你呢？"

"收了摊就走，又不是找不着家。"

男人把小孩硬塞到自行车的横梁上，一声不吭地走了，小孩的哭声直到饺子上了桌才消失。

女人说："不好意思啊，小孩不懂事。慢吃。不急的。"

小孩还挺聪明。平谷看看女人，觉得应该把饺子都吃下去。对面的红袖章开始打饱嗝，鼻尖上排满了汗。寒玉不喜欢好流汗的鼻子，她称之为"水牛鼻子"。想到寒玉，平谷的肚子里剧烈地抽了一下筋，痛得他一口气差点没上来。水牛鼻子说热啊，脱掉外套接着吃。他对女人说：

"妈的，过什么日子！一个鸟人没有也要在这执勤。执个鸟勤啊！"

女人笑笑，没说话。平谷看见水牛鼻子左耳朵附近有一撮又黑又长的毛。那撮黑毛抖了几下，水牛鼻子站起来，筷子扔到桌上，一直滑到平谷的碗前面。他把大衣搭在臂弯里，又打了个饱嗝，抹着嘴离开水饺摊。女人一直看着他，见他没有转身的意思，就怯怯地说：

"哎。还下次一起？"

"嗯？"水牛鼻子缓慢地转过身，吃惊地说，"你说什么？"

女人不安地搓着围裙，"先结一点吧。"然后声音降下来，"这几天孩子去医院，买肉馅的钱有点紧。"

"哦，你说钱？下次不行？"

"手头真的紧，你看。"

水牛鼻子呵呵笑起来，到大衣口袋里找钱包，拽出来一张一百的。两根手指夹着送过去。"那好，找吧！"

女人紧张又窘迫，手伸到半路又撤回来。"太大了，给点零的吧。生意不好，找不开。"

水牛鼻子说："你看看，给钱你又不要。"他把百元大钞又向平谷抖了抖，开心地笑了，"找不开我有什么办法呢。"然后笑呵呵地继续往前走。

女人憋着脸红，不知该怎么办，只是嘴里小声地嘟哝，从来都不付钱。平谷看着水牛鼻子的大衣晃晃荡荡地越走越远，突然说：

"你回来！我来给你找！"他的声音让自己都吃惊。

"你？"水牛鼻子转过身，看到平谷的瘦脸，"稀罕！我又没吃你的水饺。"

"吃谁的都要付钱。"

"如果我不付呢？"水牛鼻子站住了。

"你要付。"平谷站了起来，觉得自己应该斜着眼看水牛鼻子。

"呵呵，"水牛鼻子说，重新走回水饺摊子，"我今天还就不付了！"

女人上来拉住平谷，声音还是很低："算了算了，我不要了。"

平谷把她推到旁边，筷子在长条桌上用力地顿了一下，"你一定要付！"

水牛鼻子不笑了，走到平谷对面，摸着碗边说："找茬？"

"找茬又怎么样？"平谷说。刚说完，脸上就被泼上了半碗饺子水，顺着胡子往下流。

平谷顺手把大半碗热饺子也泼到水牛鼻子的脸上，烫得水牛鼻子直叫唤。"你妈的敢搞我！"水牛鼻子叫着，大白瓷碗就砸到了平谷的头上。平谷觉得脑袋里嗡的一声飞出了一大群蜜蜂，摸一把，一手血。女人跳到一边喊起来。平谷的脸立马涨红了，血往上跑，伸手抓到了煤气灶上的长柄铁勺子，没头没脑地就往水牛鼻子头上抽。他抓的是有勺子的那一头，抽起来很不方便，才两三下就被水牛鼻子抓住了。水牛鼻子用两只手紧紧地攥着细长的勺柄，用力往下压，一直压到挺起的肚子那儿。如果不是水牛鼻子挺起的大肚子，平谷是不会想到对着勺头猛地向前一推的。他看到了他毛衣底下的圆肚子，左手一用力，尖头的勺柄就插了进去。水牛鼻子的衣服像皮肤一样容易穿透，噗，进去了。

水牛鼻子的五官突然移位，喊声堵在嗓子眼怎么也出不来，只说了一个"你"字，紧握勺柄的手开始慢慢放松。平谷把勺柄抽出来，重新插进去，他觉得第二次更有力量。然后开始转着圈搅动，水牛鼻子的肚子如同一块布被任意撕裂。血喷到平谷的手上和脸上，这一次他觉得血其实还是热的。他还看到水牛鼻子的眼睛猛然变大，死死地攥住勺柄，带着勺子和平谷一起往后倒，幸亏平谷及早撒了手，要不连桌子和人一起都被带倒了。

　　女人一直在捂着耳朵尖声长叫。平谷想起寒玉也这么叫过。她们只会尖叫。她们的肺活量一定都不小。平谷看着她，觉得她简直是没日没夜地叫，然后他感到有点累，想坐下来，没坐稳，和长条凳子一起摔倒在地上。摸出屁股底下硌人的碎砖头时，他通过桌底下的空当，看见水牛鼻子躺在地上，嘴角往外冒着血泡泡，双手还攥着勺子，勺头直指向天。他抬头看看夜空，雾气很重，把星星都遮住了。

　　平谷抹了一把脸，有东西流到眼里，世界开始变得通红，像早上朝霞满天的时候，也像黄昏夕阳将尽的时候。女人还在叫。又一天，平谷疲惫地想，他回来好像就是为了这件事似的。这是他回家的第一天，连家门还没进。

2005 年 3 月 28 日，北大万柳

# 春暖花开

　　李冠军从故乡回来，不仅带来了母校巨变的消息，还带来了我们昔日共同的班主任樊一生老师离婚的消息。他向我描述了母校的变化，说现在去了我一定不敢相信，那就是十年前我们学习生活的地方。除了校门前那条经久不息地流淌的石安运河没变外，所有的陈迹早已荡然无存，我们读书的教室，爬窗户进去打乒乓球的会堂，中午吃饭的食堂，还有逃课去睡觉和玩耍的小树林，都在我们离开后的若干年里逐一消失，代之而起的高大敞亮的教学楼，先进的教学设备和从校门开始延伸的宽阔笔直的水泥路，两边站着绿荫如盖的悬铃木。美啊，李冠军说，谁能想到我们的母校有朝一日会如此漂亮？当然，他又说，谁又会想到樊老师，我们的老班，会在十年之后的好日子里离婚呢？

　　关于樊老师离婚的原因，李冠军认为责任在我们的前师母顾红梅，据说她在三十六岁的本命年里没有任何先兆地就有了外遇，竟然被樊老师堵在了床上。李冠军拜访樊老师的时候，顾红梅老师已经离开那个家半年了，他看到樊老师满脸胡子坐在破旧的沙发上，目光呆滞，看到多年以前的弟子毫无兴奋之感，而是指着另一张沙发说，你来啦？坐。樊老师的精神没有问题，因为他对李冠军凄惨地笑一下，说对女人哪你得想开点，既然红杏能出墙，红梅就也能

140

出墙。可我为什么就想不开呢？樊老师的颓废状态让李冠军很难过，他坚持不懈地劝说樊老师，让他节哀，就像当初樊老师教导我们的那样，世界是巨大的，生活是美好的，前途是光明的，是金子总要发光的，何况天涯何处无芳草呢。顾老师的离开未尝不是一件好事，这至少预示了我们的班主任可以梅开二度，情感生活一下子从单一变得具有了无限的可能性。这可不是一般男人想要就能轻易得到的。李冠军希望樊老师能尽快从离婚的阴影里摆脱出来，因此真诚地邀请他到淮城来散散心。为了安慰樊老师，李冠军甚至不惜批评我们的英语老师顾红梅，认为为这样一个女人如此伤筋动骨不值得。

李冠军把他对顾老师的愤怒带到我这里，似乎我们的英语老师天生就是一个不正经的女人。这话我不能苟同，他们离婚的原因一定不会这么简单，怎么可能一夜之间就升级到了床上？再说，李冠军和我一样，当年都是最喜欢上英语课的，我们把课外时间统统花在外语上，以便上课时能够从容地欣赏我们漂亮的老师，尽管我当时的功课差得一塌糊涂。李冠军用鼻子哼了一下，直截了当地指责我的肚量，他认为我之所以维护顾红梅而不顾樊老师，甚至不乏幸灾乐祸，是因为我十年来一直在记恨樊老师间接地把我赶出校门的那段历史。


1992年，得益于父亲的打点，我顺利地升入了海陵中学的高一（3）班。班主任樊一生。报到那天，我和父亲来到樊老师的办公桌前，樊老师看了一眼我和父亲，不屑地说，终于进来了，然后在名单倒数第三个名字上打了个勾，就再也没有下文了。出了办公室父亲对我说，看看吧儿子，你再不好好学，我们全家的脸都给你丢尽了。当时我是咬牙切齿地下决心要好好学习天天向上的，但是却总也静不下心来。坐不住，一堂四十五分钟的课怎么都坚持不下来，中间要么伏在课桌上睡一会儿，要么在课桌底下看课外书。那时候喜欢看郑渊洁童话和武侠小说，恰好桌面上有个细长的洞，小说用手在抽屉里托着移动，一次可以看三行，这样一节课下来也能看几十页，就是苦了两只眼。我的近视就是那时落下的后遗症。除了顾红梅，所有老师都收过我的课外书。樊一生常常在早读课上出其不意地来到我身后，一声不吭地把书没收掉，他担心我会把别的同学拉下水，因为他们的课外书几乎都是从我这里传播出去的。

除此之外，我的劣迹就是逃课。我们的教室离学校东边的小树林最近，我主动要求坐在最后一排（即使我不要求樊一生也会打发我到最后一排，那一排只有我一个人），趁老师转身板书时我偷偷溜出教室，一个人来到小树林里，拿一两本课外书做枕头在树荫底下睡觉。刚开学的时候，樊一生似乎还不愿放弃我，亲自到小树林抓过我两次，让我公开在全班检讨，以儆效尤。他把小树林命名为"快活林"，告诫同学们不要学习我的腐化堕落。后来他渐渐失望了，大概觉得我朽木难雕，就随我去了，前提是不影响其他同学。若是从自由这个角度讲，高一的那段时光和初中三年一样都是好日子，我简直把学校当成了旅店，来去自由。

当然这并不是说我就没上过课。英语课我一节都没落过，李冠军可以做证。在英语课上他和我一样认真，全神贯注地盯着顾红梅看。顾红梅刚从初中部调过来，面对我们这些十五六岁的男生似乎有些不好意思，第一节课一直红着脸讲课，抬头的时候也只敢看天花板。我们私下里猜测她的年龄，也就二十三四岁吧。后来听说正在和我们的老班樊一生谈恋爱，原来如此，我们恍然大悟，人家是因为到了婆家才羞红了脸的。樊一生有一次开班会提到了顾红梅，十分自豪地说，年轻人一定要有健康的心灵和体魄，看看你们的顾老师，二十六岁了看起来至多二十四，健康啊。说实话，顾红梅的确比较漂亮，娃娃脸，小巧玲珑的身材和手。我们男生喜欢看她，其实并没有什么不健康的念头，都是些十五岁左右的小东西，我们能知道些什么？那时候我压根儿就不明白爱情是个什么东西。只是觉得她长得好看，天然具有亲和力，现在想来，也许她体现了一些母性的光辉吧。当然也有一些年龄偏大一点的男生，因为早熟，他们把顾老师当作年轻的异性来看待的。比如李冠军，我开始对生理或者说性的敏感就启蒙于他的一声惊呼。

那已经是四月初的一天了。那几天气候反常，气温早早地上去了，除了年老体弱的，稍微能抗点风寒的人都换上了夏天的服装，满校园开满了蹩脚的花裙子。因此，顾红梅穿着一件漂亮的连衣裙来到课堂丝毫不出乎我们的意料，她的一身白裙子把班上那些没发育到位的小丫头毫不犹豫地比了下去。我记不得当时在想什么问题，突然听到坐在前排的李冠军站了起来，他说，哇。声音不是很大，但足以引起我的好奇。前面不少男生已经站起，我也站了起来，追随李冠军的目光看去，天哪，我看到了什么！顾红梅正在弯腰摆弄地上的录音机，她要给我们播放听力磁带。我看到她低垂的裙子领口脱离了身体，露出了胸罩包裹着的半个乳房。耀眼的洁白，我觉得心跳异常，一屁股坐了下来，把凳子碰倒了，我重重地摔在地上。巨大的响声惊动了整个班级，顾红梅站直了身体的几秒钟里立刻明白发生了什么事。她的脸先是红得要沁出血，接着变得惨白，右手哆嗦着说不出话来，然后捂着脸跑出了教室。

就是这件事导致了樊一生对我的偏见。之前他只认为我是个成绩稀烂而调皮捣蛋十分在行的差生，现在他有理由把我划入坏学生的队伍。因为所有人都听到声响来自我的位置，所有曾经在我之前站起来的男生都能理直气壮地证明这一点。顾红梅离开后十分钟，樊一生板着脸冲进教室。他在讲台前环视教室两分钟，然后直奔我的座位而来，根本就不管我正在揉的屁股是否还疼，揪住我的衬衫把我拎了起来。

流氓，樊一生说，等着挨处分吧！猛地一撒手，把我扔回到凳子上，该死的凳子又倒了，我又重重地新坐到了地上。

我和李冠军的争论没有任何结果，我们相互认为对方意气用事，最后只好不了了之。不过我们有一点是共同的，那就是希望我们的班主任能够尽快过上快乐幸福的新生活。他不应该再这么颓废下去，据李冠军打听来的消息，樊老师状态已经开始让学校担心了，他在课堂上竟然不自觉地自言自语起来。学生听得摸不着头脑，接下来就有点害怕了，不知道谁把这事报告给了校长，校长果断地放了樊老师的假，让他在家好好调节一下，头脑清醒了再进课堂。我们希望他清醒、放松，为了表达做学生的迫切心情，在李冠军离开我的住处前，我们共同给樊老师打了一个电话，建议他来淮城，师徒在一起总比一个人寂寞地蜗在家里要好。樊老师答应了，他说的确应该出去看看了，否则会郁闷而死的。然后感叹我和李冠军的孝心，在所有学生里，就我俩还对他存着一份心。

当年的同学都四散而去，很多人自从分开之后再也没有见过。在淮城生活的，只有我和李冠军两个人。李冠军算是樊老师的得意弟子，高中三年樊老师都对他青眼有加，而我只做过他不足一年的学生，还不讨他喜欢。但我和李冠军一样感激他，没有当年樊老师的刺激，我高中能否顺利毕业恐怕都是问题。三年之后我和李冠军考入同一所大学，毕业后留在这座城市工作。因为是老同学，我们显得格外亲热，交往也多。在很多方面我们都能达成共识，但在樊老师的问题上却分歧很大。他总是不相信我会感激樊老师，认为我所有感激樊老师的言行都是出于讽刺和报复，并且在这个问题上对我怀有戒心。其实不仅是他对我存有偏见，就是樊老师本人也是这么认为的，我每次回家乡去看望他，他都显而易见地拘谨和紧张，好像我送过去的不是礼物而是一包炸弹。他忘不掉多年前我和卫青青的那件事。

所以他来到淮城没有先找我，而是直接到了李冠军的单位。李冠军当天晚上给我打电话，告诉我樊老师来了，住他的集体宿舍不方便，想住到我这边。我说那太好了，冠军你也一块过来算了，反正我的房间大得很，我们在一起聊聊天更有益于帮助樊老师摆脱可怕的精神状态。樊老师和李冠军就在临时搭起的行军床上住了下来。刚来到我的住处樊老师还是放不下，很客气地对我说不好意思，打扰你了。我说樊老师您就太见外了，一日为师，终身为父，况且我感激您还来不及呢。我真诚地希望樊老师能够在我这里多住些日子，一来让我能够尽学生的谢意，二来可以从容地调整好眼下的生活状态。

樊老师在我这里住得很不错，我和李冠军下班之后都守在他身边，陪他散步或聊天。开始的时候聊得比较多，我们一起回忆了高一（3）班的很多同学，也只能聊高一（3）班，因为我的记忆到此为止了。此后的事我只有竖着两耳旁听的分。聊过的人越来越多，也就意味着可聊的人越来越少，也就意味着我们越来越逼近有关我和卫青青的话题。我们都感觉到了，谁都不愿提起那件事，但它分明触目惊心地摆在那里。我们小心翼翼，那是樊老师十年来怎么也丢不掉的包袱。于是我建议出去游玩，现在正是春游季节，淮城的很多公园还是值得一游的。

　　因为工作比较忙，我和李冠军都有两三年没去过清晏园了，听说前不久刚刚整修过，因此决定先去清晏园。这里曾是清朝某个官吏的后花园，修建得极其别致，一般的园林中具备的景观这里都有，加上沾了一点前清的古味，整个园子看起来还真有那么一回事。游人不多，天气也不错，我们在曲曲折折的回廊和小路上慢悠悠地晃荡，樊老师心情渐渐开阔了，脸上也开始有了笑容。我和李冠军都很高兴，一边伴随樊老师左右一边商量接下来的游玩景点。我们来到园中最大的一块草坪上，草色嫩绿，像地毯似的铺满了操场那么大的地方。草坪上坐了不少人，多是一家三口，舒展随意地嬉笑成一团。草坪前面是一丛丛的迎春花和其他一些在这个季节就已盛开的花草。樊老师显然被眼前浓郁的春意感染，不停地点头，樊老师说，美啊，春暖花开，万物复苏。


　　我没有受到学校处分。到底是什么原因我也没弄明白，我想大约与樊一生和顾红梅两人即将到来的婚礼有关。他不愿意把事情闹大。那天樊一生气冲冲地出了教室，我开始担心了。其实他不止一次对我说过类似的话，但那些我不害怕，不就是成绩差一点嘛，总得有个人垫底吧，说到底这是能力的事。这回不同了，我一时也没了主张，我想我会被学校开除的，我竟然看了老师的半个乳房。最主要的是，那时我把与身体有关的东西都视为肮脏不可饶恕的罪过。我一下子沉默了，每天老老实实地坐在教室里不敢吭声，上课时认真地设想即将到来的惩罚。就是在那些日子里，我和卫青青开始有了接触。

　　卫青青是走读生，她的家离医院不远。当时我住在医院的职工家属区里，是父亲托人给我弄到的一间空闲的小屋。本来打算住校的，樊一生说我因为成绩太差，所有床位都安排给了前三十名的学生。我一个人住在小屋里，在医院食堂或者学校食堂填饱肚子。我几乎每天都能遇到卫青青，我们要沿同一条路去学校。经过一个斜坡，上了运河大堤，然后过桥就到了。那时我很少和女生说话，见了面也不打招呼，即使她慢腾腾地走在我前面，只要时间足够，我是不会超过她的。

　　尽管我从不和她说话，但说实话，我还是有点喜欢她的，因为她长得好看。班上的男生几乎都喜欢她。她是学校的短跑运动员，鼻子有点翘，下午一放学她就在教练的指挥下脱掉长裤，在跑道上一圈一圈地跑，两条修长白嫩的长腿把高年级男生的眼都晃花了。据李冠军他们说，那个满脸疙瘩的教练对她特别关照，仰卧起坐时总是亲自为她抓住双脚，以便在训练的过程中寻找借口不断向上移动，抚摩卫青青的大腿。她和我一样被樊一生列入了不愿看见的学生的名单里。卫青青的成绩也不好，更重要的是她的名声也不好，谁能相信一到下午就露出诱人的大腿的女生是个好学生，而且她让我们班早熟的男生心里烧起了一朵不大不小的火苗。

　　我们的接触始于一个晚自修的路上。她走在我前面，开始速度还正常，在斜坡拐弯时看见我后就慢了下来。她慢我也慢，反正离上课还早。她越来越慢，我也越来越慢。她终于意识到只要她还有位移，我就会永远落在她后头，于是干脆坐到了路边上，盯着我看。这我就没办法了，没有什么能够帮助我一直向前走而不超过她。眼看越来越接近上课时间，我因为担心不久将至的审判而不敢再迟到了，可卫青青就是原地不动。没办法，我只好硬着头皮走了上去。谢天谢地，她没让我先开口，而是站起来红着脸问我，我是老虎吗？会吃人哪。我尴尬地笑笑。不是，我说，然后就不知该说什么了。

那天卫青青让我十分感动，在所有男生都把责任推到我身上的时候，她为我主持了正义。她说那节课她看得很清楚，除了几个呆子无动于衷之外，其他男生都站起来了，既然人人都看到了，为什么单单要处理我一个人？她不服气，还不是因为我是个差生。差生怎么了？差生就该是那个遭打的鸟么？卫青青又把男生批了一通，说他们是一群毫无正义感的缩头乌龟，不值得做朋友。卫青青的一席话说得我热血澎湃，觉得自己突然间成了一个勇赴国难的英雄。卫青青才配做我的朋友，我激动得拍了一下她的肩膀，都想说一声"同志"了，但是性别意识横在我们中间，她的脸红啦，我笨拙地缩回手，一句话不说就进了教室。

多亏了卫青青，那段日子我才从恐惧压抑的环境里挺了下来。樊一生在那天之后再也没有正眼瞧我一下，更没有对我说上一句话。这对我来说更可怕，我等待着，哪怕他向我宣布开除我的决定也比这样折磨我要痛快些。但是他就不表示，好像这件事就没发生过，他连偶尔批评我的兴致也没有了。我像个等死而又不甘的人一样煎熬，只有出了校门我才重新成为一个快乐的人。从那天之后，卫青青一直坚持和我一起走在上学和回家的路上。从学校到医院，或者从医院到学校的那段路，是我高一生活中最快乐的路。在路上我和卫青青说笑个不停，把那件事丢到了脑后。

几年前我曾经过母校，特意重走了那条路，它已经变得面目全非，被柏油包裹得严严实实。走在陌生的柏油路上，我发现我无比地怀念它的过去，那些一辆卡车过去就卷起漫天尘土的日子。我怀念那些已经陈旧的、男孩和女孩都十五岁的欢声笑语。我在那条路上走来走去，希望能够遇到多年前的那个女孩。多年以后我承认，我喜欢她。

但是不久以后一切都变了，也就是在樊一生所谓的"春暖花开，万物复苏"的时候，我最终没有迎来学校的处分，而是遭遇了始于樊老师的舆论压力，不得不离开海陵中学。与我同此遭遇的是卫青青。

事情因我而起。我的心情逐渐好起来，除了大部分时间和卫青青在一起外，偶尔也会和其他男生一块玩。我从李冠军那里得知，班上住校的男生中正流传一本名叫《少女之心》的手抄本黄色小说，大家热火朝天地传阅。我很好奇，但是他们对我讳莫如深，这越发激起了我的兴趣，之前我从没看过这类东西。看过的同学对我摆出一副高傲的神态，似乎只有读过了此书才算是男人。我们那时可笑地崇尚"男人"这个词。后来我终于从一个姓张的男同学那里借到了一本，他是我们学校教导处主任的儿子。他要我为他保密，要是被他爸知道非打死他不可，同时让我小心阅读，别折了边边角角，那可是他花了三个半夜打手电誊抄出来的。拿到以后我很兴奋，小心翼翼地装在随身背的书包里，走在回家的路上我的话不由自主就多了。卫青青问我为什么这么高兴，我说，你看我像不像一个男人？她扑哧笑了，说见鬼吧你，没看出来。我拍拍书包说，那现在至少也该算半个男人吧？她又笑了，捶我的胳膊说我是神经病。卫青青显然不懂，她还以为我拍书包是炫耀身体好呢。

晚饭前我没来得及读，一直在医院的食堂里等陶师傅把馒头蒸好。吃过晚饭也到了去学校的时间了，卫青青还在斜坡那儿等我呢。天阴下来了，没想到半路就下起了雨。我和卫青青的笑话说到一半只好停下，紧跑慢跑进了校门。卫青青说这样吧，我们现在不去教室，把笑话讲完再去，她还有两个要讲给我听。我们就在学校里寻找避雨的地方，是卫青青突发奇想要去桥底下的。那座桥在我们教室不远处，修建它纯粹是个摆设，一个弯弯的石拱像模像样地伏在永远也不会流水的地方，但是若用来躲雨，实在是个好去处。我们坐在桥洞里的石头上继续讲笑话，丝毫没注意雨什么时候停了，连上课的铃声都没听见。然后我和卫青青就被樊一生堵在了桥洞里。

樊一生去教室考勤的时候发现我和卫青青不在，就问我们到哪里去了。我相信这么长时间以来，他一直令人感动地把我放在心上。他更加确信他得到的消息，我们在早恋。事实上很多同学也这么猜测，因为高一（3）班的男女生里，只有我和卫青青整天在一起玩。后来某个同学说，他好像在经过拱桥时听到我和卫青青的笑声，但他不敢肯定，因为笑声是从桥底下发出的，有点奇怪。樊一生十分珍视这个消息，亲自带了班长和团支部书记来到桥下。如他所愿，我们面对面坐在一起谈笑风生。

我等待已久的批判终于开始了。樊一生没有提起顾红梅春光乍泄的事，而是揪住我和卫青青的桥下事件，他定性为早恋。更要命的事，他突发奇想翻起了我的书包，理由是我从不背书包，背了书包一定没好事。他喜气洋洋地向我晃动着手抄本《少女之心》。看过没有？他问我和卫青青。没有，我们说。他显然不相信，没有？没有读过会在高一就谈恋爱？春暖花开了，万物复苏了，你们两个人不可避免地泡在一块了，是不是？说，你们到底发展到什么程度了？多年以后我才真正明白"发展到什么程度"是什么意思。我们一再声明没有早恋，没人相信。众目睽睽之下，他问我是从哪里得到这个手抄本的，我说从我表哥那里。我哪有什么表哥。我看到了躲在教室角落里的张姓同学，他在哆嗦，我不愿看着一个男人在我面前面如土色满头大汗。

事情在那个晚自习上远远没有结束。第二天全校都在风传我和卫青青的早恋，所有的细节都长出了翅膀，越飞越高。他们把手抄本小说传诵为房事大全，把我们桥下的互讲笑话改编成一次激动人心的越轨行为，尤其是高年级的同学，他们什么都懂，因此什么都说，他们说，我和卫青青被抓住的时候，裤子都没来得及提上。他们几乎都认识卫青青，想象和编造关于她的故事对他们来说，完全称得上是高考之前的枯燥生活的最大兴奋点。我没想到事情会闹到这个地步，我只是从教导处主任的儿子那里得知，樊一生在他的报告里闪烁地暗示了我们可能已经越轨了，他提到我的种种劣迹，以及卫青青出没于全校男生眼中的大腿，表示了他的猜测，即我们甚至不仅仅是初级的早恋关系。

最初几天卫青青还能挺得住，我们相互鼓励，一定要等到水落石出、真相大白的一天。后来她就不行了，走在校园里像做贼，身后的指指点点让她不敢抬头。她开始躲着我，在路上遇到了就跑开，实在跑不掉就在我面前哭，狠狠地打我的肩膀，恨我为什么要带那个该死的手抄本。我不再说话，我比任何人都相信她是世界上最纯洁的女孩，可是有什么用呢？我痛恨自己，我讨厌自己。然后与她一起接受樊一生和学校的提审。那几天卫青青流的眼泪比我喝的水还要多，也就是从那个时候起，我学会了沉思和咬牙切齿。这在我离开海陵中学以后的日子里帮了我大忙，我在沉思中把很多问题想明白了，然后咬牙切齿地好好学习天天向上。

某个中午我正趴在课桌上睡午觉，一个女生大喊着冲进教室。你还睡，她说，急得都快哭了，卫青青跳河自杀了！在我当时的思考范围内，自杀还是一个陌生的词汇。但是我能理解自杀的人所承受的压力。我一路狂奔来到校门前的运河边上，看到离校门很远的地方聚着一堆人，越来越多的人向那里跑。我看到了卫青青，闭着眼躺在岸边的沙滩上，浑身上下水淋淋的，校医在给她做检查，听旁边的人说，她已经脱离了危险。是的，她已经脱离了危险。我蹲在她身边抓住她的手，叫她的名字，她没有回答，我看到她流出了眼泪。很多人在我身后指指点点，他们说着我的名字。

　　后来我了解到卫青青自杀的一些情况。她是在上学的路上最终决定自杀的。因此她从校门口经过，直接来到了被我们称为"虎跳崖"的大石头上，那里的水最深。也许是她在跳下的那一瞬间意识到了生命的可贵，因为留恋这个世界而制造出了动静；或者是命不该绝，钓鱼的老头听到巨大的落水声从另一个拐角处寻到这里看个究竟，把她救了起来。他招呼了几个从河对岸经过的学生，然后找来了校医，那个时候她早已脱险。

　　卫青青没死，也没有再来学校。我在斜坡那儿等过她很多次，都没有遇上。我没有找到她家，我没有那个胆量。事实上，从此以后我就再也没能见过她。读大二那年，曾向一个同学打听她的消息。同学告诉我，她只知道卫青青随一个亲戚去了南方，详细情况她就不得而知了。几天后的班会课上，樊一生向我们宣布了卫青青退学的消息。他无法再理直气壮地向大家历数他的推断，而是将火力对准了我，直言不讳地称我为害群之马，他说，就是因为我的存在才导致卫青青的自杀。他说这件事学校不会善罢甘休的，我要为之付出代价。

在学校做出决定之前，父亲帮我转了学，到了离家更远的一所镇上的中学。正如樊一生在我走后说的那样，我在海陵中学实在混不下去了。出乎父亲意料的是，我在那所名叫青湖中学的一个慢班里成绩扶摇直上，到了高二就已名列前茅。我自己也弄不清楚到底学了多少东西，整天阴沉着脸，很少和同学们说话。除了看书学习，我就回想在海陵中学那些荒诞的日子，反复回想。两年后我考上了淮城大学，是慢班里仅有的考取本科的两个学生之一。

　　樊老师到来一个星期之后，我被上面派往北京参加一个会议。我无法再陪樊老师了，我对李冠军说，很遗憾我们没能让樊老师彻底从低迷的状态里走出来。该玩的地方都玩过了，樊老师逐渐能够接受我们的建议：放松，再放松，彻底放松。但他只在游玩的时候放松一下，安静下来又恢复故态。李冠军悄悄地对我说，樊老师一定是忘不掉顾老师，让男人忘掉一个女人的最好方法是——他不说了，留了半截子话给我。我明白了，你是说？他制止了我，说这也正常，樊老师已经离婚半年多了，他是一个健康的精力充沛的男人嘛。我们要让他无所顾忌地都宣泄出来，放旷之后他就会知道生活其实还是很美好的。我觉得李冠军说的有点道理，不失为一个办法，但不知樊老师是否愿意。那就是李冠军的事了。

　　我们都知道"五月花"夜总会是个大家心照不宣的声色场所，我通过朋友联系上了老板，请他帮个忙，若是我老师去了，请关照一下，给他找个上点档次的。联系过以后，我丢给李冠军一千块钱就动身去北京了。

　　在北京期间，因为事务烦琐，就没和李冠军联系，我想他们也许过得很滋润吧。八天后我回到淮城，发现房间里一片狼藉，好像有人拿我的东西撒气似的，家具和小摆设被扔得一地，地板上积满了烟头。看那架势，至少三四天没人住了。我立刻给李冠军打电话，问他出了什么事，樊老师到哪里去了。李冠军在电话里对我喊起来，质问我为什么如此小肚鸡肠，直到现在还不放过樊老师。我给搞懵了，让他说明白点。他说还要怎么明白？自己做的事不比谁都清楚？我更不懂了，克制住情绪约他晚上见面，最好把樊老师带上。樊老师？他说，他失踪了，我也不知道他去了哪里。

晚上李冠军来到我住处，我正收拾房间。李冠军说，这些东西是他砸的，烟头是樊老师留下的。他太气愤了，想揍我一顿又找不到人，只好对家具什么的开刀。他们去了"五月花"。他花了一天的时间说服樊老师，他说既然顾老师如此绝情，沉溺在回忆中没有任何意义，女人是什么，你越拿她当回事她就越觉得自己是回事，天涯何处无芳草，得过且过，得乐且乐，男人嘛，放得开日子才好过。樊老师在他夸张的游说下，渐渐地觉得万事皆空，虚无之后无畏和放荡就并肩来到了。他们在老板的特别照顾下各找了一个小姐，说好了两个小时后在大厅里会合的。两个小时后李冠军软绵绵地来到大厅，没见到樊老师，他想也许是樊老师难得一次放松，再等一会儿。但是半个小时过去了，樊老师还没出来，他觉得事情不大对劲，就直接敲响了十二号包间的门。开门的是一个漂亮的小姐，开门的时候还在用纸巾擦眼，像刚哭过的样子。

李冠军问她，客人走了没有？

小姐说，你说的是樊一生？

李冠军愣住了，她怎么知道樊老师的名字？小姐冷冷地说，他是我老师，我怎么能不认识？李冠军瞪大了眼睛，他终于认出来了，她是卫青青。

卫青青！我叫出了声，从沙发上蹦了起来。你说的是那个卫青青？

当然，李冠军说，当时我也突然不知所措，她把门砰地关上了。我没有再敲门，面对卫青青，我突然觉得自己肮脏透了，浑身像被抽去了骨头和筋似的一点力气都没有。我连车都没打，拖着两条腿步行回到你的住处。我想樊老师大概受不了这个意外的打击。他正在收拾行李准备离开，脸部表情很绝望，有些衣冠不整。他收拾好了连个招呼都不打就要走。我拦住他，让他冷静一下再说，我说我都知道了。樊老师僵持了一会儿，行李放下后就哭了，骂自己猪狗不如。他坐在沙发上一根接一根地抽烟，说他背了十年的包袱，现在更累了。十年了，你们还是没有放过他。

我说你们一定是误会了，我根本就不知道卫青青在这座城市，你也知道，我找了她很多年。只是巧合，巧合而已。但是当时的樊老师和李冠军显然把这个巧合看作了必然。也许是卫青青做得有点过头了。卫青青已经不是当年那个小丫头了，浓妆之下的二十五岁的卫青青，樊老师不可能认出来。他们的相遇只是男人和女人的身体的相遇。双方几乎没有过度就进入了正题。进行到一半的时候，樊老师听到身下的小姐说，樊老师，你很舒服吧？樊老师立刻不动了，他说你是谁，怎么认识我？小姐翻身把他扔到一边，赤裸着身体说，我是卫青青，我怎么能不认识樊老师。樊老师在惊慌之间的确从小姐的脸上看到了十年前的那个卫青青，他用衣服遮住身体，身体剧烈地哆嗦起来，想道歉，却怎么也说不出一句完整的话，连卫青青三个字都无法流利地说出。然后他颤抖着穿上衣服，从包间里逃了出来。他记得卫青青一直光着身子冷冷地看着他。

李冠军没有留住樊老师。樊老师丢下了一地烟头后就走了，他没告诉李冠军他要去哪里，临走时让李冠军带句话给我，他罪有应得。樊老师走后，李冠军开始对我的家具用品发泄不满，他当时特别想痛痛快快地揍我一顿。他觉得我太过分了，这么多年樊老师过得并不轻松，我竟然在这种时候又冲上去捅他一刀，太不应该了。

我没有和李冠军争辩不休，我告诉他，上大学后我一直是感激樊老师的，没有他对我的刺激，我可能只是一个毕不了业的小混混，而不会成为今天的大学教师，不管他信不信，我说的都是真心话；另外，我已经十年没见过卫青青，即使我和她有什么阴谋，也绝对不会丧心病狂到用她的身体作为道具。说完我就出了门，我要去"五月花"找卫青青。

因为神经衰弱和性格本身的缘故，"五月花"那样喧闹的场所我很不习惯，在灯红酒绿的人群中折腾了好久才找到老板。我向他打听卫青青的情况。他说卫青青来这里已经一年了，做得很好，因为人漂亮，但是四天前突然提出辞职，一定要走，他挽留不住，只好多发给她一个月的薪水，听她同宿舍的小刘说，当天下午就收拾行李离开了，具体去了什么地方，他也不清楚。他给了我小刘的手机号码，让我和她联系，说不定能打听到她的去向。我拨了四次才拨通小刘的手机。她喘着粗气，却强装娇媚地问，谁呀？不知道我正在工作吗？我直截了当地问她是否知道卫青青的下落。

她说，别烦我了，怎么这么多男人找她？不就是找个女人么？半个小时后我就下班了，等得了吗？

我问她，还有谁找过卫青青？

你他妈的烦不烦，想找漂亮女人的男人多着呢，我哪里记得住。

你知道她到哪里去了吗？

我怎么知道？她什么话都没说就走了。喂，你到底要不要？

我关了手机。淮城那么大，我到哪里去找卫青青？或者她已经离开了也说不准。我在马路上缓慢地走动，希望能在某个路灯下见到她，拖着一个无家可归的行李箱。其实，即使遇到了我也不一定能认出她，十年了，从她现在的形容我还能分辨出那个因为我而跳河自杀的女孩吗？我走回到住处已经午夜，拨了樊老师家的电话。没人接。

大约七天以后，我接到一个电话，是樊老师打来的。我问他在哪里，他说还在淮城，不过马上就要回海陵，车票都买好了。我提出去送他，樊老师疲惫地说不必了，车马上就要开了，他很好。我在电话里想向他解释，我说和以前一样，我一直都是感激他的，他说他明白，什么都不要说了。然后就挂了电话。

两天后我给樊老师家打了电话，还是没人接，也许他有事。我想过几天再打吧。后来因为种种事情耽搁，再也没有心情打了，以致不了了之。有半个月的时间，我上完课就去寻找卫青青，到报社、电台、电视台做寻人启事，都是石沉大海，没有丝毫回音。我想卫青青彻底从我的生活中消失了。生活重新回到了一个多月前，教书、写作、三餐和睡眠，一个人的生活。

又一个春天来到了，就在前几天，我在课堂上讲到了海子的诗歌《面朝大海春暖花开》。心里猛地一震，想起了"春暖花开，万物复苏"，想起了樊老师和卫青青。我再也没得到过关于卫青青的消息，也快一年没向樊老师问好了。我决定下了课就给他打电话。接电话的是个女声，大概他已经不再是一个人了。

请问樊老师在家吗？我问。

他上课去了，要十一点半才能回来，她说，听起来是稍稍别扭的海陵口音。

我猜她可能就是樊老师现在的夫人，就问了一句，请问你是？

我是他妻子卫青青，请问你是？

我，我结结巴巴地说，是他，朋友。

2002 年 5 月 17 日，淮安

# 鬼　火

一九八七年我九岁。十一月的一个下午，他们来了。我知道他们迟早要来。先是叫声，接着是石子和泥块，最后才是红旗和栋梁。他们从房子的拐角处冲出来，身后是阳光投下的巨大阴影。红旗拍着口袋里哗哗碰撞的石子和泥块，眼睛向天上看。"你信不信？"他说。

我抱着头蹲在地上，来不及跑也来不及躲。

栋梁把石子和泥块装进衣兜里，两只手掌对搓，他因为砸了我有了一点羞愧。"信了吧，"他站到了一棵小杨树的后面，"毛小末都信了。"

我看看他，感到额头热辣辣地疼，摸了一下，两个包，一个破了，摸了我几根手指上都是清凉的血。我顺手抓了一把土敷在伤口上，站起来，旁边有几块半截的砖头。在我拿起砖头之前，他们跑了，然后在安全的地方停下来。

"算你狠，"红旗喊着，"除非我看不到你，看到了就两个包。"

他们走远了，砖头从我手里掉下来。我也没想到我会抓起一块砖头，我从来没用过这样的东西和别人打架。风吹过来，我再次感到伤口热辣辣的凉，我又抓了把泥土来止血。

毛小末都信了。我很气愤，捂着脑袋去他家找他。我在外面喊了几声，院子里没有反应，我知道他在家，门都没锁。我又喊：
"毛小末，你给我出来！"

毛小末就磨磨蹭蹭地出来了。他比我好一点，额头上只有一个包，只擦破了一点皮，涂了一大片红汞。

"你信了？"

"我本来也不信的，"毛小末也捂着他的包。"红旗打了我，还说要不信还打。栋梁就让我信了，我就信了。"

我盯着他不说话，越看他越像电影里叛徒。我转身就要走，他让我等等，从屋里拿了一瓶红汞。"别动，"他捏着袖子把我伤口上的泥土擦掉，用缠了棉花的火柴杆蘸了红汞给我擦上。疼得我一哆嗦。"就信了吧，又不吃你的不喝你的。"擦完药水，毛小末又说。

我还是没理他，带着一脑袋的红汞去了后河。我得把它们都洗掉，太招眼了，回家又得挨父亲打。他不许我在外面跟别人打架。

洗干净了，回家还是挨了一顿揍。父亲不相信我的伤口是走路摔的。"再打架，你就不要回来吃饭！"父亲一直都是这样惩罚我。那天晚上的确没让我上饭桌，母亲怎么劝都不行。父亲说，你看看，现在就两个包，再不治治他，以后额头上的包就盛不下了。我躺在床上摸着鼓起来的两个东西，想象盛不下的时候的样子。快睡着的时候，母亲把饭送过来了，她小心地摸着我的伤口，说：

"以后别跟他们玩了。"

"他们非要让我相信。"

"那你就信呗，又不会少块肉。红旗那孩子，没爹管教。"

"可是鬼火不是那样的。"

"是哪样的？"

我吃完了，把碗筷赌气似的往旁边一推，拉上被子盖住头。"反正不是那样的。"

我也不知道鬼火是哪样的。

那天下午放学，我和毛小末、红旗、栋梁四个人留下来打扫教室。实在是太脏了，打扫完天也快黑了。如果不是回家都顺路，我和毛小末是不愿意和红旗一起走的。我觉得他这人坏，欺负女孩子不说，仗着个头大，没事就把我们中的某一个人放倒在地上。看不出为什么，他就是想折腾你一下，听他的就可以安稳地站着了。就像栋梁，自从做了他的跟屁虫，眉毛一有时间就往上挑。是红旗的人了。红旗说，走。栋梁也说，走。红旗说，一起走吧。栋梁就对我和毛小末说："我们一起回家。"

小学校在村庄南边的野地里。红旗家也在村庄南边的野地里，是另一块地，和学校相距一里半路。红旗他爸是个酒鬼，把房子都喝没了，只好在野地里盖了两间小屋，用树枝和芦苇围出一个院子，一家人跟我们分开过。小屋盖好不到两个月，酒鬼就不见了，红旗他妈说，死了，给野狗吃了。当然不是真的，我们都知道酒鬼是跟一个患白化病的女人跑了，去了哪里不知道，都三年了也没回来。

大约在学校和红旗家中间的地方，再往南一点，是一片乱坟岗，多少代的死人都埋在那里。那天傍晚我们看到了坟地里有个大火球在跑。又跑又跳。

毛小末说："快看！"

那个在他食指尽头跳跃的火球就被我们看见了，又大又圆。说真话，长这么大我就没见过这么大这么圆的火球，红彤彤的泛着金色。它跳着燃烧，飞跑着放出光来。问题是，它毫无疑问是在围着

161

乱坟岗转圈。秋天的傍晚是灰黑的，四野里模糊不清，只有火球在鲜艳地跳舞。它的节奏明晰，看起来弹性十足。它把乱坟岗照得更加幽暗了。

"那是什么？"栋梁的眼和嘴都变大了。

"鬼火。"红旗说。

"鬼火？"我觉得心跳和脉搏逐渐跳出了火球的节奏。毛小末抓住了我的衣袖。我看见村庄里的人家点起了灯，"不可能。鬼火哪有这么大？"

"那多大？"红旗瞟了我一眼，"你见过？"

"你见过？"我说。

"当然。"红旗用鼻子哼了两声，指着野地里的家门，"我见过的鬼火比你看过的星星都多。"

栋梁的步子开始加快。毛小末让我快跑，他有点怕。我看着那团漂亮的火，如果是鬼火，它为什么要绕圈子呢。

"你不信？"红旗说。

我不敢确定自己是不是相信，但是我的声音依然理直气壮："不信。"

"你会信的，"红旗说，他笑起来，很像他爸喝醉了的样子。然后他大喊一声，"快跑啊，鬼火追来了！"

栋梁跟着跑起来，然后是毛小末，他拽着我。我也跑起来，那个莫名其妙的大火球还在跳。东边的头顶上，半个月亮升上了天，野地里变得亮堂多了。

到现在为止，我也不清楚当时看到的那个火球是不是鬼火。是不是跟我又有什么关系。所以睡了一觉就把这事给忘了。第二天下午放学，栋梁拦住我和毛小末，说红旗要我们留下来看鬼火。毛小末要回家，栋梁说不行，红旗说过了，就是家里的老母鸡煮熟了也不能回去吃。

"那红旗呢？"我问。

"回家了，他说让我们慢慢走。今晚还有鬼火。"听起来像村里的广播说今晚有电影一样。

"不看不行？"

"不行。红旗说了，他快半个月没打过人了。"

我们坐在教室门前，等整个校园都走空了，才开始往回走。又是昨天的时候，路边的芦苇茬在风里呜呜地响。路上一个人都没有，野兔子也没有。出了校门我就开始朝坟地的方向看，除了笼罩在野地里的铅灰色的雾气，什么动静都没有。路走了一半，还是没动静。我看看栋梁，觉得可以回家吃饭了。栋梁比毛小末还急，嘴里一直嘀咕着，怎么还没有？毛小末说，是不是红旗耍我们玩的？

栋梁叫了起来："有了！有了！鬼火来了！"

一团火在乱坟岗里烧起来，也是一跳一跳的，只是奔跑的速度不快，也不像昨天那么圆。看起来更像是火焰的形状，而不是火球。我看着那团火，甚至看到了火焰上飘起的烟。

"信了吧？"栋梁问我。

"不信。"

第二天见到红旗，我依然说不信。红旗看看毛小末，问他信不信。毛小末看看我，说："我看不像。"

红旗恨恨地笑起来，他对栋梁说："好，今天再让他们看看鬼火。"

不知道红旗哪来那么多的耐心，当天下午又让我和毛小末看了一次鬼火。不仅如此，他其后又逼迫我们看了一次。可是我和毛小末越来越不相信。鬼火会听红旗的？他有这些工夫到哪里玩不好呢，回家帮她妈捡几根柴火都不错。

栋梁说："他不想回家，他说外面比家里好。"

看来我真的不明白了。可是我也真的没有耐心每天都在荒野里晃荡，就为了看越来越不像的鬼火。月亮一天一天在变大，一天比一天提前爬到天上去。我总是感到肚子越来越饿，肚子越饿，我就越发知道自己是被迫待到天黑才能回家，就越不相信这个叫什么鬼火的东西。


红旗终于失去了耐心，下午放学的时候，他没有再让栋梁带着我和毛小末去等着看鬼火，而是把拳头砸到我的课桌上，铅笔都震得跳起来。他的个头真大，看起来不只比我大两岁，倒像十五六岁的中学生。他站在我面前就是一堵墙。

"你不相信那是鬼火？"他说。

"不信。"

"那个火球你也不相信？"

我不说话。毛小末收拾起书包要从后门跑掉，红旗指着他："你，毛小末！"栋梁利索地跑过去，把后门堵上了。

"我会让你相信的。"红旗说，脸上又是他爸当年喝多了的表情。

我知道麻烦来了，他要动手了。幸亏教算术的田老师来教室，她来找丢在讲台上的钥匙，我和毛小末趁机跑了。第二天我和毛小末就变聪明了，一下课就往老师跟前凑，放了学也跟在老师身后走，红旗找不到下手的机会。

164

躲了三天，我和毛小末都很平安，接下来就有点懈怠了。而且我发现，红旗好像也懈怠了，看不出要对我们弄出什么动静了。

毛小末问我："怎么回事？"

"不知道，"我说，"等着吧。"

果然，在我们放松警惕的时候，红旗动手了。他念念不忘，动了手就见血。够狠。现在的问题是，他兴致高昂，我不会时时都能在手边找到半块砖头的。

第二天，毛小末从栋梁那里传来话，栋梁说，红旗就等我一个字：信。说了就完事。"你就信了吧，"毛小末说。"管他什么火。不就张张嘴么，又不是丢几毛钱。"


毛小末一手捂着头上的疙瘩，一手拽着我，我们去红旗家告诉他，信。第一趟红旗不在家，我们又去了第二次。我还是觉得开不了口，就在他家旁边的路上等，毛小末去找他。

我坐在路边上，找了根枯草梗放进嘴里嚼，心中充满了无以名状的悲凉感。那么大的野地就这么一户人家，它和村庄其实只隔一小段路和一座桥，但我已经觉得它远在世界之外了。不远的地方是红旗家的稻草垛，高高隆起在屋后面。我听见风吹草动一样的声响。我抬头看看光秃秃的树梢，一点风都没有，而草依然在响。我伸长脖子仔细看，草垛竟然在微微地晃动。再仔细看，又不动了。这时候毛小末回来了，丧气地说："不在。"

我们往回走。毛小末说："门都没锁，就是没人。院子里还有一辆收酒瓶的自行车。"

过了桥我突然想起了草垛，我不敢确定它到底动没动过了。

"他是不是钻草垛里玩了？"

毛小末觉得有道理，我们在月光底下藏猫猫就经常钻草垛，藏着藏着就在里面睡着了。我们又掉头往回走。快走到红旗家，看见草垛里露出了一个陌生的男人头，我想可能是遇到小偷了，赶快和毛小末躲到路边干涸的水渠里。我们看见那个男人张望一下才从草垛里出来，匆匆忙忙地扯掉头上和身上的稻草，一瘸一拐地转到前面的院子里。原来是上河的廖神腿，收酒瓶子的，一年到头在周围几个村子转悠。因为是个瘸子，姓廖，被叫作廖神腿。

　　"抓小偷？"毛小末声音都变了。

　　"等一等。"

　　草垛里又钻出个脑袋，头上沾了再多的草我也认出来了，红旗他妈。她回到院子里，廖神腿已经骑着带驮篮的自行车上路了。过了桥他就吆喝起来："有卖酒瓶子的么？有酒瓶拿来卖啊。"

　　"他们，"毛小末的两根食指头对头地碰了几下，嘿嘿地笑起来，"现在怎么办？"

　　"回家。"

　　上课前，我在教室门口拦住了红旗，我说："我相信了，都是鬼火。一定是的。"

　　红旗轻蔑地笑了，理都没理我就进了教室。我进了教室就开始给毛小末写字条：

　　"放学去看稻草垛。"

　　我们的运气不算好也不算坏，一个星期以后就看见廖神腿进了红旗家的草垛。我和毛小末侦察过那个草垛，外面一点看不出有什么异样，扒开角上的一堆草，就能看见里面一个大洞，钻进两三个人也绰绰有余的。草垛里有洞不稀奇，很多人家的草垛都有洞，小孩挖着玩的，给狗或者猪睡的。红旗家这么大的洞我还是第一次见。那天我们听见廖神腿收酒瓶子的吆喝，远远地跟着他。跟了足有两个小时，我们都快撑不住了，廖神腿的吆喝突然变低，慢悠悠地出了巷子，然后车头一转，直往南跑。我们立马来了精神。

我们看着廖神腿进了小院，像红旗他爸在家时那样去收酒瓶子。过了一会儿，红旗她妈来到草垛边，像要扯草，抓了两把一闪身就钻进去了。然后是廖神腿。

"现在就过去？"毛小末手都哆嗦了，去兜里掏火柴，额头的伤疤因为激动和害怕更加明亮。"点着了往哪边跑？"

"过一会儿。"我说。我知道我的伤疤和毛小末的一样亮。我能想象几分钟之后会发生什么事情。当草垛摇晃起来，不管火从哪边开始烧，他们都会像老鼠一样逃窜出来。

"快点呀，红旗回来就完了。"

"星期天他都去栋梁家，吃了晚饭才回来。"

草垛开始有了动静，我却突然不想点火了。我对毛小末说："你去红旗他叔叔家，告诉他们这里有小偷。快去！"

毛小末更愿意干这个。他跑得比我想象的还要快。红旗的二叔、三叔家都住在桥北边，离这里很近。他们的速度也很快，三个男人，提着棍子和铁锹。他们跑上了桥，我已经躲到了水渠里。我看见毛小末对他们指了指稻草垛。

那么严重的结果是我没想过的。他们不仅堵住了草洞，还把衣衫不整的两个人都揪到了桥上。红旗他妈还好，虽然赤着脚，总算还穿了一些衣服。廖神腿只穿了一条裤衩，他们打断了他那条没瘸的好腿。然后把他收到的酒瓶子都摔成了碎玻璃，摊在桥上，让他待在玻璃渣子上，随他站着、坐着还是躺着。

我和毛小末在他们堵住草洞的时候就跑了，在巷子里到处游荡。我突然感到了恐惧，心里充满了说不清楚的空荡。靠近桥的巷子里，已经开始传说廖神腿被抓的事了，很多人锁上门往桥上跑。我终于克制不住，跟毛小末也去了。

围了一大圈人。我挤进去，看到红旗她妈低着头坐在地上，头发里和衣服上缀着稻草叶子，有人向她身上扔过石子和树枝，还有一只破鞋。她的一只光脚被什么东西砸破了，血已经干了。红旗的二叔正攥着铁锨顿着地骂，他说怪不得他大哥整天喝酒，怪不得他要跟一个寡妇私奔，原来家里出了个偷人的老婆，"要偷你也偷个像样的，你偷廖神腿！你把我大哥害了不说，你还把我们家人的脸都丢光了！"他骂完了，顺手用铁锨拍了一下碎玻璃，廖神腿就吓得一哆嗦，接着就叫起来。他抱着两根光胳膊坐在碎玻璃上，腿上全是血。快十二月了，他只穿着一条被玻璃划破的裤衩。红旗他妈一动不动地坐着，头发垂下来遮住了脸，看不清她的表情，她一声不吭。

我挤出人群，毛小末问我干什么，我没说话，撒开腿往栋梁家跑。他家在村西头，跑得我两腿发软。他们坐在院子里，学大人的样子抽烟，每人手里夹着一根干枯的丝瓜藤，地上还有剪好的一堆。

"红旗，快去！"我有点上气不接下气，"你妈跟廖神腿被你叔抓到桥上了！"

红旗坐着没动，咬着冒烟的丝瓜藤。我看见他的手抖了一下。栋梁还没明白是怎么回事，只听说被抓了，就催红旗快去。红旗还是没动，栋梁又催，红旗抬手给了他一个耳光，然后站起来，把丝瓜藤扔到地上用力踩，踩了几下，一脚把剩下的丝瓜藤连同剪刀都踢飞了。

我也挨了一下，因为我坚持劝他赶快把他妈带回家。他给了我一个耳光，依然没有回去。

那天晚上我怎么也睡不着，一闭眼就看见红旗他妈和廖神腿坐在桥上。翻了很多次身，终于决定起来。我跟母亲说，我要上厕所，出了门就往那座桥跑。夜有点蓝，我感觉不是在跑，而是在飞，脚底下从未有过的流畅。村庄沉寂无声，狗都不叫一声。老远我就看见一个黑影待在红旗他妈坐过的地方，跑近了看，就是红旗他妈。她一直坐在那里，甚至姿势都和白天没有两样。地上落了霜，她像坐在月光和水上。

我说："婶儿，回吧。"

她没动。我又说："婶儿，回吧。"

她抬起头，头发之后的脸幽蓝。她对我笑一下，笑也幽蓝。又低下头。我吓坏了，转身就跑，跑了几步又停下来，回头去看她。她还是没动。我看见桥头的老柳树后面闪过一个人影，就一闪我也认出了是红旗。

第二天我早饭没吃就去了学校，那会儿天刚蒙蒙亮。桥上只剩下带血的碎玻璃，桥面上一片惨白的浓霜，如同落了薄雪，只有红旗他妈坐过的地方保留了泥土的颜色。那天红旗没有去上课，下午也没去。放了学回到家里，我听母亲说，红旗他妈死了，喝了整整一瓶敌敌畏。我一屁股坐到椅子上，出了一身的冷汗。母亲还说，红旗不让他叔叔本家去给他妈收尸，他把他妈抱到了稻草垛里，他就守在草垛前，手里拿着一把菜刀，谁都不让靠近，谁劝都不行。母亲说完还叹了口气，说：

"这孩子，以后怎么办哪。"

晚饭吃了几口我就去了桥上，什么都看不清楚。红旗家的屋子和草垛荒凉地伏在野地里，四野里什么声音都没有。我试探着往前走，直到走近了稻草垛。红旗坐在草垛前，一动不动。洞口被堵上了，根本看不出里面曾经空过。他手边是一把菜刀，在合适的角度我才能看见一块不规则的银白色的光，也是唯一明亮的东西。我不敢正眼看他，我不知道他看没看见我，也不知道他坐在那儿是不是睡着了。我就那么站着，看着他和那个大草垛。直到我离开，他一声不吭，沉默的样子像个大男人。

半夜里我被一阵喧闹惊醒，有人在巷子里喊着，失火了，救火啊。一个人喊，很多人喊。父亲和母亲的说话声也响起来，母亲让父亲快点，拎一只水桶去。我一下子就从被窝里跳起来，穿着小裤衩跑进了院子。村子南边燃起了巨大的火焰，火光冲天，半个天空都是红的，所有的狗都叫起来。我坐在冰凉的院子里，闻到了空气里火的味道、稻草的味道，还有皮肉烧焦的味道。

2005 年 1 月 25 日，北大万柳

# 鹅　桥

## 1

　　"那个人在桥上站了一会儿，我只看到他在水中的倒影，瘦瘦的，长长的，在水波里不打弯。中午的阳光太好了，映得我看不清他在水中的脸。再说我也忙，正收网。嘿，那一网可真不错，足足抓了十斤鱼。等我收完网再去桥上看他，那个人已经不见了。"自称水虾的小伙子对我说，散漫地摇动两支橹。"你是今天来鹅桥的第二个外乡人。"

　　我看看水中我的影子，被船桨激起的水浪摇晃得支离破碎，和水虾的影子没有什么不同。于是我说："我的影子和你的一样，都是弯的。"

　　"不，你的影子是直的，"水虾说，"外乡人的影子在水里都是直的。你看不到，因为你是外乡人。"

　　我没告诉他那个外乡人就是我。中午的时候我刚到这个地方，在桥上站了一会儿。我只是想站在高处看一看河两岸的房屋和人家。我也看到了水虾，他坐在船头收网，专注的样子说明那一网收获不小。

　　"到这里的外乡人好像不多吧？"我说，"我在北岸转了半个下午也没找到一家旅店。"

"不多，来了也是一转身就走了。"

那是他们，我不行。我从几百公里外的地方来，转了身就找不到地方了，何况我是专程来这个地方看看的。天不早了，我得在这个地方住下。水虾和北岸的人说的一样，外乡人都要住在南岸的老金家。现在水虾要把我送过去。老金是这个水边小镇管事的，他们不叫他镇长，也不叫他村长，叫他管事的老金。

夕阳沉到水底，河水暗淡下来，傍晚开始从水面上升起来。小船晃晃悠悠地前进，在陌生的水里行走有点像在飞。迎面不时碰到几个同样摇着小船的渔民。他们同水虾打招呼，船过去了还扭回头看我。水虾告诉他们，去老金家。

"就那儿，"水虾把船靠近一个简易的石码头，指着大柳树旁边的一栋两层小楼说，"那就是老金家。"他稳住船让我跳上岸，然后从木桶里捞出几条个头比较大的鱼。刚用网兜装好，从老金家门洞里走出来一个扎辫子的女孩。水虾说，那是老金的女儿。他冲女孩喊，"小水，来客人了。"

那女孩走过来，手指缠着辫梢，看着我不说话。

"给老叔下酒，小水，"水虾把鱼递过去，"刚抓的。"

"以后你别再送了。要送你自己拎给我爸。"小水说。

"我就不进去了，"水虾把网兜塞给小水，窘怯地用手搓着裤子，"有客人来了嘛。"停了停又说，"客人来了也好招待一下。那我走了，小水。"

## 2

进了老金家，灯已经点亮了。昏黄的电灯底下放着一张黑亮的

172

小八仙桌，桌上摆放着碗筷。中间是三碟菜。小水的母亲正在厨房里忙活，听到了人声，就在厨房里问："屋子修好啦？"

"爸还没回呢，"小水说，"来客人了，妈。还有鱼，我来杀。"

一个女人从厨房里出来，衣着朴素，一看就知道是小水的母亲。脸上还存留很多小水现在的模样，眉眼清秀，下巴上有一颗痣，但是灯光的阴影还是遮蔽不了她的衰老。

"外地来的吧？你请坐，"小水的母亲在围裙上擦着手，"小水她爸去给神经七修房子了，就回来了。小水，给客人倒碗水。"

母女俩在院子里的水井边杀鱼。我的水没喝上几口，就听到有人咳嗽着进了院子。是老金，魁梧的大个子，脸上的线条有点硬，咳嗽和吐痰的声音都很响。客套了几句，他让我坐下，递给我一支烟。他咕咚咕咚喝光一碗水，也开始抽烟，一边抽烟一边咳嗽。

"这两天感冒，"他说，声音有点矜持，说话时直直地看着我。"你是城里来的吧。路过还是有事？"

"没事，就是看看，"我弹了弹烟灰。对面的墙上是一幅陈旧的年画，穿红肚兜的胖小子抱着一条大鲤鱼。因为墙壁是本色的水泥和着沙子涂成的，整个房间显得灰暗阴凉，那幅年画即使褪了色也热烈得有些过头，显得荒凉了。"早就听说这地方了，想看一看。"

"早就听说了？"老金又咳嗽起来，"到我们这里来的人不多。"

"听我父亲说的。他去世前一直向我念叨鹅桥，所以就想过来看看。给您添麻烦了。"

这时候小水母亲拎着一个小酒坛子过来，右手里是两只刚洗好的酒杯，"金，你陪客人先喝酒，小水在烧鱼，一会儿就好。你们先喝。"

"好，喝酒，"老金说，"边喝边聊。穷地方，没什么好招待的，凑合着填饱肚子吧。"

## 3

老金安排我住在楼上靠左边的一个房间里，说客人来了都住那里。床铺上落了一层尘土，整个房间有一股潮湿的霉味。很久没有人住了。小水和她母亲帮着收拾了房间，一个清扫和整理床铺，一个去楼下抓了一把艾蒿上来点上，说是除除霉味和潮气。都忙活完了，我洗漱完毕，在艾蒿缥缈的苦香味里躺下。灯灭了，眼睛逐渐适应了房间里的黑暗，便从黑暗中发现了光明来。这个时候整个鹅桥已经声息全无，人们和我一样，早早就睡下了。偶尔几声狗咬和鹅叫，听起来像是从河对岸传过来的。很多年没有感受到这种安静了，静得让我感到一点恐惧。我看到置身其中的这个房间，四壁都是光秃秃的水泥，墙上曾被谁用粉笔一类的东西划过，残存着一间茅屋和一只大白鹅的形象。另一面墙上是一座拱桥，旁边是一只小船行在水里。房屋的简陋从屋脊顶上可以看出，是用茳草扎成捆苫成的，然后才盖上灰瓦。

我瞪大眼睛看着寄身之所，觉得有点像梦游，这就是鹅桥？我足足花了一个月的时间才鼓动自己来到这个地方，现在它终于从一个名词变成了具体的存在，我倒觉得不真实了。父亲为什么要一再向我念叨这个地方呢。

第一次听到鹅桥这个名字是在父亲住院之后。一天下午我在单

174

位接到医院打来的电话，说父亲因心脏病复发又住进了医院，让我赶快过去。这次的确很严重，我进了病房发现父亲已经在吸氧了。大概正如医生所说，父亲体质太差，所以才导致目前的危险症状。然后医生又说，请我放心，他们会尽力的。这话说得我浑身一颤，父亲的睡态也让我恐惧，他平静得像死了一样。还好，父亲挺了过来，能说话的时候就把我叫到跟前。然后我就听到了鹅桥这个名字。

"鹅桥，鹅桥，"父亲嚅动着嘴，干燥的手抓着我的手，有些烫。"我要回去。在河边，两排茅屋。鹅桥，有鹅也有桥。"

"爸，什么鹅桥？"

"向南走，一直向南走。有一条河，河边有人家，他们都是鹅桥人，"父亲说话断断续续，手越来越烫，"你说我来了，穆馨如。回来看看了。船从鹅群里穿过，到处都是水和鱼，那些简陋的石码头。站在桥上可以看见所有的屋顶。"

"为什么要回去？"

下午的阳光从玻璃窗外照进来，落在父亲的枕头旁。父亲半眯着眼，头转向背光的一边，嘴唇抖得更厉害了，呼吸也开始急促。我松开他的手要去喊医生，他不让，竟有那么大的力气死死攥牢我的手。我只好在病房里高声喊医生，让他们赶快过来。喊过了俯下身，听到父亲支离破碎的微弱声音：

"回来。回去。"

然后就没有声息了。

医生赶到时，父亲的眼睛已经不会动了。他们手忙脚乱地折腾一阵，满头大汗地对我说："心力衰竭，救不回来了。"

那天是我第一次知道鹅桥，也是父亲最后一次说鹅桥。父亲去世之后我一直在琢磨这个名字，显然是个地名。但是我翻遍了所有可能收集到的地图，都没能找到这个地方。那些地图已经具体到村镇了，在现代社会里，我不知道还有什么群落单位能小于村镇，可就是找不到。我一度以为鹅桥是父亲或者母亲的出生地，但是发现他们户口簿上的原籍写的是与它完全不相干的地名。母亲走得早，我五岁时就见不到她了。母亲是否说过与鹅桥有关的事情，我实在不记得。也许它与母亲有关？弄不清楚。

　　鹅桥成了我的一个结，绕不过去。事实上，从父亲说出之后我就放不下了，它是父亲的遗言，回到这个地方就成了他的遗嘱。父亲说得语无伦次，不知道是他想回去还是想让我去这个地方。我整天在脑袋里盘旋着"鹅桥"这两个字，甚至按照父亲的说法虚拟了一个沿河筑立的村庄，一个近乎桃花源般的"水边"之地。但它的抽象是明显的，一切都是望文生义的产物。我总看见我想象的村庄上空飘着鹅桥两个字。它对我成了一种折磨，我知道我不得不从这个世界上把它发掘出来，然后仔细地看清楚。

　　父亲说："向南走，一直向南走。"

　　我背着背包开始从城市出发，一路向南。记不清打听过多少对我摇头的过路人了，对这个地方他们和我一样迷糊。我只是向南，直到我看到了一条东西走向的河流，河上有桥，桥下有船，一群群白鹅从水面浮过。那些和水虾、老金、小水一样陌生的人告诉我，没错，这就是鹅桥。

　　终于来到了鹅桥。躺在床上感觉四肢酸痛，十分疲倦，可就是睡不着。我打开灯和背包，掏出黑皮面子的笔记本开始记录我所见到的鹅桥。第一句话是："我来到了鹅桥，这里已经不再是父亲的鹅桥，到处可见的是简易的两层小楼取代了茅草屋。"拉拉杂杂地写了三页纸，都是关于对鹅桥的初步印象。它与我虚构的村庄有很大的出入，从中我看到了时间的力量。

正写着，听到几声轻微的敲门声。我下床打开门，是小水，端着一杯水站在门前。

"你没睡吧？"她说，"我妈让我给你送一杯热水，我忘了。"

"谢谢。"我接过水杯，"一会儿就睡。"

小水咬着下嘴唇，羞涩地低下头，转身走了。走了几步又回过头，轻声说："我住在这边的屋子里，有什么事就喊我一声。"

她的脚步很轻，夜寂静，远处黑暗平坦。我关上门，觉得整个鹅桥如同浮在半空。

## 4

"你听过穆馨如这个名字吗？"我问老金，"他是我父亲。"

老金摇摇头说："没有。从来没听过。"

"可是父亲弥留之际一再向我提起鹅桥。"我看着他剔着发黑的牙齿，顿了顿才说，"我再向上了年纪的老人打听一下。"

"他们也不会知道的，一辈子都住在这里，没见过几个外乡人。"老金心不在焉地说，咳嗽着，"你想到处看看，就让小水陪你去，有什么还可以照应一下。我有点事要出去一下。"

小水在旁边说："神经七的房子还没修好？"

"神经七是你叫的？"老金说，吐了一口痰就出门了。小水吐了一下舌头。

我问小水："神经七是谁？"

"七爷头脑有点问题，大家都叫他神经七。"小水缠着辫梢说，"过会儿我带你去看看他。他的破茅屋三天两头漏雨。"

小水二十岁，正值年华大好的时光。初见陌生人怕羞，熟悉了就现出活泼的一面。我们说话开始很少，逐渐就多起来，转了几条巷子已经算熟了。一边走她一边向我讲乡邻们好玩的事，谁家的猫到河边用尾巴钓鱼，谁家的鹅踩着楼梯进了房间，跳到床上生蛋，谁家的酒鬼把门前的阴沟当大河，不敢跳过去急得大喊大叫。等等。

我们身后出现了好奇的小孩，开始是一两个，接着越聚越多，最后成了一大群。他们从各自的院子里走出来，汇集在我们身后远远地跟着。小水说，陌生人很少，新鲜。如果是我一个人在街巷里走，不会有这么多小孩跟在后面，他们怕陌生人；现在有她小水在，他们胆子大了点，才远远地跟着。她小时候也和这帮孩子们一样，是他们中间的一个。有一回，一个外乡人冲她做了个鬼脸，都把她给吓哭了。我听了，回过头咧开嘴捏起眼，也冲他们做一个鬼脸。还好，没有小孩哭，倒是走在前头的几个小女孩吓得转身就跑，两只小辫子飘起来。巷子里是青亮的石板路，逃跑的不合脚的大鞋子击打地面，回声浮泛又空洞。

小水转过身说："回去，没什么好看的。再跟着我就告诉你们爸妈，回家打屁股。"

他们听了，闪动大眼相互看看，一个个尽力贴着两边的墙壁站着，蹭来蹭去，一会儿就相继散了。他们刚进家门，窗户里就伸出了大人的脑袋，他们伸长了脖子看我一眼，赶快缩回头去，又伸出头看一眼，再缩回去。然后是砰砰的关窗户声音。我听到经过的那家院子里，一个男声说：

"是他，就是昨天我告诉你的那个，在桥下的槐树荫里坐了两袋烟的工夫。"

我循声转身去看，两个人头迅速隐没到窗户后面。

我问小水："他们为什么好像都在躲着我？"

"他们在躲着你吗？不知道。"小水说，步子开始加快了，"我们这里就这样，外乡人一年也难得见到几个。"

我不再问了，只想尽可能详细地看看这个叫鹅桥的地方。也许这就是他们的生活习惯，不太愿意和外面的人打交道。他们聚在某一个巷口三五成群地聊天，见到我来了，便沉默着各自散去，好像有相同的默契。待我走过时，只看到零落一地的烟头。我对小水笑笑，我已经习以为常。但这么一来就有了麻烦，找不到人打听有关我父亲的事，我希望有人知道多年前穆馨如与鹅桥的关系。

现在的鹅桥，已经不再是父亲所说的那个样子。尽管河边依然是傍水而居的人家，但更多的人家散布在河岸之后，从河边开始向两边摊开去，几乎家家都是造型相同的两层简易小楼。从外面的装饰和空荡荡的院子来看，空旷的房间不会比老金家好多少。众多的人家摊开去，不得不穿过一条条纵横交织的青石巷。这里大约算得上水乡，石板上泛着潮湿的南方气息。一个上午我们看的地方并不多。小水说，大约是鹅桥的四分之一，河对岸还有半个鹅桥，我们只走了这一半的一半。说没看到什么也看到了，很多人家，他们的房屋，躲避我的大人和小孩，相对安静又有几分神秘的乡间生活。说看到了，又于我的初衷无益，我想我就是把每一条巷子走上三十五遍，恐怕也找不出父亲与鹅桥的一点头绪。父亲为什么要在临终之前提起鹅桥呢？

我把父亲弥留的情形详细告诉了小水，她很有兴趣。确切地说，她对城市里的医院和城市有兴趣。这一点显而易见。我们经过桑树底下的那条废船时，她就开始不断地向我询问有关城市的问题。医院和护士，汽车和电话，超市和购物中心，还有电脑和吊带衫。我回答说，吊带衫就是一件能够露出肩膀和半个前胸后背的小衣服，小水羞红了脖子，她捂上眼，透过指缝看我，说：

"那个什么衫好看吗？"

我开玩笑说："我没穿过，不知道。"

"人家问你正事，那衣服好看吗？"

"真的不知道，应该好看吧，要不然为什么满大街都是光着膀子的姑娘呢？"

小水不说话了，坐到河边一块石头上。我们已经来到了一个石码头边。过一会儿，她说："我没去过城市。远吗？"

"还行。有空你可以去看看，跟鹅桥一样好玩。"

"我不敢，"她站起来，走到另一块石头边，"我也不认识路。"

一群鹅游过来，嘎嘎地叫成一团，在石码头边盘桓一阵，又叫着游走了。我在水里又看到自己的影子，弯的，有波浪的形状。

"小水，你看我影子是弯的还是直的？"

小水伸头向水里看了看："我爸他们都说了，外乡人的影子都是直的。我也不知道。"然后声音低下来，"我们走，水虾来了。"

水虾的小船沿鹅群刚才的路线划过来。他单手摇橹，右手向这边招呼："小水，小水，婶子让你带客人回家吃午饭。"等我站起向他招手时，船已经靠上了码头。"小水，还有，我妈下午套被子，想让你过去帮忙。婶子已经同意了。"

"我下午还要陪客人到处看看，我爸嘱咐过的。"

"老叔说客人可以自己四处走走，用不着再陪。老叔在家里等着你们回去吃饭哪。"水虾说，冲我笑笑，"用不着再陪吧。鹅桥是小地方，走到哪也不会走丢的，你说是不是？"

"不好意思，打扰你们了。下午我一人就行，没什么问题。"

## 5

下午我的确是一个人出门的，此后的几天一直都是一个人，两个人的时候那也是因为要过河到对岸，坐水虾的小船。

很难想象，这么大一个村镇白天也如此沉寂，至少我所到之处突然都变成了哑巴。弄出点动静的只是那些家禽和动物，鸡鸭鹅，牛马，山羊什么的。偶尔遇到一两条狗，和我一样在街巷里晃荡，摇着东张西望的尾巴。越这样我越好奇，专找动静大、人声多的地方凑。和上午一样，蹲在巷子头聊天下棋的人见到我的影子立马不吭声了，或者干脆拍拍屁股走人。一个个面无表情，好像恰好到了他们该回家的时间。我故意擦着他们的肩膀走，能闻到他们身上散发出的河水的清凉的气息和淡淡的鱼腥味。老金说过，河两岸的人多少都能下水，屁大的小孩一个猛子扎下去，出来时手里就多了一条鱼。长期下水的生活使他们养成一个习惯，裤腿总是卷得高高的。没有人脸上露出要和你打招呼的欲望，所以半个下午过去了，除了看到和上午所见的相同的房屋和人群，我一无所获。因为当我想开口的时候，他们已经走远了。那时候我深刻地感到自己外乡人的身份，我的装束，我的眼镜和嘴上叼着的香烟，他们把我从鹅桥人中显著地分了出来。

日薄西山时分，我来到一个巷子的尽头，看到了一个破败的院落和三四间茅屋，围墙是玉米秆做成的篱笆。这样一个院落引起我的注意，在河两岸触目所见的都是两层简易小楼的背后，竟然藏着这么个原始的土坯茅屋，不能不说是个意外。更让我意外的是，这个院落的上上下下里里外外聚集了我到鹅桥以来见到的最多的人，大人小孩加起来大约五六十个。青壮年的男人蹲在屋顶上，怀抱成捆的苫草，在给最靠边的那间茅屋重新苫顶。

　　我看到老金站在院子里，对着屋顶的人指点不止，吆喝中间以咳嗽。这大概就是他们说的神经七的家。

　　院门口的树底下蹲着一堆人，大多是老头，一个个抱着大烟袋，有的怀里偎着拖着鼻涕的孙子孙女，任凭孩子们揪自己的胡子。老太太们坐成另一圈，就着干瘦的大腿搓麻绳，一边说话一边往手心里吐唾沫。这正是我想看到的。我灭掉烟小心地凑过去，在那群老头的圈子外面蹲下来。我蹲了有五分钟，没有一个人转过脸理会我，倒是他们怀里的小孩眼神好，瞪大眼盯着我看。我只好主动碰了碰身边一个老头的胳膊，赔着笑脸说：

　　"哎，大爷好。"

　　老头转过脸，说："噢，外地来的吧？还戴眼镜。"

　　他说话有点结巴，艰难的发音终于引起了其他人的注意，他们不得不向我这边看。

　　"听说鹅桥是个好地方，我特地过来看看。"我的脸上挂着笑，希望每个人都能看见我对他们的友好。

　　"什么个好地方。就是个水里找饭土里埋人的地儿。"

　　那老头说完，他们又不管我了，接着刚刚的话题有一搭没一搭地说。听内容是说神经七这茅草房早该拆了，躲在高高的房屋之间有些不三不四的。正说着，一个斜挎老式军用水壶的老头一瘸一拐地走过来，水壶的油漆早就不见了，摞满了经年摔打过的痕迹。七十岁左右，一头蓬乱的花白头发。

"我不拆，我就住这茅草屋。"他说，满身的酒气，"冬天暖和，夏天凉快，给个金銮殿也不换。"

一个说："神经七，几间破屋有什么好守的？是没钱盖新的吧？"

又一个说："谁说七叔没钱？七叔都拿酒当水喝，钱到处塞，养活了河南岸的一半老鼠。是不是，七叔？"

神经七扑扇着醉醺醺的长眼皮，倚着树干坐下来，拍着军用水壶说："我金老七的钱都存在信用社，老少爷们没钱花找我，我盖个章你们去拿钱。"

大家笑起来，嘴里说着这个神经七，头脑彻底不好使了，穷得裤衩都十几年没换了，还瞎吹。笑过以后又聊起来，还是有一搭没一搭。

我又碰了碰那个结巴老头，问他："大爷，您听过穆馨如这个名字吗"

"穆，穆馨如？"结巴结结巴巴地说，半天又说，"没，没听说过。"

"他是我父亲。父亲生前提过鹅桥这个地方，"我掏出烟递给他一支，"是父亲让我到这个地方来的。我想知道他和鹅桥有什么关系。"

结巴推开我的烟说："不，不认识。我们这是小地方。"

他们中的几个人吃惊地看着我，随即转过头去。突然神经七抽冷子似的睁开眼坐起来，问我："谁？你说谁？"

"穆馨如。我父亲。"

"穆馨如？这个名字有点熟，"神经七抹着脸，伸长脖子盯着我看，"我知道个大头，头大，粗眉毛。"

"我父亲就是头大眉毛粗，大爷，您认识我父亲？"

我站起来，想走到神经七那边去。一个年龄和神经七差不多大的老头一把将神经七推倒在树干上，"都老皇历了，"他说，"没有的事，别瞎说。"

"有，有，怎么没有？"神经七费了好大的劲儿才爬起来，指手画脚地喊起来，"大头我认识，这房子，昨天夜里我还梦见他的。"

神经七破锣似的喊声引起了所有人的注意，屋顶上的泥瓦匠和院子里的老金都向这边看。神经七自顾嗫嚅着嘴，说着大头大头，两手到腰间去找军用水壶，拧开了就对着嘴倒，倒了半天也没倒出一滴酒来。他跺着脚哭丧着脸叫着："大头，没有酒了，大头。"

有人喊老金："管事的，神经七又犯病了。"

老金急匆匆跑过来，一把将神经七拖过去，推到院子里，"七叔你有完没完？你再瞎叨叨我让他们都下来，你自己爬上去修。"

神经七不吭声了，低着头一瘸一拐向东边的屋子走。

老金走过来对我说，该吃晚饭了，让我先回去，他马上就来。那时候夕阳早已落尽，西半天的夜色开始缓缓垂落。

# 6

晚饭开始有点沉闷，开始只有三个人吃饭，小水在水虾家还没回来。我们没有喝酒，老金根本就没提这一茬，三个人干巴巴地在那里嚼着饭。沉闷的原因还有一个，就是刚坐下来是老金对我的不耐烦的告诫。

老金说："七叔头脑不好使，喜欢瞎说八道，你别听他的。"

我说："可是他好像认识我父亲。"

老金说："怎么可能？鹅桥的人那么多，为什么单单他神经七认识？他有病。"

我说："可是他说大头、浓眉毛的，就是我父亲的样子。"

老金说："在鹅桥，头大眉毛浓的一抓也一大把。我说了，别信他的。"停了一下又说，"我说过了，他神经有问题。有病。"

他显然已经失去了耐心。我不再说什么。女主人夹了一块肉放到我碗里，说："吃菜。鹅桥是个小地方，没什么好玩的，客人多担待。"

我说："很好，挺有意思的。"

吃了一半，小水急匆匆地回来了，进了门就说："妈，我回来了，有我的饭吗？"

"没在水虾家吃？"

"没有，"小水说，洗手的声音很响，"不想在他家吃，就回来了。"

老金说："你这孩子，怎么这么不懂事。"

小水吐了一下舌头，自己去盛饭，在我旁边坐下来，端着饭碗对我说："鹅桥没你们城市好玩吧？我跟水虾说过了，明天带你坐船去逮鱼。"

我刚想说声谢谢，小水的母亲用筷子点了一下桌子，说："小水，吃饭。"

于是都不说话，屋子里只剩下吃饭的声音。灯光摇摆不定，四个人头的影子在饭桌上无规则地移来移去。我很少夹菜，担心一不小心筷子戳到谁的头上。

晚饭之后，我稍微洗漱一下就上楼回了自己的房间。他们也相继没有了动静。鹅桥人似乎还坚守着日出而作、日落而息的生活习惯，晚饭后时间不长，整个村镇就如同滑入了沉寂的梦中。这大约也是不得已为之，我实在没有看到他们有什么可以消磨掉漫长夜晚的事物。我毫无困意，拿出黑皮本子开始记日记，颠三倒四地写，我说不清楚这地方到底是怎么回事，总感觉着怪怪的，搞不明白的别扭。只有那个神经七还有点意思，神经病和酒鬼往往比正常人还要可爱一些。我想重点记下神经七，他的衣着相貌等我都详细地写下来了。快写完的时候，小水敲响了我的门。

她瞟了一眼桌上的黑皮本，说："你在写七爷？"

"你觉得这人怎么样？"

"神经七呀？就是一个神经病，说话做事稀里糊涂的，连他自己都不知道在干什么。反正不正常。去年冬天还脱光衣服在河边跑呢，一边跑一边叫，说要去打鬼子，打到鬼子老家去。"

"他一直都住在鹅桥吗？"

"应该是吧。我记事起就听说他神经有毛病。"小水在我旁边的凳子上坐下，又开始用手指缠绕辫梢，"七爷就是个疯子，没什么好说的。你给我讲讲你们城市里的事。"

"你想听哪方面的事？"

"什么都想听。你随便说。"

我想了想，不免起了卖弄之心，开始给她讲网络和股票。这两个东西听起来有点虚幻，空对空，讲起来更过瘾。其实我也是半瓶醋，对于股票连半瓶醋也算不上，顶多有点酸味。好在她对这些和

186

我对鹅桥一样陌生，我不论怎么发挥总能自圆其说，听得她两眼发直，一愣一愣的。

我夸夸其谈大约四五十分钟，几乎完全沉浸到我所叙述的那个网络和股票的世界里，无意中向门口看了一眼，吓我一跳，小水的母亲板着脸站在门前。她什么时候过来的我丝毫不知道。

"小水，回去！"她说，声音有点凉，"让客人早点歇着，跑了一天了。"

她说完转身就走了。小水看看我，吐了吐舌头，说："都是我不好，忘了把门关上了，明天接着讲，我还想听。我走了。"走到门口，小水又转过身说，"别忘了，明天我带你去打鱼。"

## 7

第二天我们没能打成鱼，因为老金夫妇突然把那天定为小水和水虾定亲的日子。

一大早，我从楼上下来，看见小水坐在走廊的竹椅上哭，声音不大，肩膀有节奏地耸动。我问她是怎么回事，她只顾低头哭，不说话。老金喂过牛从牛棚过来，我又问老金，不知出了什么事，小水哭得这么伤心。

"没什么，自家的一点小事。"

我就不好再追问下去了，拿着牙刷毛巾到井台边洗漱。收拾完了早饭也准备好了。我看到女主人在饭桌旁数落着小水，见我进屋，她一脸无辜地向我摊开双手，"客人，你来说说，我和他爸给她定了亲事，她还不高兴，一大早起来就哭。"

"我不去。"小水终于说话了。

"不去也得去，反了天了！"老金咳嗽着说，对着门外吐了一口浓痰。

"我不想去。"小水还是哭。

"谁家呀？"问过了我才后悔，我有什么资格问别人的事。

"水虾，"女主人说。"客人你看看，不是很好么？人老实，又能干，家境也不错。客人，你来说说。"

我迟疑了一下，脑袋里迅速掠过水虾的形象。"不错，"我说，"人挺不错的。"小水的哭声更响了。

出了老金家，我直奔神经七的茅草屋，走到半路觉得就这么冒冒失失地闯过去不合适，应该带点礼物才对。为了打听到商店在哪里，我在周围的巷子里转了好几圈，好在鹅桥的巷子幽深长远的就那么的几条，记住个大方向就不会迷路，但是没遇到一个可问的人。他们总是在我走到身边之前就已经离开。没办法，只好敲开一家院子，向在井台边洗衣服的一个老太太问清了商店的位置。老太太简练地告诉我，就在靠河边的村镇的最东头，金二家的杂货铺。说完就匆匆关了院门。

金二杂货铺的门面不小，三间屋大的地方，乱七八糟地摆满杂货。货架上是些小巧贵重的物品，地上摊放的则是粗笨的耐摔打的东西，菜刀、塑料脸盆、坛坛罐罐之类的。油腻腻的柜台上一溜摆着几个大坛子，散发出酱油、醋和白酒的味道；再过去，是摆放在几个盒子里的冷菜和调好的肉类熟食。店里人不多，一个五十来岁的秃顶男人守在柜台里面，柜台外面的凳子上坐着两个老酒鬼，每人一碗白酒，一只手捏着一条小咸鱼。

"老板，给两瓶白酒。"我说。

"没有瓶装白酒，只有这个。"老板拍拍酒坛盖子，面无表情地说，"散装的老烧。"

"那就老烧，给五斤。还有，这几样熟食每样一斤，冷菜都给来上一份。"

我以为这样慷慨利落能把他们给镇住，没想到他们根本不吃这一套。老板仍旧面无表情，熟练地打开坛子向一个大塑料桶里装酒。另外两个酒鬼乜着眼睛看我，各自举起碗咕咚咕咚喝光剩下的半碗酒，抹抹嘴出了杂货铺，一脸的空白，连个招呼也没和老板打。

离开杂货铺天已经不是很早了，在巷子里可以看到起床的小孩到处乱跑。他们同样对我感兴趣，歪着头抓着衣角躲在墙角处看我，跟在身后的比昨天少多了，看他们的眼神就知道，只有胆子大的才敢远远地随着我走。他们几个身后是几条狗，跟着我是因为闻到了我纸包里的肉香。我停下来，打开一个猪头肉的纸包向那几个孩子招手，他们也停下来，远远地看着我。我向他们展示提在手里的一块硕大的肉片，希望他们能够走过来。过了半天，终于有一个个头大的孩子跑过来，到我面前又怯生生地慢下来，然后突然抓到那块肉，转身就跑。我看到他兴奋地舞动另一只胳膊，对面的小孩也兴奋地向他奔凑过去。我把那包猪头肉放到地上，对着那个抓到肉又盯着我看的小孩说：

"都给你们了，拿回去分给大家吃吧。"

然后提着酒肉去神经七的茅屋。

神经七正在收拾屋檐下用剩下的茳草，房屋昨天傍晚已经修好了。他一定是先闻到酒香才看到我的，因为我进了院子后，他下意识地去摸腰间的军用水壶，晃荡了半天也听不到一点酒响，然后抬头看到了我。

"什么酒？"神经七响亮地抽动鼻子，翻着白眼看我，嘴角流出一串口水，"你是谁？"

"七爷，我是专门送酒给您喝的，来看看您。"

神经七嘿嘿地笑起来，口水流得更多了，一跳一跳地跑过来，一把抱住酒桶，拧开盖子就喝，像喝水一样，那么大的桶口竟一滴也没洒出来。放下酒桶时直喘粗气，又嘿嘿地笑，满脸都是眼泪。神经七拍拍酒桶说：

"嗯，好酒，好酒。你是谁家的孙子？坐下来陪七爷一块儿喝。"

他让我坐到那堆散乱的茏草上。我和他坐下来，把几样菜摆在地上。

"七爷，您老边吃边喝。"

神经七说："好，边吃边喝。"又喝了一大口，抓起一块肉塞进嘴里，"你也吃，呵呵，你也喝。"

我想让他尽了兴再提我父亲的事，谁知道他吃喝起来竟没完没了，不仅如此，还逼着我也跟着吃喝。我俩就这样坐在院子里，像一对真正的酒鬼那样吃吃喝喝。神经七喝酒的时候嘴里念念有词，不知道在咕哝什么。当我觉得他差不多该尽兴了时，问题又来了，他竟然喝着喝着歪倒在泥墙上，一块肉送到半路上又掉下来，手也跟着垂到地上。我吓了一跳，怎么突然没动静了，眼睛都闭上了。

"七爷，七爷。"

神经七吧嗒着油腻腻的嘴，打起了沉重的呼噜。他睡着了。我看一看酒桶，已经下去了五分之二，他也该睡了。那会已经上午十点多了，阳光有点烤人，我又拖又抱把他弄到了屋子里的床上。那张床脏乱不堪，他满身尘土地躺到了被子底下。

只好等他醒来再说了。我找了张四条腿长短不齐的竹椅子躺下，感觉酒开始上头了。我记得我喝得不多的，的确不多，可我还是睡着了。醒来时已经十二点多了，神经七还在被窝里吧唧着嘴，说喝，一块儿喝。我晃动几下吱呀作响的竹椅，神经七睁开了眼，打过哈欠他坐起来，惊讶地看着我：

"你是谁？怎么坐在我家里？"

"七爷，上午我还陪您喝酒的呢，"我指着转移到桌子上的酒，"您不记得了？"

"噢，"他拍拍脑袋，和正常人没什么两样，"喝酒，对，喝酒，呵呵。你是个外乡人，找我这个孤老头子有事？"

"七爷，我想向您打听一个人，叫穆馨如，天生大头，浓黑眉毛。"

神经七从床上下来，赤着脚在地上走来走去，"大头，浓黑眉毛。穆馨如？他是你什么人？"

"我父亲。"

"年龄有多大？"

"六十四了，不过两个月前已经过世了。"

"六十四？穆？大头！你爸是大头！"神经七突然两眼放光，"你是大头的儿子？"

"您认识我父亲？"

"大头啊大头，我的小兄弟！你十九岁来鹅桥，二十二岁离开，还拐跑了一个鹅桥的姑娘，那可是河两岸第一号的天仙哪。嘿嘿，你小子跑哪去了这些年？老哥我替你守着这三间茅草屋，天天修，年年补，就是等你回来的。你小子说死就死了！四十二年了，大头你说死就死了。我金老七还守着这破草房子干什么呀？"

我上前扶住鼻子嘴角乱动准备大哭的神经七，"七爷，七爷，你真的认识我父亲？"

神经七突然又糊涂了，抓着我的胳膊大叫大头大头。"大头，大头，你怎么说走就走，说变就变了？带跑秀水不算，你还戴上了眼镜。"神经七老泪纵横。"你跟我说，大头，我金老七都不戴眼镜你凭什么戴？你说好房子让我只住三年的，你竟然让我住了四十年！你知不知道我都给住老啦，都住成瘸子啦，我金老七都住成神经七啦！"

不知道神经七哪来那么大的力气，把我又推又搡地推到了院子里，他的大喊大叫引来了很多邻居站在篱笆外观看。他又犯病了，喋喋不休地喊叫，说得越多越让我糊涂，他到底认不认识我父亲？我父亲是否就是他说的那个大头？我不知道，我从没听谁叫过父亲大头。他们在冷眼旁观，人越聚越多，这让我受不了。我很想从这个破落的小院子里逃掉，可是神经七两只手把我抓得紧紧的，酒气和唾沫源源不断地喷到我脸上，避之不及。那么多的人，我都不知道怎么摆脱神经七。

幸亏老金及时赶到了。看到人群里挤出一个人时，我立刻高兴起来，救星到了。老金进了院子，抓着神经七的胳膊猛地一拽，神经七松开了我的胳膊后退两步，右手里抓着半截我衬衫的衣袖。

"七叔，你干什么！喝两口猫尿就撒酒疯，回屋睡觉去！"

"大侄子，"神经七说，"他是大头，我不能让他走啊。"

"什么大头大头？我让你回屋去，有话跟你的酒壶说！"

神经七像个委屈的孩子，哭哭啼啼地看着我，念叨着大头大头，低着头一瘸一拐地回屋去了。

老金脸色很不好看，"你怎么又过来了？回去吃午饭。小水妈到处找你。我就知道你会来。我就没听过什么穆馨如，鹅桥人哪个听过了？他一个疯子，你能问出什么道道来？神经病的话你也能信？回去！回去！"老金走在前头，对着篱笆外围观的人挥着手，"你们也回去，回家去，有什么好看的？没见过人是怎么的？"

8

老金家的牛棚失火大约是在晚上十点半钟，那时候整个鹅桥都睡了。我的生物钟一时半会儿调整不过来，十点来钟正是精神大好的时候。我在黑皮本上记下白天发生的事，突然听到老金变了调的喊声：

"救火呀，快救火呀，失火啦！"

我赶紧推开门，院子外面的牛棚处火苗已经蹿过了围墙。火势不是很大，因为老金家的牛棚就不大，但是此起彼伏一丛丛的火焰在黑暗的鹅桥上空依然有惊心动魄的效果，半个天空都跟着躁动起来。老金已经打开院门，正站在院外向左邻右舍求救。小水和她母亲正在井台边打水，急得小水一直咿咿呀呀地叫个不停。我穿着拖鞋跑下楼，要帮她们拎水，小水母亲说：

"客人你还没睡？"

"没有，我不习惯早睡。"我说，拎着小桶就往外边跑。

牛已经被老金换了地方，拴在邻居家门前的槐树上。此刻他还在喊着救火，邻居们的院门相继打开，一只只小桶晃晃荡荡地从门里出来。大约二十来桶水就把火浇灭了，我前后拎了五桶。灭火的时间也不长，大约半个小时。仅仅烧了一个牛棚，没有殃及旁边的树木和柴草。那个晚上没有风，树梢一动不动。

火灭了以后，老金家的门前黑水流成一片。闻讯赶来的水虾和其他几个小伙子正帮着把牛棚拆掉，苫盖棚顶的茬草和芦苇被草叉挑到地上，冒出一股股焦味浓重的熏烟。老金卷着裤腿站在水洼里一遍又一遍地说：

"这三更半夜的，怎么会失火呢？"

小水的母亲好像火灭掉了以后才被吓着，在女儿的搀扶下眼泪都流出来了，"这可怎么办？你说这可怎么办？"她对小水说，"好好的怎么就起火了呢？"

失火的原因成了讨论的中心。牛棚自己着火肯定是不可能的，可是谁会来点上一把火呢。都快半夜了，鹅桥人都做完了一两个梦了，谁还在深更半夜不睡觉呢。我拎着空桶站在老金旁边，就着院子里的昏暗的灯光，我发现他们都在看着我。这让我很尴尬，好像火是我放的。

一堆草落到我面前，溅了我一身的水，水虾站在墙头上握着草叉，不用说这叉草是他扔下来的。

"这场火灾真不巧，把客人的好觉都给搅了，"水虾说，"真过意不去。"

他的声音有点怪。不过我还是如实回答了他："没什么，我还没睡。"

"都快半夜了，客人怎么还不睡？客人真是好精神哪。"

小水冲着水虾喊："水虾，你瞎说什么？赶快把草挑下来。"

"烧都烧过了，挑下来急个什么？"水虾说，抢起草叉又挑起了一叉草。

还是对着我的方向。我及时地后退几步，烧得半焦的草落到我刚刚站的地方。我没说话，拎着空桶转身进了院子，小水跟在我后面也进了院子。我知道，他们都在看着我。

# 9

在第二天的早饭桌上，我告诉老金一家，吃过饭我就离开鹅桥。小水对我的决定有点吃惊，说你不是要在这里多玩几天的吗？我的确说过，但是现在我想离开了。我只告诉她，回去还有些事情要处理，该看也看了，不能耽搁太多时间。小水还想说什么，被老金制止了。老金说那也好，早点回去能做更多的事，就不留我了，免得误了大事，吃过饭他会让水虾送我过河。我谢过他，拿出两百块钱递给小水母亲，算作这几天住宿和伙食费用。她坚决不收，老金和小水也拒绝接受。我说这是应该的，几天来多有打扰，只是表示一点心意，如果不收下，我会过意不去的。她就收下了，一边对老金说着，那怎么好，那怎么好。

小水陪着我来到石码头，水虾的船还没到。我们面对面坐在两块石头上瞎聊着，她让我继续给她讲我生活里的事，那些对她来说无限遥远的景象。我意识到再给她讲虚无缥缈的东西未必是件好事，便说些漫无边际的玩笑话。然后看见一个人不规则地跑过来，是神经七，跑得气喘吁吁的，其实速度慢得要命。难为这么一个老人了。

"大头，大头，你走了又不跟我说一声，"神经七说，咳嗽声把一句话分割得支离破碎。"老哥我到管事的家找你，才知道你小子又要走了。这次又把小水带走？"

"不是，七爷，小水是来送我的。"

小水嗔怒地捶着神经七的胳膊，"七爷又胡说，小水以后再也不理你了。"

神经七嘿嘿地笑起来，说："谁知道大头脑袋瓜子里想些什么。大头，"他从怀里摸出一张折了好多道的发黄的白纸，递给我，"我住了你的茅草屋几十年了，我给你钱。这是我的条子，你到信用社去取，老哥我钱多着哪，你想拿多少拿多少。"

我接过白纸一看，上面七零八落地写着几行字，弯弯绕绕的，我一个也不认识。我递给小水看，小水就笑了，说："这是什么？一个都没见过，七爷又犯病了。"

"小丫头瞎说，七爷犯什么病？噢，对了，"神经七又去口袋里乱摸，摸出来半截萝卜和一个盛红水的小铁盒子，"大头，这条子要你老哥盖了章才能拿到钱。你看，这是我金老七的印章。"

他把纸条从小水手里夺过去，把半截萝卜蘸上红水，郑重地摁到纸上，半天才松开。纸条下方多了一个圆形的红印子，上面刻的是什么字我同样不认识，一团歪歪扭扭的线条。小水又笑了，说七爷这次病可犯得不轻。

神经七把纸条认真折叠好，小心地塞进我的上衣口袋里。"大头，盖过章了，这些年的房钱我金老七可还清了。"他动情地拍拍我的肩膀，说，"船来了，大头，你要走就走。快走，天黑了找不到路。"

水虾的小船快速地划过来，靠到码头边上。我跳上船，对岸上说："七爷，谢谢您，您多保重。小水，你也回去吧。"

神经七和小水向我挥手。神经七说："大头，你什么时候回来？是不是又要过四十年以后？"

我说："再说吧。您看我的影子在水里是直的还是弯的？"

神经七愣愣地看着我，没听明白我在说什么。这时船已经离开了码头。

2003 年 7 月 26 日，淮安

# 古代的黄昏

## 第一章

### 1

走在这个大院子里没法不想到它的过去。黄妈跺了两脚，脚底下的落叶发出细碎的骨折声，汤也洒了一些，有几滴落到了她的手上，烫得她直抽冷气。这是一条年久失修的石子路，风贴着路面向前吹，干涩的梧桐叶划过石子，像一只只没有脚的空鞋子走在她前面。梧桐叶落得差不多了，剩下的也在风里摇摇欲坠。她把脸探在汤碗的上方，以免树叶落到碗里。穿过紫藤廊，然后拐一个弯，她看到老太太坐在窗户前，露出了一动不动的半个上身，怀里抱着那只白猫，脸像一片枯叶丢掉了表情。

"太太，风大。"黄妈把汤碗放在老太太旁边的桌子上，伸出手要去关窗户。"我熬了点鸡汤，太太趁热喝了吧。"

老太太制止了她。"放那儿吧。秋天说来就来了，一两天的工夫树叶就落了一半，"她指了指窗户下的一条藤蔓，上面的叶子卷起了边，时刻准备脱身而下。"那一片，你看见了吗？我看了它一炷香的时间了，看它什么时候掉下去。"

黄妈把鸡汤端到她面前，上面的热气已经虚飘多了。"太太您看，再不喝就凉掉了。"

老太太接过鸡汤，身下的藤椅发出吱呀的响动。猫也叫了一声。老太太说："以后别再煮什么鸡汤了，黄妈，我肚子里不缺这东西。"

"秋凉来了，喝点暖暖身子。太太最近又瘦了。"

"入土半截的人了，身子凉了什么汤也暖不过来。"老太太说，喝了几勺转身放到桌子上。"喝不下。倒是记得常给紫英也煮些鸡汤什么的喝喝。"

黄妈沮丧地说："喝也没用。人家一根鸡毛没见过的不也照样生出一大堆孩子？"

"你说紫英这丫头是怎么回事，两年多了肚皮一点动静都没有。"老太太说完，忽然指着窗外的藤蔓，"那片叶子没了，落下了。"

黄妈伸头看了看："太太您看错了吧，那叶子不是还在上面吗？"

"你又骗我。我都盯了它一个下午了，"她说，"还是没熬过这个下午。"

黄妈走过去把窗户关上，风变大了，小心着凉。她让老太太到香炉前坐，她点了一炉香，说香气可以祛寒。她帮老太太把藤椅搬过去，说："我眼神好，不会看错的。太太，少奶奶回来了没有？"

老太太闭着眼睛躺在藤椅上，一句话不说，仿佛没听见黄妈的问话。白猫蹲在她膝盖上，两眼发出绿色的荧光。香炉里的青烟袅袅升腾，烟雾把她隔在了另一边。透过蓬松的烟雾，黄妈只能看到她脸上少数几条深刻的皱纹，平静地垂到下巴。房间里的光线开始黯淡下来，尽管外面的夕阳还没有落尽。阳光极其虚弱，照到干黄的院子里如同冬天已经来了。

黄妈正想端着剩下的鸡汤悄悄地出去，一串脚步声走进了门，紫英交叉着手站在香炉前半明半暗的地方，她说："太太，娘，今天晚饭做什么？"

"随便吧。"老太太说，"小少爷回来了吗？"

"回太太，还没有，"紫英说，"快了。云生已经去鹅桥等着接少奶奶和小少爷了。"

## 2

林家年轻的管家黄云生坐在桥头的石墩上，把手里一根柳枝一截截折断扔进水里。河水几乎看不见流动，只有风把满河的柳叶推来推去，像是整个河面在移动。移动的还有惨黄的半个太阳，萎靡地沉在水里。云生把折断的柳枝塞进嘴里，转了一圈又吐出来。鹅桥没鹅，光秃秃的栏杆，桥下连只鸭子都看不到，麻雀的叫声听起来也很遥远。云生站起来拍拍屁股，骂了一句："妈的，都死光了。"

他决定再朝前走一段，到石码头那里去。路上遇到几个挎菜篮的老女人，见了他点着头满脸堆笑，向黄管家问好。云生逐一向她们点着头，一路甩着折剩下的半截柳枝来到石码头。石码头离鹅桥不远，但他走了好长时间。石码头上人也不多，河水清冷暗绿，映出岸边低矮的一排屋顶。码头上三两只小船晃来晃去，桨收在舱里。抽烟的几个船夫向他问过好，重新蹲下来抽旱烟。他也蹲下来，湿漉漉的大青石块上照出他的脸。

"少奶奶回来了没有？"他问旁边的人。

"回黄管家，应该没有。撑船的老虾还没回来。"脸上长了一个痦子的老头说。

这一帮人，除了摇船还要种地，地是林家的。石码头附近的很多船也是林家的。云生用柳枝在青石上画来画去，在心里计算林家到底有多少只船。刚数开了个头，几个人叫着："少奶奶回来了，还有小少爷。老虾的船回来了。"

夕阳落尽，灰暗的雾气从河道和大地上升起。石码头上潮湿清凉，云生站起来时打了个哆嗦。老虾的船已经靠上码头了，少奶奶一身浅黄镶淡蓝的衣衫在风里拂动，怀里抱着三岁半的小少爷。几个船夫走在云生前面向少奶奶和小少爷问好，少奶奶抱着小少爷踏上石阶，云生把手伸过去要拉住少奶奶，少奶奶却抓住另一个船夫的胳膊上了岸。小少爷三岁半了还不会说话，但他机灵的样子一点都不显得傻，算命的先生给他算过命，说小少爷慧根深厚，天生是那种一鸣惊人的人，什么都不需要担心，所以林家上下从不因为小少爷三岁多了还不会说话而担忧。现在小少爷对着岸上的人咯咯地笑起来，一串清水鼻涕流进了嘴里。

"小少爷好。"他们说。

小少爷啊啊地叫着，舞动着小手。他长相可爱，而且很好看，一看就知道像少奶奶。

"你怎么现在才回来？"云生说。

"你在跟谁说话？"少奶奶的脸冷若冰霜，漂亮的眉眼让云生噎了一下。她抱着小少爷走在前面，胳膊弯里挂着一个绣着大朵金牡丹的小包。

"行啦，少奶奶。"云生加快两步，向小少爷伸出了手，

"来，一伦，我抱抱。"

小少爷哼了一声把头转过去，藏在母亲的怀里。

"祝大夫把你的病治好了？"云生说，"太太早就等着你回来吃饭了。"

"我不是回来了么？"

"我是问你是什么病，非要一次一次跑到海陵镇上找那个姓祝的看，大老远的。"

"我愿意，"少奶奶说，"祝大夫医术高明，我不找他看找谁看？"

他们已经走到鹅桥，天彻底黑了。桥上站着一个影影绰绰的人，见了他们喊起来："是少奶奶和小少爷吗？"

少奶奶提高声音说："紫英么？太太还好吗？"

"太太在等您和小少爷吃晚饭呢。"

"你要真担心老太太，就不要过两天就朝姓祝的那里跑。"云生说，扔掉手里的柳树枝。

"你住嘴！"少奶奶压低声音说。

他们回到家里，老太太已经坐在饭桌上等候了。见了孙子老太太高兴起来，"乖孙子，奶奶疼疼。"她接过孙子，把脸贴向小少爷的脸，眼角流出泪来。"一伦，下次我们不出门了，你看小脸冻的。黄妈，上菜吧。"她把小少爷放在腿上，对少奶奶说："秀琅，大夫怎么说？"

少奶奶笑着说："娘您别担心，祝大夫说很快就会好的。劳娘久等了，黄妈，可以吃了吗？"

黄妈端着一大碗汤走过来，走到少奶奶身边时手一抖，汤水洒落到少奶奶的衣袖上，吓得少奶奶惊得跳了起来。黄妈连忙说罪过罪过，问烫着了没有，请少奶奶原谅。

"没什么，黄妈，"少奶奶说，用手巾掸掉留在衣服上的紫菜丝，"反正也要洗了。"

老太太说："黄妈不是你的错，忙来忙去累了一天了，赶快坐下来吃饭吧。云生和紫英怎么还没来？"

门开了，紫英走进房间，手里端着一盘菜。接着是云生，手里也有一个碟子。他把手中的碟子放到老太太面前，说："太太，这是您爱吃的酱鹅翅。正宗的五香胡顺子手艺，太太您尝尝。"

## 3

林家上下都在这张饭桌上了。他们主仆共餐。老爷还在世的时候，定下的规矩还是分明的，下人不能上主人的桌。他死后，老太太就把规矩改了，因为林家的主人和下人各自都凑不成一桌了。老太太说，就剩下这么几个人了，还分什么主仆呢，再说黄妈一家也不是外人。

黄妈比老太太年纪小不了几岁，当年是随老太太一起陪嫁到林家来的，和老太太相守着过了大半辈子了，已经情同姐妹。云生是黄妈的儿子，老管家黄麻子留下的独苗，从小就在林家长大，和少爷一起玩耍，一块儿到学堂念书，十八岁以后又陪着少爷出门做生意，天南海北地跑。在老太太看来，已经是林家的半个儿了，她从不把他当下人看。至于紫英，原来是林家的丫头，爹娘死得早，五岁就被林老爷买到府上，一边成长一边干点丫头仆人干的杂活，十几年下来，也出落成一个秀丽饱满的大姑娘了。老爷去世后，少爷主持了林家的上上下下，他娶了秀琅以后，觉得不能让从小玩到大

202

的云生整天寂寞得跟条迷路的狗一样转来转去，就和老太太商量了一下，把紫英许配给了云生。

谁能想到鼎盛的林家会突然衰败呢？先是人丁的衰败，老爷死了之后，家境也跟着不行了。林家的衰败始于六年前的一场瘟疫，林老爷和黄管家都在那场瘟疫中不幸丧生。那场百年不见的瘟疫不仅对林家，对整个海陵镇和接壤的大秦、青口两镇都影响巨大，给整个大平原都带来了可怕的后果。后来云生和少爷到了杭州做丝绸生意，还听到当地人对那场瘟疫梦魇般的回忆，原来大平原之外的其他地方也饱受瘟疫之灾。也就是说，那场莫名其妙的瘟疫席卷了整个天下。

开始几天，只是听说去海陵镇上的几个船夫回来以后就发高烧，吃什么药都灭不了火，然后就咳嗽，直到咳出血来，最后一个个都在咳嗽时气闷窒息而死。鹅桥的人以为是他们在镇上吃了什么不干净的东西，或者是得罪了惹不起的鬼神，谁也不会想到是瘟疫。瘟疫这个东西鹅桥人都忘了是怎么一回事了。那几个船夫死后，突然一大批人得了相同的疾病，他们的家人、邻居、给他们看病的大夫，凡是和他们有过接触的人相继都出现了相同的症状：持续高烧，喉咙疼痛，干咳，四肢无力，食欲不振，呼吸紧迫，还会出现腹痛和腹泻。

外面疾病开始大面积蔓延时，林老爷一天早上醒来，突然感觉不对劲了。开始高烧，他正怀疑患上了船夫们的病症，黄妈一路小跑过来，哭着对他说，麻子也不对头了，不知是不是也得了那种病。林老爷头脑嗡地响了，前几天一个佃农来向他借钱，当时管家黄麻子也在。他立刻差下人去打听那个佃农的情况，回来报告说，那人已经死了，昨天下午就抬下地埋了。林老爷对药理略通一二，根据外面的情况，他知道大事不妙，一场可怕的瘟疫降临了。他想自己躲不过去了，就让家人把他和黄管家关在后院一间闲置不用的小屋里，隔着窗户对少爷和太太吩咐了一通，让他们通过门槛旁的猫洞把饭菜递进去。几天以后他们两人死在了小屋里。

瘟疫流传了大约半年时间，一直到了夏天来临才逐渐平息。海陵和周围的几个镇子死尸遍野，林家上下也死了接近十口人。人丁衰败了，家势也从此一蹶不振。一夏一秋乡下收成都不好，抓不上来钱，为了对付这场瘟疫和安抚死难的家属，他们花掉了大部分积蓄。生活不比往日啊，老太太感叹，除了留下黄妈娘儿俩和紫英，其他的下人都辞退了。林家已经没有多余的钱财去养活那么多下人了，还要给他们工钱。

少爷带着云生在外面做了两年生意，没什么大进项，也就心灰意懒了。后来又把秀琅娶进了门，更不想在外面跑，做那些惊心动魄的大小生意了。他要待在家里，像他父亲那样治理好鹅桥这个地方，他想重振家业。娶了秀琅，他开始考虑给云生找个老婆。云生跟了他这么多年，他把他当兄弟看了。少爷在鹅桥四周了解了一下，还没有发现谁家的姑娘比自家的紫英更合适，就和母亲商量，给他们做了主。

黄妈十二分满意，她想着早早抱上孙子。但云生不答应，理由是现在不想急着找老婆，过些日子再说。少爷说："云生我还不知道你，现在就抱个女人在怀里你都嫌迟了。秀琅也说了，紫英是个不错的姑娘，人好，模样也漂亮，在鹅桥打着灯笼也难找哪。"

云生说："少奶奶真觉得紫英很好？"

"当然了，"少奶奶说，"找个好姑娘安心过日子吧。"

云生沉下脸，低着头不说话，然后扭头就走。第二天一早，黄妈喜气洋洋地向老太太禀报，云生答应了，一切听从太太和少爷的安排。老太太听了很高兴，说那就好，都是一家人了，以后就在一张桌子上吃饭。


# 第二章

## 1

天黑得越来越早了，一入夜鹅桥就像突然变成了漆黑的哑巴，一点声息都没有。周围人家的那些在白天吵吵嚷嚷的家禽现在也一声不吭，鸭子和鹅蹲在地上歪头打瞌睡，鸡则成群结队地爬上老槐树的树杈，做着悬在半空的梦。风也不一样了，黄妈走在曲曲折折的小路上，觉得这些看不见的东西一进了林家就冷起了脸，吹到脸上像一只水淋淋的湿手摸过去。整个鹅桥都没有声音，林家更是沉寂。她和过去的每天晚上一样，睡前要把院子里的各个角落查看一遍才能放心地去睡。这个空荡荡的院子里快没人了，她有责任看到这里的一根草一块砖头都安安稳稳地在它们该在的位置。

她拐过一条小路，听到有女人压抑的叫喊声，前面就是云生和紫英的卧室。她向前走了几步停下来，仔细听被风刮过来的声音。的确是女人的叫喊声，而且是紫英的。那声音忽高忽低，长长短短，又像哭又像叫。黄妈脸红了，觉得这个紫英太不像话了，大呼小叫的像什么样子，云生也不知羞耻，就不能堵上她的嘴么。

原路拐回头，她打算绕过云生和紫英的卧室，心里想明天要跟他们提个醒，不能这么折腾下去。绕了一个大圈子走到了他们卧室的另一边，紫英还在叫，声音比刚才更大也更痛苦。黄妈又停下来仔细辨别，觉得不对，不像是那种声音，紫英还在声嘶力竭地说着什么。她悄悄地靠近儿子的房间。房间里点着灯，摇摇晃晃的灯光从窗户纸里透出来。紫英是在挣扎着哭喊。她快速跑过去，差点被一块碎砖头绊倒。

"紫英，是你吗？开门，"她拍着儿子的房门，"开门紫英，出了什么事？"

"没事，娘，"云生气喘吁吁地说，紫英的声音一下子也消失了。"您早点睡吧。"

黄妈迟疑一下，说："没事就好。你们，你们也早点睡。"

她觉得奇怪，云生和紫英今天晚上是怎么了，过去没听过有这么大动静。她下了台阶往回走，在岔路口停下来，索性在路边的石头上坐下来。风从脚底下卷起来，她终于看清了，风是黑的，比黑夜更黑。刚一会儿，又听到紫英含混的哭叫声响起，在寂静的夜晚如同一团团粗布飘出房间。这次她不再怀疑，再一次来到儿子的房前。

"开门，云生你开门！"

"干什么，娘？"云生说。紫英从喉咙里发出呜呜的声音。

"你先开门再说！"

"娘，我们都睡了。"儿子说。

"那就起来！"黄妈敲着门，"快开门，云生！"

云生打开门时还在勒裤带，肥大的灰色睡衣敞开着怀。"娘，这么晚了有事？"

"你少跟我装蒜，"黄妈径直走进里屋，紫英正伏在床上伤心地哭泣。"紫英，跟娘说是怎么回事？"

紫英只是哭，不说话，脸埋在枕头上。

"到底怎么回事？别怕，紫英，你告诉娘。"黄妈说，抚着儿媳妇的乱发，"有娘在就不能让他胡来。"

"娘，他打我，"紫英哇地大哭起来，抱住婆婆的胳膊，捋下被子露出后背。"娘，他要打死我。"

黄妈看到紫英的后背一道道血痕和手指印，她转过紫英的身子要看她的胸部，紫英迅速地用枕头遮住，说："娘。"

"别怕，娘也是女人，娘知道。"她拿掉枕头，看见了儿媳妇丰白的乳房上一块块青紫的血痕，还有刚刚留下的鲜红的指甲印。这么好的乳房怎么生不出孩子呢？有那么一会儿黄妈为此纳闷，紫英又拿过枕头遮住胸部才让她反应过来。"云生，你这个畜生！"她冲着外间的儿子骂道，"紫英在林家十几年，老爷太太都没打过她一巴掌、骂过她一句，你竟然对她下了毒手。你这个畜生！"

云生坐在椅子上，斜着眼睛看着紫英，"不下蛋的母鸡！我不打她打谁？有本事你别哭，你给我生个儿子出来！"

紫英又哭起来。紫英说："娘，我早就想生个孩子了，可是，娘，我也想有个孩子呀。"

"你想你就生呀。我早就看着你哪，地里不长庄稼还怨老天！"

黄妈不说话了。她扶着儿媳妇躺下，给她拉上被子，叹了一口气。

"当着娘的面你倒是说啊。怀不上孩子我还打！"

"娘。"紫英看着婆婆，突然说，"你怎么知道我不行？问题在谁身上还说不准呢！"

"紫英！"黄妈觉得儿媳妇说得有点过了，然后又缓下声来，"孩子，别着急，这不是急的事，慢慢来。"

"我不行？"云生从椅子上跳起来，指点着说，"我儿子都两岁了，我不行？！"

"你说什么？"紫英从被窝里钻出来，马上又缩进去，"你说你有儿子？"

黄妈说："云生你胡说什么？哪来的儿子？"

云生立刻垂头丧气地坐下来，说："我是说她要是能生，我儿子都该两岁了。现在倒好，两手空空。"

"娘。"紫英又哭起来。

"不哭，孩子，咱不急，"黄妈安慰着儿媳妇，"别想太多了，好事多磨嘛。擦擦眼泪早点睡吧。"她给紫英掖好被子，来到外间。"云生你也不要急。这事急得来吗？娘比你们谁都想抱孙子，可娘知道，急不来。以后不许你再打紫英，她有什么错？早点睡吧，小心着凉，明早还要早起。娘该走了。"

黄妈出了儿子的房间，来到刚刚坐过的石头上重新坐下，她有点累。星星很少，黑蓝的天不可见底，风吹到脸上凉飕飕的，她小声地哭起来，流出了眼泪。

## 2

接下来的几个晚上，黄妈再也没听到儿子房里的哭叫声，但每次走过他们的房间，她都发出沉重的叹息。她当然不知道，云生已经和紫英分开房间睡了，虽然白天在她和老太太面前，他们仍然是一对和美的小夫妻。他们隔壁的房间原是老爷的书房，老爷生前喜欢在书房生活，看看书，写写画画，累了常常就在书房里睡了。现在老爷故去了，房间就空下来，床铺还在，云生悄悄地收拾了一下搬了进去。他只用那张床，书橱和案上的笔墨和他无关。这事只有紫英一人知道，她阻止不了，谁让自己的肚皮不争气呢，云生辛辛苦苦了两年一直没有收成。

晚上他们早早地熄了灯。紫英因为寂寞和难过很早就躺下了，侧起耳朵注意隔壁云生的动静，直到他的呼噜声响起她才能睡着。有天晚上黄妈已经巡视过了林家大院，紫英听到云生的房门开了，吱呀一声，声音很小，但在紫英听来已经是如雷贯耳了，云生是从不起夜的。云生的房门又吱呀了一声，接着紫英听到云生猫一样的脚步声停在她的门前，片刻之后悄然离开了。紫英说不清自己为什么突然紧张起来，摸摸索索穿好衣服下了床，她想知道云生半夜三更的要到哪边去。

出了门，她看见一个黑影在老桑树下晃了一下，拐向后花园的小路上。她提着脚步，躲躲闪闪地快速跟上，认出了云生的身影，云生走路的时候左肩高右肩低。进了后花园的拱门，她放慢速度，伏在一块大石头下面，石头上刻着老爷留下的墨宝："宜园"。云生此刻坐在水池边上，一个接一个地向黑幽幽的水里扔石子。扔了一会儿又站起来，在水池边上不安地走来走去。现在能够看清楚他了，站在水边上显得身后的园子很空，黑夜像是透明的。夜空清冷地高悬，半个月亮在半天上，风经过脸上带来冰凉的水汽，紫英不停地打着抖，后悔没有多穿点衣服。

她不相信丈夫会无端地就这么在水边待上一夜，云生已经捂着嘴连打了两个喷嚏。尽管如此，她还是有点不耐烦了，云生站一会儿走一会儿，她想不出在秋天的子夜这样做有什么意义。她正打算悄悄地退出园子，却听到布料摩擦的细碎声音。有人来了。

是少奶奶。她在离云生三四丈的地方停下。

"找我干什么？"紫英听到少奶奶冷冰冰的声音。

"我还以为你不来了，"云生说，伸着两手走上去，少奶奶向后退，做着手势让他别过来。"你这少奶奶做的倒是很舒服啊，"云生说，"该做的事忘得一干二净。秀琅，你说，你到底有什么病要三番两次地找那个姓祝的看？"

"我说过了，那是我自己的事。难道女人的事也要对你这个管家说么？"

"你自己的事？"云生说，"你说清楚，你跟那个姓祝的什么关系？"

"黄管家，你别忘了你是在和谁说话。"

"谁？"

"林家的少奶奶。"

"少奶奶？"云生笑了，"过了两天好日子就忘了自己是谁了吧？我告诉你，你别跟我玩花样，一伦可是我的儿子！"

少奶奶捂住嘴，压低声音说："你不要胡说！小心被别人听见。"

"怕什么？你不会连我是一伦的爹都不承认了吧？"云生说。"没人听得见，这院子里就那么几个人，老的老，傻的傻，谁能想到林家的小少爷竟是我黄云生的种！"

紫英一点点软下去，瘫倒在地上。这个消息没有完全出乎她的意料，但是亲耳听说还是支持不住，现在她浑身冰冷，脑袋发大，滚热的眼泪流下来。丈夫说她是个傻子。她终于明白刚刚听到云生的门响时为什么紧张了，自从那天晚上云生误说了有个两岁的儿子的时候，她就已经放不下了。原来如此。

"就为了这事？我没什么可说的，"少奶奶说，匆匆地转身离开水池，向拱门走去。"还有，你别胡说，你给我管牢你那张嘴！"

少奶奶出了后花园，任凭云生怎么喊她也不回头。紫英听到云生站在那里哼哼地笑了两声，说："真他妈的女人！"用力地向水里砸了一个石子，然后理理衣服坐下来。

紫英扶着石头站起来，小心地往回走，深一脚浅一脚的。她觉得两腿发飘，而且不一样长。

## 3

大好的时光说没就没了。和婆婆一样，紫英也常怀念林家那些繁华的时光。老爷在世的时候，那场古怪的瘟疫出现之前，林家不仅在鹅桥，即使放在整个海陵镇，也是数一数二的。丫头下人一大帮，林家大院整天热热闹闹的，哪像现在这样死掉了一半似的孤寂。那时候紫英和黄妈一起伺候老太太，没什么事，整天就陪着老太太聊聊天喝喝茶，记着给老太太的白猫喂食。瘟疫一过就不行了，林家被掏成了一个空壳。死的死，退的退，院里上上下下一下子都不会笑了。老太太倒是坚强，三天两头把少爷找到房间里来训示。

紫英那会儿已经不单单伺候老太太一个人了，而是像黄妈、云生一样，什么事都要插上一把手。都上手也不忙，无非是跑跑腿做个饭什么的。她给太太送茶水时，常看见少爷低着头站在老太太的藤椅前，老太太抱着白猫，向儿子数说林家过去的美好光景，那些遥远的良田和渔船，商号和生意，奔忙走动的亲戚和朋友。都是过去的事了，但是它们都真实地发生在林家，过去可以，现在照样可以，老太太希望儿子能够站直身子，把林家丢掉的那些东西都找回来。少爷鸡啄米似的点头。

"娘，我想好了，我要出去做生意。"少爷说，"这是重振林家的最好捷径。"

211

"想法倒是不错，当年你曾祖父最先就是这么发家的。"老太太若有所思，"你行吗？"

"没问题，我至少应该先试一试。"

事情就这么定了，少爷带着云生外出做生意。三两个月回来一次，要么是少爷本人回来，要么是云生回来，向太太汇报这段时间有关生意的进展情况。那两年里，林家剩下的三个女人，太太、黄妈和紫英，外加一个雇来护院的三虎子，都对未来充满了希望。生意做得不好不坏，但总算还能挣回来一点，少爷和云生还年轻，磨炼几年就会大不一样了。她们几乎已经能够看见好日子又欢天喜地地回来了，至少和老爷在世时差不了多少。

按照惯例，过年之前少爷和云生回鹅桥过年。年前的一个黄昏，少爷和云生叩响林家的门环，紫英去开门，发现回来的是三个人。除了少爷和云生，还有一个漂亮的姑娘。那姑娘长相的确招人疼，眉眼精致，身材也好，举止矜持得体，看起来不像是寒贫粗俗之家的孩子。老太太把儿子叫到自己的房间，打算问清楚这半年来的情况。

少爷说："她叫秀琅，南边清江浦人。"

"我没问她叫什么，"老太太说，"我问你生意做得怎么样了。"

"娘，"少爷说，"赔了。南蛮子把我们给骗了，两车上好的茶叶掺了假，本都砸进去了。"

老太太一听，差点背过气去，半天说不出话来。她一直对儿子做生意的能力有所怀疑，他太忠厚老实了，这也不是个缺点，但在做生意时他太容易轻信别人，头脑里就不能多转几个弯。她一直担心，每次都嘱咐他悠着点，多做点小的，别只盯着大的。这下好了，这是他背着老太太自作主张的第一笔大生意，几年来最大的，砸了。口袋里瘪瘪的回来了。

老太太长叹一声说："说说那姑娘吧。"

少爷擦着额头的冷汗说："清江浦的，叫秀琅。十岁的时候没了爹娘，一直跟着叔叔一家过活。后来她叔叔打算把她卖到玉如意，就是一家窑子，被我和云生看到了。当时我们也在清江浦，坐在水月楼上请万盛布庄店老板喝茶，水月楼在玉如意旁边。我就看到了她，觉得她可怜，就，就买下了。就这样，娘。"

"你把她买来干什么？"

"娘，我想，娶她。"

"娶她？她是什么人家的你娶她？"老太太手里的茶碗咣地落到茶几上，茶水四溅。

少爷又开始擦汗了："不是说了吗，她是被她叔叔卖掉的，父亲是个读书人。"

"这么大的事你自己就做了主，你还有娘没有？"

"可是娘，她已经，怀了我的孩子。"

老太太瘫在藤椅里，白猫叫了一声跳下了她的腿，从门缝里钻了出去。

"你去把云生叫来，"老太太有气无力地说，"你走吧。"

很快云生就来了，恭恭敬敬地站在一边。

"云生，这几年你一直跟着少爷，你跟我说说，那个叫秀琅的姑娘是怎么一回事。"

云生咕噜咕噜地说了一大堆，尽管细节上有些不同，但主要内容和少爷刚刚说的没什么出入。

"你说的都是实情？"老太太板着脸说。

"句句是实，太太。"

"一句假话没有？"

"回太太，一句假话没有。"

"好了，"老太太说，站起来走到窗户前，看着院子里的积雪，"明天你到海陵去一趟，把镇上最好的大夫给我请来。"

云生退下了。第二天一大早就出门去海陵镇，请来了镇上最著名的祝大夫。他对祝大夫说，什么事他也不知道，反正是老太太的命令，他只是照吩咐做。祝大夫冒着大雪来了，老太太让少爷把秀琅领过来。秀琅来了以后，老太太把门关上，只留下她和秀琅，连同祝大夫。祝大夫仔细地为秀琅号过脉，对老太太说："千真万确，太太，有喜了。"

少爷和秀琅的婚礼从简，老太太不想把家底都砸在儿子的婚事上。另一个原因黄妈他们都猜得到，老太太对看不见来路的儿媳妇多少存了一些戒心。尽管从简，但在普通人家来看也算是十分体面了，因此大家还是高高兴兴地把婚礼搞得很热闹。

结了婚以后，少爷对做生意失去了兴趣，他想踏踏实实地待在家里，向父亲学习，从鹅桥开始，一步一步把林家给做大了。老太太什么也没说，她知道这样也许更适合自己的儿子。

# 第三章

## 1

一大早秀琅把小少爷交给黄妈，她说她要出门，天冷了，带着小少爷出门会把他冻坏的。黄妈接过小少爷，问少奶奶要不要云生送一下，少奶奶说，不用了，石码头有很多船，随便叫一只就可以了。临走时还嘱咐黄妈照看好小少爷，他昨天夜里醒了两次，又哭又闹，不知是不是哪个地方不舒服，如果还是哭闹，要及时请大夫，她下午会尽早赶回来的。另外麻烦黄妈代向老太太问早安。黄妈答应着，抱着哭着要娘的小少爷离开少奶奶的房间，一路摇晃着逗他高兴。

走到小竹林边黄妈停下，摘下一片竹叶给小少爷，竟把他哄得不哭了。她转身看着少奶奶拎着小包出了大门，对着地上啐了一口唾沫。

"小少爷，知道你娘干什么去了吗？"她问一伦。

一伦突然又哭了，他玩腻了那片竹叶，咧着嘴要娘。

"别哭啦，小祖宗，你娘都不要你了还哭！"她轻拍小少爷的后背，"我到哪里去找你那狠心的娘啊？"

正打算再摘一片竹叶给他，紫英端着一碗银耳粥从小竹林前经过。"娘，您在和小少爷说话？他还不会说呢，"紫英说，"要不要也给小少爷喝点银耳粥？"

"他还不能喝，"黄妈说，"少奶奶出门了，小少爷要娘。多少年不带孩子了，我都不知该怎么办了。"

紫英说："娘，那我来吧。我把粥送过去马上就回来。"

"还是我给太太送过去吧，"黄妈腾出一只手端住托盘，把小少爷送给了儿媳妇。没想到小少爷到了紫英怀里就不哭了，扔掉了手里的竹叶，用两只胖胖的小手拍着紫英的两腮，咯咯地笑起来。

"一伦乖，姨带你去玩喽！"

黄妈说："真是老了，小孩子都不喜欢了。"说完端着托盘去了老太太那里。

老太太抱着白猫站在窗户前，看着窗外光秃秃的藤蔓，只剩下虬结的藤了。天气不错，太阳升起的地方天空清明澄澈，早上的空气却是清冷的，老太太抱着猫的同时还抱着胳膊。那只肥硕的白猫仍是懒洋洋的，没有一点清早的精神，慢腾腾地用口水洗脸。黄妈把银耳粥放下，从衣架上拿了一件外衣给太太披上，"太太，别着凉了，清早寒气重。紫英给您熬的银耳粥我端来了，趁热喝了吧。"

"净让你们操心。"太太说，勉强喝了几口，吃了银耳就放下了。"黄妈你看这藤蔓，刚栽的时候少爷还和云生躲在里面藏猫猫哪，一晃多少年了，少爷都不在了。你说怎么回事，这些天我总是梦到过去的事。我梦到嫁到林家的情景，你那会儿手搭在花轿上走在我的右边。我梦到了给老爷修胡须，还梦到了生少爷的情景，醒来就是一身的汗，一脸的泪。黄妈你说我是不是该去见老爷了？"

"太太您可不能说。太太是最近心情不太好才做这些梦的，心情好了就没事了。"

"你让我心情怎么好得起来？小少爷呢？"

"紫英抱着玩哪。我也老啦，小少爷都不要我了，紫英一抱就不哭了。"黄妈说，帮着梳理猫的脊背。"要不我把小少爷给太太抱过来？"

"让紫英逗他玩玩吧。少奶奶出去了？"

"太太，我没敢跟您说。您是不是该给少奶奶提个醒了？"

老太太叹了一口气说："黄妈，林家不比过去了。"

"您就这么随她去？"

老太太笑了笑，问黄妈："那几家佃户怎么样了？实在不行就免了他们的租子。"

"云生说了，他们都是在哭穷，家里什么都不缺。一早云生就出门了，兴许下午就能把账给要回来。"

"那就好，"老太太说，抱着猫向门外走，"黄妈，去后花园里走走。很久没过去了。"

她们边走边说来到宜园的拱门前，听到紫英正逗得小少爷笑个不停。紫英站在水池边，没看见太太她们。她指着水里的人影问："一伦，那是谁呀？"小少爷伸着手去抓，紫英就用树枝把影子搅乱，小少爷找不到就啊啊地急，待水面平静下来看到人影时又笑了。

反反复复几次，紫英停下来，坐在石头上把一伦抱在怀里，小少爷不肯安静，指手画脚地乱动。紫英说："一伦乖，一伦不闹。姨教一伦说话好不好？乖，跟着姨说：一伦。"

小少爷啊啊地发出声音，口水流了一大串，兴奋地在紫英的怀里蹦起来。啊，啊，啊。老太太看着孙子这么高兴，看看黄妈也微笑起来。

"一伦真乖，姨再教你说简单的：娘。一伦你说：娘。"

小少爷还是啊啊地叫。

"乖儿子，叫我娘呀。叫呀。"紫英说着把一伦紧紧地搂在怀里，"一伦，叫娘呀。"

黄妈听不下去了，紫英这是在犯上哪。她刚要制止紫英，老太太打住了她，拉着她向园子外走。"紫英只是喜欢一伦，她想要个孩子，"老太太说，"紫英这孩子不容易，生不了孩子的女人比谁心里都苦啊。"

这话说得黄妈很伤感，声音都变了，黄妈擦着眼角说："太太。太太。"

# 2

海陵是个大镇，街街巷巷要全部转遍，步行还是需要几天的，在这么大的一个地方找一个人就更困难了。云生一大早就坐水蛇的小船来到镇上，大半天了，还是一点眉目都没有。他要找的是祝大夫。祝大夫的听壶堂关门上锁，人不知到哪里去了。他把听壶堂前前后后查看了一遍，还是无所发现。他觉得奇怪，祝大夫虽然人比较年轻，但在整个海陵名气却很大，方圆几十里治不了的病都来找他，平常门前都是排着一长串候诊的队伍的，现在却连个人影都没有。若是祝大夫出诊了，听壶堂里总该有个伙计在的。云生向周围的邻居打听了一下，邻居说，祝大夫几个月前就关了听壶堂，手下的伙计都遣散了，他说他要走，就走了。

"没说到哪儿去？"云生问邻居的一个老头。

"没有，"老头说，"很多人都问他的去向。一个鹅桥的女人来问过好几次了。"

"鹅桥的女人？"

"是啊。长得真好看，仙女似的。"老头旁边的老婆子说，"找祝大夫看病的，还抱着个孩子。"

"对，还抱着个孩子。"

云生已经走远了，他知道他们在说谁。街两边的商号和店铺林立，小商小贩的吆喝声不绝于耳。云生在街道上随便走着，一点线索都没有，只好走到哪儿算哪儿，见到哪个地方挂着悬壶济世的招牌就停下来进去，药房也进，进去就向里面的伙计打听，著名的祝大夫在不在这里开堂行医。伙计摇摇头。他又问伙计是否知道祝大夫的下落，伙计还是摇头。末了就烦躁地说："怎么都找姓祝的，他死了你们就都不看病了吗？"

一个上午没打听到一点关于祝大夫的消息。云生丧气地坐到一家小酒馆里，要了二两老酒半斤牛肉外加三个小菜和两个馒头，咬牙切齿地全吃下了。中午的太阳很好，暖洋洋地照到他的饭桌上，吃过午饭他就趴在桌上睡着了。被老板叫醒时，酒馆里只剩下他一个客人了。云生付了钱出了酒馆，又匆匆走了两条巷子，遇到顺眼的人就问一下，见到祝大夫没有？他们都向他摇头。他从巷子里出来，天已经半下午了，必须回鹅桥了。

云生一路走走看看来到镇子东边的石码头，说好在这里接他的水蛇还没把船摇过来。他看了看周围的船只，也没有认识的，就上了码头边的茶楼上，要了一碗热茶边喝边向楼下张望，等候水蛇。喝了一半，他看到少奶奶出现在码头上，看样子有点累，衣服松垮垮的，落满了尘土。云生下了楼，来到少奶奶身后：

"少奶奶，祝大夫找到了吗？"

少奶奶猛地转过身，退了两步说："你怎么会在这里？"

"找祝大夫呀。"云生笑着说。

"你找他干什么？"

"我心疼少奶奶一趟趟跑来跑去的，就想帮帮少奶奶，省得少奶奶的病没法及时诊治，误了时间可不好。"

"你跟踪我！"

"没有。少奶奶大街小巷地乱跑，跟踪有什么意思。我是心疼，才帮你找的。可惜祝大夫的邻居说，祝大夫已经死啦。"

"死了？不可能，"少奶奶说，"黄管家，我希望我的事以后你少掺和。"

"我懒得掺和，我就是想知道你为什么要去找那个姓祝的。"

少奶奶说："我应该告诉你么？"

"只是好奇，好奇而已。"

云生的态度变得恭敬起来，因为老虾的船来了。老虾站在船头说："少奶奶让您久等了。黄管家也在呀，黄管家也回鹅桥吗？"

"回，当然回。"

少奶奶已经踩着台阶上了船，云生也想上去。少奶奶说："老虾，船太小，三个人会沉下去的。"

"少奶奶说的是。黄管家，对您不住了，老虾的船太小，怕撑不住三个人。您看？"

"没事。老虾你先送少奶奶回去，"云生说，"我让水蛇来接我的，一会儿也就到了。"

老虾的船走了半袋烟工夫，水蛇就吆喝着过来了，说路上桨出了点差错，所以迟了，请黄管家原谅。云生上了船，挥挥手让他快点划，追上前面的老虾和少奶奶。

落日的色彩铺满河面，岸上的房屋、枯树和行人急速向后退去。两条船几乎同时到达鹅桥的石码头。此时已是夕阳半落，半个码头的河水不断变换着颜色，半河黑绿，半河暗红。刚下了船，就看见紫英抱着小少爷从鹅桥上迎过来，小少爷在风里对少奶奶摇晃着小手。少奶奶和云生一前一后走过去。

"少奶奶回来啦。"紫英说，接过少奶奶的包，把一伦还给少奶奶。"小少爷一天都很乖，一声都没哭，就是半下午时烦着蹦蹦跳跳，要少奶奶呢。"

"一伦，说谢谢紫英姨姨。"少奶奶哄着小少爷说。

小少爷啊啊啊地叫，流出了口水。

"云生，老太太问你那几家佃户的账要回来了没有？"紫英说。

"快了，"云生说，"我回去就向老太太禀告，他们说过两天就给。"

紫英说："那就好。"

三个人一路无话。少奶奶抱着小少爷走在最前，云生次之，紫英最后。过了一棵柳树，紫英开始越走越慢。她看着少奶奶和云生上了鹅桥，西边的天上是半残的橘红色的冷太阳，他们像是要走进太阳里。

## 3

现在的林家人都记得祝大夫的模样，个子高高的，脸庞清瘦，走路的时候喜欢用左手稍稍拎起白长衫的下摆，说话之前总要小声地清清嗓子。三十多岁了还没有婆媳妇，但看起来很年轻，像个读书人。其实本就是读书人，祝大夫的父亲就是海陵镇的名医，去世之后，子承父业，因为家学深厚，加上从小就跟在父亲身边习医，祝大夫挂起招牌之后很快成了父亲一样著名的大夫。少奶奶刚到林家时，云生就去过祝大夫的听壶堂了。大堂里是祝大夫给病人诊治的地方，终年弥漫着药香，整齐地摆满了置放药草的抽屉和瓶瓶罐罐。大堂后面是祝大夫的书房兼卧室，书桌上和架子上堆放着一摞摞古书，这间屋子里的味道和大堂里截然不同，是纸墨的香气。

少奶奶也去过听壶堂，是陪少爷一块儿去的，她对听壶堂的印象也很好。她回到鹅桥对黄妈说，去了一趟听壶堂，不吃药病也该好了一半了。那时候少爷身体不适，吃了鹅桥的大夫开的三剂药方也不见好转，反而加重了，少奶奶就陪着少爷来到听壶堂。

祝大夫后来亲自来到林家，这是他第二次来林家。也是云生把他请来的。因为少爷吃了他开的药依然不见效果，反而日甚一日地厉害起来，跑不了那么远的路去听壶堂了。祝大夫听到少爷病情加重的消息很是震惊，行医十几年来还没有出现过这种事情，他是公认的好大夫，即使让其他大夫头大的伤寒在他看来也不过尔尔。林家的人都看到了风度翩翩的祝大夫提着他的白长衫来了，后面跟着背药箱的小伙计。他先是详细地了解了少爷眼下的病情，又查看了按他的方子抓来的各种草药，结束之后清了嗓子对老太太他们说：

　　"这个方子没有副作用。"

　　然后开始给少爷重新把脉。当时的林家少爷已经不见过去的风采了，被疾病折磨得瘦了好几圈，脸色泛黄，嘴唇发乌，伸出的胳膊也变细变长了。胳膊上青筋凸起，脉搏的跳动清晰可见。祝大夫把住少爷的手腕，感到了烫人的温度，他心里吃了一惊，让少爷不要咳嗽。少爷一直不停地咳嗽，忍起来实在不是件容易的事，只好用手捂住嘴，憋得脸色青紫。

　　把过脉祝大夫又让少爷把上衣敞开。他把耳朵贴近少爷瘦骨嶙峋的胸膛，这里听听，那里听听，一只手示意别人不要发出声音。听完了前胸听后背。都听完了，又拨开少爷的眼睛，之后又查看了少爷的鼻孔和舌苔，然后缓缓地坐下来，自言自语地说："有点奇怪。"

　　少奶奶和老太太紧张地问："怎么回事？"

　　祝大夫站起来围着少爷的病榻转着圈子，说："这病我还是第一次见到。按理说，我上次开的方子应该能够遏制住病情，不应该恶化到这种地步。"

　　"大夫，请您再想想办法吧。您是海陵最好的大夫。"

　　"太太和少奶奶不要着急，病去如抽丝，偶尔有个反复也是正常的，"祝大夫说，"说实话，我也不能保证三两服药就能很快把少爷医好。但目前情况还不是太严重，我换个方子，先吃着，主要是稳定病情不让它继续恶化。我回去再查查典籍，考虑一下，这服药吃完了我就过来。"

祝大夫随即开了一个新方子交给少奶奶，让她亲自去药房给少爷抓药，让药房的大师傅千万仔细，药量一定适中。开过方子祝大夫就带着小伙计离开了，出诊费也没要。他说医好了再一起算账。

祝大夫的方子没能稳定少爷的病情，还剩下一服了，少奶奶不敢再拖延下去，决定亲自到听壶堂去请祝大夫。一大早坐船出门，一直到了黄昏才回到鹅桥，连个祝大夫的影子都没请回来。老太太守在少爷身边坐了整整一天，眼珠子都快望出来了，见到少奶奶疲惫的样子不免上火。

"请了一天了，大夫呢？"她说。

"祝大夫出诊，我等到了半下午才等到。"少奶奶说，"我跟他说了少爷的病情，他说他找到了少爷的病因，今天晚上就配药，明天上午就过来。"

老太太哭着说："还明天上午，你看少爷都咳嗽成什么样了！"

少爷已经咳出血了，嘴唇像涂了浓墨。现在已经快瘦成一把骨头了，皮肤都变成透明的了，四肢无力，躺在床上没法动弹，嘴唇和手一样不停地哆嗦着。

第二天上午祝大夫果然带着配好的药来了。他亲自为少爷煎药，不时指挥小伙计加大和减小火苗。药煎好后药汤倒掉了，加上从听壶堂带来的陈年雪水继续煎，直煎好了第三遍才让少爷喝下去。他把煎药的程序做得十分仔细，以便少奶奶、黄妈和老太太都能看明白。他嘱咐说，以后的药也要这么煎，一连喝上七天。

新配的汤药逐渐发挥了作用。两天以后少爷感到身上不是那么冷了。三天之后觉得呼吸稍稍畅快了，咳嗽也开始减弱，额头上甚至已经能冒出汗芽芽了。到了第五天，少爷可以微笑着逗逗一伦玩了。第六天已经能够坐在床上自己动手吃东西了，他的感觉很好，觉得体力在恢复，想吃点好东西了。老太太很高兴，决定明天让黄妈到集市上买菜，让云生去河里抓来最新鲜的鲫鱼，她要亲自下厨为少爷烧菜。

这期间祝大夫来过两次，发现药效显著很高兴，打算回去以后再配几服。每次来他都要给少爷检查一遍，根据病情告诉老太太及时加减药量。

老太太为少爷做的菜非常丰富，一样一样摆上了少爷病榻的方桌上。她坐在儿子的床边看着他吃，因为病情刚刚好转不宜大荤，每样只让他尝一点，红烧鲫鱼可以多吃几筷子，那是老太太的拿手好菜，也是少爷最喜欢的一道菜。少爷吃得很香，林家上下都很高兴，盼着少爷早日康复。

午饭过后，少爷开始睡觉。刚躺下时间不长，少奶奶在隔壁房间就听到少爷痛苦的喊叫声。她急忙跑过来，发现少爷正在床上打滚，满头满脸的虚汗。少爷抱着肚子喊疼。少奶奶不知所措，赶紧去找老太太和黄妈，等老太太和黄妈跑到病床前，少爷已经不动了。

少爷死前的模样很恐怖，两眼圆瞪，嘴巴洞开，双手抓紧了头发。最可怕的是裸露出来的皮肤，比如脸、脖子、手，透明中隐隐露出幽蓝色。黄妈替少爷合上眼时看到，少爷的眼珠子也变成了蓝色。后来黄妈给少爷擦洗身体时，发现他的皮肤整个呈现幽蓝色，以致显得皮肤更加轻薄和透明。老太太和少奶奶放声大哭，把少爷的尸体摇来摇去。黄妈一家也大声地哭。他们痛哭的时候有人敲响门环，云生抹着眼泪出去开门。

是祝大夫和他的随行小伙计。听说少爷已死，祝大夫大吃一惊，上次来看还是好好的，怎么突然就死掉了。他跟着云生跑进屋，在少爷的床前站住不动了。

"不可能，不可能。"祝大夫说，连清嗓子都忘了。

他给死去的少爷又检查了一遍，还是难以解释，他认为药方不会有问题。尤其是对少爷透出幽蓝色的皮肤大惑不解。他让屋子里的人详细回忆了少爷这一两天的生活情况，任何可疑的地方都不放过，还是没能找出破绽来。可能的疑问是，与丰盛的午餐有关。饭菜出了问题，或者是饭菜与正在服用的汤药相克，导致激烈的病变而死亡。但是少爷已经死了，这些推测也无法验证，菜是黄妈和云生操办的，老太太亲自下厨，汤药一直严格按照祝大夫的方子和方法煎熬。究竟哪个环节出了问题，谁也说不清楚。

少奶奶摸索着少爷发蓝的手说："会不会是中了毒？"

"不像，"祝大夫犹疑地说，"我认识几乎所有的毒药，从来没有见过这种中毒的症状。再说，饭菜都是自家人操办的，谁会去下毒呢？"

黄妈说："太太，我们一家跟着林家这么多年了，生死都是林家的人了，太太。"

"没你们的事，"老太太悲伤地说，"少爷命短，和别人没关系。祝大夫，谢谢了。"

第二天上午，林家为少爷做了简单的法事，下午就由云生带了十几个佃户，把少爷抬到林家祖坟下葬了。

# 第四章

## 1

一场冷雨在鹅桥连下了五天，下得人的心凉到了底。老太太前一段时间心情就不好，经这场旷日持久的大雨一浇，整个人显出了一种病态。也不是正儿八经的生病，就是觉得浑身上下里里外外都不舒服，不仅情绪烦躁，胃口也大不如前了，见什么都不想吃，原来不喜欢的饭菜现在见了就恶心。这可把黄妈给急坏了，老太太是林家的主心骨，出了事林家就完了。

下雨期间，黄妈把所有的家务都交给儿媳妇紫英，她专心留在老太太身边，陪她聊天，劝她偶尔吃点东西。老太太说的不多，吃的更少，看样子她好像就打算从此一天天地瘦下去。大部分时间里她们都在说过去的事，同甘共苦了几十年，两人有很多的话题可说。说那些少女时代的烂漫心情，或者林家过去的好时光。也会说到少爷和少奶奶。黄妈尽量不在少爷身上展开话题，怕老太太伤心；而少奶奶，黄妈实在是忍不住不说。说到底少奶奶是个来历不明的外人，这一点黄妈从来都是这样认为，尽管她只是一个下人。老太太不置可否，她很少说起这个经常去看大夫的儿媳妇。

"算了，不提了，"老太太说，"没胃口。"

黄妈也不知道她的意思是不想吃东西，还是不愿谈到少奶奶，所以也含混地说："太太，您这样下去可不行啊。林家就靠您了，您胃口不好咱们这一大家人可怎么办？"

老太太抚摩着白猫，安静地闭上眼，梦呓一般地说："顺其自然吧。"

大雨停了，外面的天放晴了，老太太还是不想出去走走。两个人就默默地坐在屋子里，偶尔说上一两句话。她们已经到了不说话也可以活下去的年龄了。紫英敲响了门，说给老太太送酱鹅翅来了。

"太太，娘，外面太阳好着哪，"紫英说，"我搬两个椅子到外面给你们晒晒太阳？"

"晒晒吧。当年我太公在世时常说，年纪大了晒晒后背会长寿的。我太公就活到了八十岁。"黄妈说，站起来要搀起老太太，"太太您看，难得一见的好太阳。"

老太太笑了笑，说："好吧。"

她们出了房间，紫英早已把椅子摆好了。另外摆了一张凳子放酱鹅翅的盘子。

"太太您尝尝，我让云生在五香胡顺子店里买的，"黄妈说，"颜色看着都好。"

老太太接过了盘子看了看又放下，说现在不想吃，过会儿再说。让紫英和黄妈也尝尝。紫英说不了，她还有事，要准备做饭了，就告辞去了厨房。黄妈说，这是专门买给老太太开胃的，她想吃自己会去买的。白猫闻到了香味，在老太太的怀里蹲不住了，喵喵地叫起来，伸着爪子去抓盘子里的鹅翅。

老太太说："想吃就让它吃吧，不能让它也跟着我挨饿。"撒手把猫放在放盘子的凳子上。猫吃得欢快，看得黄妈也咽口水。老太太遮着眼罩看院子里的阳光，微微有点头晕，她对黄妈说："乍见太阳不适应，我得先回屋躺一躺。"

黄妈把太太扶上床，刚说了几句话，就听到白猫喵喵狂叫，还有嘭当嘭当的跃动声。太太要起身看是怎么回事，黄妈让太太歇着，她出去。来到门外，看见白猫乱抓着在椅子和凳子中间跑来跑去，用头和身子撞椅腿。黄妈唤它也不听，一扭身跑出去了。黄妈跟在后面追，拐了几个弯白猫钻进了竹林里。黄妈跟到竹林，看到白猫在竹子中间狂暴地钻来钻去，突然倒下了，开始痛苦地打着滚，叫声凄厉。打了几个滚叫了几声之后，身体抽搐几下四腿一伸，不动了。黄妈钻进竹林，发现白猫已经死了，登时出了一身冷汗。她呆呆地蹲在白猫的尸体旁，觉得事情不妙。她仔细地环视一下周围，一个人没有，她拎起那只白猫出了竹林，努力装作若无其事的样子，犹疑之后把死猫塞进了旁边的石桌洞里，然后搬了一块石头把洞口堵上。

　　回到太太的房前，黄妈发现那盘鹅翅已经被猫吃掉了一小半，剩下的还留在盘子里。她轻悄地把盘子和鹅翅撒到地上，然后进了太太的卧室。

　　"黄妈，出了什么事？"

　　"没什么大事，太太您安心躺着，"黄妈说，"大概好多天不出门，猫憋闷了，发发狂。"

　　"它跑到哪儿去了？"

　　"出了院子了，太快，我追不上。对了太太，酱鹅翅也被猫打翻了。我去收拾一下。"

　　"你去吧黄妈，"太太说，"小东西也该撒个欢了。"

　　黄妈把剩下的酱鹅翅打扫起来，连同那个盘子，端到后花园墙边的角落埋掉了。

# 2

　　整整一个下午林家的人都在找那只白猫。黄妈说猫撒着欢跑出了林家院子，老太太想就让它出去转转吧，兴致足了就会回来了。可是午饭过后还没回来，老太太又睡了一个午觉，还是不见白猫的影子。她急了，这只猫跟了她好几年了，吃住都在一起，从没离开她超过两炷香的时间。她让所有人都去找白猫，她也亲自出了房间，推着小少爷的摇篮车在院子里转圈子，到每一个角落里唤她的爱物。其他人都到院子外边找，云生甚至还招呼了周围几户人家帮着找。

　　哪里找得到，他们和帮工几乎把整个鹅桥都跑遍了也没找到，连白猫的影子都没打听到。黄昏时分黄妈他们都从外面回来，垂头丧气的样子让老太太十分难过。这时候有户佃农敲门说，要送样东西给老太太。老太太一听很兴奋，以为是他们帮忙将白猫找回来了，让云生赶紧去开门。那个佃户的确是抱了一只白猫进来，但那是一只小好几圈的小白猫。

　　"太太，我们找不到您的那只白猫，就送您一只小的白猫吧。"佃户说，"我表姐家的，刚出生半年，很听话的。"

　　老太太哭笑不得，接过了，谢谢他，让黄妈找了几件旧衣服给他带回去，说是给孩子们换换身。佃户千恩万谢地回去了。

　　"能到哪里去了呢？"老太太还惦记着白猫。

　　"说不定被谁家的公猫拐跑了，"云生说，"那可是一只母猫。母的什么事干不出来？"

　　紫英说："太太这么难过你还说笑话！"

云生不说话了，乜着眼看少奶奶，发现她也在瞪着自己，便扯个幌子先出去了。

晚饭桌上谁都不说话，闭口不提一个猫字，倒是佃户送来的小白猫不识好歹，围着桌腿喵喵地叫。别人不敢去惹它，又不知该怎么办。老太太把大白猫专用的猫碗拿过来，夹了一些鱼肉给它，它不吃，还是叫。

"想娘了，"老太太摸着小猫的脑袋，对云生说，"明天你把它送回去吧，叫得我心里慌慌的。"然后就放下碗筷，说吃好了，抱着小猫回自己的房间了。

这顿饭吃得黄妈一身冷汗。老太太离了饭桌一会儿，她也放下了筷子，让少奶奶慢吃，她吃好了。然后对紫英说："吃完了你收拾一下，我去看黄豆泡好了没有，一会儿该磨豆浆了。"

黄妈出门擦了一把汗，这辈子从来没在饭桌上这么害怕过。她一路在心里骂着，伤天害理啊，丧尽天良啊，哪辈子造了这个孽啊。黄妈没有直接回厨房，而是在院子里慢慢地走，像往常饭后都要散散步一样，她慢慢地走。兜了好几个圈子终于来到那个石桌前，还好，那块石头还堵着洞口。她装作走累了，掐着腰坐到石凳上，向四周看了看，低头去整理绑腿，她透过更小的洞口看到了一条模糊不清的尾巴，一颗心稍稍落了地。

夜晚来临，林家今晚睡得似乎比平常还要早。都睡吧，黄妈咕哝着，在厨房里吱吱呀呀地转动小磨盘，一手不时地往磨眼里添黄豆。白里泛黄的豆浆从磨槽里流下来，流进脚前的木桶里。她缓慢地转着小磨，油灯忽闪忽闪的，不知道哪里来的风。没有什么门把风一丝不剩地关在外面。黄豆越来越少，终于磨完了。她把豆浆盖好，用清水洗净了小石磨，把它搬到了该去的地方。所有的事情都干完了，黄妈疲惫地坐下来，用草纸卷了一支烟点上，抽第一口就被呛得咳嗽不止。

鹅桥午夜的第一声鸡叫响起来了，紧跟着错落有致的啼鸣从四处升起。黄妈掐灭烟卷，从木柴堆里拿出了一大张草纸，提着灶前的炭火铲，吹灭油灯出了门。

夜漆黑，鸡叫声好像离林家的院子很远，一声声像梦幻一般渐渐稀落下去。院子里还是往常的沉寂，到处是憧憧黑影，看不清十步以外的东西。黄妈把脚步放轻，抄近路来到石桌边。尽管什么也看不清，在搬开石头之前她还是四处看了看。一团黑乎乎的东西还在，她迅速地用草纸把它严严实实地包上，抱在怀里，拎着火铲向后花园急匆匆走去。

没有一点动静，黄妈能听到自己的脚步声和心跳声。宜园西北角有一片闲置了多年的荒地，她在那里靠墙的最隐秘的地方挖了一个坑，把草纸包埋了进去。荒地里雨水还没有完全吸收，糊弄了她两脚泥。出了那片荒地，她没有忘记用火铲把鞋子上的泥巴抹掉。整个过程她都能听到自己的心脏像一面大鼓在狂敲不止。

出了后花园黄妈放松下来，全身的骨头仿佛散了架，走路都慢了下来。走到紫藤廊那儿，突然听到有人叫她"黄妈"，这一声吓得她几乎魂飞魄散。定定神才听出是老太太的声音。

"黄妈，你还没睡？"老太太说，从另一边的小路上过来。

"我睡不着，到处走走。"黄妈努力镇定自己，"太太小心着凉，夜深了。"

"我也睡不着，"老太太说，"黄妈，真是感激你了，为林家操心了一辈子。"

"太太说的哪里话，打小跟着太太，林家就是我自己的家。我习惯了，睡前要把院子查看一遍才能放心。"

"黄妈辛苦了，早点睡吧。我也回去了，霜重。"

黄妈看到老太太披着一件晃晃荡荡的外套转身走了，像一个纸剪的影子。

# 3

少奶奶本来没打算出门到镇上的，可是半中午的时候老虾跑来，向她说了几句话，她突然决定马上乘坐老虾的小船去海陵。当时紫英正在少奶奶房中，按照少奶奶的吩咐，她炒了一盘葵花子端过去。少奶奶爱吃紫英清炒的葵花子，稍稍洒上一点盐水和辣椒水，她喜欢这个独特的口味。紫英把葵花子端过去时，老虾正等着少奶奶动身。见到紫英，少奶奶很高兴，说来的正好，正想把小少爷送过去让黄妈看着，她要去镇上。

"去镇上干什么？"紫英问，说出口才想到自己不该问。

"找祝大夫看病呀，"少奶奶说，"你们不是都知道么？你和黄妈帮着把小少爷带好了。"

紫英答应着，把小少爷从摇篮车里抱出来，想了想又放进车子里。"少奶奶，我把车子一块儿推走了，娘一早出门了，老是抱着小少爷我怕我一个人忙不过来。"

"推去吧。对了紫英，你和太太说一声，我会尽早回来的。"少奶奶说着，找了一件挡风的外套，锁上房门和老虾一起出了院子。

紫英推着小少爷慢腾腾地走，一路逗他开心。"一伦，你看那个女人不要你了，去找那个祝大夫了，"紫英小声说，"叫我娘，以后我就是你的娘啦。"

她空闲下来就把小少爷抱在怀里，干活的时候就摇他的摇篮车，因为黄妈出门去了。她当然不知道黄妈出门干什么了，就是黄妈自己也是出了门才知道要干什么。

昨天夜里遇到太太以后，黄妈就开始忐忑不安，不清楚太太是否发现了什么可疑之处。一夜都没睡好觉，头脑里乱糟糟的。早饭过后，紫英问她今天有哪些事情要做，她稀里糊涂地说，你看着做就行了。

"娘您有事？"儿媳妇问。

"我想出个门，"黄妈随口说，"有点小事。"

然后就真出了门。出了门她愣了半天，决定去五香胡顺子卤菜店。胡顺子卤菜店是鹅桥一家老店，靠着祖传的手艺做卤菜，多年来生意一直很好。老爷在世时，老板胡顺子定期给林家送卤菜，林家衰败以后，就不了了之了，林家也没有能力常年不断地吃各种卤菜了。现在她已经来到了卤菜店里。店里摆着各式各样的卤菜，发出诱人的香味。老板胡顺子见黄妈进了店，满脸堆笑迎上来。

"黄妈您来啦，想要什么说一声我送过去就是了。老太太、少奶奶和小少爷好吧？"

"托胡老板的福，好着哪。有酱鹅翅吗？"

"当然有，"胡顺子指着装在一个瓷盆里的一堆卤好的酱鹅翅，"老太太最爱吃这个了。"

"这鹅翅有问题吗？"黄妈的问题让胡顺子陡然瞪大了眼，黄妈赶紧改口说，"噢不是，我是说，我们家云生昨天来买过酱鹅翅没有？"

"昨天？不是，是前天来买的，那会儿雨还没停呢。说老太太胃口不好，买给她老人家开胃。"胡顺子油汪汪的嘴不住地说，

"黄妈这次要多少？"

"半斤，就半斤吧。"

出了卤菜店黄妈就开始小心翼翼地吃纸包里的酱鹅翅，一边吃一边注意自己的变化。她走得很慢，半斤鹅翅吃光了也没有什么异样的感觉，只是觉得味道的确好，还想再吃。什么异样的感觉都没有让她茫然若失，脑袋里突然一闪，她知道接下来该去哪里了。

向右拐进了竹竿巷，这是鹅桥集市的中心，也是鹅桥最为繁华的街道，鹅桥一大半有名的店铺都集中在这条巷子里。因为是条老街，道路狭窄，所以集市的时候不许车辆通过，只准步行。现在没赶上逢集，来往送货的马车牛车和驴车挤满了巷子。黄妈走走闪闪，进了鹅桥最大的一家药房康泰大药房。

"这里有毒药吗？"黄妈问一个年纪不大的小伙计。

"毒药？老板不让卖毒药，只有砒霜。您要么？"

"砒霜？最近你们店里有人来买砒霜吗？"

"好像没有，出了什么事？"

"不是，随便问问。"

"老双叔，"小伙计对正在抓药的老头喊，"我们这里最近卖过砒霜吗？"

"快半年没卖过了，"老头说，"谁买那东西干什么！"

黄妈笑笑说："就问问。那好，谢谢啦。"

小伙计看她也没有买药的意思，就冷下了脸，爱理不理地说："慢走啊，下次再来。"

出了康泰大药房，黄妈辨清了方向，开始往另一家药店走去。鹅桥一共两家卖药的，除了康泰就是门面和影响小一点的金象药店。因为店面小，林家抓药很少到这家去。金象在前门街，道路宽敞，但是顾客稀少。黄妈刚进去就有伙计迎上来。

"您老要点什么？"

"毒药。你们这里有多少种毒药？"

"您要毒药？我们有砒霜。您是干什么用的？"

"别的还有什么？"

"别的就没有了，"伙计说，"砒霜很管用的，灭老鼠效果最好。前几天还有人来买砒霜灭老鼠呢。"

"什么人买这么贵的药去灭老鼠？我不信。"

"我说的是真的。哪一天记不清了，听别的抓药的人说，好像是林家的下人，蛮好看的一个女的，她就是买回去灭老鼠的。"

黄妈一听，腿都软了，扶住柜台才没倒下。

"您怎么啦？"小伙计说，急忙从柜台里出来，"要请大夫么？坐堂的大夫刚出去了。"

"没事，就是头有点晕，"黄妈说，掐着脑袋出了药店，"老毛病了。"

# 第五章

## 1

黄妈回到家已经是太阳落山的时间了。她觉得身上一点力气都没有，每走一步都很艰难，在回去的路上拐进了一片野地里，一屁股坐到地上。空无一人的大野地，野火烧过的地面倍显荒凉，那些没有经过大火的枯草紧紧地抱住地面，以免被大风吹跑。黄妈看着这片干涩阔大的野地，放开嗓门大哭，哭了很长时间才收住眼泪。哭得差不多了，难过和茫然也减轻了不少，这时候太阳已经西斜，她记起自己还没吃午饭。从野地出来黄妈的速度就快了，拳头攥着一路都没松开。到了家里，紫英正一边揉面一边和摇篮车里的小少爷说话，满脸都是做娘一样的幸福。黄妈一句话没说，抓着紫英的胳膊就往外拽，吓得小少爷在车里大哭起来。

"娘，您要干什么？"紫英看到婆婆气势汹汹的样子也有点害怕，"我在揉面哪。娘，您把一伦吓着了！"

黄妈将小少爷抱在怀里，拖着儿媳妇就往外走，"你跟我来！"

小少爷哭了两声就止住了，两个大人拉拉扯扯他看着新奇。紫英叫唤着却挣不开，婆婆尽管一手抱着小少爷，另一只手依然很有力气。紫英跟着婆婆走，后来干脆不再挣脱，倒牵着婆婆的手了。她们从小路中间穿过，进了后花园。

"娘，您带我来这里干什么？"

黄妈不说话，一直往前走，直到把紫英带到西北角的那块空地。

"挖！"黄妈指着那块新鲜的掩埋的痕迹，"快挖！"

"娘，"紫英抖着沾着面粉的两只手，胆怯地说，"我拿什么挖？"

黄妈一把将小少爷塞给紫英，蹲下来用手刨泥。雨水浸透的泥巴还没干，黏糊糊的弄了她一手。黄妈气喘吁吁地挖，把泥块扔到一边。紫英看到一个包裹着草纸的东西显露出来。

"白猫！"纸包打开后，紫英叫了一声，手臂一松，差点把小少爷摔下来。"不是跑丢了吗？"

"都是你干的好事！"

"您在说什么，娘？这与我有什么关系？"

"猫是吃了你下了毒的鹅翅才死的！"黄妈说，"你忘恩负义啊紫英，太太对我们恩重如山，你怎么能狠心去下毒呀！"

"我没在鹅翅上下毒，娘。"

黄妈声色俱厉地说："你还抵赖！你说，你为什么要毒死太太？"

"我没有！"紫英哭起来了，小少爷也跟着咧开嘴哭。"娘，您看，猫身上怎么变蓝了？"

黄妈仔细看，果然白色的毛中透出蓝颜色来。她再次蹲下来，谨慎地拨开毛丛，那些蓝色是从根部贴近皮肤的部位开始变蓝，猫皮更蓝，半透明的，那种幽幽的蓝，幽蓝。多么熟悉的幽蓝，刺得眼睛发痒。黄妈记起少爷死时的样子，少爷也是全身幽蓝地死去的。黄妈也害怕了，她不知道这只猫什么时候也变蓝了。她哆嗦着手去扒开猫眼，猫眼也蓝了。黄妈坐到了地上，什么话也说不出来。

"娘，赶快把猫埋上我们回去吧。"

"回去？"黄妈愣愣地说，"砒霜呢？你把砒霜放到哪儿了？"

小少爷还在哭，鼻涕眼泪一起往下流，紫英怎么摇晃也止不住他的哭声。

"我哪来的砒霜，娘？您糊涂了。"

"我去过金象药店了，伙计说你从那里买了砒霜。砒霜在哪儿？"

"我拌成老鼠药了，我是用来灭老鼠的。娘，你看这猫，都成蓝猫了，跟少爷那时候一样。就是把砒霜吃下去也不会变成这个样子。"

这个黄妈倒是懂得的。但她还是不放心，"灭老鼠你用砒霜干什么？家里不是有老鼠药吗？"

"娘，我是想把它们全杀死，我恨透了这些老鼠！"

正说着，老太太穿过拱门进了宜园。黄妈看到她时她已经走过来了，还对她们说着："黄妈，你们在干吗？我听到小少爷一直在哭。"

掩埋死猫已经迟了，黄妈干脆心一横，向着老太太的方向跪倒在烂泥地上："太太，太太啊。"

老太太走过来，急忙上前要扶起黄妈，"快起来黄妈，"她说，"黄妈你这是干什么？"然后看见了通体透出幽蓝色的白猫，啊地叫了一声，忍不住吐了出来。"这猫，这蓝色，这是怎么回事？"老太太手指哆嗦，整个人抖成一团。

"太太，我该死啊，我对不起您！"黄妈一个劲儿磕头捣蒜。阳光落尽，她弓起的身子只占据了一小块稀薄的阴影。

老太太说："少爷。少爷。我的儿。"

他们听到前院里少奶奶恐惧的叫声，"快来人哪，云生中毒啦！快来人哪！"

## 2

按照老虾指点的地方，少奶奶终于找到了祝大夫。这些天来少奶奶一直在找他，不仅自己找，还托了很多人打听他的下落。早上老虾来找少奶奶就是为了这事，他的一个亲戚得到消息，说祝大夫还在海陵，住在一个很少有人知道的小地方。待在那里干什么不知道，反正是找到了。少奶奶很高兴，坐着老虾的小船再次来到镇上，由老虾和他的亲戚带路，穿过拐弯抹角的大小巷子，在一个小院里见到祝大夫。

祝大夫现在住在他的姐姐家，还是孤身一人，看上去老了不少。那种风吹日晒之后的苍老，人更瘦了，也更瘦出风骨了。见到少奶奶，他笑了一下，说："听说你一直在找我？是不是为了林少爷暴亡的事？"

"你怎么知道？这么长时间祝大夫到哪里去了？"

"说实话，就是为了林少爷的事你才找不到我的，"祝大夫说，"当年林少爷死前的症状我很疑惑，我不相信自己的方子会导致林少爷的死亡，更不相信会出现全身发蓝的反应。但是当时，因为林少爷已经死了，不管怎么说，他也是吃了我配的药以后才死的，而且那些食物我认为对病人是不会产生什么致命影响的，所以我对我的药方产生了怀疑。后来很长时间一直为此耿耿于怀，查看典籍认真钻研，希望能够找出其中的破绽，然而却一无所获。"

"那你为什么把听壶堂也关了？"

"这就向你解释。半年前，有一天我在街上看见你们家的管家黄云生，突然想起他曾和我说过一句话。那是我为少爷新配了方子以后他说的，他送我到石码头上船，我上船的时候他说，祝大夫，少爷身体越来越不行了，出了什么事都是正常的，你不要见怪啊。我当时还觉得可笑，我是大夫，什么样的病情我没见过，用得着你来告诉我。就这么转了一下念头，就忘了。那天见到他，我突然又想起这句话，觉得其中好像隐藏深意，然后就想到了毒药。"

"你是说云生真的在少爷的饭菜里下了毒？"

"当时只是想想，我没有证据，因为我从来没见过那种毒。所以我决定到各地去游历一番，搜集各地的毒药，于是就关了听壶堂。这是解决折磨我这么长时间的问题的唯一方法。"

"这么说，你找到了？"

"找到了。就在南方的一个小城里，我从一个年迈的大夫那里证实了那种毒药，它的症状就是通体变蓝，半透明的幽蓝。"

少奶奶的疑问解开了。她知道自己早该怀疑是云生干的，也的确怀疑少爷死于毒药，但是和祝大夫一样，缺少足够的证据。

谢过祝大夫，少奶奶找到老虾，坐上船回鹅桥。她的兴奋没持续多久便被另一个问题困扰了，即使知道是云生毒死了少爷又能怎样，她能把云生怎么样？多年来是非恩怨缠在一起，谁都没法奈何对方。她一路盯着水面上的残红发呆，因为无可奈何而两眼肿胀。但是当她见到云生时，立刻觉得不能就这么不了了之。

云生正在石码头和几户佃农要账，有点像讨价还价。这几天他一直待在石码头上干这个事。见到少奶奶，云生向她问好。

少奶奶没理他，而是背着身子说："你跟我回去，我有事要问你。"

"少奶奶你看我这里很忙，谈妥了水猪家的事就回去。你等我一会儿，马上就来。"

少奶奶没有回答，一个人回去了。云生走路比她快，少奶奶到了家刚把衣服换好，云生就到了。

"少奶奶，找我什么事？"云生跷着二郎腿坐下来，顺手抓起盘子里的葵花子嗑起来，"是不是祝大夫又没找到，心里不高兴？"

"你这个歹毒的禽兽，不要吃我的葵花子！"

"我老婆亲手炒的葵花子我为什么不能吃？"云生一把将她推过去，"可是你叫我来的。有什么事说吧，是不是认为一伦该有个爹了？"

"你去死吧！你不是人！"少奶奶发起火来整个人为之一变，"你竟然给少爷下了毒！"

云生愣了一下，马上又恢复了笑脸，说话时吧嗒吧嗒地吃着葵花子。"你终于找到那个姓祝的了。他想明白了？早知道他想明白了我就把他也给一块儿送走算了，"他说，"不过现在想明白了也没用，都死了好几年了，骨头都变成土了。再说，有什么意义呢，早晚你都是我的人，你真想一伦做个没爹的孩子？"

"黄云生，你这个恬不知耻的畜生！一伦根本不是你的孩子。"

"你以为这么说我会相信？我自己种下的种我心里会没个数？你是说我不配？我跟你说，真正不配做一伦父母的是你，你忘了你是从哪里出来的？"

少奶奶抓起针线盒猛地砸过来。

"别生气嘛，秀琅，有话好好说。"云生吃得满嘴角粘着葵花子的壳，"等我把老太太也收拾了，林家就是我的，紫英那个不下蛋的母鸡，我休了她。我们和和美美地过小日子，怎么样？"

"你还要对娘下手？"

"什么娘啊娘的，你还真以为自己是少奶奶呀。昨天不知怎么失了手，要不你娘早就成死尸了。"

少奶奶抓起靠背又砸过去，刚砸到云生的头上他就抱着肚子从椅子上摔下了地，桌上的一堆瓜子壳也跟着纷纷落地。"哎呀我的肚子，我肚子疼！"他在地上翻起滚来，"秀琅，你在葵花子里下了毒？"

"我不像你这样歹毒，喜欢给人下毒。你想打滚就滚吧，少玩这种下三烂的把戏。"

"我真的肚子疼，秀琅，快找大夫！"

"别装了，紫英炒的葵花子，哪来的毒。"

"快，快叫，人来！"云生断断续续地说，脸上大汗淋漓，面部肌肉都扭曲了，整个人缩成一团，抖个不停。"我，要，不，不行，了。"

少奶奶这才意识到问题的严重性，放开喉咙却发不出声，喊了几次才喊出来："快来人哪，云生中毒啦！快来人哪！"

黄妈他们跌跌撞撞地跑过来。云生还在地上翻着滚叫唤，少奶奶则吓呆了，瞪大眼举着两手不知所措。紫英看见地上撒了一地的瓜子壳，大叫一声："云生，我害了你！"

黄妈知道儿媳妇的砒霜用到哪儿去了。

# 3

"太太，我只是想做一伦的娘，"紫英跪在老太太面前，泪流满面，"我是个女人，我想有个自己的孩子。一伦是云生的儿子，也就是我的儿子。有少奶奶在，我怎么做一伦的娘啊？"

"你胡说，谁说小少爷是云生的孩子？！"少奶奶气愤地说，"他是少爷的孩子，是林家的根。"

紫英就把那天夜里在宜园里听到的谈话向老太太和黄妈详细地转述了一遍。老太太坐在藤椅里，面无表情。跟前跪着紫英、黄妈和少奶奶。

"都起来吧，"老太太说，"林家已经这样了，跪着还有什么意思？"

三个人相互看看，说："太太。娘。"

"都起来。秀琅你也起来，你把事情给我说清楚，让我这把老

242

骨头死也做个明白鬼吧，要不我怎么去向老爷交代啊。"

少奶奶说："娘，一伦的确是少爷的骨肉，我对天发誓。您一直都怀疑我来路不正，是的，我来路不正，我和少爷、云生骗了您老人家几年了，该到头了。我是清江浦的一个妓女，我叫蓝秀琅。"

在远离海陵的南方有个叫清江浦的地方，大运河从那里穿过。运河边上有很多石码头，从一个名叫"石码头"的石码头上岸，沿着青石板路向前走，拐两个弯，就是清江浦著名的花街。花街之名名副其实，街道两边住着很多来自各地的妓女。花街是一条狭窄的小巷子，青石板被无数双脚磨得发亮，一到傍晚青石板上就渗出水来。花街的居民面对面临街而居，家家户户都是青砖小瓦建造的门楼或门面房，有门面房的是用来做各种各样的小生意的，有门楼的人家门口多半挂着一个小灯笼，向远道而来的客人提醒，这个院子里有他们想要的女人。院子都是正经的人家，他们自己家的女人不做这种生意，而是把院子里的某一两间房子租出去，给那些从各地来到花街的妓女用来赚钱。熟悉清江浦的人都知道，最好最漂亮的妓女不在那些有名有姓的青楼馆子里，而是在清幽古朴的花街。蓝秀琅就是在花街的一个小院里认识了少爷和云生。

正如少爷说的那样，蓝秀琅十岁死了父母，一直跟在叔叔家过活，十七岁时叔叔嫌她烦了，打算把她卖到一家叫玉如意的窑子里。她无意中听到了叔叔和婶娘的密谋，决定提前逃走，从叔叔家里偷了一点散碎银子半夜里离开了叔叔家。她在自己脸上抹了灰土，东游西逛转了几天，钱快花光了，还不知道自己该到哪里去，该怎么活下去。后来听说到花街做妓女可以赚钱养活自己，咬咬牙跺跺脚，收拾干净就去了。她用剩下的那点钱租了一户人家的一间小屋子，开始做起了皮肉生意。

真正做了她才发现，并非想象的那么容易。不仅人辛苦，钱也挣不了多少，尽管她长得很漂亮，但因为是个外地人，在清江浦和花街无亲无故，还是受到周围妓女的欺负。但她人长得好，好歹有了点名气。少爷和云生就是冲她的名气去的。

最先是云生。那时候他和少爷在清江浦做生意。少爷在客栈时他溜出来，打听到花街和秀琅的地址就来了。他喜欢秀琅，秀琅也觉得他不错，两个人经常在一起。秀琅想让云生带她走，她不想再做这种事情。可是云生说，现在不行，他是一个穷光蛋，什么都没有，想带她走也没办法。而且，他还要和少爷待在这里做生意，走不开。

有一天云生又去花街，秀琅告诉他，她怀上了他的孩子，一定要让云生带她离开这里。云生没办法只好答应，等到他打算来带她离开时，那户人家不让秀琅走了，原因是前两天来的一个嫖客临走时偷了他们家祖传的一串珠子。这事因秀琅而起，嫖客跑了，只好找秀琅算账，赔了钱才能走人。户主说了那串珠子的价钱，差点没把云生吓死，三百两银子。

云生想大了脑袋也没想出个办法来，到哪里去弄三百两银子啊。还是秀琅想出了主意，说可以让少爷出这笔钱，让他把少爷带到花街，只要少爷喜欢秀琅就好办了。云生听了不乐意，秀琅开导他说，没什么，反正孩子是黄家的种，不过是借林家的鸡生蛋，先离开花街再说。云生没办法，只好试一试了。

少爷果然很喜欢秀琅，很快就和秀琅打得火热，有点乐不思蜀了。某一天秀琅告诉少爷，她怀上林家的骨肉了。少爷听了且喜且忧，喜的当然是林家有后了，而且他又喜欢秀琅；忧的是秀琅风尘出身，他担心老太太不答应，而且还要偿还户主三百两银子，这段时间运气背，做什么生意都赚不了钱，三百两对他来说也不是个小数目。但是秀琅一遍遍地在他面前提起肚子里的孩子，少爷终于挺不住了，花了三百两银子把她给带出了花街。

"云生一直以为一伦是他的孩子，其实不是，"少奶奶说，"我是骗他的，我想只有这个办法他才能带我出去，那时候我还没有怀孕。谁知道后来出了珠串的事。然后少爷出现了，我没想到我会真心喜欢少爷，还怀上了他的孩子。这些年来，我之所以没把真相告诉云生，是担心他揭穿我的来历。我不想让别人知道我做过那种事情，我想做一个干干净净的女人。我和少爷的感情很好，云生嫉妒了，大概因此才起了杀心。从少爷奇怪的暴亡开始，我就怀疑是云生下的毒手了。这几年来，我一直忐忑地活着，没想到，该来的都来了，一样也没少。"

太太、黄妈和紫英听得入神，少奶奶的每一句话听起来都让她们想起过去，每一句话都像是真实发生过的。但是听完了之后，她们又恍惚了，到底哪些是真实的？过去的都过去了，像一场大梦，在这场梦里，她们依稀看到几年前一个冬天的黄昏，林家的门前站着三个人，每个人的脸上都带着微笑，那些微笑缥缈不定，分不清是真是假。

2003 年 4 月 28 日 21：25，在北大万柳

# 冬至如年

　　人老了对生命和死亡的看法会变。七十岁后，祖母突然热衷于谈论死亡。之前有二十年她对此毫不关心，每过一天都当成是赚来的，一年到头活得兴兴冲冲，里里外外地忙，不愿意闲下来。这二十年的旷达源于一场差点送命的病患。五十岁时，医生在我祖母肺部发现了可疑的阴影，反复查验，尽管好几家医院都说不清楚这阴影究竟是个什么东西，但结论惊人地相似。当时正值寒冬，马上到春节，医生们说：回家准备后事吧，过不了这个年。那时候中国还处在灰暗的20世纪70年代，医生的话跟老人家的语录一样权威。一家人抱头痛哭之后，把家里所有的钱都拿出来，又借上一部分，决定再跑一家医院。去的是大城市里的一家军队医院，在遥远的海边上。其实也不远，一百里路，但对一个一辈子生活在方圆五公里内的乡村女人来说，那基本上等于天尽头。我祖母有生以来第一次看见了大城市，有楼有车，马路上的人都有黑色的牛皮鞋穿，她觉得来到了天堂，死也值了。她做好了准备。可是医生在经过繁复的检查之后，告诉我们家人：尽管没查出明确的毛病，但应该也不至于死，回家好好活，活到哪算哪。

　　等于从鬼门关前走一遭又回来，祖母满心再生的放松和欣喜，决定遵照最后一个医生的嘱咐：活到哪算哪。就活到了七十岁。

七十岁的时候身体依然很好，好得仿佛死亡的威胁从没降临过。这个时候，祖母突然开始谈论死亡。那时候我念中学和大学，每年只在节假日才回家，一回来祖母就跟我说，在我不在家的这些天，谁谁谁死了，谁谁谁又死了。白纸黑字，好像她心里有本录鬼簿。祖母不识字，也不会抽象和逻辑地谈论死亡，她只说一些神神道道的感觉。有阵风过去，她就说，有人死了。一块黑云挡住太阳，她就说，谁要生病了。满天的星星里有一颗突然划过夜空，她就说，某某得准备后事了。有一年暑假我在家，祖母坐在藤椅上觉得浑身发冷，她跟我说，这一回得多走几个人了。

的确，年纪大一点的老人经常会约好了一起死，七十五岁的这个刚埋下地，七十四岁的那个就跟着去了。一死就一串。过去我不曾在意过。到祖母七十多岁开始不厌其烦地谈论死亡时，我才发现，在乡村，死亡真的像一场瘟疫，开了一个头，总会一个接着一个。所以祖母说，你看巷子里的风都大了。她的意思是，人少了，没个挡头，风就可以越来越肆无忌惮地满村乱跑了。在七十多岁的某一年，祖母开始抽烟、喝酒。过去活得劲头十足，每天都像过年，现在要把每天都当年来过。七十多岁了，祖母还是很忙，但动作和节奏明显慢下来，从堂屋到厨房都要比过去多走几步，往藤椅上一坐，经常一时半会儿起不来。她肯定很清楚那把老藤椅对于她的意义，所以经常擦拭和修补；她坐在藤椅里慢悠悠地抽烟，目光悠远地对我讲村里已经发生的、正在发生的和将要发生的死亡。

现在想起祖母，头一个出现在我头脑里的形象就是祖母坐在藤椅里抽烟。祖母瘦小，老了以后又瘦回成了个孩子，藤椅对她已经显得相当空旷了。她把一只胳膊搭在椅子上，一只手夹着烟，如果假牙从嘴里拿出来，吸烟时整个脸都缩在了皱纹里。除了冬天，另外三个季节藤椅上都会挂着一把苍蝇拍，抽两口烟她就挥一下苍蝇拍。有时候能打死很多苍蝇和蚊子，有时候什么都打不到。这个造型又保持了二十年；也就是说，从祖母热衷于谈论死亡开始，时光飞逝中无数人死掉了，祖母在连绵的死亡叙述中又活了二十年。

临近九十岁的这几年，祖母每天都会有一阵子犯糊涂。除了我，所有半个月内没见的人她都可能认不出来。即使是我，她最疼爱的唯一的孙子，有一次在电话里也没能辨出我的声音。我在北京，隔着千山万水跟她说了很多嘘寒问暖的话。然后她放下电话，跟我姑妈说，刚才有个男的打来电话，让我多喝水，多吃点东西，谁啊？

还有一个重大变化，祖母不再谈论死亡。烟还继续抽，酒也照样喝，一天里有越来越多的时间坐在藤椅里，偶尔挥动苍蝇拍，话也越来越少。死亡重新变成一件无足轻重的事。

因为间歇性的糊涂，我们经常把她的沉默也当成病症之一，看她安详地坐在藤椅里，不忍去打扰。只有等祖母想要说话了，我们才陪她聊一聊。祖母开始谈论各种节日和节气，往欣欣鼓舞上谈。这个我能跟她老人家谈得来。土节、洋节，各种稀奇古怪的节日，我基本上都知道一点，传统的二十四节气也能扯上几句。我还不识字的时候，二十四节气歌和一些农谚就会背了，这大概是大多数乡村知识分子家庭里的孩子都要经历的最早的知识启蒙。不过启蒙完了也就完了，这些年我跟土地渐行渐远，与乡村为数不多的联系之一，也仅是靠着那点童子功，能把二十四节气有口无心地背下来了。祖母在谈论这些节气时像回到了二十年前，而一旦回忆起在这些节气中的个人史，祖母思路之清晰，简直就是回到了四十年前。某年某节，某件事发生了。某年某节，某个人如何了。她用她为数不多的清醒时光回忆了九十年里的各种节日和节气。

"那个时候，"祖母说，"我就想活到过年。"

我明白。医生当时断言，她过不了年。"都过去的事了，奶奶。"

"现在不想了。过了年也就那样。"

祖母的口气里有一个胜利者在。但她对春节还是相当看重。实际上是最看重，在她的数点里，一生中最大的事情不少都发生在这个天寒地冻的日子里。因为过年的时候一家人总要团聚在一起，一夜连双岁，是终点也是起点。

但祖母去世在冬至的那一天：她完全是掐着点儿要在那天离开人世。这当然是我们事后的推断和发现。

是我们迷信么？祖母能决定自己的死亡？我们一直在怀疑，但不得不承认，从祖母决定不再进食开始，她的确就一直在扳着指头数。冬至前的半个月，祖母从藤椅上下来，经过走廊前的台阶时摔倒了，摔裂了右脚踝骨。就算对一位九十岁的老人来说，这也不算多大的伤。对祖母来说更算不了什么。在之前的五年里，因为股骨头坏死，祖母相继动过两次大手术，第一次植入了人造的左股骨，第二次植入了人造的右股骨。换了两根骨头，祖母依然能够拄着拐杖到处走。

踝骨骨裂无须大惊小怪。不过伤筋动骨一百天，需要耐心。照例治疗，上药，石膏，夹板，修养。祖母枯瘦，医生建议打点滴给祖母消炎和补充能量，以利于恢复。这个建议很好，祖母在医院里静脉注射了几天药水，出院后回到家，某个早上突然决定不再进食。祖母多年来一直是有主张的人，说一不二。开始还愿意喝点粥，两天后，一颗米粒都不进，只喝稀汤，然后稀汤和牛奶也不喝，只喝白开水，很快连白开水也不愿大口喝，只能过一会儿喂一汤匙，润润喉舌。十二月天已经很冷，祖母躺在床上，你把她两只胳膊放进被子里，她就拿出来，两手交叉，闭着眼，缓慢地扳动手指头。不说话，只是一遍遍数手指头。给她挂水打点滴更不答应，连着针头一起拔了扔掉。不吃，不治，闭着眼数手指头，数得越来越慢。直到某一天，手指头不再数了，很长时间才艰难地睁一次眼。祖母不再说话，除了嗓子里偶尔经过的痰音，再也没有说过一句话。

一大早我还躺在北京的床上，母亲打来电话，说祖母可能要不行了，抬头纹都放平了。乡村里的死亡有一套自己的伦理和秩序，抬头纹摊平了意味着是眼瞅着的事。我赶紧往机场跑，回到家，祖母躺在床上，睁了半只眼看了看我，接着又把眼睛闭上。我不知道这一次她老人家是否认出她的孙子来。祖母没吭声，再也没吭过一声。

接下来是残忍却无奈何的漫长的守候过程。漫长是指那个煎熬的过程，残忍也指的是那个煎熬的过程，你知道她在奔赴死亡，你知道无法救助，你还得眼睁睁地看着她的生命一点点地从她的身体上消失。这种守候完全是一种谋杀。一天过去，一夜过去；又一天过去，到晚上，祖母早已神志不清，你知道缓慢的死亡对她也是煎熬，但你也得顺其自然。先是胳膊不再动，然后是腿不再动；祖母偶尔转动一下脖子的时候，九十三岁的祖父经过祖母身边（这也是在他们共同的生活中，最后一次经过祖母身边，其余时间祖父把自己关在房间，一个人悲伤和回忆），祖父说：

"她要等到十二点。"

十二点就是半夜，零点，是新的一天的开始。被祖父说中了，十二点附近，祖母突然挺了一下身体，不动了。再没有比那夜更漫长的夜晚。

的确没有比那夜更长的夜晚。那天是冬至。那一天太阳光直射南回归线，北半球全年白天最短，黑夜最长。那一天在北方，是数九寒天的第一天，明天会比今天更冷。

我们的哭声响起。祖父在房间里说："这日子她选得好。"

是不是祖父都知道？他们在一起生活了七十年。祖父说，这一天要吃饺子，要给祖先烧纸上坟，这一天要当成年来过。我知道往年冬至也要吃饺子、上坟，但从不知道这节气有祖父这一次语气里的隆重。

安葬了祖母，我查阅相关资料：这一天，"阴极之至，阳气始生"，古时它是计算二十四节气的起点，也是岁之计算的起讫点；这一天如此重要，仅次于新年，所以又称"亚年"；民间常说，"冬至如大年"，"大冬如大年"。

祖母过了年，也到了冬，圆满了。愿她在天之灵安息。

2014 年 3 月 13 日，知春里

# 西 夏

## 一

我缩着脖子打瞌睡，怀里抱着一本书。手机响了，是我的女房东，敞开嗓门问我现在在哪儿。当然是书店了，我说，还能在哪儿。房东说，快点，赶紧的，到派出所去。警察到处找你哪，她说，打我们家好几次电话，我都急死了。她应该是急了，不急她是不会舍得花三毛钱给我打电话的。

"你是不是犯什么事了？"女房东俨然是在跟一个罪犯说话。

我没理她，关了手机。我整天待在这屁股大的屋子里，能犯什么事。可是不犯事警察找我干吗？我还是有点毛，这里面三五十本盗版书还是有的。我看看了书架后面，没有一个顾客。大冷的天，谁还买书。我锁上门，外面已是黄昏，灰黑的夜就要降临，北京开始变得沉重起来。

风也是黑的，直往脖子里灌，这大冷的天。我骑着自行车向派出所跑，一紧张手套也忘了拿。什么时候车都多。我从车缝里钻过去，闯了两个红灯，到了派出所浑身冰冷，锁上车子后才发现，身上其实出了不少汗。

派出所里就一个房间亮灯，一个警察在屋子里走来走去。我

252

敲敲门。

"你就是王一丁？"那警察拉开门劈头盖脸就问，唾沫星子都崩到了我脸上。

"我就是，"我对着屋里充足的暖气打了一个巨大的喷嚏。因为房间里还有一个姑娘，我把第二个喷嚏活生生地憋回去了。"我没犯事啊？"

"那这姑娘是怎么回事？"胖警察指着那姑娘问我。"我都等了你三个小时了。你看，"他伸出手表让我看，"已经下班一个小时零十二分钟了。赶快领走。"

他让我把那姑娘领走。那姑娘长得挺清秀的，两个膝盖并拢坐在暖气片旁的椅子上，眼睛扑闪扑闪地看着我。我就听不懂了，她是谁啊我领她走？

"人家来找你的，不知从哪儿来的。叫西夏。"胖警察已经伸进了军大衣的一只袖子，空闲的那只手把桌子上的一张纸拉过来给我看。"你是打哪儿来的？噢，我又忘了，你是个哑巴。"

我看了看那张纸，上面谁用自来水笔写了一行看起来不算太难看的字，有点乱：

**王一丁，她就是西夏，你好好待她。**

下面是我的电话号码，也就是房东家的号码。

我又看了看那姑娘，高鼻梁，长睫毛，眼睛长得也好看。可我不认识她。

我说："你是谁？谁让你来找我的？"

胖警察说："我不是跟你说过了么，她是个哑巴。"

哑巴。我又去看那张字条，上面的确写的是我的名字。她应该就是西夏。"我不认识她。"

"我也不认识，"胖警察说，他已经穿好了另一只袖子，开始扣大衣最后一个纽扣。"赶快领走，我还要去丈母娘家接儿子，今晚又要挨老婆骂了。"

"警察同志，我真的不认识她。"

"神仙也不是生来就相互认识的，快走，"他把我往外面赶，然后去拉那姑娘起来。"再看看不就认识了？"

"可是我真的不认识！"

"怎么？"胖警察头都歪了，指着墙上的警徽说，"这是派出所！"啪地带上了门。然后发动摩托车，冒一串烟就跑了。

胖警察走了，那姑娘就跟在了我身后。她是冲着我来的，看来我是逃不掉了。我推着车子走在前面，速度很慢，以便她能跟得上。她把手插在口袋里，我转身的时候她在看我。如果她不是个莫名其妙的陌生人，在大街上遇到了我会多看她几眼的。真的不错，走路的样子都好看。我把速度继续放慢，跟她走了平行。

"你叫西夏？"

她点点头。

西夏。我想起了遥远的历史里那个生僻的名字。一个骑在马上的国家和一大群人，会梳很多毫无必要的小辫子。太远了，想不起他们到底长什么样子了。这姑娘竟然叫了这么一个怪名字。

"西夏。"我说。

她又点点头。

我还想再问问她点什么，肚子叫了。往常的这时候我早该吃晚饭了。于是我又问她：

"饿了吧？"

她点点头。

回去做饭有点迟了，我带着西夏到马兰拉面馆吃了两碗牛肉拉面。热气腾腾的两碗面下去了，汤汤水水的，让我觉得在这个冬天的夜晚重新活了过来。海淀桥上的红灯亮了，桥上车来车往。我们继续往前走。我住在北大西门外的承泽园里，从硅谷往北走，到了北大西门时进蔚秀园，穿过整个蔚秀园，再过从颐和园里流出来的万泉河，就是承泽园。

我租的是平房，有点破，不过一个人住还是不错的。我之所以找了这间平房，是因为它门前有棵老柳树，很粗，老得有年头了，肚子里都空了，常常有小孩捉迷藏时躲进去，一个大人都站得进去。我就是喜欢这棵柳树才决定租这房子的。小时候，我家门口也有这么一棵老柳树。我喜欢柳树，春天来了，枝条就大大咧咧地垂到了地上。蔚秀园里行人很少，一路清冷，她是个哑巴，我也懒得说话了。一大早爬起来去图书大厦进书，然后运回来，整理，上架，忙忙碌碌的一天。幸亏天气冷，一直清醒着，现在牛肉面下了肚，身子暖起来，瞌睡也跟着来了。

我把自行车放好，就去敲女房东的门。我想让西夏先和她住上一个晚上，什么事都等到天亮了再说。女房东从门后面伸出个头来，看了看西夏，又看了看我，说：

"这姑娘是？你真的犯事了？这可怎么得了！"

"犯什么事！"我说，"帮个忙，让她跟你挤一夜。我屋小，她又是个女的。"

"她是谁？"女房东脖子伸得更长了。

"她叫西夏，不喜欢说话。别的我就不知道了。"

女房东以为我在开玩笑，对我暧昧地笑了。四十来岁的老女人，多少有点神经过敏。为了让她同意收留西夏，我好说歹说，最后终于承认她是我女朋友。这么说我都不好意思，我从来没有带女孩来过这间小屋。没有女孩可带。女房东说，照直说不是结了，你看把这姑娘晾在外面，都冻坏了，快进来快进来。真是的，对阿姨也不说实话。

二

第二天早上，西夏的敲门声把我叫醒了。昨夜也没想什么心事就睡了，结结实实的一觉。我看看手表，才早上七点。天还没有亮开。我躺在被窝里磨蹭了几分钟，实在觉得莫名其妙，天上掉下了个大活人。起码我应该知道她的前因后果，为什么要来投奔我。可我什么都不知道，她不说。昨天晚上我在路上和拉面馆里都问了，问她哪里人，谁让她来找我的，找我干什么，她要么摇头，要么愣愣地看着我，或者是做着我看不懂的手势。总之我是什么也没问出来，也许她多少表达了一点，但是我还是一点都没弄明白。我从没和哑巴打过交道。我觉得我还应该继续问下去。

西夏梳洗过后人更清秀了，整个人似乎都变得新鲜了。她冲我笑笑，进了我的房间，很自然，好像她和这陌生的屋子也有不小的关系。我还站在门前发愣，用披在身上的羽绒服把自己裹紧，早上空气清冷，整个园子都很安静，哪个地方有几声鸟叫，一听就是关在笼子里的那种鸟。

女房东从门后伸出头来，招呼我到他们家去。他们家的暖气比我的屋里好多了。"她不是个哑巴吗？"女房东说，表情严肃，声音很重，显然在向我强调一个事实。说过以后可能又觉得话有点重了，立刻换了一脸来路不明的微笑。"不过人倒是不错。不管怎么样，有总比没有好。"

她的意思我明白。我笑笑，说："阿姨，你误会了，我不认识她。"

"不认识就带回来了！你真行，我儿子要有你这手段就好了。"

"我是说，我们没有任何关系，完全就是陌生人。真的。"

"我不信，陌生人人家就这么跟你回来了？"

"不知道谁在哪里找到我的名字和你家的电话号码，就让她找来了。她是谁，要干什么，我都不清楚，昨天晚上还没来得及问出个头绪呢。我也在纳闷。"

"那，这样的人你怎么敢带回来？"女房东的脸立马长了一大截。"她会不会是装哑巴？这年头什么人没有！"

这我倒没想到，经她一说我觉得问题是有那么一点严重。我知道她是什么人就带了回来？我从女房东家里出来，都有点心事重重了。我简单地洗漱了一下，从水池边回来，发现西夏已经开始做早饭。看到我在发愣，就笑笑，指指旁边的半把挂面，又指指正冒热气的铁锅，她告诉我我们的早饭是面条。她像这个小屋的主人一样，对我的厨房驾轻就熟。这让我倒不好开口了。我到沙发上坐下，点上一根烟，只吸了几口，就让它慢慢燃着，我就不明白她怎么就这样不可思议呢。

那根烟烧了一半，面条做好了。这个名叫西夏的姑娘把面条端到了小饭桌上，我的那碗里还有两个荷包蛋。然后，她摆上了我在超市买的小咸菜和辣酱。她把筷子递给我，低下头开始吃自己的那一碗，没有荷包蛋。我捏着筷子看她吃，梳成马尾巴的头发在我面前一点一点的。我夹了一个荷包蛋给她，她对我摇摇头，又还给了我。继续低头吃面条，吃得很细，一根一根地吸进嘴里。

我说："你到底是不是哑巴？"

她抬起头看我，对我的问题好像很惊讶，但是她却对我摇了摇头。

"不是哑巴那你为什么不说话？"

她摇摇头，又点点头，脸上出现了悲凄，手里的筷子也跟着瞎摇晃起来。

"你是说，你过去不是哑巴，但是现在是了？"

她用力地点头，示意我快吃，面条快凉了。

我挑了一筷子面条，又问她，为什么现在不能说话了？她还是摇头，头低下来，似乎我再问下去她就要哭了。她也不知道。我还想再问下去，看到她吃得更慢了，就打住了。我想算了，不管她是什么人，总得让她吃完这顿饭。我们都不再出声，她给我夹菜我也不出声。夹菜的时候她不看我，动作很家常，像妻子夹给丈夫，像妹妹夹给哥哥，一副理所当然的样子。

吃完饭，她开始收拾去洗刷。我又点了一根烟，看着烟头上烟雾回旋缭绕。说实话，我真不知道该怎么处理这种怪事。我看看表，离书店开门还有一个小时，我想提前去上班。

穿好衣服，我对着厨房说："我去上班了，你离开的时候把我房门带上就行了。"然后我就走了，我想她懂我的意思。为了把时间磨蹭过去，我决定步行去书店。那个小书店是我和一个朋友合伙搞的，不好也不坏，北京这地方的生活基本上还能对付过去。这几天轮到我来打理。一般都是早出晚归，中午一顿随便在哪个小饭店里买份盒饭就打发了。刚出了承泽园，在万泉河边上遇到了买早点的女房东。

"那姑娘呢？走了？"她问我。

"没有，还在洗碗。"

"那你问明白了？"

"没有，她不会说话。我也不想问了，也不好意思赶她走，拐了一个弯，让她离开的时候把房门带上。"

"你犯糊涂了是不是？你知道她是什么人？哪有把门留给一个陌生人的！"

"就一间小屋，又搬不走。我没什么值钱东西。"

"这可是你说的，"女房东大概觉得很气愤，甩了一下手里的油条就走了。"出了事别说阿姨没提醒你！"

能出什么事，我和穷光蛋差不了多少，小偷来了我也不担心。但那是她家的房子。我磨磨蹭蹭地走，万泉河结了厚厚的一层冰，我想北大未名湖里的冰应该会更厚，每年这个时候都有很多学生在上面溜冰，我也冒充年轻人去玩过几次。穿过蔚秀园，在北大西门那儿停了一下，看了看硬邦邦站着的门卫，又放弃了去北大校园里转一圈的念头。

这一天同样乏善可陈。和过去的无数天一样：开门，简单地收拾一下，卖书，记账，端到手里就冷掉了的盒饭，还是卖书，偶尔的一阵小瞌睡，坐着的时候若不瞌睡就找一本有意思的书翻翻。我喜欢看书，什么书都看，都瞎看。因为看这个书店，日积月累竟也翻了不少的书，又加上要掌握出版界和图书销售行情，肚子里稀里糊涂也算有了点墨水。这是别人说的，我朋友，还有那些买书的人，比如北大、清华的一些学生，我隔三岔五还能和他们侃上几句。这么一来，搞得我多少有点自我感觉良好，就更加热爱看书了。我也不知道我看书到底是为了什么，大概就是为了能够得到点可以和别人对话的虚荣感吧。不知道，反正是爱看了，有事没事就摸出一本书来，看得还像模像样。

先亮一盏灯，再亮第二盏，三盏灯全亮起来，天就快傍晚了，我该关门回家了。

那天傍晚回家也回得我心事重重。总觉得心里有点事，大概是看书看的，那本让人不高兴的书看了半截子，心里总还惦记着。也可能是平常都骑自行车，跑得快，今天突然改步行了，一路东张西望，满眼都是冷冰冰的傍晚、行人和车，看得让我都有点忧世伤生了。花了大半个小时我才走到家，看到了温暖的老柳树的同时，也看到了温暖的灯光从我的小屋里散出来。我终于明白那个心事，那个叫西夏的女孩。门关着，我站在门前，听到了里面细微的小呼噜声。她竟然还没走。我推门进去，她就醒了。她蜷缩在沙发上像只猫，揉揉眼站起来，打了一个寒战。她对我笑笑，让我坐下，她去热一下饭菜。她把晚饭做好了，两菜一汤在饭桌上。既然没走，也只好这样了，我坐下来，点上烟，等一桌热气腾腾的晚饭。

饭桌上我几次想问，为什么没有离开，犹豫了几次还是算了。她的晚饭似乎吃得很开心，饭菜的味道也不错。她的日常化的夹菜终于让我有点尴尬了，我意识到这是晚上，我们是一对陌生的男女，这种顾忌让我不习惯。我觉得我得让她走了。

更尴尬的还在后面。

吃过饭西夏洗碗，我去敲房东的门，想让她再收留西夏一个晚上。敲了半天，门才开，女房东打着哈欠让我进去。

"那姑娘怎么还不走？"她问我，两只手还在忙着手里的毛线活，眼睛盯着电视。

"我就是为这事来的，阿姨，"我说话也变得不畅快了。"我想请你再让她在你这儿住一晚，明天我就让她走。"

"哎呀，真是不好意思，我们家老陈今晚有可能回来，这就不好办了。"

"陈叔不是出差了吗？"

"是啊，出差也不能不回家呀。他在电话里说了，就这两天，可能今夜就能赶到家。你看，总不能三个人睡一张床吧。"

"你们家不是还有一张空床么？小军的。"

"那床好长时间没人睡了，再说，小军特烦陌生人进他的房间。"

"那能不能让陈叔委屈一下？"

"小王，这个，你看我们家老陈出门这么多天了，刚回来，总得，不怕你笑话，人都说小别胜新婚。你陈叔是个急性子，你也知道。"

话都说成这样了，四十多岁，正是饱满的欲望之年。我还能说什么？扯了个幌子，我敷衍几句就离开了。我知道她在推辞，我临走的时候她又告诫我：

"小王，来路不明，早晚是个祸害。"

那晚陈叔当然没有回来。当然这已经不是我的事了。我的事很麻烦，我必须和一个陌生女人同居一室，这怎么说都是件别扭的事。她在烧热水，电视的声音调得很小。我帮她调大了一些。在电视上别人的声音里，我抓着头皮说：

"房东那边今晚不方便，只好委屈你住这里了。"

她点头答应着，好像早就知道会是这个结果。煤气灶上的水开了，她像家庭主妇那样去灌热水瓶。我知道女人的事很麻烦，就告诉她哪个是脸盆，哪个是脚盆，然后就关上门出来了。我在外面找不到事干，就抽烟，打火机照见了屋檐下一溜衣服，被冻得硬邦邦的，裤管直直地站在夜里。她把我的脏衣服全洗了。我被感动了一下，除了我妈和我姐，还没有女人给我洗过衣服。大冷的天，她洗了一大堆衣服。

　　一根烟抽完了，她把门打开让我进去。她做出怕冷的样子，她怕我冷。她堂而皇之地在我面前脱掉鞋袜开始洗脚，我努力将目光固定在电视上，还是看见了她的脚，白得触目惊心。她的脚让我深刻地意识到，这是一个女人。真要命。我决定去收拾一下床铺。让她睡在床上，我把长沙发打开，临时做成了一张床。缺的是被褥，我只有一套。只好从衣橱里把所有能摸出点厚度和温暖的衣服全找出来，铺在沙发上做垫被，我得和衣而卧，身上盖一件棉大衣了事。

　　那晚我就这么睡的。说句没出息的话，真有点惊心动魄。我让她先睡，我要看一会儿书，背对着她，戴上耳塞边听音乐。大约十一点的时候，我拿下耳塞，听到了她的微小的呼噜声。女人的这种小鼾声让我觉得莫名其妙的可爱。她睡得像只猫，被子弯曲成身体的形状。我灭了灯，在沙发上缩成一团，穿着衣服睡还是冷。冷也睡着了。

　　后半夜我翻身，听到了一点声音，下意识地睁开眼，西夏竟然睡在了我身边，她也到了沙发上。她把被子一大半盖在我身上，我翻身时压到她的胳膊了。她侧身面对我睡，另一只胳膊放在我身上，像在微笑似的撇了撇嘴。当然她还在熟睡。我出了一身的汗，谨慎地转过身背对她，平息了很久才重新入睡。

我醒来时她已经起床了，正准备做早饭，什么也没有表示。

# 三

"你不能再留在这里了，"我看着筷子说，"不管你是干什么的，为了什么，你都得走了。我们这样很不方便。"

西夏半天没动静。我瞟了她一眼，她竟然流眼泪了，她对着我摇头。我就搞不懂了，一个闯入者，她倒觉得很委屈。委屈也不行。我匆匆吃完早饭，给了她五百块钱做车费，就去书店了。路上我也转过一个念头，就是她真不愿意走，那就只能留下来给我做老婆了，可是我要个哑巴干吗？连句话都不能说。再说，谁知道她到底想干什么？就像女房东说的，这年头什么人都有，赔了夫人又折兵也说不准。还是得让她走。当然得让她走。

但是西夏没走。晚上我回来，远远就看到小屋里灯光明亮。我在门前停下来，看到了灯光里的一溜晒洗的衣裳，花花绿绿一堆女人的衣服。我推开门，西夏正在衣橱前比画一件长棉袄，看到我先是把衣服藏到身后，然后又拿出来，像小姑娘那样穿上让我看，在镜子和我面前转来转去。挺不错的一件衣服，我说，好。

她又从棉袄的口袋里掏出一条咖啡色的围巾，踮着脚给我围上，给我买的。她把我拉到穿衣镜前，点着头盯着我眼睛看，我说好看。她很高兴，掏出一把钱给我，大约两百五十块钱。这是剩下的，她把我给的车票钱买了一堆衣服。

"你，"我说，"怎么没走？"

她低下头，脱下新棉袄，换上旧衣服和围裙，一声不吭去了厨

263

房。我有点火，她竟然把钱都买了衣服，看来是打算长住了。这怎么行。我打开电视，新闻联播刚刚开始，播音员说，国家领导人又出访了。大人物总是很忙。我习惯性地点上烟，也不打算认真抽，我就在想，这个叫西夏的女人她到底想干什么。想不清楚，我得承认自己在这方面缺乏想象力。又在读过的书里找，好像没有读过类似的故事，倒是一些诡异的案件里会出现这样的情节。先是一个不速之客，通常是美人计，接下来就是人财两空，家破人亡。想得我后背都有点发冷了。这时候热腾腾的晚饭上来了，她把做好的晚饭热了一下。

除了和朋友在饭店里，我一个人在家里从没吃过这么丰盛美好的晚饭。她指着刚才我随手放在电视机上的钱，告诉我她用了其中一些钱买了这些菜，还有一些，在厨房里。

饭菜很可口，可是一个难堪的夜晚又要来临了。早知道这样，我白天就去买一套被褥了。

我们吃到一半的时候，女房东在门外叫我，声音很大，像要找我吵架。我让西夏先吃，我开门出去。女房东拉着我就往他们家里走，把门摔得响声动荡。

"你看，你看！"她指着电视机旁边一块空白的桌面说，"钱没了！两百块钱没了！"

"什么两百块钱没了？"

"我的，早上我洗衣服放在上面的，刚刚才发现，钱就没了！"

"钱没了跟我有什么关系？我刚刚从书店回来。"

"不是你，但是你脱不了责任！"女房东火气很大。"一定是你招来的那个野女人偷的！她来过，她来借搓衣板。"

"阿姨，这事查清楚了再说，她可是一个女孩子。"

"就因为是个女孩子才更让人恶心！这屋里只来过三个人，我，你陈叔，他上午刚回来，回来就去单位报账了，还有就是你的那个哑巴。除了她还有谁？"

"是不是陈叔拿了，忘了告诉你？"

"我们家老陈出差刚回来，身上的钱还没花一半，他要两百块钱干什么？你看看你屋檐下，晾了那么多新衣裳，还有，哑巴又买了一件棉袄，哪来的钱？"

"我给的，五百块。她花了两百多。"

"她就是骗白痴的，那么多衣服就两百多？她还把棉袄拿给我看，那棉袄就不会便宜！一个大姑娘家，把裤衩、胸罩挂在门外招摇，用膝盖想也知道那不是个好货！你看这事怎么办？等你陈叔回来商量一下，要么你别再租我们家的房子了，我们租不起！"

她说得我火冒三丈，我不是都给你五百块钱了么，你还拿别人的钱干吗？

我气势汹汹地回到自己的房间，她在等着我一起吃饭。她要给我换一碗热稀饭，我说你别换了，我已经饱了。我从箱子里找出一个空闲的大包，闷声不响地出了门，把她晾在屋檐下半干的衣服全塞进了包里。塞完了进屋，把她的新棉袄也塞进去。拉好拉链往她旁边的沙发上一扔，声音立刻大起来：

"走，现在就走！想到哪儿去到哪儿去，别让我再看见你！好，你怕饿是吧？再给你两个馒头！不，都给你，我让你都拿走！"

我把剩下的馒头全塞进了包里，一把将她从凳子上拎起来，吓得她筷子和馒头都掉在了地上。她开始哭了。她开始发抖，横竖不愿意离开小屋。可是我正在气头上，力气大得让我自己都吃惊，我一手拎包，另一只手拖着她就往外走，她怎么挣扎也无济于事。我把她一直拖到承泽园门外，把包摔到地上。

"你走吧，我们本来就什么关系都没有。走吧，我不想再看到你！"

然后我转身回家。她啊啊的哭声和叫喊声我充耳不闻，越来越小，终于听不见了。回到屋里，我把剩下的饭菜全都倒掉了。我觉得气愤，难过，我觉得我被别人耍了一把。不速之客本身就够荒唐了的，她竟然还手脚不干净。这成了什么事。我一个劲儿地抽烟，什么事也不想干，就想我怎么就遇到了这种事。我在北京混了七八年了，没人疼没人爱的，吃过苦受过罪，没有奇迹，没有艳遇，好不容易开始经营一个屁股大的小书店，能挣上碗饭吃，就有人算计我了。心里憋得慌，把眼泪都给憋出来了。

我抽了大约半盒烟，流了一大把眼泪，才想起来要赔女房东被偷的钱。这事因我而起，理当我来负责。我敲开他们家的门，陈叔开的门，他从单位回来了。

"不好意思，陈叔，阿姨，给你们添麻烦了，"我说，"我把那姑娘赶走了，被她拿走的两百块钱我给送过来了。"

陈叔说："小王你坐，正说这事呢。刚才你阿姨错怪那姑娘了，钱是我拿的，我是怕被老鼠叼走了，随后装进了口袋，忘了跟她打招呼了。"

"是啊小王，"女房东笑容满面地说，"你是知道的，平房老鼠就是多，什么事都敢干，什么东西都要往自己窝里叼。"

我是知道的。我的小屋里老鼠就很多，常常半夜三更拖着一片纸在地板上走，拖拖拉拉的声音像一个人在走路，第一次听到这声音把我吓坏了。这里的老鼠都是长相肥大的，胆子也大，有一回竟然爬到我的枕头上坐着，我从没见过这么威风的老鼠，心里都怵了，拿着笤帚远远地轰它，它就是不跑，还是人模狗样地坐着，用前爪子舒舒服服地擦嘴，直到我冲上来才跑掉。可是我已经把西夏赶走了。

"可是，我把她赶走了。"

女房东说："那种女人，赶走最好。你想想，哪有女人主动送上门，而且来了就不走了的？这成什么事了。还有，花花绿绿的东西往外面一挂，哪是正经女人干的事。走了好，小王，你还要感谢阿姨哪，我早就看透了，那女人留下来就是祸害。"

她说得一头子劲，越说越觉得她是救了我。但是西夏却是被我蛮横地赶走了，她越说我越觉得不安，心里空荡荡的，就告辞回房间了。我想看电视冲淡一下心神不宁，就看到了西夏剩下的那些钱。我突然想起来，她是身无分文地被我赶走了。这么冷的夜，一个女孩子，一分钱没有，她怎么熬过去？我越想越觉得不对，在考虑是不是要把她找回来。可是，如果把她找回来了，她更有理由赖在我这里不走了，我该怎么办？赶走一次还有借口，哪怕是个错误的借口，毕竟已经成为事实，下一次怕就没有这么好的借口好找了。我盯着电视上的画面发愣，找还是不找，已然成了一个大问题。

我把剩下的几根烟全抽完，已经午夜十二点了，因为房门没关严实，冷风丝丝缕缕地进来，我感到了冷。冰凉的那种冷，身上穿的似乎不是衣服，而是披了一身的凉水。外面毫无疑问更冷，西夏现在在干吗？她在哪里？她一定会更冷。我扔掉烟头，随手抓上大衣和手套就出了门。我要把她找回来，天大的事也应该天亮了再说。

承泽园里一片沉沉的静，有几间屋子里还亮着灯，大多是在这里租房子准备考北大的研究生的人在夜读。我走得很快，一路都在向四周环视，除了黑暗还是黑暗。到了万泉河的桥上停住了，我该到哪里去找她呢。有很多路，每条路都是一个不可知的方向，西夏可以沿着任何一条路走下去，走到只有她自己知道的地方。我决定先沿着西夏曾经走过的路找一遍，穿过蔚秀园，沿北大西门往南走，过硅谷到马兰拉面馆。路灯都是冷冷清清的，偶尔几个行人穿着臃肿的棉衣，但却显得寒瘦。海淀体育馆门前还有几个人出出进进，他们都是去练歌房唱歌的。几辆出租车停在门前等待客人。我问那些快要睡着的司机师傅，是否看见一个女孩拎着一个大包经过这里。他们以为我要打车，听明白了就摇头，然后继续瞌睡。后来我见着人就问。没有人看见，一点头绪都没有。

我漫无目的地找，到了两点左右就开始犯困了。冷倒不冷，因为一直在走，就是想睡觉，我想找个商店买包烟提提神。这时候我已经走到了苏州桥附近，到处都是霓虹灯在闪烁，就是找不到一家卖烟的商店。转了几圈，想到了通宵营业的超市，就去找超市，终于在城乡仓储附近找到了一家，为了防止很快抽光，我买了两包烟、两个打火机。

点上烟继续找，见到人继续问，走走停停竟然走到了四环边上。空旷的四环和四环之外的野地，灯光不大不小，空气清冽，周围的景物一览无余。跑长途的货车和大客车多一些，小车就少多了，行人更少，几乎看不见人影。远远地看见一个人影在动，心动过速地跑过去，是一个清洁工人在打扫道路。他要在天亮之前把这一段路打扫干净。我问他是否见到一个拎包的女孩，他说没有，这种时候他只会遇到酒鬼和无家可归的流浪汉。

继续往前走，我已经很累了，走得一身的汗。前面是四环和三环之间的一个过街天桥，我爬上去，以便看得更高更远。四顾莽莽，夜在逐渐变轻变淡，凌晨最初的蓝色从野地里升起来，身后的北京开始蠢蠢欲动。我看到不远处另一座天桥下卧着一个东西，黑乎乎的一团，有点像人。心跳又开始加速，我暗暗祈求，希望那个黑影就是西夏。又是一路小跑，穿过马路时差点被一辆卡车撞到。跑到跟前就失望了，是一个喝醉了的流浪汉，像条狗似的蜷缩在桥下的台阶上，台阶上放着一个北京二锅头的空酒瓶。我想叫醒他，这样睡觉会冰出毛病来的，但是听着他畅快的鼾声又算了。睡得这么好，就让他睡吧。

我终于绝望了，也受不了了，为了防止像流浪汉一样睡倒在路边，我决定回去。本来就是大海捞针的事。天快亮了，脚也发沉，我走到承泽园时，门口有的早点摊子已经开始摆起来了。一步都不想走，走到老柳树前我实在走不动了，想先抽几口烟歇歇再进家门。我扶着柳树，点上烟，长长地出了一口气。吸了两口觉得不对劲儿，柳树洞里有什么东西在一闪一闪，我伸头去看，吓我一跳，我看到了一双眼睛在亮。它们也看到了我，里面走出了一个缩成一团的人，我本能地后退两步，是西夏。我的烟往嘴里送，在半路上停下了，真的是西夏。

"你在这里！"我叫了起来，"我找了你整整一夜。"

她走到我面前站住了，定定地看着我。我想伸手去拉住她，她却蹲下了，她蹲在我的脚前，把我散开了的鞋带系上了。然后站起来，转身回到树洞里，拎出了那个大包，默默地走到我前面，向我的小屋走去，在门前等着我开门。

进了门打开灯，她的脸水亮亮的，一脸的泪。

# 四

正如房东阿姨说的，请神容易送神难。西夏回来了，我不知该怎么办了，我的妥协导致我再也聚不起力量去进攻了。房东阿姨对我的行为表示了失望，竟然还去找她？现在好了吧，狗皮膏药又粘身上了。陈叔大大咧咧地说，既然她不想走，那就留下，怕啥，你是男人，怎么都不吃亏，大不了身体累点。他的观点招来女房东的一顿痛骂，女房东说，都五十的人了，脑子里成天就装着那事，就不能想点别的？她要是以后就不走了呢？小王还娶不娶媳妇了？她又不憨不傻，你想甩就甩呀？再说了，还是那句话，谁知道她是什么来路，一条狗你都不知道它明天会干什么，何况一大活人。万一有点事，她要是个杀人犯什么的，这麻烦就大了。陈叔脸色也跟着庄重起来，说是啊，万一要是个杀人犯，那你的问题就大了。在逃的杀人犯，什么事不能做？你阿姨说的对，你得认真考虑一下，连累就是一大片哪。

问题被他们一说又严重了，毕竟人心隔肚皮。我要做的还是想办法把她打发走，可是我下不了手啊。我再次在饭桌上开始了审问。

我说："你真的叫西夏吗？"

她点点头，对我的问题感到奇怪，但立刻又低下头去。

"你家在哪里？"

她摇摇头，两只筷子在手里磨磨蹭蹭。

"谁让你来找我的？"

她还是摇头。

"你是不是从家里偷跑出来的？"

她又摇头。

什么都没问出来。我又问："你真愿意和我待在一起？"

她点点头，终于抬起头来，缓慢地笑起来，那样子大概就是脉脉含情吧。

"可是我不愿意，"我说，"我对你一无所知，我们这样下去是没有道理的。你应该离开这里，回到自己的家里去。"

她又低下头，眼泪落到手上。看来让她自愿离开还是有很大困难的。那顿饭我又吃得心事重重。快吃完的时候，手机响了，一个朋友找我，让我过去到他那儿喝酒，他老家的亲戚从连云港给他带了些海鲜过来，一块儿尝尝。

我对着手机说："不好意思，今天真是抽不开身，要上班，还有个朋友在家里。"

对方说："那什么时候有空？"

我说："等朋友走了再说吧。"这么说的时候，我灵机一动，又加了一句，"朋友走了我一定去，她这两天就走。"

通过电话我去看西夏，她默默地放下筷子，开始收拾碗筷，她不吃了。她的神情搞得我也有点难过。莫名其妙，这事俨然成我的问题了，只有把她平安地送走我才能心安。我想起那张字条，把它从棉衣里找出来，又从抽屉里把这两年亲戚朋友写给我的信件，一起装进包里就去书店了。

一个上午我都在核查笔迹，可是没有发现任何人的笔迹和字条上的相同，相似的都没有。然后开始打电话，给我知道的亲戚朋友一个个打，问他们是否让一个叫西夏的女孩来找我，或者是他们是否知道一个名叫西夏的女孩。还是一点头绪都没有。电话那头的亲戚朋友，说什么的都有。年龄大一点的，或者是女的，就建议我立马将西夏打发走，观点和女房东类似。熟悉的朋友，尤其是男性的朋友，不遗余力地开我的玩笑，怂恿我。他们说，怕什么，既来之则安之，这年头你不占女人的便宜，女人就占你的便宜，能搞的就搞，何况还是个送上门来的。如果想赶她走，那好办，还买什么被褥，就睡一张床，害怕了她自然会离开了，不怕最好，一个字，上。却之不恭嘛。严肃一点的朋友则建议我，找一个合适的方式让她走，找出她的来源，或者把她推给别的什么人。

　　我决定几种方法同时用。半下午我关了店门，去派出所找那个胖警察，我从他那里领来的西夏，最好的方法就是再还给他。我骑着自行车去了派出所，他不在，同事说他出去办事了，要一个小时后才回来。我不能干等，就到大街上把所有喜欢刊登广告的报纸都买了一份，坐在派出所里一张张翻，找寻人启事。一大堆报纸都翻完了，看了几十条启事，就是没一个和西夏沾边。那些要找的人要么是精神不正常的老人，要么是迷路的痴呆，或者是离家出走打算跑江湖的小孩。寻人启事之外，我把其他好看的内容也大致翻了一遍，胖警察还没回来。他的同事说，可能直接去接孩子了，让我明天再来，他们要下班了。

　　无功而返让我郁闷，买了一只全聚德烤鸭就回家了，反正要打发她走了，吃完北京的烤鸭再走吧，也不枉来北京一趟。那只烤鸭让我们都找到了事干，慢慢腾腾地吃到了八点半。收拾好了，我翻翻书，她看电视，十点的时候我说我困了，要先睡了。我的意思是，先把床抢下来，下面就是她的事了，像朋友说的，忍受不了和一个男人同床，那就走人。

　　出乎我意料的是，她主动去整理好床铺，然后让我去睡觉。上床的时候我发现，两个枕头并排放在一起，一个是我的，另一个当然就是她的了，而她的那个过去一直是用来做靠背的。床上的格局让我激动，我是个男人，我是个健康的男人。也让我失望，又一个办法失效了。我吞了两颗安眠药就睡下了。后来我感觉到她也上了床，在我身边躺下，可是我的眼皮沉重，连激动的念头都没有了。一夜安安静静。

第二天上午我去了一趟派出所，胖警察还是不在，同事又说他办事去了。我不知道他哪来这么多事要办，好像全世界就他一个人在忙。下午我赶在上班之前就到了，我把他堵在了门口。

"你是谁？"他陌生地看着我，"找我干吗？"

"你把一个姑娘推给了我，"我说，"西夏，你还记得吗？她待在我那儿不走了。我要把她还给你。"

"哦，是那个哑巴。她是来投奔你的，关我什么事？再说，送上门的女人有什么不好？"

"女人不要紧，问题是，"我说，"我不认识她，根本不知道她是谁。"

"我也不知道。"他进了办公室，坐下来，让我站着。"那是你们的事了。"

我和他说了半天才让他明白，西夏留在我那里是多么的不合适，我告诉他，不管怎样，我得让她走，让她从哪里来，回到哪里去。现在就要她回到派出所来，这是没有办法的办法。

"你这不是无赖么？"胖警察很不高兴，"你还嫌我不够烦呀？好，你想送回来就送好了，我把她转交给收容所，让他们烦去，遣返到哪儿随他们干去。现在警察就成一老妈子了，谁拉过屎了，都要我们去给他擦屁股。"

"收容所能安全把她遣返到家吗？"

"我怎么知道？问他们去。没听报纸上说吗，前些日子，一个安徽老太太来收容所找儿子，他们说早遣返回家了，可是遣了两年了，那老太太儿子还没有返回家。两头不着地，人没了。"

"就那活不见人死不见尸的事？"

"对，就那个。你看着办，要舍不得就别来烦我了。"

事情已经明晰，这条路又断了，我下不了狠心把西夏送到那样一个地方。不管她是谁，总还是冲着我来的，哪怕这是一个骗局。收容所我知道，虽然没去过，几年前，每一个像我这样漂在北京的人，都可能被送进那里。我不知道里面是什么样子，但却一直一厢情愿地把它想象成类似监狱的地方。我觉得我不应该把她送到那里。

临走的时候，胖警察说，实在不行，就在报纸上登一个"招领启事"，招领一个大活人。这方法不错。

出了派出所我就去了报社。值班的小姐很年轻，我对她说明了来意，她，连同旁边的同事都笑了，以为我把玩笑开到了报社。我把情况简要地说了一下，就问她登一个启事要办哪些手续。

"真的假的？"值班的小姐问。

"当然是真的了。"

但是他们觉得这事有点荒诞，怎么可能出这种事？男同事一例的窃笑，劝我还招什么领，留下来过日子算了，现在好女孩扛探照灯都难找。他们说，有这么个钟情的不要，真是傻得可以。他们暗地里的艳羡遭到了女同胞们的一致攻击，她们劝我还是把她打发走，这年头人心隔肚皮，何况还是个哑巴，跟哑巴过一辈子不憋死才怪。

他们从来没有遇到过这种业务，不敢私自决定，值班的小姐给报社老总打了电话，嗯嗯啊啊地说了一通，挂了电话告诉我，可以试试。但是老总说了，为了保证信息的可靠性，必须把当事人亲自带到报社来，验明正身，然后拍照，将照片一并登在报纸上。

"人不来可以吗？"我担心她知道了就不愿意跟我来了。

值班小姐说："老总的指示，没办法。"

既然是规定，只好遵守。我想赶在报社下班之前试着把这事给解决了。自行车骑得很快，到了承泽园才四点钟，可是一路上都没有想好合适的理由。西夏正在打扫房间，戴着我的一顶破旧的帽子，穿围裙，手里拿一把绑在竹竿上的笤帚，专心致志地清除墙壁和天花板上的灰尘。门前堆着旧床单、被套、沙发套、桌布等待洗的东西。我已经很久没有打扫过房间了，西夏身上落了厚厚的一层尘灰。她的样子让我想到了一幅画，一个健壮的俄罗斯女人站在金黄的麦田里，裹着头巾，怀里抱着一捆麦子，在某一个瞬间向世界转过脸来。这个形象我一直都很喜欢，觉得我的女人应该就是这样，我有种家的感觉，她的身后是无边无际的收获季节，一片金色的大地。

她对我的归来感到惊奇，因为这是我的上班时间。她打着手势问我，是不是饿了？

"不饿，"我结巴了半天才说，"下午生意不好，想出来透透气，陪我出去走走吧。"

她对我的要求有些费解，指了指笤帚和地上待洗的衣物。

"不急，明天再打扫吧，难得太阳这么好，而且没有风。"

她脸上露出了笑，惊喜的样子，对我指了指手表，伸出了四个指头。

"才四点，"我说，"离天黑还早呢。"

西夏很高兴地摘掉帽子，脱下围裙，开始洗脸换衣服。我们走出承泽园时，她已经是一个清洁漂亮的姑娘了。在万泉河的桥上，我刚向一辆出租车招手，她就把我的手臂扳下来，她对我跺着脚，要步行。她以为我们真的是去到处走走。

"我们去报社玩，我的一个朋友在那里，他邀请我们去他那里玩。"我要把谎言坚持到底，再次向一辆出租车挥手。她不再拒绝了。

路上堵车，到了报社他们都快下班了。我把西夏带到了值班小姐那里，跟她说，人我带来了。

"就是她，西夏？"值班小姐说，转身向后喊道，"大林，大林，可以过来拍照了。"

西夏看看我，悄悄地抓住了我的胳膊。她不懂我要干什么。

其他人围上来，七嘴八舌地掺和。他们没想到西夏看起来这么善良和漂亮，还带着点羞怯。他们说，这么好的女孩你也舍得丢？老兄，我只能说你是昏了头了！报纸登出来以后，如果没有三两千人抢着来招领，那才是怪事。

西夏又看看我，眼神都不对了，她松开我的胳膊，转身跑出了办公室。

"喂，喂，"我喊着，跑出去追她，"你别跑呀，还没拍照哪！"

我听到后面值班小姐也在喊："喂，喂，招领启事你还登不登了？"

我哪有时间理会她，西夏已经跑出了报社。我气喘吁吁追了好一会儿才追上她。

"你跑什么呀？"我说，舌头也不利索了。"不想登我们就不登，你别跑呀。"

她低着头，一根根数着手指，我知道她哭了，就把面巾纸递给她。她接过纸巾捂到脸上，肩膀开始抖起来。

# 五

西夏不高兴了。如果抛除那个不知来路的身份，如果我是她，我也不高兴，而且是很不高兴，感觉像被别人卖了一次。她的不高兴摆在脸上，走路，吃饭，干什么脸上都是空白的。晚上她睡得比我早，早早爬上了床，侧着身子，脸朝里，也就是说，我无论如何都看不到她表情，也可以说，她怎么都不想看见我。但是她为什么要看见我呢？我猜她是伤心了。

这个伤心一夜都没缓过劲来，第二天中午她就和女房东吵了一架。她起得比我早，我去上班的时候她脸上还是空荡荡的，连个招呼都没和我打。我走之后，她继续打扫房间，太阳好些了，就开始洗那一大堆衣物，然后和房东阿姨吵了一架。

当然不是用声音吵，而是行动。这是我傍晚回家以后，女房东诉苦时告诉我的。也没什么大事，就是泼水的问题，两个女人都较上劲儿了，事情就出来了。因为衣物比较多，西夏把洗衣大盆端到了老柳树旁边洗，拎了好几桶冷水和几瓶热水，边洗边汰。柳树前有一条自然形成的小水洼，西夏洗衣服的水顺手就倒进了水洼里，然后水就从水洼开始向低处流。其实这也没什么，平常我洗衣服也都随手向那儿一泼。但是房东阿姨就看不过去了，她对西夏的抵触情绪因为我的继续收留变得更强烈了，私下里她和我表示过，她和陈叔一辈子都是老实人，本想靠两间空闲的房子挣点零花钱，现在来了这么个不速之客，他们担心，万一出了什么差错受到连累，那就比害眼和牙疼要厉害，小屋赔进去还不算，一家人的平淡生活还能不能过下去都难说。她几乎要声泪俱下了，弄得我很不好意思，也跟着紧张。可我没有办法，我做不来。

女房东说："你怎么把水往那儿倒？结了冰跌倒人怎么办？"

西夏洗得认真，半天才反应过来，她不能说，就转过身去看她，还没来得及做出一个得体的表情，女房东火气就上来了，她觉得西夏是故意给她难看。

"看什么看？说你哪！就你，好好的水池不倒，偏要泼到这里，成心害人呀你？"

西夏啊啊地打着手势，满手都是泡沫。

"别啊了，不能说就别说。"这已经够难听的了，女房东接着发牢骚似的又接上了一句，声音不大，但是西夏听见了。女房东说，"死乞白赖！"

西夏立刻转过身，顺手泼出了洗了一半的肥皂水，这还不完，她又拎着桶往盆里倒水，一桶水倒有半桶溅到了地上，它们同样流到那个水洼里，然后继续向前流去。

女房东气坏了，说话都结巴了："好，你，你，跟我对着来。我一点都没说错，我早看出来了，你迟早是个害人精，没想到现在就开始害人了！"

西夏没理她，继续把水往盆外倒。女房东一点脾气都使不上，只好骂骂咧咧回家了。她在家憋着，直到我回家以后核爆炸似的向我倾诉。她跟我说，说什么也不能再把这样的祸害留在家里了，实在不行，他们的房子就不租了，反正现在租房的很多。西夏成了她的借口，两个月前，她就提出要增加房租，因为烧暖气比过去贵了。我没答应，因为当初签订协议时，说好了连租两年，房租不变的。看她咬牙切齿的狠劲儿，不给点钱是摆不平这件事的。

"这样吧，"我说，"给我一点时间。房租我多出一点，就当是打扰你们的赔偿费。"

女房东说："不是钱的问题，而是为你好。"

"谢谢你和陈叔的关心，我会尽快解决的。"

她做着样子谦虚一下，收下了钱，因为没有零钱找，毫不客气地多收了我十五块钱。

回到房间，西夏正对着一桌饭菜发呆，她看到我被房东阿姨拦到了她家。西夏还在生气，我进屋她眼皮都没抬一下。

我在她对面坐下，说："和房东阿姨吵架啦？"

她还是不看我，支着下巴看桌上的饭菜。

"嗯，好，吵得好！"我说，"该吵不吵也不对。"

西夏扑哧笑了，对我噘噘嘴，斜我一眼，高高兴兴地去厨房热饭菜了，走路都精神了，像个孩子。那一刹那，她让我产生了一种类似亲情和爱情的疼痛感，突然感觉到，这几年在北京，一个人的孤独是多么的漫长。这个发现同时引发了另一个发现，它让我感到了自己的脆弱，这个发现让我恐惧，它击穿了我，让我觉得自己老了。跑来跑去这些年，我就跑成了这样？孑然一身，形影相吊，我甚至都很久没有和别人深入地说点什么了。忘了生活中还有一些只属于内心的事，自己触不到，只等着别人不经意间的一碰，找了自己的痛。

为了避免和房东阿姨再起冲突，我让西夏跟我到书店去，每天早出晚归。这样也给我带来不少方便，我不在时书店里也有个照应。

西夏在书店里也很安静，没事就到处翻翻看看，她不是爱看书的人，只喜欢看那些图片比较多的书籍，翻着翻着就把自己翻笑了。然后拿给我看，让我也跟着笑。不翻书的时候就坐在我对面，看我看书。我问她这样枯燥的日子烦不烦，她摇摇头，很开心地笑，接着去为顾客找书或者收钱。她最乐意干的一件事就是向别人推荐书，我很奇怪，她一句话不说往往就能把书推销出去。这种情况多半是年轻人，一男一女，一看就知道是情侣。她就会把她喜欢的书递给女孩，她对着人家微笑，点着头，意思是那本书很好看。通常这些都是有关爱情的书。女孩子看中了，男孩子就不能不掏钱。

西夏的出现也给很多顾客老朋友带来了新鲜感。他们总会问我她是谁，我说是我的朋友。他们就暧昧地笑，说，是女朋友吧。我想辩解只是一般的朋友，西夏过来了，很自然地挽住我的胳膊，对人家神气地笑。她适合笑，稍稍露出一些牙，像温润的白玉一样好看。朋友就拍拍我肩膀，嘿嘿地笑两声。他们转过身，西夏就放下我的胳膊，做个鬼脸就去玩自己的了。

# 六

她跟我在书店待了几天，整个人变得活泼开朗多了，大概她原来就是这个样子。也有沉静的时候，一个人坐在一边发呆，我看得见她的忧愁，但是我不知道她在想什么。她高兴的时候我也高兴，她忧愁的时候我也跟着莫名其妙地不开心。有一天中午我突然决定不再吃盒饭了，去下馆子。这个想法让我自己都吃了一惊，我知道这不仅是因为上午的生意不错，卖出了几十本书，而且是因为整个上午西夏都很开心。她在一对对情侣之间跑来跑去，他们满意地买下了她推荐的书。西夏觉得很有成就感，一个上午都对我得意地笑。在饭店里，我看着她手忙脚乱地吃着麻辣的水煮鱼，心里升起一种难以言说的满足。从哪一天开始，她高兴了我也就高兴？问题有点大了。

下午我让她一个人照看书店，我去商场里买了一床被子回来。西夏看到被子，脸立刻红了，躲闪着赶紧去翻一本书。我在她脸上看到了男女之间才有的羞涩，这床被子让她，也让我，都意识到了一点这些天我们的生活里还没有出现的东西，至少是表面上没有出现的。我们睡在一张床上，一直相安无事。其实睡在一张床上并不能说明什么问题，都躺下的时候，我总觉得她是个陌生人，偶尔一些曲曲折折的念头刚一萌发，就被更庞大的东西击垮了，比如疑惑，比如费解，比如隐隐的忧虑和恐惧。这些足以让我的头脑保持清醒，直到平安地入睡。现在不行了，我担心我做不到过去的那样，丝丝缕缕郁积的东西终于让我不自信了，我得防患于未然。

晚上我把新被子铺上，一人一个被筒，默无声息地睡下了。西夏躺下就不动了，我知道她没睡着。她的习惯是先背对着我侧身睡，睡着了就翻过身平躺着，梦里就开始乱翻身，有时候面向我，把胳膊都搭到我身上来。但是这个晚上她睡得很安静，可爱的小呼噜也迟迟没有响起。我也是，正常的翻身都有点提心吊胆了。心照不宣还可以掩耳盗铃一下，一旦摆到了桌面上，那点虚假的心安理得也得不到了。

我被折磨到半夜才睡着，夜里不知怎么突然惊醒了，醒来以后我发现，我的一只手伸到西夏的被子里去了，不知道碰到的是她的腰还是屁股，惊得我出了一身的汗。我小心翼翼地把手抽回来，平静了好一会儿才重新入睡，在这段时间里，没听到西夏的鼾声。

第二天早上，我们都在对方的脸上看到了自己的疲倦和黑眼圈，但装作视而不见。

这样的夜晚持续了一周，白天是爱情，夜晚是欲望，搞得我心力交瘁。我要扛不住了，我对刚从外地出差回来的合伙人说。他是一个老实本分的机关人员，我的好朋友，我俩合伙做这个书店。说是合伙，其实他出主要股份，我更多的负责经营。这个质朴的朋友喜欢在眼镜后面看人，一圈一圈的镜片纹路把他的眼睛拉远了，所以说话时总显得一本正经。

"这样下去不行，"他严肃地对我说，"要么豁出去，刀山火海也不管了，该做的都做了，反正都是发乎情；要么赶紧打发她走，快刀斩乱麻，一了百了。"

"可是……"我说。

"没什么可是的，"他说，"打发她走可能更好一些。老弟，你也不小了，该找个老婆了，老婆是一辈子的事。那女孩我见了，说不好，不知道她的底细，你就没法预料将来会发生什么变故。而且，"他强调了一下，"她还是个哑巴，这很要命。咱们都是平常人，玩不了花的。"

我蠢蠢欲动这些天，被他的几句话又给浇凉了。我们都是平常人，一个凡胎，和房东夫妇的意见相似，房东他们说："咱们过日子的老实人，得替自己负责，出轨的事不能做。"

从朋友那里回来，我又买了一套床垫和垫被，我要在沙发上睡，不论如何的不舒服也要睡，我不能再姑息自己了。否则既折磨自己，也折磨西夏。如果这样垮下去，真是太荒唐太无谓了。

西夏对买回来的床垫和垫被没有任何表示。晚饭后我在看电视，她收拾好了，一个人去搬弄沙发。我把身子侧过去，点上烟，装作认真看电视的样子。她的动静不大。过了一会儿，她向我们的床走去，把她的那一床被子抱起来，我转身看见，她已经把沙发床铺好了。

"不，"我站起来阻止她，"我来睡沙发。"

她冷着脸，不听，执意要睡沙发，把被子都放上去了。我又给她收起来送到床上，把自己的被子拿过来。此后西夏再没有搭理我，坐在床头灯下看一本漫画书，半天才翻动一页。我也不说话，不是想和她耗着，而是实在不知道该说什么。真够尴尬的。后来她一声不吭地睡下了，在那张宽大的床上，仍然占着一小半，面对着墙壁。那一夜我睡得更糟，西夏也是，我一直没听到她的小呼噜声。早上起来，她都快成了熊猫眼。

我只好再次向合伙的朋友求救，当时他老婆也在场，他老婆一向比他有主张。

"现在什么感觉？"他老婆问我。

"说不清楚，好像是恐惧。"

"恐惧爱情？"

我想是的。

"别的呢？比如说，对她你也恐惧？觉得她突如其来，又不明底细，整个人像悬浮在半空的无根人？"

我得承认，他老婆又说到了我的痛处。我点点头，应该是这个意思。

"如果我是你，"他老婆说，她是个中学教师，"只有两条路，一是果断地让她离开；如果实在舍不得，就让她开口说话，说实话，弄明白了事情就好办了。”

我朋友听得连连点头，他习惯于在老婆面前连连点头。他点头是对的，我也想点头了。

"要么这样，"我朋友说，"你出去走走，想明白了再决定。这段时间书店的事你操了不少心，轮到我了。"

也好，我是该出去走走了，整天对着西夏我受不了。对她的爱情和欲望是如此强大和新鲜，足以把我一点不剩地毁掉。现在的问题是，我出去了，西夏怎么办？把她留在家里，还是跟我一起走？朋友的意思是她留下，一块出门和两人都待在北京没有区别。

我收拾行李的时候对西夏说："我要出去了。"

她不知道我要干什么，很紧张，抓住了我的包，疑惑地看我。

"我就是出去走走，"我说，"很快就会回来的。你一个人留在家里。"

她直摇头，两只手乱摆一气，脚也跟着跺起来。

"没事的，我就是这段时间有点累，想出去歇几天。"

她沮丧地坐下来，神情黯淡，开始数手指头。我快收拾好了，她突然站起来，拉开衣橱的门，抱出了一堆东西，她把她的衣服也塞进了我的包里，拉上拉链。盯着我，把我的胳膊抓住了，她要和我一起走。

我没办法了，总不能跟她说，现在又不去了。午饭之后我们出发。去什么地方我一点数都没有，我想先去火车站，碰上什么车方便就坐什么车，反正是去玩，到哪儿都一样。

先坐公交车，再坐地铁，一个多小时后到了北京站。西夏对汹涌的人流本能地恐惧，一直抓着我的胳膊。我们来到售票大厅，看屏幕上去各个地方的车次、时间和余票。西夏看看我，意思是随我，到哪儿都行。我脑袋却转了一下，让她定，或许她决定的地方和她会有点关系。关于她的出身和籍贯，我一无所知，她也不说。

我说："你来决定，你想去哪儿我们就去哪儿。"

她又看看我，我一副无所谓和信任她的样子让她放了心。她毫不犹豫地伸出了手指，指的是下午四点半去南京的一趟车，上面标识出，还有三十张余票。不到一个小时就开车了。

"最好找一个熟悉的地方，这样我们玩起来才会从容、尽兴。"

西夏很自信地继续指着南京。

"好，南京就南京，"我说，"我还是很多年前去过一次。"

我们花了半个小时到附近的超市买了晚饭和零食，回到候车室刚好开始检票。找到位子坐安稳了，离开车还有二十分钟。"夜车上常常不安全。"我对西夏说，把兜里的现金分了一半放在她身上。她靠窗坐在我里面，应该比较安全。车厢里的暖气有点热，又不能抽烟，让我感觉很不舒服。快开车时，我跟西夏说，我去车厢尾部抽根烟，让她先喝点饮料什么的。

车轮即将转动的时候我跳下了车。不是蓄谋已久，而是在点烟的一瞬间决定的。当时，乘务员说："列车马上就要出发了，护送旅客上车的同志请您赶紧下车。"我赶快关掉打火机，逃难一样下了车。

火车开动了，我躲在站台的柱子后面，突然觉得无比悲伤，眼泪都出来了。西夏终于走了，我一点都高兴不起来，真的，一点都高兴不起来。多少天来的恐惧、忧虑、爱慕和折磨，就这么突然地被一列火车带走了，巨大的负担猛地卸下，整个人好像失重了，身心一下子空空荡荡，一冬天的冷风都吹进了我心里。

我不知道该对自己说什么好。回家时，一路上我都在想，现在西夏她在干什么呢？她在到处找我吗？幸亏当时给了她一千块钱，可以让她顺利地回到自己的家，即使不是南京，问题也不会太大，包里还有一些能换几个钱的东西，比如相机和CD机；否则，这么把她扔下了，我都没法原谅自己。

回到家天已经黑透了。我到超市买了几个菜和三瓶啤酒，一个人喝，自己跟自己喝，一边喝一边难过，打发不了的难过。最后自己把自己灌醉了。倒在床上，有那么一会儿我还清醒了一下，我对自己说，呵呵，呵呵，说完就完了。

# 七

敲门声大约是深夜两点响起。我睁开眼首先感觉到的是头痛，后脑勺上的某一点，像谁把一根生了锈的钉子敲了进去，每次喝多了都是这样。打开灯，我摇摇晃晃地去开门，开了门酒就全醒了，是西夏。头发被风吹散了，见到我就大哭起来扑到我怀里，她的额头和手冰冷，在我怀里不住地哆嗦。

我说："西夏。你是西夏。"

她开始打我，乱打一气，然后抓我，把我的睡衣都撕坏了。我揽着她的腰，随她闹。打累了她停下来，继续伏在我怀里哭，哭得十分委屈。

我说："好了好了，你冻坏了，赶快到被窝里焐一焐。"

她像个木偶随我摆布，我给她脱了鞋袜和外套，把她塞进了被子里。然后找了两块姜，拍碎了给她煮水喝。她缩在被窝里像只猫，只露着头看我忙来忙去，一声不吭。我把姜汤煮好了端到床边，扶她坐起来，她不喝，又哄又劝才让她喝下去。喝完以后她就抱着我，我问她饿不饿，她摇头，一个劲儿地流眼泪。她的身上还是冷，我让她躺下，我也躺下，让她蜷在我怀里给她取暖。大约半个小时她恢复过来了，抱着我慢慢睡着了。

搞不清过了多长时间，我突然本能地惊醒了。四周一片漆黑，我看见眼前两个黑亮的点，我感觉到了西夏温热的呼吸，是她的眼睛。她在盯着我看。她在我怀里，手插在我的衣服里，我的手也插进了她的衣服里，她的身体细腻滚烫。我们的眼越来越近，呼吸声音越来越大，像两列夜行的火车喘息着驶向对方。黑夜浩大简洁，满天地都是火车的呼啸声，急迫，焦躁，执着，永远也不会错过的两列火车重合了，你找到了我，我找到了你，黑夜没有了，火车也没有了，只剩下同一节奏的呼啸声。天亮时，火车停下了，西夏光溜溜地躺在我怀里。

关于西夏重返承泽园的经历，我只知道了一个大概。她不能说话，都是我一点一点地想象推理，然后经过她的认证才逐渐明晰的。她不知我下了车，就在座位上等，火车快出北京她才觉得不对头，就到车厢尾部去找，哪里找得到。她以为我在厕所，但是进进出出了很多人，就是没有我，她就慌了。打着手势问乘务员，乘务员根本不懂她要表达什么，就拿出笔让她写。她写到，她找人，一个叫王一丁的人，他们一起上的车，现在不见了，她叫西夏。她还给乘务员画了一张我的像，乘务员看了半天，告诉她，画上的那个人好像在开车之前下去了，还以为他是送亲的。西夏已经猜到了，但还是不死心，让乘务员帮她广播一下。广播反复播了十几遍，王一丁先生，西夏女士正在找您，请您马上回到您的车厢和座位上去。西夏最终没有等到消息，她在火车上哭了，一直站在车门口，等着车到第一个站就下去。

幸亏那是一趟慢车，差不多的站就停。西夏在第一个站就下了车，因为慌张和急，她把我的旅行包都丢了。若不是身上还有一千块钱，麻烦就大了。她在离北京的第一个站等车，坐上车已经晚上九点了。下了火车是晚上十一点半，再坐公交车，竟然坐错了车，她在一个莫名其妙的地方下了车，四周是陌生的灯火和楼房。这时她才想起来打的，司机不知道承泽园，只知道北大，大概见她是个慌里慌张的哑巴，就把她带到北大东门了事。西夏本以为穿过北大就找到西门了，然后就能找到蔚秀园和承泽园了。谁知道她在北大校园里转了向，她没进过北大，折腾了一个多小时才找到西门。那天夜里正冷，到了承泽园她都快被冻僵了。

因为这事，西夏恨了我好几天，但是我的幸福生活应该说已经开始了。她也就是恨恨，恨完了也就完了。我想再带她出去玩，她说什么也不干，她喜欢待在家里，或者让我陪着去逛街。在家里她喜欢吊在我脖子上，逛街时就挽着我的胳膊，在别人看来，她是我的女朋友。西夏也乐于别人这么认为，见了我朋友也挎着我胳膊，在房东夫妇面前更是如此。我无所谓了，如果说折腾了这么久该认命了，那我也是十分乐于认这个命的。两个人的生活终于让我有了一点家的感觉，这种感觉对我，一个年近三十的单身男人，一个在人群里永远不会被一眼看出来的普通的京漂，真是很美好，它让我心安。

我们自由散漫地过了一周，适当地购置了一些家具和生活必需品，一个家正式诞生了。这一周我什么都不想，尽情地享受一个可爱的女人和一个温暖的小家。西夏像一个小媳妇，干什么都跳着走。

没有事做也不舒服，小屋里布置得差不多了，西夏建议我们去书店。朋友看见我和西夏完全是情人式的举止，无奈地笑了，问我：

"这么快就回来了？"

我告诉他，根本就没出去。西夏看看我，嘟嘟嘴，对我朋友笑笑。

"你忙你的，明天还是我来上班吧。"我说。

朋友也没和我客气，事实上他也不适合具体的书店管理。中午他请客，在"蜀味浓"吃火锅，他老婆下班也过来了。关于我和西夏的事，吃火锅的时候他们都没有细说，只是把我们当作一对情侣，客气地请西夏多吃点，有时间和我一起到他们家玩。

吃过饭聊天时，趁西夏去洗手间时，他们见缝插针对我们的未来表示了忧虑。

朋友说："哑巴，不介意？"

"还行，这样也能交流。"

朋友说："如果她不是个哑巴岂不更好？"

"当然，但她是个哑巴。"

朋友的老婆说："现在了解了她的来龙去脉没有？"

"没有，"我实话实说，"她不愿意告诉我。"

朋友的老婆又说："这是最让人担忧的，老生常谈了。你总不能一辈子都蒙在鼓里。"

朋友说："一辈子都蒙着倒好了，就怕哪一天鼓破了，她的问题暴露出来，收场就困难了，现在才刚开始。"

朋友的老婆说："要想个办法让她交底。"

我笑笑说："除非让她开口说话。能对话交流了，她就藏不住了。"

朋友丧气地说："别的还好办，就是让哑巴说话没法搞。"

朋友的老婆突然说："你不是说她不是天生的哑巴吗？"

我说："那又怎么样？问题是她现在是哑巴。"

那天的谈话就到这里，因为西夏从洗手间回来了。接着吃，还是嘘寒问暖的桌面话，再就是书店的生意。西夏只是听，吃饱了就给我们三个人涮肉、夹菜。朋友的老婆应该是比较喜欢她的，临走的时候还送她一个景泰蓝手镯，那是她一直戴在手上的，算作见面的小礼物。

他们回家了，我和西夏步行往书店走。路上我兜着圈子说，那字条上的字好像不怎么样嘛，还没有我的字好看，谁啊，写得这么潦草？西夏好像没听见我的问题，指着一家名叫"白家大宅门"的饭店让我看，饭店的门楣上挂着一溜大红灯笼，门前站着两排穿清朝宫廷服饰的迎宾小姐，给到来的顾客甩着手帕道万福。我又说了一句，我说，不过那字也不算太难看。西夏又让我看饭店里面长长的廊道。她装作没听见，她不愿意告诉我真相。我想如果她不是哑巴，这样的问题她是没法逃避的。哑巴在一定程度上成了她得以隐瞒的借口。既然她充耳不闻，我也不想太逼她。如果生活能够就这么平静美好，真相对我又有多大意义呢。

生活平静美好。我和西夏每天照样早出晚归，我去外面跑点业务或者干点其他的事，西夏就一个人照看书店。一切都很好。

有一天我在去西单图书大厦的路上，朋友的老婆打我手机，说要告诉我一个天大的好消息。我问她什么消息让她兴奋成这样？她说西夏的病大概能治。

"什么病能治？她没病呀。"

"哑巴呀！"她在为我高兴。"我的同事的一个亲戚也是后天的哑巴，在协和医院治好了。我同事说，现在她的亲戚比谁都能说。"

"真有这事？"

"我能骗你？非先天的哑巴很多都能治好，你可以带西夏去试试。"

接完电话，我让小货车的师傅掉头回书店。他说不去西单了？我说不去了，我要回去。我不是兴奋，而是震惊，如果哪一天别人告诉我，你有一个儿子了，我也会震惊，因为我还没有准备好。震惊了一会儿，我开始高兴，这回是真的兴奋了，如果西夏能够说话了，我们的生活会增加多少乐趣？我可以和她天南海北地说话，可以听见她为我唱歌，可以听她无数次地喊我的名字。我要把这个消息告诉西夏，她一定也会和我一样震惊和高兴。

西夏对我这么早就回来感到意外，还伸着脑袋去看门外有没有书。我把她拉到柜台前，若无其事地说："你想说话吗？"我想给她一个惊喜。

西夏半天才回过神来，一把抓住我的手，两眼睁得大大的，然后开始摇晃我的手。她让我赶快说。

"我刚听说的，协和医院可以做这种手术，很多人都治好了。"

西夏的眼睛睁得更大了，对我疑惑地点头，她对这个消息还有些怀疑。她的怀疑也让我冷静下来，我想起朋友的老婆说，并非所有人都能治好，治好的只是一部分人。如果希望太大，失望会让她受不了的，所以我说：

"很多人都治好了，我们也可以试一试。"

# 八

第二天我就带西夏去了协和医院，按照朋友老婆的指点，挂了五官科的门诊。她说，耳眼鼻嘴喉是一块的，哑巴一般是嗓子里面有问题。接待我们的是一个三十多岁的男医生，戴眼镜，看不到口罩底下的鼻子和嘴，但是眉眼显得还年轻。说明了来意，那医生说，哦，这是个大问题，这要胡教授回来后才能最终处理。他是胡教授的博士生，现在还在实习，最后的诊断和手术都要他的导师来做。不巧的是，现在他的导师不在家，去美国讲学了，大概还要一个月左右才能回来。但是他可以先给我们诊断一下，让我们心里有个底。

胡教授的博士生问了西夏一些情况，主要是什么时候开始不能说话的，原因大概是什么，等等。我企图趁机探听到一点消息，结果有用的信息并不多，因为他们只是在谈病，而不是身世之类的问题。尽管如此，我还是很紧张，我不知道西夏的病能否治愈。西夏用笔回答了医生的问题。她十六岁时开始不能说话的，好像没有什么特别的契机，开始只是觉得嗓子不舒服，后来说话声音开始沙哑，吃力，一直没当回事，后来突然有一天中午，她张嘴却发不出声音，不管舌头如何折腾都无济于事，从此就成了哑巴。

医生说，这种病例很少，也不是没有，病因有很多种。根据过去胡教授经手的病例，大部分都治愈了，当然也有不见效果的。他把情况简要地介绍了一下，就让带西夏到诊疗室拍片子。西夏有点紧张，医生让我陪着她一起去。我看到一个巨大的镜头在西夏喉咙处晃来晃去，另一边在操纵仪器的医生不时让她转动脖颈，医生说，好，对，就这样。仪器发出咔咔声。过一会儿，医生说，可以了，他已经给西夏喉咙做了全方位的X光拍摄。他要等照片出来研究一下再做初步诊断，让我们明天这个时候再去一次。

第二天我们早早就去了，医生刚开始上班。他把拍的照片取出来，指着一幅幅照片上西夏的喉咙向我们解释。他说的我基本听不懂，只看到他手里的小棒在西夏喉部的骨骼图上指指点点，然后听他说，问题不是很严重，应该是可以治愈的，当然，这只是他的判断，最后结果要等胡教授回来以后再定，手术也要胡教授亲自主刀。他还说了一句像模像样的话：未来只能由未来去证明。

临走的时候，我给了他我的手机号码，请他务必在胡教授回来的时候通知我们，我们会在最快的时间里接受胡教授的诊断和手术的。他答应了，让我到挂号处预约胡教授的专家门诊，这样更有保证。我按照他的提醒预约了专家门诊。

刚得到博士生的诊断那几天，我很兴奋。怎能不高兴，西夏快要说话了。我看到了更好的日子在向我招手，我想，大概是我锲而不舍真诚的生活态度最终把生活本人都感动了，它要让我渐入佳境。倒是西夏比较低调一些，她怀疑最后的那个结果能否实现，让一个哑巴说话，毕竟不像让一个能说会道的人变成哑巴那么容易。这时候我就鼓励她，会成功的，面包会有的，牛奶会有的，有声的世界也会来临的。

这样的好日子并没有持续多少天。有一天晚上，房东阿姨在老柳树底下遇到了我，口气怪怪地对我说："听说你们家西夏很快就能开口说话了？"

我呵呵地笑笑，她说的是我们家西夏，我说："呵呵，阿姨你也知道啦。"

"听你陈叔说的。他说这下好了，西夏能说话了，你们就是一对美满的小夫妻了。"

我记起来了，有一回陈叔叫我陪他下棋，聊天时我说的。太高兴了，我忍不住想告诉任何人。

"八字还没一撇呢，要等专家诊断后才能知道。"

"能说话好啊，"房东阿姨说，"这样她的来历想不说也不行了。西夏也是，都快成夫妻了，还遮遮掩掩的，有什么见不得人的事？"

女房东轻描淡写地说，我听了却止不住哆嗦了一下。她的来历。她的遮遮掩掩。我早就想到这一层，如果她能开口说话了，所有隐藏的都会暴露出来；即使西夏坚持隐瞒下去，我也不会像现在这样接受的。但也就是想了一下，没有真正过脑子。现在女房东把它强行塞进了我的头脑里。

那个晚上我又开始忧心忡忡，该做的事也没做好，力不从心。西夏打着手势问我怎么了，我说没什么，有点累。怎么个累法说不清，就觉得心里缺了一块，身体上使不上劲。然后就颓丧地睡了。西夏打起了小呼噜，我还醒着，一直在想着西夏说出真相时会是什么样子，那个真相会是什么，它让我恐惧。后来睡着了，下半夜又被噩梦惊醒了，我梦见西夏开口之后，一直隐瞒的那个真相出现了，是一个巨大的黑东西，像一口黑洞洞的矿井，把我和西夏决绝地隔开了。我伸手去拉她，她也向我伸手，但我们怎么也无法再抵达对方。那个真相出现后，分离就由不得我们了。我就喊，然后就醒了。

西夏在我身边，被我的喊叫吓坏了。我抹了一把脸上的汗，说没事了，做了个噩梦。她下床给我倒开水，喝过水，我抱着西夏接着睡，凌晨才重新睡着。

我的生活变了，我没法克服自己的恐惧，因为我克服不掉执拗地想象西夏隐瞒的那些东西的欲望，在想象里，它们一例是可怕的，毫无疑问要将我和西夏分开。我比以往任何时候都爱这个打小呼噜的女人，也比任何时候更恐惧她的真相。当西夏出现在我面前时，它开始折磨我；西夏不在身边时，我就觉得西夏随时会消失掉。生活整个进入了连绵的阴雨期。

回家的路上我终于忍不住了，问西夏，我说你很想开口说话吗？

她点点头。她点头点得很迟疑，这些天她已经感觉到我不对劲儿了。

我又问，如果你一辈子都不能再开口说话，你会难过吗？

她看着我，不知道该怎么回答。她把我的胳膊抱紧了，摇晃我的手，她想让我说得更清楚些。

我说："我害怕你说话，怕失去你。"

不知道西夏明白我的意思没有。当一个真相出现，我们的爱情、我们的相守就不是我们说的算了。可是我没法跟她说出这些古怪的想法。

西夏抱住我，在众目睽睽的马路上，脸贴到我胸前，不知道她为什么就哭了。

生活一天一天地过，我在心里算计着胡教授到来的日子。我开始失眠，常常西夏一觉醒来，我还在床头灯下看书。我让她继续睡，我看完了那几页就睡。她很听话地闭上眼，缩在被窝里，抱着我的一条腿。我坐在床上时，她喜欢抱着我的腿睡觉。

一天晚上，西夏刚睡下不久，我在床头灯下看书，手机响了。为了不影响西夏睡觉，我赶紧接电话，一个男声说："喂，王一丁先生吗？胡教授回来了。"

我脱口而出："对不起，你打错了。"就挂掉了。

电话再次响起，我犹豫到底该和他说什么。铃声越响越大，我拿起手机。

还是那个男声："对不起，打扰了，我想证实一下，不是你预约胡教授的吗？"

我在回答之前看了看西夏，她侧着身子面对着我，还抱着我的右腿，闭着眼，嘴角微笑，像在吃东西似的动了动嘴。我一手握着手机，一手抚摸她的脸，开始说话。


　　　　　　　　　2004 年 2 月 28 日，凌晨 1 时，在北大万柳

# 居　延

## 1

这段时间生意火得不行，要租的，要买的，每天几十号人打电话来找房子。唐妥跟老郭和支晓虹忙得团团转，吃盒饭和上厕所都得速战速决。总算遇到个下雨天，办公室里一下子安稳了。北京一年难得下几回雨，稍微下了点像样的雨，所有人都跟到了世界末日似的，发了疯地要从大街上逃掉，往单位跑，往家里跑，能不干的事尽量不干。老郭突然闲下来有点不适应，一圈圈转着圆珠笔，没事就往电话上瞅。支晓虹在涂指甲油，一边涂一边嘀咕，都疯了。不知道说的是谁。唐妥在QQ聊天，顺手就给朋友敲过去这几个字。朋友问：啥意思？唐妥敲：房价呗。敲完了又补上一句：买房的人。北京的房价这一两年的确是高得离谱，吃了伟哥一样，诡异的是，越贵大家越上赶子买，唐妥所在的这个分店一天最多成交七套二手房。只能说是疯了。都疯了。

朋友说：你这鸟人，得了便宜还卖乖。都不买房子你吃个屁。跟着是一个鄙视的表情，大拇指向下。

唐妥说：我他妈累得连梦都做不动了。

朋友说：正经的，哥们，你海陵人吧？

唐妥说：不是，就在那儿念过大学。

朋友说：一样。啪地传过来一个"寻人启事"，大意是，找一个叫胡方域的男人，说一口海陵味的普通话，四十六岁，一米七，戴黑框眼镜。寻人者居延，启事里居延还说，已寻多日，京城米贵，危难在即，希望老乡和朋友们搭把手。然后是联系方式。

唐妥说：靠，尽给我找事，想我英年早逝啊。哪来的？

朋友说：网上瞎转悠看到的，你们海陵人死光了？没一个站出来跟帖的。

唐妥说：北京又不是海陵的首都，哪那么多海陵人。

还想接着聊，天晴了，都下午四点多了太阳还是出来了。阳光一照世界又乱了，大街上凭空长出来一茬茬的人。电话响了，跟着有人推门进来。唐妥赶紧关了QQ，上班时间聊天原则上要扣半个月奖金。等一摊事忙完，唐妥早把寻人的事忘了。

两天后，晚上睡觉前唐妥随手翻当天的报纸，副刊上有人写了篇关于《桃花扇》的文章。看见侯方域的名字他觉得脑子冒出来一个似曾相识的东西，很抽象，说不出来是什么，就歪着头想，想起了胡方域。第二天上班，唐妥忙里偷闲从QQ上找出聊天记录，记下居延的手机号码。据唐妥所知，海陵人在北京还真不是很多。半个老乡，能帮一点是一点。中午吃完饭他给居延打电话，发现竟是个女的。怯生生的声音，背景嘈杂，应该正走在大街上，风把她的呼吸声都吹得飘了起来。

唐妥说："其实我也不知道能帮你什么。"

"你已经帮了，"居延很感动，鼻音都出来了。"在北京我谁也不认识，有个人说句话也是安慰。"

这么一说，唐妥自己都被自己感动了，一股豪情挡不住地往嘴里冒："见面再聊，没准我真能帮上点忙。"

下午唐妥在店里正接待一个咨询二手房的客户，推门进来一个姑娘，这是十一月份，姑娘围了条小白碎花丝巾。她说："唐妥先生在吗？"

唐妥抬起头，一下子没回过神。从来没有陌生的姑娘找过他。支晓虹咳嗽一声说："妥啊，耳朵不好使？"老郭在一边就挤眉弄眼地嘎嘎笑。唐妥想起来了，站到半截的时候说："你是，居延？"

居延下意识地退一步，说："要不你忙，我过会儿再来。"

支晓虹说："没事，他不忙。"又对唐妥说："你去复印那两份合同，这位客户交给我了。"

这是他们常用的暗号，谁有事要先走，另外两个就说那个去复印材料了，以防总店的领导突击来查岗。唐妥会意，但毕竟是个漂亮的女孩子来找自己，提前溜掉有点难为情。他就给他们相互介绍，这是支姐，这是老郭，这是我老乡居延。老郭说，啰唆，还不带老乡去复印。唐妥就笑笑，随便抓了张纸在手里，示意居延跟着他走。

离下班还有一个多小时，他们去了海淀剧院斜对面的麦当劳。居延拿出一张照片，四十六岁戴黑框眼镜的男人胡方域。唐妥摇摇头，没见过。北京接近两千万人，一个人走丢了就是一根针掉进大海里。居延说，我找了一个月零三天，嗓子都哑了。他是我爱人。

唐妥看看照片又看看她，说："你多大？"

"二十六，"居延说，脸突然就红了，"我们还没结婚。"

唐妥想，靠，跟我一样实在。很多朋友告诫过他，别问女人年龄，他就是记不住，一好奇舌头就自作主张。唐妥说："我二十八。其实我在海陵就待过四年，大学毕业就再没回去过。六年了。"

"哦，"居延有点失望，开始把照片往包里装，"这几年海陵变化很大。"

"我记得城南有个体育场，破破烂烂的。"

"嗯，我家就在那附近。"居延眼睛一下子亮了，"我们经常去散步，那天他说去买包烟，就再没回来。你有烟么？"

唐妥掏出烟，麦当劳不准抽，居延捏着那根烟在鼻子前转来转去。因为那个体育场，居延相信了对面的这半个老乡。那天晚上他俩一起散步，胡方域摸了半天摸出个空烟盒，他说去体育场门口的小店里买包烟就回来，居延就倚在跑道的栏杆上等。长跑的一老一少从她面前经过三圈、五圈、十圈，胡方域还没回来，打他手机，一直响没人接，居延想起来他手机扔在家里书桌上了。她回到家等，一夜，一天，两天，一周，她给她知道的与胡方域有关系的所有人都打过电话，也报了案，在报纸上登了寻人启事，一个月过去，杳无音信。她想，真的去北京了。胡方域说过很多次，早晚去北京。她就来了。他丢的时候天还热，现在北京的早晚开始冷了，路两边的树叶子一片片往下掉。

"你想怎么找？"唐妥问。

"我也不知道。"居延说，茫然地看着窗外马路上堵得结结实实的一长串汽车，每个车主都在焦躁地摁喇叭，"北京太大，有点不知所措。"

他们一共聊了三个小时，没聊出多少有价值的东西。唐妥看得出来，那姑娘除了寻人的坚定决心之外，剩下的主要是茫然和恐惧。她说她来的时候什么都不怕，一肚子孟姜女式的悲壮，她没来过北京，不知道北京到底什么样，她知道电视上看见的北京算不了数。但她还是没料到是现在这个样子，如同陷进了无边无际的沼泽地里。唐妥太理解了，他来北京四年，现在想到二环三环四环五环依然犯晕。

临分手，居延问唐妥能不能帮她在附近租到房子，旅馆久了实在住不起。最好离北大清华近点，胡方域说到北京时，提到最多的就是北大和清华，他是大学里的副教授。这也是居延下了火车就住在海淀的原因，她觉得胡方域可能会在附近出没。唐妥说，没问题，他就是干这个的。

## 2

租房子的事唐妥很上心，第二天上了班就看店里的房源记录。当然有，但要挑价廉物美的。有很多房主多年就靠房租吃饭，养刁了胃口，委托给房产中介公司时拼命地把价往上抬，他们清楚中关村这一带地皮金贵，随便在路边搭个棚子都能卖个好价钱。尽量是一居，单住。唐妥找了几家合适的打去电话，三两句话就被回了，都不愿意短租。要短租价钱也贵得要死，还不如住旅馆划算。居延是没法常住的，没准明天找到了胡方域，那明天就可能退房走人；下个月找到下个月就走；也可能找了十天半个月没找到，一灰心中途放弃了。他给居延打了电话，她犹犹豫豫也不敢确定。能知道啥时候找到那还用找么。

忙活了一上午也没见眉目，午休时唐妥想起北大三角地，著名的三角地现在其实就是几块破宣传栏，上面的租房信息比较多，尤其是活租，只要钱跟得上，爱租多久租多久。因为来北大进修、旁听的人太多，一茬茬跟吃流水席似的，手里攥着空房子不愁找不到房客。唐妥就骑了自行车跑过去。运气很不好，正赶上管理人员在那里铲除小广告，地上一摊碎纸片，啥信息都没了。要走的时候，一直站在旁边的一个大妈问他，是不是找房子。唐妥点头，说了大概要求，大妈手一挥，没问题，跟我走。唐妥跟她穿过北大西门进了蔚秀园，看见房子时都快哭了。那也叫一居？就在院子里单砖跑了四面墙，用楼板和石棉瓦苦了一个倾斜的顶；旁边贴着墙又搭了一间更小的屋子，有个蹲坑和一个电热水器。

"没厨房？"唐妥问。

"厨什么房，"大妈说，"北大里面七八个食堂都是厨房。"

口气相当豪迈，好像北大是她家后院似的。有点不靠谱。唐妥借口考虑考虑，骑上车就跑，上班还是迟到了五分钟。公司副总顺路过来检查，正跷着腿坐在店里训话。支晓虹见唐妥进门，抢先说："复印好了？"

"机子坏了，"唐妥立马会意，"等会儿再去拿。张总，早该给我们配台复印机了。"

"配个老婆你要不要？"张总说，"现在公司手头紧，钱都投到开分店上了。奥运会之前房地产走势越来越好，得好好抓一把。"他把五指张开，然后迅速合拢，跟攥住了一个大麻袋一样。

正好有个咨询电话打进来，唐妥接完了张总也走了。老郭说："唐妥，忙忙叨叨干啥呢？"

"帮朋友找房子。"

"什么朋友这么卖命？一上午就没看你消停。"

"我知道了，"支晓虹说，翘着她的绿指甲，"那叫什么？居延！没错，居延。还挺上心呢，没啥瞒着我和老郭吧？"

"支解，别拿老实人开涮了。人家可是来找男朋友的。"唐妥和支晓虹同岁，还大她一个月份，但支晓虹天生有当大姐的癖好，逼着唐妥叫姐。唐妥就从了，本来打算叫肢解，不太好听，就叫支解了，反正音一样。唐妥把在蔚秀园的遭遇说了一通，老郭和支晓虹很生气，明摆着抢他们饭碗。老郭说，那也叫房子？咱们就是失了业也不能叫卖那种东西。

支晓虹在屋子里转了两圈，突然对唐妥说："能不能等两天？没准我可以让一间给她。"

"你？"唐妥和老郭都没明白，"那解夫呢？"

"以后别姐夫姐夫的，八字还没一撇呢。"

老郭一脸坏笑："都在一张床上过日子了，那一撇还是有的。"

"老郭你闭嘴！"支晓虹说，"你就别问了唐妥，姐的事用不着你操心。"

接下来两天唐妥继续找，还是没有合适的。晚上十点半支晓虹给他打电话，如果还没找到，明天就可以让居延搬到她那里住。唐妥问解夫呢？支晓虹说，没有什么姐夫，散伙了，那狗日的滚蛋了，两居室都是她一个人的，闲着也浪费，租一间出去多少补贴点生活。

这是唐妥没料到的，他知道支晓虹这人干什么都讲速度和效益，但是这回分手还是快得过了头，真是迅雷不及掩耳盗铃之势。前几天刚听她在店里咕哝，骂那个四眼狗，看上去戴小眼镜穿西装打领带人模狗样的，一肚子弯弯绕的肠子。现在就散伙了，而且家产都分完了。那房子两居，就在他们分店的楼上，支晓虹等于在家办公。当时小眼镜刚从上海过来做IT，火烧火燎地要找房，做了支晓虹的客户。支晓虹就给他找了这套，跟房东谈价时帮他说了几句好话，因为房东打算把它租给做生意的一对夫妻，他们的孩子要来人大附中念书，也火烧眉毛找房子。最终小眼镜租下了。他很感谢支晓虹，上下班没事就会到店里转一圈，三转两转就把支晓虹转到他床上去了。也可能是支晓虹主动转到人家的床上去的。反正现在

303

他们是散伙了。小眼镜散伙的代价是，卷了铺盖走人，又替支晓虹续交了一年房租。支晓虹觉得白住一年还不足以解恨，应该租出去一间再赚点，就算是捞回点青春和精神损失费了。

"租几天算几天，"支晓虹跟唐妥说，"租金嘛，意思那么一下就行。就当姐跟你一起干好人好事了。"

就这么定了。第二天中午，唐妥帮居延搬进了支晓虹的另一间屋里。为了表示对支晓虹的谢意，他又请支晓虹在附近的"大瓦罐"吃了一顿饭，居延和老郭作陪。

鉴于唐妥的热心，老郭表示了深刻的怀疑。才半个老乡，至于么；最关键的是，居延年轻漂亮，哪个男人见了不想动歪心思，除非他有毛病。背后老郭问，动了没？

"看你想哪去了，"唐妥说，"老郭你都四十多岁的人了还操心这个。"

"那当然得操心。一，这是兄弟你的事；二，现在不操这心，过两年一把年纪了，见了漂亮姑娘连点想法都没了，那多悲惨。"

"说实话，年轻漂亮啥的我还真没怎么上心。我帮她，主要是因为她那老男朋友出走的地方，就是那破体育场，当年我一到晚上就在那里出没。谈恋爱。"

"那一定是初恋，而且被人踹了。"

"老郭，你在房产公司真是屈才了，应该去大学带心理学博士。"

老郭谦虚地说，哪里哪里，我也就多离了几次婚。老郭是个神人，整天乐呵呵的，哪天不高兴了那一定是离婚了，十年来他马不停蹄地离了五次婚。问题在于，他是跟同一个女人。两人一不高兴就离，一高兴又结，不高兴再离。结了离，离了结，再离再结，把民政局婚姻登记处的人都弄烦了，这一次次反复，忙来忙去等于无效劳动。登记处的人跟老郭两口子都熟了，跟他开玩笑，哪怕你换个人离也好啊。老郭就骂他，不厚道啊，我们复婚了我可要说给老婆听的。登记处的人说，你可别，就当我什么都没说，欢迎再次光临。

的确让老郭说对了，老郭是久病成医。唐妥大四那年喜欢同届政治系的一个女生，女生走读，家在市区，离体育场不远，他每天晚上骑自行车跑到体育场和她约会。两人好得每天晚上都想穿一条裤子，但是两人胆子都小，都在雷池这边磨叽，搞得既痴迷又痛苦，每天晚上都在体育场耗到半夜。唐妥先把女孩送回家，再骑车拼命往学校赶。那时候他们师范大学管得严，熄灯后宿舍区的大门就锁上，幸好靠近操场一边的铁栅栏围墙上有根一头脱焊的铁条，一掰就闪出个空当，侧侧身也能挤进去，唐妥每次从体育场回来都得钻这个空当。有一回正钻着，被打着手电的六号楼的门卫老头抓到了。老头用灯光直直地盯住唐妥，说，那是一个洞，你明白我的意思吗？这句话不知怎么就变成了段子在学校里流传开来，很多同学一见到唐妥就说，那是一个洞，你明白我的意思吗？

这只是唐妥初恋史中一个悲壮的小细节，还有很多细节可以说明他为什么对体育场如此心领神会。比如，为了谈恋爱，他的毕业论文因为写得仓促潦草差点被导师毙掉，不是写得不好，而是没达到导师的预期。在他导师看来，唐妥完全可以写出更好的论文。这还不算。因为女孩父母反对，他们约会的时间越来越少，女孩晚上出不了门，唐妥一个人在体育场孤零零地坐到半夜，然后凄凉地回到学校。更可气的是，女孩父母最后找到学校领导，说了一通他的坏话，甚至要求学校将唐妥开除。当然不可能开除，但导致的直接后果是，唐妥毕业后没能留在海陵，市环保局已经决定录用他，到了政审提档案的时候突然决定不要了，系领导跟他说，这里有文章，认了吧。不认也得认，搞得唐妥匆忙回老家的小城当了名中学教师。然后他才知道，女孩她老爹在海陵是个相当的人物，老人家对女儿的一生自有其更好的规划。他的爱情最后是不了了之，不见面不通音信，他听说女孩最后进了市委宣传部。

唐妥也觉得自己的初恋实在是很落俗套，但有什么办法呢。世间的失败爱情无非那几种模式，哪一种最终都免不了似曾相识。可是肠子都跟着打结的难过是唐妥自己的，毕业离校的那几天，和同学们喝完酒他就一个人骑着自行车去体育场，坐到空荡荡的后半夜才回来，觉得自己也空空荡荡，然后一路空空荡荡地淌眼泪。他觉得应该把体育场给记住了，就各个角落走，看。那个时候他还不知道将来的生活会是什么样，以为体育场就是他的一个终点了。所以他要痛彻骨髓地记住。当然，后来的生活一直在变，神仙都预料不到，谁会想到他能从那个小城的中学里辞职，去南京，又来北京，在一家房产中介公司的一个分店里帮别人买房子、卖房子，租进和租出房子。

他决定认真帮助居延，主要是因为那个破体育场。那是他们的接头暗号。两个沦落人相遇他乡，相互跟对方说：我来这里是因为那个体育场。够了，别的什么理由都不需要了。

## 3

安置好居延，唐妥去了趟青岛，参加表弟的婚礼。回来后支晓虹就数点他："妥啊，你那老乡头脑有问题。"唐妥一愣，以为居延影响了她的生活，且听支晓虹继续，"找什么找？明摆着那丫胡什么不想跟她过了才把自己弄丢的，找到了有屁用？还丢！"

这几天，支晓虹迅速把自己弄成居延的闺中密友。居延的确也单纯，三两句体己话就愿意轻信别人。凭支晓虹的外交能力，用睡前醒后的那点时间足够将她们的聊天深入下去，基本上明白是怎么一回事。支晓虹的结论是：如果胡方域不是死掉了，那一定是自己主动人间蒸发的。都蒸发了，还不明白吗？她认为胡方域跟小眼镜一样，男人都是他妈的一路货。她就是站在居延跟前的一面活生生的镜子，可居延就是不明白。要命，女人都傻，没见傻成这样的。

支晓虹显然没能从自己失恋的不幸中脱出身来。但你得承认，她不是一点道理都没有。太平盛世，一个人没了，活不见人死不见尸，警察都没招，还能说明什么问题。

"就算那丫胡什么不是跟哪个小妖精私奔，"支晓虹又说，"也没这么找人的。指望马路上俩人迎面碰上，玩传奇哪！"

"那支解的高见是？"唐妥问。

"扔掉那男的别管了，"老郭插一嘴，"跟咱唐妥过拉倒。"

支晓虹拍一下老郭肩膀说："我看可以。咱俩想到一块去了，吧！"然后暧昧地跟唐妥说："妥啊，那娘们皮肤可是一等一啊，我都想上去摸一把。"

他们经常这样开他玩笑，只要有年轻漂亮的女孩来店里，等人家一走，他俩就在口头上为唐妥乱点鸳鸯谱，好像唐妥害了多大的饥荒。唐妥也习惯了，笑笑就过去了，反正都不当真。但这次唐妥脸有点红，毕竟居延从海陵来，做支晓虹的邻居也跟他有关系，不是过去玩笑中的那种冰凉的顾客。红一下也就过去了，唐妥解嘲说，同志们，我唐妥也是有过女朋友的。

支晓虹说："对，把这事都忘了，咱们妥儿有过三个女朋友呢。"

老郭说："这不是为他操心第四个嘛。"

正开玩笑，居延在玻璃门外敲了两下，可以进来吗？支晓虹一个劲儿地招手，进进进。居延进来对大家点头笑，然后问唐妥："中午能请你帮个忙吗？"

老郭替他回答了，没问题。唐妥只好点头。本来他想趁机眯一会儿，坐了一夜的车，现在直犯迷糊。

午饭后唐妥硬撑着在电脑上玩"连连看"，等居延来找。十二点一刻，居延急匆匆地来了，叫上唐妥就往人民大学走。问她也不说，直接进了人大的照相馆。居延跟摄影师说，可以照了。摄影师让他们俩并排坐在一条长凳上，在镜头后指挥，靠紧点，再紧点，对，笑一下，亲热一点，像平常一样。唐妥的脖子还是硬的，发现居延已经把脑袋侧到他肩膀上头了。闪光灯亮了一下，摄影师说，搞定。唐妥心里毛茸茸的感觉还没消退，已经有人帮着把照片打印出来了。居延在照片上轻轻地笑，唐妥发现自己也在笑，一脸僵硬的幸福。即便如此，唐妥还是觉得自己照得还行，对不起摄影师和八百万像素的机器。可是，这是为什么？

居延已经出了门。唐妥跟上，在人大的校园里快速地走。很难相信居延能把路走得这么快。他们来到一间复印室，居延掏出一张纸，把照片粘在那页纸下方的空白处，跟复印的女孩说："五百份。"唐妥看清楚那是张"寻人启事"，寻胡方域，纸页的右上方有他的二寸免冠照。五百张"寻人启事"正哗啦哗啦从一体复印机里吐出来，两男一女的脸复印得都很清晰。唐妥终于忍不住，这成了什么事。

"晓虹姐说，他可能不想要我了，"居延盯着"寻人启事"说，"我不信。如果他还想着我，见到这照片一定会找我的。"

唐妥明白了，他不尴不尬地把脸放在她旁边就是帮忙装成一瓶醋，让胡方域尝到点滋味。她以为男人扛不住二两酸？太荒诞了。简直可笑。越发觉得支晓虹说得对，都能弃你而去了还在乎这点酸？

"你生气了？"居延无辜地扑扇着两只大眼睛，"我知道他是不会不要我的，他一定是遇到事想不通才走丢的。看到照片他就会回来找我，他一直都不喜欢我和别的男人在一起。"她看见唐妥手插口袋一直吧嗒嘴，开始看自己的脚尖，半天才说，"如果你实在不愿意，我再找别人。"

唐妥心一横，就当陪她过家家了。这个忙他若不帮，怕是没有谁会头脑发热借张脸给她用。幸亏女朋友跟他散伙了，要不看见这"启事"也得跟他散。在他的经验里，这种匪夷所思的女孩还是头一回碰到。想想又觉得正常，那个姓胡的男人也够莫名其妙的，真是不是一家人不进一家门。黑碗打酱油，对色了。

第二天唐妥的手机响个不停，不是电话就是短信，争相说他们看见他的结婚照了：老婆挺漂亮嘛；啥时候办喜事啊；都登记了也不吭一声，太不哥们了；什么时候可以瞻仰一下嫂子或者弟妹啊；那戴眼镜的男的是你大舅子吗；好日子总算开始了；等等。几十号人前来慰问，唐妥都不知道自己在北京竟然还认识了这么多人。他一遍遍地向朋友们解释，他不过是帮朋友个忙，就是个劣质花瓶，可没人相信。帮忙帮到电线杆子上、天桥上、楼道口、公交车站、大学里的海报栏，这个人情不是一般的大啊。就连前女朋友也发了条意味深长的短信，说：挺快的嘛！！！！！！标点符号比汉字还多两个。唐妥都蒙了，这家家过大了，前女朋友住回龙观，是在家办公的时髦SOHO，她都知道了，可见已经大白于天下了。他咬牙切齿地给居延打电话，她正在朝阳区张贴"寻人启事"，听说那么多人看到了启事，开心地说：

"太好了，方域一定也会看到的，谢谢你啊唐妥，我还得继续贴。"

然后就挂了，一点都没听出唐妥的声音都变成铁青色了。气得唐妥直跺脚。老郭和支晓虹在旁边忙活，一脸坏笑。唐妥逮了空上网，想把那个罪魁祸首的朋友骂一顿，刚登录QQ，朋友发过来一张图片，还是那个启事。胡方域板着脸，他和居延笑眯眯地把脑袋扎一块。朋友接着发过来一句话：兄弟，够快的，过去咋没看出来呢。附一个两只眼都变成红心、嘴角口水直流的色眯眯的表情符号。也就是说，居延带着他已经进军网络了。一场浩大的海陆空立体战。唐妥绝望地关了QQ，世道乱了。

老郭幸灾乐祸地说："兄弟，往好里想，你俩要真成了，结婚照都省了。"

"都跟你似的，脸老皮厚。"支晓虹说，"结多少次婚用的还是同一张结婚照。妥啊，那启事我也看了，起码没打上你名字吧。"

唐妥一想，没错，的确没自己的名字。总算保全了一点贞操，不幸中的万幸了。跟着出了口长气。

# 4

等居延向他道歉时，唐妥火气早消了。一是唐妥性格如此，过了就忘了。二是他前两天接了个打错的电话，他说他不是武冰，对方不信，那你是谁？唐妥。唐妥是谁？没听说过。这也是常有的事，但唐妥就想进去了，妈的，没人知道你是唐妥，还理直气壮地报出家门，你以为你是谁啊。然后想到居延的"寻人启事"，实在没必要惊慌失措。不就借张脸么，多大的事，就算名字打上去也没什么，还真把自己当个人物。居延也不容易，一张张贴出来，一次次往网上发，换了自己女朋友丢了，他未必能千里迢迢地来忙活。

居延说："我请你们吃饭。"

距照相那天已经一周，很多人见到了那张"寻人启事"，这两天已经没人再向唐妥通报他曾被瞻仰过。这说明认识唐妥的人也就那么几个。但是胡方域杳无音信。居延依然说，她谢谢大家，在支晓虹的房子里亲自下厨，请唐妥、支晓虹和老郭吃饭。

手艺不错。他们都吃出来了，尤其红烧和清炒两种，该浓酽的麻辣香醇，该清淡的松脆清明。唐妥他们三人在北京待久了，都染上了一口麻辣，吃得丢了半条舌头，就好奇居延生活在海陵，居然也麻辣得如此地道。居延腼腆地笑笑说：

"他喜欢麻辣。"

为了胡方域对辣椒和花椒的嗜好，她花了整整一年时间学习川菜，厨房的墙上贴满了从网上下载的菜谱，办公桌抽屉里也放着两本书，没事了就翻出来瞄一眼。她是南方人，过去沾了麻辣就跳脚，现在若去重庆和成都，吃遍一条街都不会有问题。热热闹闹的饭桌上慢慢就静下来，大家突然发现胡方域走丢对居延来说是件多痛苦的事了。两分钟之前还觉得居延千里寻准夫挺好玩，甚至荒谬和滑稽。看来凡事只要你干得认真，都能够生出足够的悲剧感来。

支晓虹咬着筷子问："你要找到什么时候？"

"找到他走到我跟前，说，我们回家。"

她在一所中学教书，碰上了他也去上班，下了课她就在办公室里等他，等他站在门口敲敲门，说我们回家。她习惯了。她的中学跟他的大学相距不远，都上班的那一天，他们只骑一辆电动车。当然

311

这是在居延离开工作单位之前。从去年开始，胡方域觉得两个人都忙，家里就荒了，也不缺那几个钱，就让居延办了停薪留职。居延有点舍不得，但也没到伤筋动骨的地步，就回家做了全职准太太。胡方域课不多，但学问做得辛苦，的确也需要一个人专门伺候。

"有希望么？"老郭说完了才觉得自己不厚道。

"只要我在找，就有希望。"

唐妥没说话，只在心里摇摇头。虽然居延的回答坚决得如同格言，但如果胡方域根本就不在北京，或者打死也不愿意露头，前提都没了，哪来的希望？这相当有可能。太有可能了。唐妥觉得他这辈子最大的美德之一就是，不相信奇迹。但是居延的信心像只防风的打火机，慢慢地又把饭桌上烤热了。大家换了个方向继续聊。

就说到了拉郎配借唐妥做花瓶。居延再次道歉，也是没办法的办法。她进苏州桥北边的大洋百货里买手机充值卡，旁边是拍大头贴的摊位。一个女孩挑了几个大头贴相框，拍的时候发现有个相框太大，一个人根本填不满，问了老板才知道那是两个人合影的相框，当然大。女孩就拉了一个正挑旅行包的陌生男孩来填空。男孩说，你朋友吃醋咋办？女孩气呼呼地说，酸死他，让他不陪我！居延觉得倒可以借鉴一下，胡方域能吃麻辣也能吃醋。谁知道还是没效果。居延说，一定是他没看到。

"要是他还念着你，不用找也会回头。"支晓虹还守着她的老逻辑。

"我一定得找到他，"居延把茶杯转来转去，"没有他，我都不知道以后该怎么办。"

"没他怎么就不行？一个人有这么重要么？"唐妥说。

"人家感情深呗。太感动了，"老郭吃了辣椒似的嘶嘶啦啦直吸气，"以后不能再离了。"

唐妥的疑问得到支晓虹的附和。支晓虹没离过婚，但她前后谈过不下八个男朋友，不知怎么就好上了，一不留神又分了，马不停蹄地花前月下，因此十八岁以后的生活格外充实。分多了就没感觉了，所以也不觉得哪个人有多重要。三条腿的蛤蟆难找，两条腿的男人遍地都是，死了一半地球照样转。

居延小声说："我都明白。"就不往下说了。倒是老郭有了某种优越感，喝着居延的啤酒数落唐妥和支晓虹："你们哪，一个字，俗！"

支晓虹赶紧摸胳膊，这是他俩习惯性的斗嘴，呀呀，老郭你看，鸡皮疙瘩掉了一地，都是你给瘆的。

一通大笑。接着说正经事，怎么找更有效率。说来说去无非那老三篇，不过就是再来一遍，往细节上落实：人工找，在街头和网络上发寻人启事；在报纸上登寻人启事，比如《北京晚报》和《新京报》等；报警，让警察帮忙。后来唐妥又想出一个，发动连锁的兄弟店面一起帮忙，在每家房产中介的房源信息张贴栏里贴上一份寻人启事，多一个人看见就多一分希望。这事有点难度，得支晓虹和老郭一起上。支晓虹拿下公司最高领导，让他同意加一份寻人启事；老郭是本店店长，负责把兄弟店长搞定，务必认真帮这个忙。至于唐妥自己，他住在北大西门外，每天上班前坚持到北大和清华贴一圈启事。

就这么定了。第二天也就办成了。

难度最大的是支晓虹，她亲自跑到公司总部，先是磨了半天副总，副总不敢点头，因为这事说小是小，说大也大，一堆房源信息里猛不丁蹦出个寻人启事，实在有点怪异，影响公司形象。支晓虹只好又去磨正总，把居延都上升到了现代孟姜女的高度。孟姜女起码还明确知道老公在长城工地上，居延根本不能确信她男朋友是否在北京，帮一个弱女子胜造七级浮屠啊。而且，换个思路想，一张扎眼的寻人启事恰恰说说我们公司仁爱义气，这是免费的广告呢。支晓虹没想到自己的口才这么好，把自己都感动得鼻涕眼泪一大把。老总扛不住支晓虹不停地抽他办公桌上的抽取式纸巾，就答应了。

回到店里，支晓虹趾高气扬地一挥手：统统拿下。晚上到了住处，她沉痛地对居延说，不容易啊，为了你我差点跟我们老总上床了。居延心眼实，看不出来她在开玩笑，答应一定好好再烧一桌川菜请他们吃。

唐妥的工作最简单，也最烦琐，每天都要往北大清华跑。启事上依然有他貌似幸福的脸，张贴进海报栏时常有学生惊异地发现，照片上那个面带微笑的男人好像跟贴启事的人很像啊，就勾过头来看他。唐妥笑笑说，是我。习惯就好了，就像每天他得早起四十分钟，开始困得眼睛睁不开，几天也就习惯了。

《北京晚报》和《新京报》分别刊登了"寻人启事"，间隔三天。启事见报的那两天，唐妥都有点神经质了，一看见别人在看报纸，就下意识地去瞅他们看的是否是刊有启事的那版，若是，就继续看人家眼光落在哪里；如果不是，他就会失望得干着急，恨不得直接上去指明方向。就那么小豆腐块大的方框，淹没在众多广告和别的信息里，唐妥心底里对它几乎不抱任何希望，作为一个资深的报纸读者，很多年来他都没想过要把眼光偶尔放到那个嘈杂拥挤的地方。

二十二天过去，北京如常。居延早出晚归，回来时依然是孤身一人，当她站在房产中介的店门口时，唐妥、支晓虹和老郭一起对她无奈地摇摇头。所有的信息出去后再没有回声。那天傍晚，天挺冷，居延站在店门口，隔着玻璃门对唐妥说：

"我不知道该怎么办了。"

## 5

这是北京的十二月底，风把居延的呢子长裙吹斜了。衣服是她到北京现买的，短皮靴上的两个小绒球摇摇晃晃，脚很小。她说，我不知道该怎么办了。

唐妥拉开门问："没希望？"

"积蓄不多了。"

冬天黑得早，五点刚过北京就影影绰绰。支晓虹带客户去看房子了，老郭在电话里通知客户房源情况。唐妥小声跟老郭说，他去复印，就跟了居延去了她的住处。暖和的地方好说话。

居延的房间收拾得清爽温馨，床头柜上摆着她和胡方域的合影。胡方域脸瘦长，下巴尖得好比左右两刀利索地砍出来的，这让他看起来更像是个搞哲学的。在唐妥的想象里，哲学副教授也应该是这副尊容。居延就圆润多了，这样的前中学语文老师一定招学生喜欢，长得就有亲和力。唐妥把合影的相夹拿起来，他记得上次没有这张照片。

"看什么呢？"居延给他端了一杯茶。

唐妥放下相夹，说的跟内心的感觉完全相反："挺有夫妻相的。"

"我怕挺不住了，"居延说，"卡里的钱越来越少。"

正说，手机响了，是居延的父亲。唐妥在旁边听得很清楚，老爷子态度强硬，一分钱没有，赶快回来！挂了电话居延坐在床上一声不吭，在她预料之中。唐妥早就知道她父母一直不支持她来北京。唐妥说，要不给你妈再好好说说？当妈的心都软。居延摇摇头，他爸总算对搞哲学的还存着两分敬畏，她妈更难缠，她才不管什么哲学理学，对准女婿就没有过好脸。她妈从开始就极力反对她和胡方域在一起。她停薪留职她妈更反对，没了经济来源，等于自己主动把脑袋系到别人的裤腰带上，随别人摆布。男人没一个靠得住，胡方域这样的，尤其靠不住。居延说，在家我理财。她妈说，屁，你以为你都抓到手了？胡方域失踪之后，她妈说，看看，没说错吧，他要没有小金库，出门喝风啊。

"我妈信不过他。他是我老师，比我大那么多。还没离婚就跟我在一起。可是他的工资卡的确在我这里。不过现在也要空了。我知道爸妈错怪他了。"

哦。唐妥又去看胡方域，他的眼光从黑框眼镜后面冰凉地直着出来。唐妥和居延念的不是一个大学，没领略过胡方域老师优美雄辩的口才，连胡老师的名字都没听说过，但是居延说，胡方域在他们学校尽人皆知，张嘴就是一篇美文，所以中文系的很多学生都跑哲学系去听他的课。居延是众多旁听中的一个，她会早早地去阶梯教室占第一排的座位，在最近的位置上感受胡老师让人绝望的才华。她喜欢胡方域讲课时五指张开不停翻转的手势，他引经据典无视讲稿，从黑格尔说到莎士比亚，从王阳明说到帕斯捷尔纳克，到北岛，到《春江花月夜》，既是思想的盛宴也是修辞的杂技，听得大二女生居延常常忘了记笔记。

刚进大三，她继续旁听胡方域的课。有一天下课，她和女同学一起去校门口买零食，聊起找男朋友的标准，她语出惊人，要找就找胡方域那样的。正好胡方域骑着辆破自行车从旁边经过，听见了，跳下车，当着众同学的面热烈地表扬了居延，他说好，有追求。搞得居延一个大花脸。当时他还不知道居延的名字，不过很快就知道了。下一次课，居延不好意思坐第一排，换到了中间位置的靠近过道的一个位子。课间休息胡方域走到她旁边，拿起她的笔记本看了看，指着她名字问，复姓吗？居延说不是。胡方域说，想起了"呼延"。那是个复姓。

事情好像就此拐了个弯，朝着两人都从来没想过的方向加速度发展。居延也说不清是怎么回事，有意无意地看着胡方域就走神，她也经常看见胡方域上课时抽空就往她这里瞟，两个人目光交交错错又躲躲闪闪。大三上学期最后一节课，胡方域下了课走到她面前，说，你要的书。她从来没向他要过书，也没借过，甚至课间对话都没有超过三个回合。但她心领神会地接过书，慌忙地装进包里。出了教室她跟同学说要去厕所，她把自己关在挡板后头拿出书。胡方域刚出的一本学术随笔，印数三千册，里面夹一张字条，写着：如果你觉得课上得不好，请跟我讲。然后是一串电话号码。她从厕所出来，和同学一路聊回宿舍去，同学说，居延你今天话有点多啊。她悚然一惊，说，这不快放假了嘛，高兴。

犹豫了好几天，离校的前一天晚上她还是给胡方域打了电话，她颤颤巍巍地说，胡老师。胡方域十分家常地说，有空喝个茶吧，之乎者也，七点。"之乎者也"是个茶馆名。像个建议，又由不得你推辞。居延去了。那天晚上过了十点，她就被一个已婚男人抱在了怀里。那男人对她说，像做梦一样。她听了也像做梦一样，觉得相当幸福。

开了头就刹不住车，一个假期虽然除了电话没什么大动作，但开了学全补回来了。一而再，再而三，三至不竭。所有的师生恋大概都一个套路。开学的第一周里，她就是他的人了。她什么都不敢说，不敢要，一切行动听指挥。但还是被他老婆知道了，要到学校来闹，被他压下去了。胡方域总是有办法。他做什么事都有计划有步骤，睡觉的时候头脑都清醒。他跟居延说，这事你别管了，念你的书，毕业了再说。居延也就心安理得地等待毕业，课外时间去胡方域指定的地点幽会。幽会地点像胡方域的逻辑一样稳妥安全。父母知道这件事后，要死要活不答应，胡方域说，这事你也别管了，我来。她都不知道胡方域究竟是如何摆平这些事的，尽管到她毕业时他依然没离成婚，父母依然严重反对，但生活基本上风平浪静，没人给她找麻烦，甚至到毕业为止，同学们也不知道她正和一个已婚的老师谈恋爱。

当然，后来他离了，他们住在一起。胡方域说，等他评上教授就结婚。居延说好，她听他的，一直听他的。就像胡方域说的：听我的没错。居延慢慢习惯了，她喜欢听自己男人胸有成竹地说：这事你别管了。他能把所有事情都搞定，生活规划、人情来往、工作方向，统统搞定。她没什么需要自主和反对的，因为他总是很有道理，那些道理强大得让她觉得自己的任何反对都不可能是正确的。这些年都是这样，她在他预设好的生活轨道上过日子，她只负责最小意义上的那个"生活"。很好。她过得很好。有如此精确的指南针，她慢慢地就把自己的那点对生活的方向感给忘了。没必要。

现在的问题是，他丢了。如果不是"出了事"，居延猜测是和没评上教授有关。系里远比他水平次的人评上了，他没有。更要命的是，他觉得那些人根本就不配和他一起坐而论道。以他的水平，理当出入北大清华。

"真不会有，别的女人？"唐妥又问出他们店里一直不放心的俗问题。

"不会。"居延相当有把握。

唐妥想想也是，凭胡方域对居延生活的掌控能力，有了第三者也不至于私奔。然后就想到武侠小说上常有的走火入魔。高级知识分子的精神生活唐妥没经验，搞不清深浅，没准是胡方域想事想得偏执，没头没脑不知道自己是谁了，那丢起来就容易了。但这话不能说。

"还找么？"见居延半天没说话，唐妥就说，"先用我的。"

居延还想再挺挺，半途而废她说不定会后悔一辈子。她也不愿意用唐妥的钱，大家都不容易，也不是长久之计。最好的办法是找份临时工，可她不知道自己能干什么。除了教书和过日子，这些年她没有学习任何别的技能的机会。在胡方域的规划里，等他评上教授，有了孩子，她这辈子好好相夫教子就可以了。

只能找找看，北京这么大，一个临时工应该不成问题。说干就干，唐妥拿出手机给朋友们群发短信，让哥们都帮着想想办法。

## 6

两天后就有朋友招呼，朋友的朋友搞了个文化公司，缺个机动秘书。唐妥没弄懂何为"机动"秘书，怀疑是"机要"被没学问的朋友说岔了，带着居延去那公司。按地址走，总觉得走错了，他们进了西苑附近一栋破旧的居民楼，大白天的楼道里黑灯瞎火，照明灯也坏了。敲完门，伸出来一个三十来岁的上半身。唐妥说："吴总吗？应聘机要秘书的。"

吴总把下半身也移过来，纠正说："是机动秘书。请进。"

一居室潦草改造成的办公室，客厅的墙上挂着公司牌子。业务范围包括：国内外动漫发行，代理与制作，电视台、报纸、杂志、网络等多媒体发行；卡通、商标业务开发与授权，授权产品包括包装纸和硬纸盒、塑料制品以及各种服装、装饰材料、球类、学生用品、粘贴画、厨具、书刊、玩具、食品等。唐妥把这段文字反复看了三遍，还是没能理清个中关系。如果不是表达上出了问题，那一定是该公司业务高端他不明白，他对动漫啥的确实也一头雾水。吴总解释，所谓机动秘书，就是不需要每天都上班，有活就干，没活就在家歇着，工资嘛，干活时才有钱。

"相当于小时工？"唐妥说。

"不能这么说，"吴总说，"主要是这会儿是业务淡季，熬过去了，好日子就来了。十个八个人都得忙得跌跌爬爬。"

"那现在几个人？"居延谨慎地问。

吴总用下巴指指自己，又指指居延。唐妥以为他还会再指一个地方，他却把手塞口袋里了，半天摸出一根皱巴巴的中南海香烟来。很可能是最后一根，唐妥只好说自己从来不抽烟。"我们要简捷高效，"吴总说，"建设节约型社会嘛。"

"那面试需要什么程序？"

"已经面试过了。明天就有单业务，上午八点上班。简捷高效嘛。"

唐妥和居延面面相觑出了该公司。两人都犯嘀咕，像个骗局啊。唐妥给他朋友打电话，朋友说，放心，那哥们人品还是说得过去的。他过去给央视倒腾过动画片，赔了，只好挣点鸡零狗碎的小钱了。唐妥还是不放心，居延说先干着吧，闲着也是闲着。

连着几天居延被使唤得团团转。先是跟着吴总去河北一家小印刷厂谈一本书，有人花钱委托他们公司出书，吴总赚其中的差价；

接着是接了一单印名片的活儿，居延负责在一家打印店里监督；再有就是跟着吴总去给别人拍结婚录像，从大清早忙到闹洞房结束，那洞房闹的，每个节目都围着下半身转，居延都不好意思看；还跟吴总去竞过一次标，打算承办一台大型社区演出，吴总跟人家谈得嘴角冒泡还是没竞下来，气得吴总大骂，这帮混蛋当官的，口袋都撑破了还要那么高的回扣。接下来几天啥活儿都没有，吴总说，先回家歇几天吧。

居延消停下来才觉得累，一觉睡到吃午饭。她算了算，除去吃喝，平均下来一天赚五十。这个数有点寒碜。支晓虹把唐妥骂了一顿，忙得跟陀螺似的才这点，你怎么给找的工作。唐妥很冤枉，北京这破地方，满地都是钱，但不是什么人弯腰都能捡到的。

"我觉得她在这儿干耗着不是个事。"老郭忧心忡忡地说，"苦海无边，回头才是岸哪。"

支晓虹说："我一直都劝她回去。一个臭男人，他妈的也配！"

他们正忙里偷闲热烈地讨论，居延来了。她说："我想回去一趟。"这很正常，但是大家还是吃了一惊，居延说，"趁着手头的钱还够路费。"唐妥他们不知道她已穷到了这个地步。

夜里北京下了雪，飘飘扬扬到第二天晚上才停，唐妥送居延去火车站坐晚上十点零二分的火车。空气清冷，公交车开得慢，马路两边万家灯火。唐妥问她还回来么？居延答非所问，说那几天她也没闲着，一有空就找地方贴"寻人启事"。她说，我把启事都贴到河北了，为什么还不让我找到？唐妥一歪头看见她满脸都是眼泪。居延像自言自语接着说，找了一天回来，我心里就空荡荡地害怕，那感觉就像过桥的时候，怕前面的桥忽然断了。唐妥递给她纸巾，说：

"回去待几天再回来。"

八天后的上午九点，唐妥看见门口站着居延，长过膝盖的白羽绒服，围巾金黄。从她走的第二天他就习惯性地往门口看，终于看见了。唐妥去开门的时候，撞到了办公桌的桌角上。

中午在"大瓦罐"聚餐，唐妥主动要求请客。他们都想知道这几天居延干了些什么。胡方域依然没有音信。钱。居延回了一趟父母家。为了让女儿断了念想，老两口咬牙切齿地不给一分钱，但临走的时候母亲还是偷偷地塞了两千块钱在她包里。这两千块钱让居延回海陵的车上掉了一路的眼泪。她去了停薪留职的学校，想从那里借些钱，领导一口回了，别说借钱，就是现在她要回来教书都有麻烦，她留下的坑由新调来的老师填上了，没位置了。也就是说，她基本上不算那学校的人了。

"众叛亲离了。"居延说，"众叛亲离好。"

"有我们。"唐妥说，"喝酒。"

## 7

找到新工作之前，居延决定还去做那个机动秘书。可吴总那边动静越来越少，一月中旬了，离春节越来越近，他那一个人的小公司能干的活儿实在不多。居延挣到的那点钱仅够印制"寻人启事"的单子。唐妥和支晓虹他们也在帮着找，没有合适的，或者说没有他们认为合适的。电梯工他们瞧不上；钟点工也不合适；倒是一个兄弟店面需要人，公司又要求签长期合同。居延不想麻烦他们，可又不得不麻烦，她的情绪低落以至痛恨自己的没用。正值严冬，出了屋冷风就扇人耳光，树干光秃，高楼和马路形容枯槁，居延走在路上像无家可归。来北京很多天了，寻找胡方域的坚定古怪的信心和激情一直充满全身，陡然就瘪下去。她在傍晚感到前所未有的虚弱，只好在天桥的台阶上坐下。一个乞丐经过，向她伸出手，她给了三块钱。一会儿又来一个，她又掏出五块钱。第三个乞丐经过时，她翻遍了口袋也没找到一分钱。早上带出来的钱都用光了。她对乞丐摆摆手，天黑了。

最后还是居延自己找到了一份工作，老本行，教书。

起因是她收到一条广告短信。某假期学校寒假招收课外补习班，欢迎报名云云。既然招学生，一定需要老师，居延就硬着头皮去报名地点打听。之所以蓄了半天的勇气，是因为这么多年如此大事都是胡方域的范围，她独立面对的已经是事情的结果了。她胆怯地问是否需要老师，工作人员漫不经心地说，哪个学校的？她说外地的。那人说，那就算了。居延说，我可以和北京的老师一样完成教学任务。那人转了一下眼珠子，说，这课可是要上到年根的。没问题。那人就去打电话，回来时说，先试讲。居延就在那间狭窄的报名房间里对着两个工作人员讲起了《从百草园到三味书屋》。十五分钟后，像头头的那人一挥手，定了。一个小时两百块钱，税另算。居延赶紧点头。这个庞大的数字。

独立找到如此好的工作居延十分开心，向唐妥他们汇报的时候兴奋得都有点难为情了。"终于做成了一件事。"她说。坚持让大家再品尝一次她的川菜。

第一堂课备得很认真，课上得比她预想的也要好。快两年没上讲台了，刚开始讲课还有点紧张，尤其是看见教室后面坐了一堆陪读的家长，脑门子上直冒汗。十分钟之后渐入佳境，声音高亢圆润，思路清明。家长们在点头。工作人员跟她说过，课上得如何，家长的脸色就是指标。这帮家长大多是高级知识分子，一肚子墨水，中学教育不擅长，但好赖是能听出来的。果然，下了课好几个家长夸她的课好。她没想到在陌生的城市里能够得到别人的肯定和夸赞，两年前她的课不也是这么讲的么，为什么丝毫记不起有如此巨大的成就感？回住处的路上她转着脑袋想，总算想起胡方域当年说，中学教育就是个基础教育，跟思想搭不上边。她当时也这么认为，的确，和胡方域的皇皇理论相比，她的工作只是小儿科。但现在不同，居延觉得自己孤身一人站在了风口上，大风从四面八方来，她挺住了。挺住的感觉很好。

她给唐妥打电话，只说了一句话就哭了。她说："我还有点用。"

唐妥说："好，咱们庆祝一下！"

有天上课，刚开讲居延看见唐妥像个神仙似的坐在后面，她想起唐妥今天休息。有这个特殊的听众，那节课讲得稍微有点乱，不过别人看不出来。唐妥说，他从北大过来，顺便长长知识。他夸居延的声音很好听，转身板书时姿势也漂亮。还有啊，你写字的时候小拇指是翘起来的，家长们在私下里说，居老师是个好老师。居延就红了脸，瞎说，他们才不会呢。会的，他们就这么说的，你的课程啥时候讲完？该提前订回家的车票了。一过年，北京去全世界的火车票都难买。

"腊月二十六。"

"没问题，我从公司帮你订。"

腊月二十六课程结束。一天上四小时，所有时间算下来，税后还挣了七千多。这个数让居延直愣。她当然见过更多的钱，但独立一个人在北京能挣下这么多，她还是一下子回不过神来。那感觉就像六岁那年，一个人走夜路去迎从外婆家回来的母亲，竟一口气走了五公里，路两边风声起伏，杂草丛生。事后想着都怕，何等惊险。

结账前一天，工作人员问她，是否愿意接着上，家长的反映很好。课时费有所提高，一小时三百。居延想都没想就答应了。拿到课表才意识到，春节回去的日程要改了。新课上到腊月二十九，休息三天，大年初三接着上。这么一来，唐妥帮忙订的腊月二十七的票得退。她找到唐妥。退票没问题，唐妥来办，只是腊月二十九的火车票可能有点麻烦，公司集体订票已经结束，他这两天去售票点排队试试吧。让居延安心上课。

当天晚上唐妥就去人大的售票网点排队，第二天抽空就溜出去再排队，直到腊月二十七的下午依然没放弃，漫长的队伍一次次排到头，售票员告诉他的都是同一句话：没票。唐妥只好将这个不幸的消息告诉居延，他晚上的火车回家，没法再去排队了。

"见了鬼了，"唐妥说，"都说每天晚上七点会放一批票，可我每次在七点问他们，总说卖完了。这他妈的整整一火车的票都卖给谁了！"

老郭说："没听人家说，在北京，过年买张火车票，比他娘的现找个老婆还困难。"

居延安慰起唐妥，没事，这两天她再试试。实在买不到票也无所谓，反正初三还得上课，咱把年过到首都来，也挺好。

唐妥回家了。支晓虹和老郭都回家了。他们放年假。居延上完课就去售票网点排队，永远都是让人绝望的漫长队伍。她听见前头有人嘀咕，现在你到北京大街上转一圈，只要哪个地方有队人像尾巴一样弯弯曲曲地甩出来的，一定是售票点。居延排了六次队，一直到腊月二十九号下午，还是没买到票。一生气，回到住处把整理好的行李打开，我他妈还就不走了！哪儿黄土不埋人。就在北京过了，就不信过的不是年。年前所有课都上完了，她拿到一万块钱。鼓鼓囊囊的一堆现金让她信心倍增，钱难挣都挣下了，还过不了一个年。她给父母打电话，今年不回去了。母亲在电话里难过得哭了，三百六十五天就过这么一个年，你还不回来，你一个人孤零零的这年怎么过啊。

"别人怎么过我就怎么过，"居延豪情万丈，"不就个年么！"

# 8

年三十上午她依然保持了旺盛的斗志，去超市买了一堆年货，鱼、肉、饺子、汤圆，还买了五副对联和一个巨大的中国结。马路上到处是慌慌张张的车辆和行人，都赶着往家跑。居延心想，过个年犯得着如此迫不及待么。她拎着年货慢悠悠回到住处，开始打扫房间。支晓虹的钥匙留给了她，因为电视在她的屋里，居延顺便把支晓虹的房间也打扫了。擦洗收拾完毕，开始贴对联，她把每扇门都打扮得喜气洋洋，客厅的墙上挂着中国结。忙忙碌碌一个白天就过去了。

刚开始做晚饭，唐妥来短信：饺子买了没？

居延回：正煮呢。

唐妥又说：没啥事吧？有就给我信。先拜年了。

居延回：能有啥事？翻过年我就二十七啦。给你和你家人拜年。

回短信时她还想，哼，小看我。饺子煮好，刚送进嘴，遥远处传来隆隆的闷雷声。大冬天不该啊。冷不丁窗外炸响一个东西，五彩的火花照亮了一小截天空。是焰火。跟着就明白远处响的其实是炮仗。窗外的焰火源源不断，像一棵绚丽生长的树。又一声巨响，地板哆嗦一下，玻璃哗哗地响，居延惊得咬到了舌头，钻心地疼，眼眶里唰地就满了。她尝到了血腥味，赶紧回自己房间拿纸巾，一眼瞥见了床头柜上反扣着的合影。擦完床头柜没有及时地摆放好。胡方域还戴着黑框眼镜，目光隐晦平直，下巴如刀削，她向他歪过头去，没心没肺地开着心。她的微笑看起来毫无来由。居延觉得眼睛里满满的东西掉下来，舌头在张开的嘴里感到越来越凉。她赶紧扯了一张纸巾贴到舌头上，心情一下子坏掉了。

世界上鞭炮声四起，仿佛各个角落里都埋伏着一堆炸药。焰火一遍遍照亮窗玻璃，房间里花花绿绿。有小孩在外面欢叫。不是说北京禁放烟花爆竹么。现在到处都在心事重重地响。天黑了，支晓虹房间里的电视正在说春节联欢晚会，节目主持人说，演员们已经吃过盒饭，就等着八点的钟声敲响。居延看着胡方域，这个一声不吭的男人，让她一个人在这个陌生的城市里经历除夕。胡方域也盯着她看，眼光凉飕飕的，她突然意识到，自从上了课，就没再贴过"寻人启事"，也没再去网上的各个论坛发送过。她忙着讲课，精心准备，认真批改学生的练习，忙得一天里难得有几分钟想起他。她用纸巾遮住胡方域，发现自己在照片上整个人都歪了，笑得无依无靠。

整个北京在喧闹，剩下她一个人。居延突然觉得腰软了一下，承受不了体重似的，弯腰驼背地坐到床沿上。难过得肚子里空空荡荡，身上直冒虚汗。唐妥的担心有道理，年就是年，年不是一年中随便的某一天。其他时间她都扛得过去，年不行，她终于有事了。即使能在短短的几天里一个人挣出来一万块钱，她还是有事。她高估了自己。她拿起手机开始拨父母的电话，嘟了一声又挂了，她不想惊动他们。然后她开始写短信，只有三个字：过年好。接着输入号码，刚发送完屏幕就显示发送失败。她输入的竟是胡方域的号。这个号已经过期作废了。但居延连着又往这号里发了三条：你在哪儿？我是居延。我在北京。

三个"发送失败"。她哭出声来。给唐妥发了一条：我是居延。

唐妥凭直觉看出了四个字里的伤心绝望，立马回信：怎么了？

这时居延已经重新开始吃饺子，把电视的声音调到最大，门窗关紧，窗帘拉上。她回：没事。你过年吧。

十秒钟后，唐妥打来电话，他问："到底出了什么事？"

"没事，"居延说，"我在看电视。"

唐妥说："听见了，声音很大。你感冒了？"他还听见了居延浓重的鼻音。

"没有。我好好的，在看电视。"

"真没有？"

"你烦不烦？没有就是没有！"就掐了电话。

电话接着又响，还是唐妥。居延觉得对他发脾气有点过分，却也懒得解释，索性将手机关了。

除夕这一夜，居延吃了十个饺子、两个汤圆，两眼盯着电视屏幕里的春节联欢晚会一直看到结束，然后倒头就睡。一夜乱梦如荒草，等于什么梦也没做。第二天上午醒来，晚会里的节目一个都记不起来，包括赵本山的小品，这个猪腰子脸男人上台时戴了那顶卷檐的帽子没有？下床的时候她想，大年初一，哦，今年已经是明年了。

外面的鞭炮声还在响。居延吃过饺子决定出去走走，今年已经是明年。马路上因为冷清显得比平常宽敞很多，那感觉像走在俄罗斯的大街上，路冷着，两边的楼房也冷着，行人很少，车也少，公交车里没几个人。居延从来没见过如此宽敞清静的北京，让她想起在电视上看过的"非典"时期的北京。居延信步乱走，看见一群人从中关村广场出来，手里攥着气球、糖葫芦、羊肉串和糖人，就进了广场。步行街上人都扎堆，逛科技庙会来了。居延沿街走，看见卖吃的、卖玩的、卖手工艺品和科技小玩具的，小孩牵着大人的手在人群里钻。居延重点看了剪纸、十字绣和吹糖人。吹糖人的摊子摆在溜风口，手冻得青紫，吹出的猪挺着大肚子，吹出的老鼠尾巴又细又长。居延一直看完他吹遍十二生肖。

逛完庙会接着逛商场，晚上去海淀剧院看了两场电影，居延要把今天彻底地打发掉。回到楼下已经午夜，刷门卡时黑暗处突然站起来一个人，把居延吓一跳。那人说："居延。"

是唐妥。他在这里已经等了两个多小时。天没亮他就起床去赶车，早上七点到车站，先坐汽车，再坐火车，又坐汽车，十多个小时的车程把他累坏了。本来站在这里等的，站着站着人就贴着墙往下滑，依墙睡着了。"你怎么不开手机？"他说话直哆嗦。

"忘了。"居延从口袋里摸出手机，还关着，"我想没人找我。你怎么来了？"

"怕你出事。"

进了房间，居延发现唐妥的手冻得跟吹糖人师傅一样青紫。"你的手，"居延说，伸手握住了，"手套呢？"

追火车时丢了。买到火车票时检票已经结束，等他跑到站台，火车已经启动，幸好最后一个车门还没关，乘务员对他喊，快点跑。他就拼命跑，大行李包在身体右侧甩来甩去，他跑得像拧麻花，总算在火车加速之前跳上了车。乘务员说，你东西丢了。唐妥把头伸出车门往后看，两只手套从口袋里掉出来，落在远处干白的站台上。

"我能出什么事，"居延说，她既感动又委屈，把唐妥的手拉到自己的热乎乎的脖子里焐着，脑袋就靠到了唐妥的下巴上，"你说，我能有什么事？"

唐妥抽出手一把抱住她，"我也不知道，"他说，"我就是担心。我妈都说，你不容易。"

我不容易。我有什么不容易。居延还要再说，嘴被唐妥堵上了。

那天晚上唐妥没回自己住处。第二天早上他在居延的床上睁开眼，居延已经起来了，坐在客厅里的沙发上抽着烟发呆。唐妥看见自己的衣服按顺序搭在床边的椅背上，最上面是贴身的保暖内衣，他在保暖内衣下面找到了内裤。床头柜上除了一盏蓝色台灯，什么都没有。唐妥一声不吭穿衣服，生怕弄出点动静把大年初二的早上给惊动了。远近都有鞭炮声。他穿好衣服走到居延跟前，说："起了？"

居延没看他，掐灭烟，竭力用开心的声音说："我们煮饺子吃！"

唐妥刷牙洗脸，直到坐在饭桌前两人都没说话。只是低头吃。闷声大发财。吃到一半，唐妥终于忍不住说："那天，我看到一个人，有点像他。"

"谁？"

"在北大。人很多，我骑得快，一闪就过去了。"

"什么时候？"居延一下子站起来。

"就是，听你课那天。"唐妥看她站起来，结巴了，"可能不是。"

"你为什么不早说！"居延的声音高了八度。

"我想可能看错了。我是回头找了，没找到。我就想，看花眼了。"

"看花眼了你为什么还跟我说？"居延突然像炸了毛的母兽，筷子摔到饭桌上。她在饭桌前足足站了两分钟，然后去开门，开完门又去拎唐妥的包，一把扔到了门外。唐妥站起来，本能地朝支晓虹的房间里躲，居延抓住他胳膊往外拽，"你走！"她喊，眼泪哗哗地往下掉。"你走！"硬生生把唐妥推出了门外，砰地关上了门。

"对不起，居延，"唐妥又结巴了，"我真的回去找了。真的没找到。"

"你走！"

唐妥呆呆地站在门口，旁边的人家开门露出个脑袋，看一眼又把门关上了。居延贴在门上的对联闪着星星点点的金光。上联是：吉者福善之事；下联是：祥者嘉庆之征；横批：吉祥如意。唐妥想，这对联很不工整。现在的对联越来越没学问了。他拎起包，隔着门又对居延说了声对不起，接下来顺势应该说"我不是故意的"，他没说，生生咽了回去。他又开始问自己，真看见了么？他不敢确定。这么多天他已经问过自己无数次了。

9

一直到大年初五居延都不回短信。唐妥发了不下一百条，除了道歉对不起就是解释。他不敢去居延的住处找她。初五下午他决定见她，因为晚上支晓虹就该回来了，明天初六，他们要上班。居延进了课堂，看见唐妥坐在后面，嗓子一阵发干，一口气喝下了半杯水才开始讲课。

下了课居延转身就走。唐妥追上去，想说对不起，居延已经进了教员休息室。他不好再追进去了，就拐进了工作人员的办公室，冒充某个学生的叔叔，有一搭没一搭和人聊起天来。唐妥了解到，他们这种学校属于社会办学，面向整个北京市，有同步班、提高班和冲刺班，还有单科班、特色班和竞赛班。反正品种繁多。也就是说，这学校可以一年四季地办下去。聊完了，唐妥最后说，这样好。他从办公室出来，居延的课散了，人已经走了。

因为年还没彻底过完，第二天他们上班也找不到事干，三个人敞开了吹牛。老郭说他跟老婆回江西老家过年，七大姑八大姨轮番喝酒，差点喝成植物人；支晓虹说她在火车上遇到贵人，主动跟她调换卧铺，她受不了上铺的空调，一帅哥见义勇为，把下铺换给了她。唐妥心事重重地说，一个哥们来讨对策，他得罪了女朋友，说了一周的对不起也无济于事，咋办？

老郭说："跟他说，霸王硬上弓，下了床啥病都治好了。"

"俗！"支晓虹很不屑，"老郭你白离了多少次婚，对女人还是一窍不通。难怪没事就离。还有你，妥儿，也白谈三次恋爱，是三次？老说对不起有屁用！就不会说点别的？你别老把她往对不起的事上引呀。你让你那哥们说，哎呀，我刚看中一双'接吻猫'的靴子，最新款的，你穿一定巨合适。或者说，哎呀，我朋友在大街上看见你了，说你身材跟朱莉娅·罗伯茨绝对有一比。或者——"

"别或者了，"老郭说，"恶心死了。还不如直接说'没你我活不下去'呢。"

支晓虹大喊："老郭，你俗不可耐！"

唐妥感叹，果然是门大学问。中午下了班他就去了教室门口。居延刚下课，正被几个家长围在讲台上解答问题。他等到她出来，说："我就想跟你说，这课可以一直教下去。"

"没别的了？"

唐妥本想详细地把他从工作人员那里得到的信息都告诉她，被她一问，反而不知道说什么了，因为说得再多其实就为了刚才那一句话。但他得再憋出一句给自己解围，就说："工作人员说，居老师教得好。"

居延扑哧笑了。"他们跟我说过了，"居延说，"想让我同时带同步班和特色班。还有，我还知道他们给我的课时费比别的老师少。"

"他们搞歧视，我去找他们算账。"

"别。因为我是外地的，又是主动上门找工作的。以后就不会出这种事了。我找过他们了。你不信？小看人！那些家长跟我说的。他们想私下里拼一个小班，让我给他们孩子上课，课时费每小时五百。真的，如果学生多，价钱还要高。他们说，这里聘的老师也就四百。我才知道他们克扣我了。我去找他们理论，他们说，如果我继续教下去，课时费就和其他老师一样。为什么？因为他们找不到足够多的像我这样的好老师呀。那些老师平常都得工作，我是闲人，哪个时段的课都没问题。以后就不用为钱发愁啦。我想吃必胜客。"

唐妥没想到居延一开口说了这么多，就像什么事都没发生过。他知道很大程度上是因为她给自己的生活找到了着落。她其实很需要别人跟她说说话，唐妥骂自己笨蛋，对不起来对不起去，烦死人了。坐在必胜客里，唐妥说："祝贺你。"

"什么意思？"

"独立生活啊。"唐妥说，"你已经在把握自己的生活了。不需要别人。"

居延听了眼神慢慢开始发直，眼看着是要走神。唐妥担心点了导火索，赶紧往回拉："我的意思是，你适应得很快。我刚来北京那会儿，半年多了还不知道能干吗。还是居老师牛。"

居延的眉眼又生动起来，"就牛！"她说，"上小学时我是班长，老师都夸我能干。"

唐妥不知道她是在掩盖自己的伤感，还是本性使然。不管前者后者，居延能恢复小儿女情态，唐妥都挺高兴。若不是一直生活在胡方域的阴影底下，真正的居延大约就该是这样子吧。

此后两人都不提那晚的事，在支晓虹和老郭面前还是过去一样的朋友。但言语之外，那转瞬即逝的一两个眼风里，要说什么都没有那绝对是瞎话。至于那一闪而过的东西是什么，两个人都说不清楚，也不去说。他们像越发相熟的朋友，相互能渐渐开起点玩笑。或真或假，就看各自的思悟了。唐妥觉得，他正跑回到原来的地方，也好，总比跑了半截子路断了要好。他不愿再去想，顺其自然，随他去吧。他继续每天早上往北大清华跑，从不怠工，但他也从不主动跟居延说，没有任何发现。的确没有发现。他对这种原始的寻人方式不再抱一丁点儿幻想，他一次次贴，只为了减轻一点居延的负担。

同步班和特色班一周加起来三次课，两个晚上加一个周六上午；家长们帮她攒的几个孩子的家教班一周一次课，在周日上午；单纯上课占用的时间不多，但三门课要备三种教案，还要批改学生的课后练习，一周下来居延和北京的在编中学老师一样忙，甚至更忙，她不像其他老师那样随便到网上下载点资料敷衍了事，而是坚持用自己的方式把所有问题理顺，力求把每一个标点符号都落实到位。

支晓虹在店里说："可怜的居延，来北京干苦力了，晚上十一点还在备课。"

这话引起老郭的高度警觉。"她这是挣钱寻夫呢，还是打算在北京定居？"老郭抓着脑袋说，"玩长线哪。"

大家开始说居延。之前忙着说房价了。过了元宵节生意就好起来。房价也跟着过年过上去了，涨得已经没了章法，大伙也跟着没头没脑往上冲，你敢卖我就敢买，生怕今夜里就得睡马路上。支晓虹说，据她的观察，居延已经和刚来的时候大不一样了，早晚的生活细节已经充分说明问题。比如保养和化妆。刚和支晓虹住一块，睡前也就简单地洗漱，现在忙到深更半夜还想着用一下爽肤水、眼霜、润唇膏、护手霜。早上也是，那一套家伙，比我的都全乎。老郭你说的没错，她是有点长变样了，变在哪里我一时半会儿也说不清楚。

"好像长开了，"老郭说，"对，就是长开了。你看她眉眼，表情，都长开了。"

唐妥啥话不说。老郭两只老眼看来有时候还能闪两下光。居延变化是挺大，唐妥好像看过一篇文章，说一个人的生活是可以反映到长相上的。刚见到居延时，她就是个典型的小家碧玉相，温顺，文静，有种静淑朴素的美，看人的时候眼神里总有一丝担惊受怕样，现在稳重多了，五官渐渐舒朗，眼神里多了凛厉和力量，学会果断地拿主张了。

"这叫经济基础决定上层建筑，老郭，"支晓虹说，"我昨晚躺床上睡不着，给她算了一本账，上课赚的钱比咱们可多多了。我算明白了，咱长不过安吉丽娜·茱莉，归根结底还是口袋里没货。"

"就你？"老郭用鼻子笑了两声，"我就不信，给你守着几座银行，你还能长出王母相？那个朱什么？谁？"

"土！大明星，全世界女人的情敌。"

"我觉得，"唐妥慢悠悠地说，"那是因为她找到自身的价值了。这充分说明，没有那个胡方域，她可以活得更好。"

老郭说："有道理。咦，我怎么闻着咱妥儿的话里有股子山西老醋味儿啊。"

"对头！不过我说老郭，我还真觉得咱妥儿跟居延合适。她那臭男人，有什么好找的，留下来跟妥儿过得了。"

唐妥觉得自己屁股都红了。"你们可别瞎说，"他窘迫得都站起来了，"人家可是良家妇女。"

"不是良家妇女姐还不给你牵这个线呢。说真的，我看可以。"

"我看也可以，"老郭说，"那胡什么别找了，你看这多久了，就是根针，它要是想让你找到，也早露面了。以关某人高见，去他奶奶的，咱开天辟地，迎接社会主义新生活！"

"要不，"支晓虹支吾半天，"妥儿，我把房子让给你住？"

"支解，你能不能高抬贵手，放我们贫下中农一条生路？"

"妥儿，你没听明白，你支姐姐有情况了。"老郭的表情突然暧昧起来。

唐妥一拍脑瓜，"还是郭老高，我怎么就没想到呢，那见义勇为的帅哥！支解，你可得从实招来。"

支晓虹就骂老郭，把唐妥一个纯洁的好孩子给带坏了。没影的事。就吃过几次饭，看过几次电影，听过两场音乐会。老郭就叫起来，乖乖，到底是文化人，还听音乐会呢。我都入土半截的人了，还不知道音乐是怎么会上的。唐妥心说，这支晓虹真不得了，火车上换个卧铺就换到一块去了，不服不行。那男的在中科院什么所工作，来找过支晓虹几次。才几次啊。搞科学技术的就是讲效率。

# 10

说过的话天一黑就忘了。工作照常，生活照常。周末支晓虹忽然提出要请大家吃饭，四个人聚到"大瓦罐"。支晓虹请客一定有事。老郭和唐妥端着酒杯等她发话。支晓虹谦虚一下，也没什么大事，就是聚一块说说话，顺便托个孤，把房子问题解决了。

老郭说："'神六'的速度啊。"

"老郭你闭嘴，"支晓虹说，"喝你的猫尿。"

老郭说："妥儿，我先喝了。该你了。"

支晓虹直来直去地说，希望她搬走后唐妥住进去，这样她放心。她问唐妥是否愿意，唐妥无所谓，一个光棍，在哪住都行，当然靠单位近一点更好，正好现在的租房也到期了。说话时只盯着酒杯。居延的脸红得要渗出血，一男一女，有点不合适。支晓虹说，外行，现在流行的就是男女合租，心理学家分析，男女搭配，利于提高工作效率和生活质量。支晓虹开导居延，万一来个不三不四的新房客，谁也说不好会出什么事。你一个人愿意全租下来？居延摇摇头，没那个能力。所以说，还是咱们唐妥老实可靠，有人欺负你他可以替你出气，还能帮你扛个米袋子啥的。

老郭说："没错。你看唐妥那身肌肉，不扛几袋米真是浪费了。"

居延不说行，也不说不行。支晓虹敲一下筷子："好，成交！"

第二天见义勇为先生请来搬家公司，一趟车把支晓虹的家当全装走了。唐妥跟搬家公司说，明天接着帮我搬。他的房子租期其实还有四个月，因为提前搬走，算违约，唐妥多付了一个月租金。搬家那天居延没课，她把自己关在房间里批改学生练习，外面说话声磕磕碰碰，唐妥在指挥搬家公司的人摆放行李，居延内心纷乱，一个上午只批了六份练习。到了中午，屋子里安静下来，居延反而更不好出房间了。门被敲响。居延拿着一叠练习去开门。

唐妥站在门外。"吃饭去？庆祝我的乔迁之喜。"

居延没吭声。

"要不先参观一下？"唐妥说完就转身往自己房间走。居延只好跟过去。床铺和写字台，两架子书，一台电脑，保温杯是"博士"牌，两个大拉杆皮箱，拉力器和哑铃，窗台上一盆仙人掌一盆仙人球。男人的房间。"还像个家吧？"

"就是个宿舍。"居延说。她穿一双毛茸茸的棉拖鞋，鞋头上绣着小兔子，两只大耳朵垂在鞋两边。

因为共用洗手间，头一个晚上，唐妥怕冲撞，竖起耳朵听外面的动静。九点刚过，居延敲了一下门，说："我用完了。"唐妥才开始洗漱。此后成了习惯，居延先用，结束了敲他一下门。

唐妥洗完了，想找个话题和居延聊几句，尽快消除住到一块的尴尬。奈何居延的门关上了不打开，唐妥又不好意思腆着脸去敲，一夜无话。起床后，唐妥开了门看见居延刚从洗手间出来，她已经洗漱完毕。唐妥问："打呼噜没影响你吧？"

"还好，"居延说，"我还以为你跟阿拉伯人聊了一夜。"

唐妥就把玩笑继续往下开："我说梦话都用西班牙语。"

"我煮了早饭，一块吃吧。"居延说话时背对他，正往自己房间走。

"不了，谢谢，"唐妥说，"我早饭都在北大吃。"几个月来他都是贴完"寻人启事"，顺便在北大食堂吃早饭。

居延停住，好一会儿才转过身。"别去了，今天风大，"她拐进厨房，"牛奶热好了。"

吃完饭离上班还有一段时间，唐妥还是去了北大和清华。他坚持去做这件事，开始为了朋友，现在为什么他也说不清了。居延都在怀疑它的意义，毫无疑问。早饭时她幽幽地说，谢谢你唐妥。有时候我自己也恍惚，我怎么就到了北京。早上睁开眼我经常想，我可是在海陵待了整整九年啊，一觉醒来却是在另外的地方。一个人。好多天了，忙起来我都想不起来去找他，可我来这里是为了找他的呀。不找他，我在北京干什么呢？

"生活，"唐妥说，"像我一样，像所有人一样。把自己全部释放出来。"

居延笑笑。"怎么释放？"

"你已经找对了路。"唐妥说，迟疑了一下，"我觉得他，对你，是场灾难。别盯着我看。我说的是真心话。没别的意思。他的阴影有点大。还好，你在往外走。"

居延不吭声。唐妥一碗稀饭喝完了，她才嗯一下，说："我想不明白，他为什么要消失呢。"

"想不明白就别想。可能是烦了，想换种活法；也可能是不平衡；什么都不为也没准。这世上，有几件事能条分缕析细细明明。"

居延叹口气，看一只麻雀落到窗台上。

"夜里我又梦见了体育场，越来越不像了。"唐妥出门的时候说，"一个跟一个不一样。我都不知道哪一个是真的了，甚至怀疑我去过那地方没有。"

## 11

这次聊天效果很好，虽然短，但聊进去了，那些幽暗含混的角落被打开，于是两人逐渐自然坦荡，心无挂碍，算是开了合租的好头。一天天过，一样也不一样，比如，只要不是打算休息或者有私密的活动，两个人的房间通常都敞开，有事可以坐在自己屋里相互对话。居老师，今天又有家长夸你课上得好了吧。唐妥，今天出门你忘了关窗户了。有烟吗，来一根。你看报纸了没，那贪官被双规了。累死了，我先刷牙洗脸了。你在听什么歌？不错。比如，他们经常一起做饭，谁有空谁就去买菜。通常都是居延买、居延做，她空闲的时间更多。比如，居延晚上出去上课，唐妥都会去接她。因为中间要经过一个十字路口，那地方经常有单身的行人被抢，居延有天晚上就遭遇到，幸好有辆出租车及时过来。那次之后，居延都是打车回，尽管离住处很近。唐妥说，以后我去接你吧，反正我也没事，就当散步消食了。他一般在下课前三分钟等在教室门口，然后两个人一起走回来。他们住的那栋楼临街，楼下有小饭馆、烟酒杂货店、花店、茶馆、服装店、美容美发店，美容美发店五十米之内就有三家。他们就把这些店铺顺次看上一遍。

尤其那家叫"如雅"的美容美发店，居延走过去后都要回头朝里再看看，数一下透明的玻璃门后，暧昧的粉红色灯光底下有几条光腿。这过去是支晓虹的习惯，她经过时都要数一下，她跟居延说，她从"如雅"门口经过了无数次，从来没见过一个理发的客人，每次看到的都是穿着超短裙的女孩，大冬天也露着两条光腿。还用问？当然是小姐。支晓虹通过数光腿来推断出她们生意好坏，光腿多就说明生意一般，光腿少就意味还行，越少生意越好，因为都到后台忙活去了。唐妥也要看，居延说不行，大男人盯着人家女孩的光腿看像什么样子。唐妥就笑，去接你的时候已经数过了，咱俩对对数？居延就骂他，支姐说得对，男人都不学好。上楼的时候，居延说，过年那两天，这一溜店都关了，就她们的门还开着。她忽地就难过起来，说："她们都不回家过年。"这一个年关，只有她和她们无家可归。

如果说生活中还能有让人联想至暧昧的，就只有在洗澡的时候。房东留下的燃气热水器已经老迈，水温调节常出问题，正洗着可能水突然就热了或凉了，他们就得在洗手间里喊对方，唐妥，居延，帮个忙调冷点，帮着调热点。偶尔也会顺便开句玩笑，唐妥，把你当猪烫了吧。居延，冻成腊肉别找我。

也就口头说说，面对面还是正大庄严。唐妥喜欢看电影，偶尔他们也会一起去海淀剧院看场最新的大片。视听效果当然是好，价钱也颇为可观，所以唐妥更多的还是买碟片在电脑上看。他把声音调小，居延的课备完了就会过来一起看，声音再扭大。一有好片子，唐妥就会提前跟居延讲，啥时候有空，提高点品位？

唐妥的房间居延进得多，因为阳台在这边，女孩子洗洗刷刷，又要晾衣服又要晒被子，所以唐妥上班的时候房间是不关的，居延随意进出。隔三岔五她也会把唐妥的被褥抱出去晒晒，开始不好意思帮他收，就给他短信，让他抽空回来自己收。后来干脆顺手收了，叠好放到唐妥床上，顺便把唐妥的床也收拾了。唐妥就说，这一归置，真有点家的样子。居延说，什么家，就是间宿舍。

她不接受"家"，坚持称"宿舍"。像中学、大学时学校分的一个寄身之所。唐妥却有意无意地强调"家"。他给居延短信或电话，问：啥时候回家？居延回：××点回宿舍。唐妥问支晓虹，居延和她一起住时是不是也叫宿舍？支晓虹想了想，好像叫"住处"。老郭给他打气，小伙子，坚持住，路还很长哪。

唐妥经常会看着居延的背影出神，莫名其妙地想，如果这两居的房子他买下了，两个人生活在一起，会是哪一种样子？居延在厨房炒菜，戴着围裙，穿不带后跟的棉拖鞋，肉色丝袜里的圆润小巧的脚踵露在外面，腰微弓，头发用一块手绢随意扎着，蓬松，不那么整齐。唐妥靠着厨房门，不吭声地看，觉得有种温暖的东西强大得足以伤人，身体里剧烈地疼了一下，像肠扭转也像心绞痛，眼泪慢慢就出来了。居延被烟火气呛得咳嗽一声，转过脸看见唐妥站着，吓一跳，唐妥你吓死我了，扮鬼啊你？

"居延，考你个问题，"唐妥赶紧装洒脱，点上根烟，"女人在什么时候最漂亮？"

"我打110抓流氓啦。"

"想哪去了你。正确答案，在厨房里。"

"蒙鬼去吧。我算看出来了，人越懒嘴越甜。"

"这人哪，怎么就听不得两句真话呢。"

居延不说话了。翻菜的时候她听着身后的动静，她觉得能听见香烟缠绕升腾时的清冷之声，然后，唐妥的拖鞋摩擦着地板回了房间。居延想，如果胡方域从来就没丢过，如果更早之前就意识到自己没必要像个影子一样生活，如果她没来北京，永远遇不到唐妥，那路该怎么走呢。实在回不了头去如果。

第二天下午，居延正打算眯一会儿，唐妥抱着一堆杂物进了门。纸笔、书和杯子等。居延问他兴师动众的干吗，唐妥说没事，收拾收拾办公桌。居延也没当回事，午睡起来看见唐妥的房门关着，以为他也睡了，就轻手轻脚带上门，去图书大厦买资料。经过房产中介店门口，店里人影乱晃，凑过去看见老郭和支晓虹也在大张旗鼓地收拾。居延就好奇了，今天什么日子啊，约好了旧貌换新颜。一问，才知道他们的店要搬家。

　　"往哪儿搬？"

　　"四通桥南边。被兼并了。"

　　居延没明白。支晓虹说："就是被取消了。"

　　"那唐妥？"居延打个激灵，觉得有问题。

　　支晓虹和老郭都低下头忙活不搭茬。居延又问，那唐妥呢？他俩还是不吭声。居延转身就往回跑。电梯正往上走，她等不及它下来，直接从楼梯往上跑。开了门，唐妥房间门还关着。居延站在门前犹豫是不是现在就敲，听见屋里响着微小的音乐声，不仔细在客厅里都很难听见。居延把耳朵尽量贴近门，那音乐清澈闪亮，让她觉得只能从温暖干净的地方传来。她开始敲门。

　　房间里乌烟瘴气，唐妥躺在床上抽烟，烟灰缸里堆满烟头。午睡前看见的那堆杂物放在地上。电脑在播放温暖干净的音乐，播放器变换着魔幻波纹。居延一边咳嗽一边去开通往阳台的门。

　　"到底怎么回事？"居延在旁边坐下来，"给我支烟。"

　　"没什么事，"唐妥帮她点上烟，"我光荣失业了。"

　　昨天公司打了两次电话通知店长老郭今天去开会。大家都觉得有情况，前几天副总和老总就先后来过店里，问他们的业务和业绩，也问各人的生活。怎么看都不像是无心的闲聊。果然，老郭在公司开了整整一上午的会，回来后无比沉重地告诉两个下属，公司整顿，合并机构，裁汰冗员。他们的店面马上取消，并入四通桥南的那家店里。老总说，这是为了整合资源，搞规模经营。现在市场上房产中介公司很多，我爱我家，链家地产，千万家房产，恒基房产，等等，竞争残酷，而且现在北京房地产一直走高，正是公司开拓发展的良机，必须改变创业之初的那种游击战经营模式，变粗放为集约，要效益不要数量。一句话，三人以下的店面撤掉，撤掉一个店面裁掉一名员工，公司不养活闲人。

"公司的意思是，"老郭把目光从支晓虹和唐妥的脸上收回来，盯着女儿假期里给他做的十字绣杯子，"我们店里必须牺牲掉一个。具体操作内部解决。"

狭小的店里一片死寂，然后老郭说："都说说。支晓虹，唐妥。"还是没声音。老郭说："那我先来。我嘛，年龄最大，理应自觉投降。我也打算换个像样的工作，老婆啥活儿不干，孩子正念书，没钱一天都过不下去。现在这工作他妈的怎么就这么难找呢。支晓虹，唐妥，随便聊聊。"

支晓虹开始咬指甲。一紧张就这样。"说什么呢，"支晓虹说，"没啥好说的。还是我缴枪吧。反正男朋友谈了没几天，散伙也不难过。"

轮唐妥了。唐妥笑笑，说："都别跟我争。郭哥，你得为咱嫂子和闺女负责；支解，见义勇为人挺好的，你得珍惜，咱们不能让人家小看了。这是一辈子的事。啥也别说了，我来，我一个光棍，这身板，奥运会冠军都能拿，算命先生都说了，我会越走越好。就这么定了。"

就这么定了。

居延的烟只抽了开始两口，现在剩了个烟屁股。"你要难过，就跟我说。"居延掐掉烟，"我给你做麻辣鸡胗吃，好不好？"

"没事。"唐妥也掐灭烟，站起来做两个扩胸运动，"我这人还行吧。"

"嗯，还不错。像个男人。"

"好，这想法保持住。不是要去书店吗？走，我陪你。"

## 12

四月里天暖和起来。唐妥还在到处找工作。像样的工作的确他妈的不好找。每天晚上回来，他都觉得凄惶。越是看见居延越觉得凄惶，让他生出自己正被这个世界抛弃的念头。居延不断地安慰和鼓励他，她说她都明白，当初她找不到工作时甚至觉得自己像条无家可归的流浪狗。这个比喻对一个女孩子来说已经相当严重了。居延说出来了。所以一切都会好起来。居延还说，唐妥你记不记得，我找不到工作时最害怕晚上，怕晚上回来时两手空空。我跟你说，要是没有晚上该多好啊，你回答说，那要怪下午，没有下午就没有晚上了。你还说，别苦着脸，都像个陶俑了。我那么难过都被你逗笑了。你不记得了？

唐妥真不记得了。居延的善解人意简直让他心碎，他感觉她距离自己越来越远。但他还是用浑厚的男中音跟她说："没问题，不就个工作嘛。面包会有的，牛奶会有的，一切统统地都会有的。来，今天我下厨，给你露一手。"

那天早饭过后，唐妥揣着几张"寻人启事"出门，打眼工夫又回来了。下雨了，回来拿雨伞。居延看看窗外，天灰着，雨点疏疏落落地掉。

"别去了吧，"居延说，"贴了也没用。"

她已经好多天不再贴了。城管也不让贴，见着了就说破坏首都形象，要罚款。就算城管没逮着，环卫工人一会儿也给扯了，等于没贴。最主要的，她已经没有那心劲去贴了。那个男人对她有那么重要么？春节之后这个问题像虫子一样钻进她头脑里，进去了就不出来，没事她就会问自己。没有他她居延不是活得好好的？而且每天做每一件事，都能清晰地感觉到自己在做，如同手指经过沙滩，她和她的生活切肤可感，一目了然；而过去，手指经过的是玻璃，什么都没留下，仿佛居延这个人不曾存在过一样。

"多贴一份总还是多一点希望的。"

"也就'希望'而已，"居延说，"我都快把这'希望'给忘了。"

唐妥还是去了，打伞骑自行车。刚走不久雨就变大，风也跟着起，雨线斜着扫到玻璃上。居延打电话让唐妥赶紧回来，他说没事，已经进了北大，贴完就回去。居延就在阳台上看着雨落，水在地上四散漫流，她又给唐妥打电话，先躲躲，停了再说。

雨一直没有停。一个半小时后唐妥湿漉漉地回来了，脚底下呱唧呱唧响，运动鞋里进了水。他没觉得雨有多大，从北大出来又去了清华，没想到衣服竟湿得差不多了。到海淀剧院那儿的十字路口，为躲一个闯红灯的小孩，一个急刹车，两脚撑地刚好踩水洼里了。真是倒霉都带个样子。居延让他赶紧换上干衣服，拖鞋拎到他跟前。唐妥的脚从鞋子里退出一半，停下了。居延蹲在一边说，脱呀，冷水里泡着好受啊？

唐妥吞吞吐吐地脱，只好自嘲说："不好意思，开始卖生姜啦。"

居延没听懂，看见唐妥的大脚趾从破了洞的袜子里钻出来才明白，是有点像块生姜。居延红着脸说："这有什么，谁没有生姜。"

"老是忘了买新的。早上那洞还只有米粒大。真的。"

"好啦，管你什么时候坏的。赶快冲个热水澡，小心着凉。"

唐妥洗了澡钻进被窝，四月里的冷雨立竿见影，鼻子已经堵上了。刚躺下就听见卫生间里哗哗的放水声，他问居延在干吗，居延说，反正闲着，顺手把湿衣服给洗了。唐妥赶紧叫唤，你可别随便学雷锋啊，我那衣兜里全是钱。臭美吧你，居延说，要不是那什么，给一麻袋金条我也不稀罕碰你那脏衣服。

那雨淋过唐妥就停了，第二天是个大太阳。唐妥睡一觉，捂出一身汗，跟好人一样。早上他去过北大和清华，骑自行车去找老郭和支晓虹介绍的朋友。有病乱求医，没准就撞对了人。上午和一个营销业老总谈过，下午接着和另一个做书的老总谈。唐妥来之前在网上收集了一堆关于他的资料。该老板在北京的私营书商里排得上号，尤其这两年，从台湾和国外引进的几本精神鸡汤式的普及读物很替他长了脸。他的朋友在文章里写，此公头脑相当好使，早年在朋友圈中就以善于创造和引导潮流闻名。前几年他刚涉足出版业就断言，现在大家忙着赚钱都把自己赚空了，集体找不着北，信仰缺失，心灵枯竭，怎么办？补。他就四处物色可靠的补品，发现宗教信仰类的心得体悟挺合适，既有点品位又不过于高深，上及高级知识分子和金领、白领，下到家庭主妇、学生和社会闲杂人等，雅俗共赏。就集中精力做这一块，果然就找准了地方。

唐妥到那公司，正赶上该老总临时去出席个会，秘书让他在会客厅里等。唐妥就端着茶杯在会客厅的书架前转悠，老板回到办公室时唐妥已经喝了一肚子精神鸡汤。应该说相谈甚欢，唐妥好歹是个文化人。老总对唐妥的评价是：一个相当有想法的文化人。这就好，我会认真考虑唐先生的，如果不出意外，我可以提前和你握个手，合作愉快。

唐妥报以热烈的握手。出了公司看一下时间，居延这会儿应该上完课回到"宿舍"了。他给居延打电话，想跟她说，今晚咱们别做饭了，到"沸腾鱼乡"吃水煮鱼去。成不成都值得祝贺。

当时居延刚从超市出来，准备去附近一家音像店。下了课她直接去了家乐福，一口气给唐妥买了十双袜子，冬天穿的，夏天穿的，还有春秋穿的。买完了想起唐妥说过一部叫《西夏》的电影不错，写生活在北京的年轻人。唐妥也只是听说，去了几次音像店没买到，她打算顺路去看看。手机响了，她边走边接电话。迎面走来一个人，擦着她肩膀过去，居延本能地扭过头去看对方，那人正好也转过身来看她。黑框眼镜。尖锐的冰凉的眼光。刀削斧劈过的尖下巴。他对居延说：

"是你。"

唐妥在电话那头开心地说："居老师，你在听我说话吗？今晚咱们去'沸腾鱼乡'！"

"听着哪，"居延说，一瞬间心静如水，转过脸专心说话，"不准去！我要做一桌好菜，都是你爱吃的。咱们就在家里庆祝。"

2008 年 2 月 11 日，23：48，海淀南路

图书在版编目（CIP）数据

日月山 / 徐则臣著. -- 成都：四川人民出版社,2018.7
ISBN 978-7-220-10802-0

Ⅰ.①日… Ⅱ.①徐… Ⅲ.①中篇小说—小说集—中国—
当代②短篇小说—小说集—中国—当代 Ⅳ.①I247.7

中国版本图书馆CIP数据核字(2018)第113303号

RIYUESHAN
# 日 月 山

徐则臣　著

| | |
|---|---|
| 策　　划 | 徐晓亮 |
| 责任编辑 | 王其进 |
| 整体设计 | 张　妮 |
| 责任校对 | 舒晓利 |
| 责任印制 | 祝　建 |
| 出版发行 | 四川人民出版社　（成都市槐树街 2 号） |
| 网　　址 | http://www.scpph.com |
| E—mail | scrmcbs@sina.com |
| 新浪微博 | @ 四川人民出版社 |
| 微信公众号 | 四川人民出版社 |
| 发行部业务电话 | （028）86259624 86259453 |
| 防盗版举报电话 | （028）86259624 |
| 照　　排 | 最近文化 |
| 印　　刷 | 成都东江印务有限公司 |
| 成品尺寸 | 143mm × 210mm　1/32 |
| 印　　张 | 11.25 |
| 字　　数 | 260 千 |
| 版　　次 | 2018 年 7 月第 1 版 |
| 印　　次 | 2018 年 7 月第 1 次印刷 |
| 书　　号 | ISBN 978-7-220-10802-0 |
| 定　　价 | 58.00 元 |